公 安 厅 从 未 公 开 的 法 医 禁 忌 档 案

# 尸语者

Voice
Of the Death

死亡从来不是结束，而是开始。

法医秦明 著

CNS PUBLISHING & MEDIA
湖南文艺出版社
HUNAN LITERATURE AND ART PUBLISHING HOUSE
博集天卷
CS-BOOKY

# 推荐序

在经典的推理小说中，大侦探们说："每一个细微的结果，都必定有一个特定的原因，那就是真相。"

在真实的案件侦查过程中，有经验的侦查员说："每一个细微的结果，存在着上千种可能的原因，不要做想当然的推理。真相，需要多角度的证据稳定支撑才能最终显露出来。"

我更喜欢后者的观点。

真实的案件侦查，是多专业、跨部门的协同工作，面对同一个案件，利用现场勘查、痕迹检验、文件检验、音像资料鉴别、法医和理化分析等多种手段，从不同角度寻找细微的线索，从而建立稳定而可靠的证据支撑，最终得出真相。法医，正是这些专业行当中最特殊的一个，因为他们检验的对象，正是人体。

无论是检验活体的伤势，还是检验尸体的特征，都注定当法医的人的心理承受能力要远远超越常人。他们通过专业而科学的手法将检验对象的骨骼、皮肤、肌肉、脂肪、内脏、血液和神经系统逐一进行观察、分析和鉴定，从而推断出伤亡时间、致伤工具、击打力度和角度，乃至嫌疑人作案时的心理状态和特殊的心理特征。无论是活人的伤口还是尸体，对于普通人而言都有着强烈的恐惧刺激，这是生物在观察到同类受到伤害时的正常生理和心理反应。但经过长期科学的专业训练，对于法医而言，这些早已成为远远抛在身后不起眼的小石头。他们眼中所关注的只有一件事——真相。

秦明老师是诸多战斗在一线的法医中杰出而又普通的一员。在他的这本《尸语者》（原名《鬼手佛心》）在网络连载时，我就常常读到欲罢不能，常常忍不住催促更新。这些脱胎于真实案件的故事，巧妙地融入了大量专业知识和侦查智慧，精彩的情节中又散发出难以抑制的堂堂正气，以及一群法医的乐观和幽默。我从故事中学到了很多令人受用的东西，为我对犯罪嫌疑人心理微反应的研究工作提供了非常优秀的借鉴和指导，也为我今后与公安部门中更多不同专业的部门合作打下了良好的基础。

引用秦明老师的一段文字："每年最热的时候，气温超过了人体的正常温度，也给腐败细菌的滋生、繁殖提供了良好的环境条件。当很多公务员都躲在空调房里进行脑力劳动的时候，法医们却还在酷日之下，在山野之间、水流之中，打捞、检验着形态各异的尸体。说形态各异毫不为过，尸体腐败是一天一个样，从尸绿到腐败静脉网出现，再到尸体发黑、膨大，甚至还有最让法医头痛的巨人观状。无论尸体变成什么样，法医都不能甩甩手不予理睬，也不能糊弄任务。"我们可以知道，在每一个涉及伤害和死亡的大案、要案中，都包含了法医同人们多少辛苦的付出。

谨以此序致敬！

姜振宇

中国政法大学中国法律信息中心主任

中国政法大学微反应研究小组组长

江苏卫视《非常了得》人气嘉宾

# 自　序

万劫不复有鬼手，太平人间存佛心，抽丝剥笋解尸语，明察秋毫洗冤情。

是的，我是个法医。1999年，一部著名的香港电视连续剧《鉴证实录》走红内地后，法医这个充满了神秘和刺激的职业走进了人们的视野，越来越多的高等院校开始筹备建立法医学系，越来越多的高中毕业生在第一志愿填写了法医学专业。而这个时候，我已经是法医学系大二的学生了。

看到法医这个职业的走红，我是骄傲的。记得我走进法医学系大门的时候，法医这个专业还是个大大的冷门。因为受到传统世俗观念的影响，大部分人对这个职业还是敬而远之的。那时候，全国的法医学毕业生每年仅有300人左右，而我们班40个人里，只有我填了第一志愿。我不得不佩服自己的远见。

参加了法医学实践后，我更加体会到这个职业的魅力所在。现场勘查前的期待，勘查和尸检时的思考，案件侦破后的成就感，无一不对我产生强烈的吸引力。但是，法医工作的艰苦是常人所不能想象的，所以，我也总是会发发牢骚。牢骚过后，我依旧热爱这个职业。

毕业后，我被分配到了省公安厅工作，接触疑难命案的机会比较多，挑战性也更强。曾几何时就有写点儿东西的想法，把经历过的案件加以润色，揉捏成一个个小故事，涂鸦出一本所谓的罪案悬疑小说，同时也能塑造出一个胆大心细、有勇有谋的法医主角。可惜因为我才疏学浅，连个题目也编不出来，更别说是杜撰情节了，所以这个想法一直就被压抑在脑海深处。

以前也尝试动笔，可是写到万余字就写不下去了，一方面不会设计情节，另一方面也的确没有时间。总之，想法夭折了。这一次的失败经历，激励我坚持阅读了一些优秀的小说，积累了更多的写作经验。在那个辞兔迎龙的日子，受到几个同事的鼓励，这些年通过法医技术破案的细节化为创作灵感不断冲击着我的心头，搀扶着我迈出了艰难的第一步。于是，网络上就多了一部名为“鬼手佛心——我的那些案子”、实为反映法医工作艰苦卓绝的小说。

网络更新后的3个月，在广大网友的支持和鼓励下，我有幸能和博集天卷这家优秀的出版公司合作，将我的网络小说变成一本对我来说十分厚重的实体书。公司在反复推敲之后，为这本小说量身定做了一个更加贴切的书名——《尸语者》，我很喜欢，因为我们就是那些能够读懂尸体语言的人。

《尸语者》第一季共20个案件，今后能不能写出第二季、第三季，就要看我有没有那么多业余时间、能不能杜撰出那么多故事情节了。不管能写多少，我都不会忘记我的写作初衷：尽可能让更多的朋友了解法医学知识，理解、支持法医工作。这本书，也当是写给自己，以纪念我的法医生涯。

作家朋友们不要指责这本小说没有艺术感和悬疑性，行内朋友们也不要指责情节的幼稚。只当是一个小法医的劣作，请宽容地一笑了之。

小说中每起案件的情节、人名、地名都是我搜肠刮肚虚构出来的，不过天下之大，难保不会有雷同。为了避免非议，本人在此一并申明：**如有雷同，实属巧合，切勿对号入座，否则后果自负**。小说里唯一真实的，是法医的专业知识和认真态度，是一个一个巧妙推理的小细节，是法医的睿智和明鉴。

谨以此文为序。

秦明

2012年5月

# 目　录
# Contents



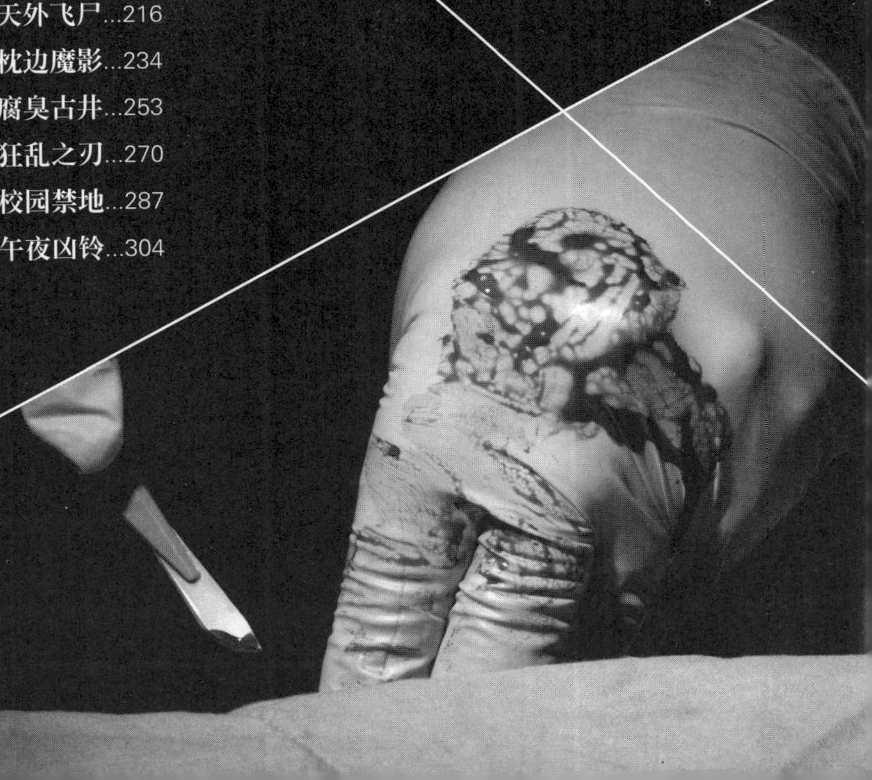

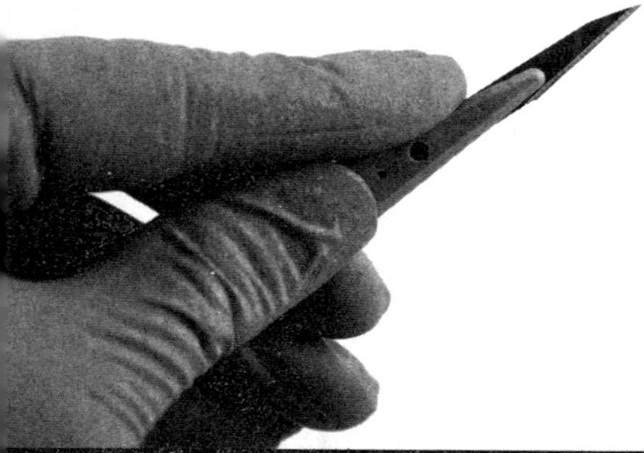

尸语者　公安厅从未公开的法医禁忌档案

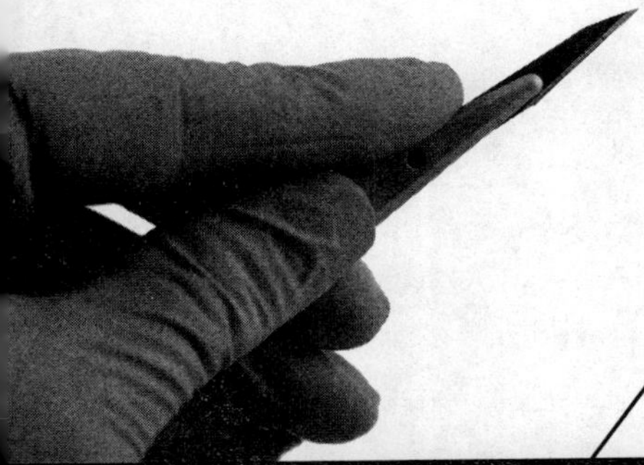

# 第一案　初次解剖

第一次站在露天解剖室前，面对一具新鲜尸体的时候，我刚刚过完18岁的生日。

主刀的圣兵哥表情严肃，动作一丝不苟，将尸袋缓缓拉开，一旁凝神看着的我，心脏不觉越跳越快。

心跳的咚咚声，仿佛瞬间将我带回到那个满脸好奇与渴望的小男孩身上。

“别看你爸那神气样儿，吃的苦可多着呢！”

小时候等着我爸出门，是我一天当中最期盼的时刻。看着他配好锃亮的手枪，扣好警服上的每一颗扣子，空气里顿时充满了令人兴奋的味道。我爸“吧嗒”一口亲在我脸颊上，作为新中国第一代正儿八经的专业刑事技术人员①、痕迹检验的专家，他当然希望他的小男孩能够子承父业，可我妈偏偏不

① 20世纪70年代前，刑事技术和侦查是不分家的，正儿八经的有刑事技术专业之说，应该是从20世纪70年代开始的。

这么想。

当了一辈子警察的家眷，我妈才不舍得让儿子也去卖命，在她看来，安安稳稳当个医生就是最好的出路，她自己就在医院里当护士长，大小事儿还能有个照应，再说了，当医生还救死扶伤呢，有什么比不上警察的啊！

医生还是警察？这两人的意见从来就没统一过。谁也不想得罪的我，不得不跟着左右摇摆，一阵子立志要当警察，一阵子又觉得当医生也不错。就这么警察医生警察医生摇摇晃晃地过了高中三年，到了填报志愿的时候，我才发现了一个新鲜的词儿：法医。

这不是两全其美了嘛！

虽然我妈还不太情愿，可有了我爸的支持，我终于顺利填写了我的第一志愿。

那可是在1998年，法医这个专业完全是冷门儿中的冷门儿，全国一年也只有300名毕业生。我以高出普通本科线30分的成绩（其实还不够重点线）考进了皖南医学院的法医学系。班里40个同学，只有我一人是第一志愿，其他的同学都是服从调剂才到了这个专业。于是，好奇也好，懊恼也罢，我们这40个法医新生，就这样开始了完全陌生的新生活。

学医的同学们都知道，医学生的课程，打大一开始就不轻松，尤其是系统解剖学，那简直是如同噩梦一般的一门课程，它的挂科率完全是惨不忍睹。我侥幸及了格，暑假一到，我爸就热心地帮我找到了实习机会，让我去老家公安局刑警支队的法医部门长点儿见识。一想到电视剧里的刺激场面就要成真，我兴奋得天天倒数，恨不得出发的日子早点儿来临。

到法医部门的前几天，一直都是平安无事。

也难怪，老家这样的南方城市，命案本来就少得很。圣兵哥大我几岁，却已经是法医部门的顶梁柱，顺理成章也成了我的启蒙老师，哪怕后来他不再从事法医这一行了，我也一直对他崇拜有加。

那时候我成天跟在他后面，像个小跟班儿似的到处转。当时每天做得最多的也就是伤情鉴定，虽然我看得很认真，可毕竟知识有限，总是一头雾水。日子过得不紧不慢，直到有一天，法医门诊[①]的电话铃声忽然急促地响了起来。

“法医门诊。”我拿起电话，自报家门。

“我是重案大队小李，石城路发生一起群殴事件，一名男子死亡，请过来看现场吧。”电话那头的声音充满疲倦。

“命案？”我一时有些手足无措。

圣兵哥一把抢过电话：“什么情况？有头绪吗？”

后来我才知道，所谓的“有头绪吗”就是指犯罪嫌疑人明确不明确，如果犯罪嫌疑人明确，那么法医的压力就会很小，只要做一些基础工作就可以了。但要是没有头绪，法医需要分析推理的内容就很多，现场勘查和尸检工作也会多花一倍的时间。

“打架而已，抓了好几个了，剩下的都在追，跑不掉。”

“好，马上到。”圣兵哥长舒一口气。

我们很快上了标有“刑事现场勘查”的警车，一路上警报声直响，我的心头莫名其妙地涌上一阵刺激感。

可现场很平静，比想象中平静太多了。

马路旁胡乱拉着一圈警戒带，旁边熙熙攘攘地挤着看热闹的路人。远远望去，警戒带中间啥也没有，实在不知道这群人在围观些什么。直到走近了，才看到被围起来的地上有一摊血，血泊周围可以看到一些成条状的滴落状血迹和少量的喷溅状血迹。圣兵哥拿出勘查箱，在血泊、喷溅状血迹和滴落状血迹中各取了一部分，以备检验DNA。这在当时是很先进的，因为那时候DNA检验刚刚开始使用，而且用的还是原始的电泳方法，工序非常复杂，所以一般不会动用这种高科技，尤其是这种已经明确了犯罪嫌疑人的案件。

现场很快就看完了，我们重新上了车。

---

① 法医门诊：法医的一项重要工作就是对伤害案件中的受害人进行损伤程度鉴定，俗称伤情鉴定，为方便受害人进行伤情鉴定，通常公安机关会建设法医门诊，用于日常接待伤情鉴定案件，和派出所的户籍窗口有相似之处。

“圣兵哥，我们去哪儿？”

“殡仪馆啊。死者是在送去医院的路上死的，现在尸体已经被拉到殡仪馆了。”

“殡……殡仪馆？”虽然早就有思想准备，自己早晚要参加尸检，但是事到临头，我还是有点儿紧张，不，是夹杂着兴奋的紧张，“不是说案件已经破了吗？人不都抓了？那还用得着我们去尸检吗？”

“怎么会没用？”圣兵哥看着我笑，“只要是刑事案件，都是要进行尸体解剖检验的。这可是基础工作，也是保障案件准确办理和完善证据锁链的重要一步。”

我想都没想，便接嘴道：“也就是说，我们要去做的都是无用功？”

圣兵哥微微一笑，没有继续和我纠缠这个问题：“去看看吧，先看，下次你就自己上。至于侦查部门说案件已经破了，那可不一定。不信你看。”

听到下次就让我上解剖台，我心里又是兴奋又是打鼓，解剖刀都没有摸过的我能行吗？不管怎样，这次我至少要看个明白。

殡仪馆一般离市区都比较远，利用坐车的时间，我拿起案件的前期调查材料，随手翻了起来。

*群殴事件中，18岁的参与者饶博身中数刀，当场倒地，在送往医院途中不治身亡。*

“真巧，这个人居然和我的一个小学同学同名呢，呵呵。”虽然嘴上说得轻松，可我暗暗产生了一种不祥的预感，毕竟这个姓，这个名，还有这个年龄……

一路忐忑。很快，警车开进了写有“陵园”字样的牌坊大门。

虽然是炎热的夏天，但是一进解剖室，后背顿时袭来一阵阵的凉气。

其实那时候没有哪个地方有标准化的解剖室，顶多有一间小房，房子中央用砖头砌一张解剖台，窗户上再加装一个排气扇。这就算条件不错的了。至少冬天的时候，在房子里解剖不用忍受寒风，但是到了夏天，尸体容易腐败，腐败气体又没法散发，解剖室就成了毒气房。所以，那时候的解剖室是有季节性的。

台上放着一只白花花的尸袋，在不见阳光的解剖室中显得尤为阴森可怕。

“拖出去吧，这里空气不好。”圣兵哥边说边拖来一张移动尸床。两名法医戴上了手套，轻松一拎，将尸体抬上了移动尸床。我一边看着一边忍不住感慨，人一旦没了气息，仿佛就真成了物件。

他们把尸体往火化室后面的走廊推去，我想，那就是他们的“露天解剖室”了。其实露天解剖非常不科学，但条件所限，即使是十多年后的今天，很多地方依然只能采取露天解剖的方式。

我木木地跟在后面，心里却渐渐慌乱起来。究竟这个饶博是不是我认识的那个？

尸床到了地方，圣兵哥的工作就要开始了。他表情严肃，动作一丝不苟，将那尸袋缓缓往下拉开。我的心跳越来越快。18年来，我无数次期待像父亲一样亲历现场，伸张正义，可我的第一课却来得如此凶猛而残酷：

尸袋里慢慢露出一张苍白、僵硬却熟悉的脸。

晴天霹雳！一瞬间，血腥味和悲痛感像海啸一样奔涌而来，让我无法呼吸，年少时的种种回忆一瞬间淹没了我的喉咙，也模糊了我的眼睛。

怎么可能认不出来呢？就算是七八年不曾见面，这眉眼的痕迹也不会说谎，是的，他就是我认识的那个饶博……

第一次看解剖，解剖的就是我的小学同桌？这一定是我的幻觉，上天怎么可能对我开这么残忍的玩笑？

圣兵哥可能看出了我的异样：“怎么，受不了了？尸体都受不了，可干不了法医啊！”

我还没有调整好自己的情绪：“不，不是……饶博……他是我同学。”

“啊，是吗？”圣兵哥也面露讶色，“那，要不，你先回去？”

我怔了10秒，还是下了决定：“我不走，我看。”如果我这一关都挺不过去，还当什么法医?

圣兵哥用怀疑的目光看了我一眼："好，看看也好，就当是锻炼下吧。要是受不了了就到车上去，没事的。"

"我受得了。"我全身麻木，却不知哪里来的勇气仍然站在那里，一动不动地盯着解剖台。

尸袋终于被完整取下。我曾经的同桌和玩伴，就这么直挺挺地躺在我的面前，一只胳膊因为僵硬而半举着，眼睛微张，似乎还在望着什么，一点儿也不像书上说的，人死的时候就像睡着了一样。他身上的白色T恤已经完全被血染红，裤腰到裆部也都浸透了，翻动衣服时，破口处还缓缓地往外涌着血。圣兵哥和他的搭档泽胜仔细检查起死者的衣着，边看边讨论着什么，一旁的小王哥紧张地做着记录。可他们在说什么，我完全没有听见，我盯着尸体，脑海里居然一片空白。

顷刻间，饶博的衣服已经全被脱光，露出了他身上我从未见过的文身，那文身已经被血液浸染得很模糊了。我微闭眼睛，不忍心往下看，但还是隐约看到了他胸腹部翻出来的脂肪和肌肉。看来之前真是伤得不轻。

主刀的是圣兵哥，他站在尸体仰卧位的右手侧，拿着一根标尺，一处处地量着创口。我清楚地听见圣兵哥报出的数字：饶博身中7刀，其中胸部3刀，腹部4刀。7处创口的创角[①]都是一钝一锐，创口长3到4厘米，致伤方式很清楚——他是被刃宽4厘米左右的单刃锐器刺伤的。

"圣兵哥，这还需要解剖吗？死因应该很清楚了吧？"我看见圣兵哥开始准备解剖了，未免有些不忍。

"当然要解剖，不然你知道他伤在哪个脏器吗？知道哪一刀是致命的吗？"

"这个……有意义吗？"

"呵呵，有没有意义，你一会儿会知道的。"

刀起皮开。圣兵哥麻利地一刀从颈下划到耻骨联合的上方。皮下组织顿时

① 创角：是指创口的两角，通过对创角钝锐形态的分辨，可以推断致伤物的形态。如：单刃刺器、双刃刺器。

露了出来，黄的红的，十分扎眼。

“一字划开胸腹部，这是我们国家法医习惯的解剖术式[①]。颈部解剖一会儿再进行，先解剖胸腹部，这样相当于放血，可以防止颈部解剖时划破血管，导致血液浸染肌肉组织。那样的话就无法判断是肌肉出血还是血液浸染肌肉组织，也就无法明确颈部是否遭受过外界暴力了。颈部是关键部位，要留心。”圣兵哥一边分离着胸部的肌肉组织，一边解说着，“分离胸部的肌肉要贴着肋骨，不要采用像外科医生那样的小碎刀，我们没有那么多时间。一刀是一刀，范围要广，下刀要准，刀面要平行，不要切伤肋骨，更不能刺破胸腔。”

看着饶博的胸部被一点点打开，我的神经已经绷紧到了极限，只能强忍着呕吐的冲动。

很快，腹膜也被打开，涨了气的肠子噗的一声涌出来。圣兵哥仔细检查了死者的腹腔，摇了摇头：“肚子上四刀，没一刀伤到脏器和血管，连肠子都没破，死者本来应该还有救的！”

接着他麻利地用手术刀沿着肋软骨和肋骨的交界处切开，提起了胸骨，沿着胸骨的背侧一刀刀地分离，组织分离的刷刷声在幽静的走廊上回荡。

饶博的胸腔被打开的时候，我实在受不了了，只好离开手术台，远远站着。只听圣兵哥说：“真是不巧，只有一刀进了胸腔，刺破了主动脉弓。剩下两刀都顶住了肋骨，没进胸腔。这孩子真是运气不好，刀歪一点儿，顶多是个血气胸。”我回头去看，发现饶博焦黑的肺脏已经被拿出了体外，我顿时又涌上一股呕吐的冲动。

“圣兵哥，他，是不是烟瘾大，所以……”

“你说肺背侧的黑色吗？呵呵，不是，这是尸斑。人死后，血液由于重力往下沉积，所以感觉比上面的组织黑一点儿。”

“你确定死因了吗？”

“是的，他中了七刀，但是只有一刀致命，就是胸口这一刀，”圣兵哥边说边掀起死者左侧的胸大肌，指了指皮肤上的创口，“这一刀刺破了主动脉，

---

① 解剖术式：是指惯用的解剖方法。如一字型切口、Y字型切口、T字型切口。

导致了大失血死亡。”说完，他开始用一个汤勺一勺一勺地把胸腔的血液舀出来装在一个器皿里。

“胸腔积血1500毫升。”圣兵哥说，“加上流出体外的血液，足以致死。再加上尸斑浅淡等尸体现象，死因很明确。”

紧接着，圣兵哥解剖了饶博的颈部和头部，未发现明显的异常。那个时候，还很少见电动开颅锯，法医是用小钢锯来回拉锯，直到把头骨锯开为止，那种骨屑的味道，我至今依然最怕闻到。

刚刚缝合完毕，准备收工，只见侦查员小李一路小跑过来。

“怎么样，审讯有进展吗？”圣兵哥很关心审讯的情况。

“别提了，”小李擦擦汗，“三个人持刀，都固定了证据。但是三个人的刀的样子基本上差不多，他们三个都不承认捅了胸部，都说是捅了肚子。”

现在的地痞流氓也都知道捅肚子比捅胸口捅死人的概率小多了。

“那不是扯淡吗？胸口三刀怎么解释？”圣兵哥皱皱眉头。

小李摊了下手，表示无助。

“刀带来了吗？”圣兵哥盯着尸体上的伤口，一会儿，突然眼睛一亮，“知道哪把刀是谁拿的吧？”

“没问题，证据都固定了。”

圣兵哥仔细看了看伤口，又挨个儿拿起分别装着三把刀的三个透明物证袋，仔细看了看刀刃，微微一笑，拿出了其中一把红色刀柄的匕首说：“致命伤，就是这把刀捅的。”

我顿时觉得很神奇：“为什么？这也能分辨出来？三把刀看上去都一样啊！”

“形状是一样，但是大家仔细看尸体上的七处刀伤，看上去形态基本一致，粗略分析是由一种凶器形成。但是，再仔细看一看创壁[①]，致命伤的这处创口，创壁有一处皮瓣，看出来了吗？”

大家一齐点头。

---

① 创壁：就是指创口裂开处的两边皮肤和皮下组织。

“为什么其他创口没有皮瓣，就这一处有皮瓣呢？创壁是刀的侧面形成的，刀面基本都是平滑的，不应该形成皮瓣。那么形成皮瓣的不会是刀面，不会是刀刃，只有可能是刀刃上的凸起，比如说卷刃。”

“噢！对啊！”大家恍然大悟，争相去看那三把刀。果不其然，那把红色刀柄的匕首是卷刃的。

“如果刀的材料不是很好，刺进肋骨后再拔刀扭转，很容易形成刀刃的卷刃，那么卷刃以后形成的创口创壁就会留有皮瓣，所以，我怀疑胸部这三刀，至少有两刀是用这把刀捅的。可能这把刀原来就是卷刃的，行凶者就捅了两刀；也可能这把刀原本不是卷刃，行凶者捅了一刀后，才变成卷刃。但是，可以肯定，致命伤就是这把刀形成的。”

“有您这分析推断，我们就放心啦。”小李高兴地跑了。

我愣在一旁。圣兵哥看了看我，说：“怎么样，刚才不是说这种已经明确了犯罪嫌疑人的案件，法医工作、尸检工作就不重要了吗？”

我回过神来，对圣兵哥肃然起敬：“真是没有想到，原来铁板钉钉的案件，也会出现问题，这些问题还是需要我们来解决。之前我真是小看法医学了。”

泽胜法医也在一边说道：“是啊，这样一推断，就明确了多名参与殴斗的行为人中导致死者死亡的直接关系人，这可是案件定罪量刑的关键证据，尸体是不会说假话的。”

回去的路上，虽然还没有从同学被杀的悲伤中走出来，但是哀痛之余，我又有了一种说不出的感觉。这是我第一次亲眼见证了法医学的关键作用，法医不仅仅是为侦查提供线索、为审判提供证据那么简单，如果不是今天的解剖分析，我们就找不到真正该为死者负责的凶手，而另两个犯罪嫌疑人也许会因此蒙冤……

对我来说，那是非同寻常的一天。我终于下定决心，要成为一名好法医。

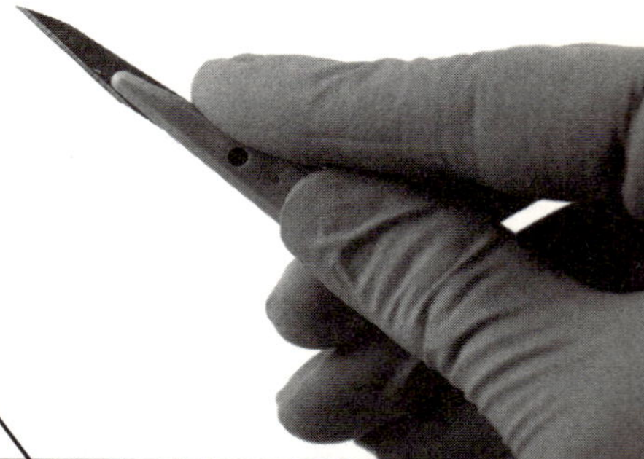

# 第二案　沉睡之妻

## 1

对于法医学生来说，大二大三就是噩梦。因为四年的医学理论课程，作为法医学生必须要在三年内全部修完。虽然我学习还算刻苦，但是大二那年的生理、生化、病理、病生、寄生虫等繁重的课程接踵而至，我没能招架得住，生化和寄生虫两科双双挂了红灯。于是大二的暑假我就待在家复习功课没能再去参与实习，直到大三的暑假，我才再次来到了久违的法医门诊。

基层法医的工作并不如想象中那么刺激，除了要在命案侦破中打头阵，更多的精力要花在怎么做都做不完的伤情鉴定和时不时就出现的非正常死亡案（事）件上。

之所以用“非正常死亡案（事）件”这种形式来表达，是因为法医在对这类案件做完前期工作后，结合简单的调查情况和现场勘查情况，要在第一时间确定是不是命案，如果是命案则称之为案件，需要进一步的解剖检验、参与侦破；如果确定不是命案，则称之为事件，尸体则交给家属处理。如果把事件错看成了案件，会浪费大量的警力和精力，当侦查工作继续不下去了，重新审视的时候发现了错误，法医就会被千夫所指；而把案件错看成了事件，就会造成冤案。非正常死亡案（事）件的处置，我们省每年都有一万多起，每个案件需要两名法医处置，所以平均每个法医每年就得看七十多起，当然，这还不包括交通事故的相关检验鉴定。

重新回归法医门诊的第一天就不消停，我刚踏进门诊大门不到五分钟，电话就响起了。

“新绿小区的一位住户，昨天夜里突然死亡，请你们过来看看。”是派出所打来的电话。

“前期调查有什么情况吗？”圣兵哥问道。

“没情况，封闭的现场，应该是猝死。”派出所民警打了个哈哈，显然这样一起非正常死亡事件没有引起多大的重视。

这个小区离法医门诊很近，很快我们便赶到了现场。

现场位于一栋楼房的五楼，是一套两居室，住着一家三口。丈夫体弱多病，是个下岗工人，隔三岔五地去附近的一个小作坊打工。妻子，也就是死者，长得五大三粗，没有工作，靠捡废品赚些外快，两个人的收入都少得可怜，只够勉强维持生计。家里还有个七岁的小男孩，长得十分可爱。

我们到达现场的时候，发现现场并没有采取严格的保护措施，痕检员小郭正在检查门锁。客厅里坐着两名派出所民警以及死者的丈夫和儿子。丈夫一边抹着眼泪，一边念叨着：“你怎么就这么走了？你走了我们怎么办？”儿子站在一旁，脸色煞白，更多的是惊恐，而不是悲伤。他太小，大概还体会不到失去亲人的伤痛吧。

圣兵哥不急于勘查现场，而是先将派出所民警拉到门外，开始询问前期的调查情况。

“前期调查怎么样？”

“很正常。上午接到报案说女的死了，我们就立马赶来了。把男的和小孩分开问的。男的说是昨晚他在小房间带小孩睡的觉，早上洗漱完毕准备送孩子去上学，喊女的起床，可是左喊右喊没有反应，过去一看，没气儿了。”民警擦了擦汗，接着说，“小孩也证实是他爸爸带他睡的觉。”

“屋里正常吗？肯定没有人进来过？”圣兵哥看着小郭说。

痕检员小郭直起身子，说：“肯定没有。门是从里面锁住的，没有撬门和技术开锁的痕迹。窗子我也看了，都是关着的，完好无损。可以确定是个封闭现场。”

“这夫妻俩，平时感情怎么样？”圣兵哥还是不太放心。

“他俩可是我辖区里的模范夫妻，感情好得没话说。”辖区民警像是打开了话匣子，“这男的身体不好，前不久住在工人医院，治疗了几周，经济上支撑不住，就主动要求出院。因为医院离家有六七公里，他们又不舍得花钱打车，是妻子一路背着丈夫走回来的。多贤惠的女人啊！”

“你的意思是说，可以排除这男的杀妻的可能？”圣兵哥问道。

“是的，我觉得不可能是他。邻居都知道的，从来没听他们拌过嘴。而且也没有发现他们双方谁有婚外恋的迹象。更何况，你看看这男的的身板儿，再看看那女的的身板儿，不是一个重量级。”派出所民警信心满满。

圣兵哥的表情轻松了许多，戴上手套，径直走进中心现场——大卧室。

现场的窗帘自然地拉拢着，房间采光也不好，光线暗淡，只能通过模糊的轮廓来判断房间里家具的摆设。家具虽然破旧，但是很整洁，物品摆放都井井有条，看来死者生前是个很爱干净的人。现场没有任何翻动的痕迹，显得很平静。房间的中央摆放着一张大床，床上的草席很整齐，尸体仰面躺在草席上，盖着一条毛巾毯，表情很安详。圣兵哥轻轻掀起窗帘，检查了窗户，发现窗户果真都是关死了的。“大热天的，关窗户睡觉不嫌热吗？”我嘟哝了一句。圣兵哥回头看看我，笑了笑：“很好！我们就是要带着问题去看现场、做尸检。”

尸表检验的程序是从上到下，从外到内。圣兵哥开始了仔细的尸表检验。

“死者眼睑内有明显的出血点，口唇青紫，指甲青紫。窒息征象明显。”

圣兵哥一边说，我一边奋笔疾书做记录。

“窒息？”站在一旁的民警很惊讶，神情一下子紧张起来。

“很多疾病导致猝死的尸体也可以看到窒息征象，因为如果疾病导致呼吸、循环功能的衰竭，死亡也通常是因为缺氧窒息。”在此之前，我已经看过几个猝死的非正常死亡现场，所以虽然还没有进行专业课的学习，也基本掌握了猝死的一般征象。

“口鼻腔未见损伤，颈部皮肤未见损伤、瘀血。”圣兵哥继续检查尸体。

“看到了吧，口鼻和颈部都没损伤，为什么会窒息？说明这种窒息征象来自疾病。看来你们前期的调查没有错，的确是猝死。”我得意地对民警说道。

圣兵哥朝我摆摆手，意思让我多记少说。我不好意思地闭了嘴。

圣兵哥随即掀起了死者的衣服：“胸腹腔未见致命性损伤……”说到一半，他突然怔住，盯着死者许久，又用手指按压了几下死者的胸骨，陷入了沉思。

我也看出了圣兵哥的反常，赶紧探头去看，死者的胸骨部位有一大块明显的苍白区。虽然看到了这一块不太正常的皮肤颜色改变，但我不明白这能说明什么。我茫然地看着圣兵哥。

没想到，圣兵哥却转头开始收拾他的检验器械。我这才长舒一口气，暗想：就是嘛，这能说明什么，学校老师跟我们都说过的，要学会抓大放小。尸体征象都是因人而异的，不尽相同，所以法医不能因为一些小的问题影响整体的判断。死者颈部和口鼻腔都没有损伤，基本可以排除机械性窒息，那么唯一的可能就是猝死。想到这里，我为自己的推断感到十分自豪。

这时圣兵哥已经收拾好器械，脱了手套，拎着法医勘查箱走到客厅。死者的丈夫抬起红肿的眼睛看了一眼我们，又低下头继续哭泣。

“结束了？要不要通知殡仪馆来拉人？”民警问道。

圣兵哥盯着死者的丈夫，冷冷地说了一句：“拉去殡仪馆，我们要进一步解剖检验。”

## 2

在场的所有人，包括我，都愣住了。

“不是……猝死吗？还需要解剖？”派出所民警也有些意外，不相信自己的耳朵似的，忍不住问了一句。

“不行！我不同意解剖！我不忍心让她死了以后还被千刀万剐！”死者丈夫突然暴跳如雷，把旁边的孩子吓了一跳。

“这个，家属不同意的话，我们好像还不能解剖吧？”派出所民警把圣兵哥拉到一旁悄悄问，“有什么问题吗？要我们做家属的工作吗？”

“刑诉法有规定，我们怀疑是刑事案件，对于死因不明的尸体，我们公安机关有权决定是否解剖。”圣兵哥斩钉截铁地说。

“那这男的怎么办？”民警追问道。

“先控制吧。”

我们转身离去，背后还传来死者丈夫的咆哮：“我看看谁敢解剖！我要告你们！”

去殡仪馆的路上，我战战兢兢地问：“我说错了？不是猝死？”

“当一个法医，最忌讳的就是先入为主。”圣兵哥缓缓说道，“这会很大程度地影响我们的判断。先入为主会蒙住我们的眼睛。”

我的脸青一阵红一阵，不管我对死者死因的判断对不对，我承认自己确实先入为主了。没有任何人敢说夫妻感情好就一定不会出现杀亲案。

“另外，在我们没有做完尸检的情况下，不能轻易表态。”圣兵哥继续说道，“如果我们说了，别人就会认为那是我们的结论。没有充分依据的支持，结论很容易出错。所以，在以后的工作中，一定要管好自己的嘴。”

“可是，她确实符合猝死的征象啊，难道就是因为胸口的那一片苍白区吗？”我仍然不太服气。

“一会儿就知道了，别着急。”

我们回法医门诊拿了解剖器械，接着驱车赶往殡仪馆。到达解剖室的时候，尸体也运到了。

“男的已经带到所里去问话了，小孩交给他们一个亲戚照看。”派出所民警说。派出所的办事效率很高。

圣兵哥递给我一套解剖服和一双手套：“按照计划，今天该你出手了。”

尽管心里十分紧张，但我还是故作镇静地接过了那淡青色的解剖服。我笨拙地穿上解剖服，在戴上手套的那一刻顿时感到无比神圣。

作为助手的我，努力不让人发现我拿着手术刀和止血钳的手一直在微微颤抖。

我们仔细检查了死者的口腔、牙齿，甚至用手术刀划开有可疑颜色的牙龈，但是都没有发现出血的痕迹。接着我们又仔细地检查了死者的颈部皮肤，完全没有外伤的痕迹。“这应该不是机械性窒息。”我摇摇头。

“今天我们先看头吧。”圣兵哥决定改变解剖的顺序，“你来。”圣兵哥往后欠了一下身，意思是让我动刀。

刮头发实在是一件很难的事情，我刮了很久才将死者的头发剔除干净。随即我学着上次解剖的术式，从死者左侧耳后开始下刀，用颤抖的刀一刀划至右侧耳后。刀子划开头皮哧哧的声音听起来十分刺耳。将头皮上下翻开暴露颅骨后，圣兵哥用新买进的电动开颅锯轻松地取下了颅盖骨。和想象的一样，死者的脑组织并没有损伤。取下大脑、清除了颅底的硬脑膜后，完整的颅底便暴露在眼前。

圣兵哥细细检查了颅底：“果然是这样。你来看看，颅底有什么异常？”听圣兵哥这么说，我探头去看：“没……没有异常啊，没有骨折。”

“颅底这两侧突起叫颞骨岩部。”圣兵哥用止血钳指着颞骨岩部说，“这里颅骨的下面对应着内耳。如果是被捂死或者溺死，内耳的气压就会发生改变，从而导致颞骨岩部的出血。如果是疾病导致猝死，内耳气压不会有改变，颞骨岩部也不会出血。”

我点点头，局部解剖学我可是全班第一，这个颞骨岩部出血的理论也很容易理解。看着死者发黑的颞骨岩部，我说：“是了，这人的颞骨岩部有明显的出血，不然这里应该是白色的，而不是黑色的。”

圣兵哥赞许地点点头：“对，她是被捂死的。”

“可是她的口腔没有损伤啊。”我也知道，用手捂压口鼻腔，势必会造成牙龈附近口腔黏膜的损伤。

“如果有软物衬垫呢？”圣兵哥说，“床上可是有很多软东西的。”

我恍然大悟：“枕头！但是，这样就判断是被捂死的，是不是武断了点儿？”

“别急，我们来看看她胸口的这块苍白区。”

按照解剖的正规术式，我们打开死者的胸腹腔，刀口横断了那一块苍白区。从横断面上看，这一块皮肤苍白，皮下的毛细血管内也没有一点儿血迹，甚至皮下的肌肉都表现出缺血的颜色。

“这样的苍白区，说明什么？”圣兵哥问道。

我茫然地摇摇头。

“人活着的时候，血液充斥了毛细血管，并不断流动。”圣兵哥解释道，“如果身体的一部分软组织被重物压迫，皮肤和皮下组织的毛细血管中的血液就会被挤压到旁边，受压的这部分软组织就会缺血。如果人在这种受压的情况下死去，血液不再流动，那么即使释放了这种压力，血液也不会再流回这部分组织的毛细血管中，对吧？”

我点点头：“血液流不回来，这里的颜色就是苍白的，和周围自然不一样了。”

“是的。这说明死者死亡的过程当中，一直有重物压迫在胸口。大夏天的，会有什么能压住胸口呢？只有人。”圣兵哥用手指沿着苍白区的周围游走了一圈，说：“看看，像不像人的膝盖？”不说不像，一说越看越像。我问：“你是说，她是被人用膝盖顶住胸口，然后用枕头作为衬垫捂死的？”

“是的，用膝盖顶住胸部，可以很好地控制住被害人，而且可以腾出双手捂压口鼻。”

我们继续解剖。死者的内脏瘀血情况非常严重，更加印证了她不是猝死，而是机械性外力导致的窒息。

“既然肯定是个封闭现场，那么犯罪嫌疑人只可能是她丈夫了。”圣兵哥对辖区民警说道，“你也不会相信七岁的小男孩有这个能力杀人吧？”

辖区民警应声道："看来要移交刑警队去审讯了。"

## 3

回来的路上，我依旧在思索案件的来龙去脉，可是脑中一片乱麻，怎么也理不清楚。

圣兵哥像是看出了我的心思："有什么问题要问吗？"

"其实没什么问题，通过解剖，死因应该是铁板钉钉了。但是，结合案情，我有很多疑惑。"

"法医办案当然要结合案情，但是不能依靠调查。我还是那句话，尸体是不会说谎的。"

"可是既然他们夫妻关系这么好，又没有奸情。那男的为什么要杀自己的妻子？"

"从犯罪心理学的角度看，犯罪分子作案，不一定就必须要具备什么特定的犯罪动机。虽然大部分的命案都无外乎情仇财，但也有少数的命案，犯罪分子根本就没有动机，或者说只是一时的冲动。这种冲动，我们称之为激情杀人。"

"你是说，这个案子就是个激情杀人？"

"目前看，应该是这样。"

"可是我们没有依据啊？"

"在现场的时候，你也注意到了，现场是封闭的，门窗紧闭，窗帘都是拉好的。现场没有空调，我注意看了一下，电风扇也没有开。这么炎热的天气，不开电风扇就罢了，为什么要紧关窗户呢？难道住在五楼的他们是为了防盗？他们条件这么差，有什么东西担心被偷呢？而且小房间和客厅的窗户都是开着的，仅仅关上大房间的窗户能起到防盗的效果吗？"

我一时没了主意："难道是那个男人伪装？也不对啊，他如果伪装也应该打开窗户，说是别人从窗户进来捂死了他老婆啊。"

“再想想。”

“难道是这个女的怕冷？有关节炎？”我都觉得自己的推断越来越不靠谱儿了。

“夏天关窗拉窗帘，小两口会不会是想过夫妻生活呢？”圣兵哥道。

“对啊，我怎么没想到这方面？性生活不和谐，于是男的一怒之下捂死了女的。”我开始臆想猜测了。

“目前，这都只是猜测，还要进一步提取证据。”圣兵哥审慎地说。

仅仅靠猜测是不行的，目前的证据还不能定案，解剖的时候我们提取了死者的十指指甲，又重新去现场提取了大房间所有能够捂压口鼻的软物，立即送往省公安厅进行了相关的DNA检验。

第二天上午，省厅就有消息反馈回来：死者的指甲内发现了新鲜的皮屑，送去的物证中，在一个毛绒玩具上发现了死者的口腔上皮细胞。

“看来这个男的受了伤啊。”圣兵哥听到这些消息，精神大振，“走，我们旁听审讯去。”

按照专案组的统一安排，孩子已经被带到了刑警队的办公室，和孩子一起来的，是孩子的小姨。根据法律规定，对未成年人的询问工作应有孩子的监护人在场。孩子的母亲死了，父亲又是犯罪嫌疑人，监护人的重担就落在孩子唯一的亲人——他小姨的肩上了。

负责询问的是一个穿便衣的女刑警，通过几次的沟通，才取得了孩子的信任。孩子很快就说出了实情：“那天晚上不是爸爸带我睡的，我很早就开始自己睡觉了，但是早上睡醒，爸爸不知道什么时候睡到我旁边了。后来就发现妈妈死了，妈妈死了以后，爸爸让我一定要跟你们说是他带着我睡觉的。我不知道为什么，但是肯定不是我爸爸害死我妈妈的，我妈妈是病死的。”

“你爸爸妈妈吵过架吗？”

“有时候会吵两句。”

案情逐渐清晰了，男人的作案时间和动机也有了。

男人坐在审讯椅上，负隅顽抗：“你们公安在干什么？我老婆死了破不了案就抓我？”

圣兵哥径直走到男人的旁边，淡淡地说："把上衣脱了。"

男人愣了一下："脱……脱衣服？你们想干什么？想动刑吗？都什么年代了……你们还敢……"

"脱了！"圣兵哥罕见地大声吼道。

男人立即噤声，缓缓地脱了上衣。胸口赫然有几道鲜红的指印。

圣兵哥说："这么新鲜的伤痕，只能是48小时之内形成的，你别告诉我是你自己挠痒挠的。"

男人低下了头，估计是在想对策。

"说吧，你是怎么用你们家那个毛绒玩具捂死你老婆的？"

男人身体猛然一震，接着开始瑟瑟发抖。

"想过夫妻生活遭拒就杀人，你可真是衣冠禽兽啊！"侦查员显然已经掌握了我们前期的分析结论，于是开始穷追猛打。

不料这个男人哇的一声就哭了出来，一把鼻涕一把眼泪的，让在场的人都吃了一惊。哭了好长一会儿，他才开始慢慢说道："其实她从来就看不起我！在别人看来我们感情很好，但是我知道她从来就看不起我！"

原来，凶案的背后是男人的自尊心在作祟。

"是，是我杀了她……那天晚上，我们看完电视，正准备睡觉，我估摸着孩子已经先睡了，就去关窗拉窗帘，打算和她亲热一下的。"男人抹了抹鼻涕，继续说道，"结果她大声说，大热天的关窗干吗？神经病啊？我本来得的就是神经系统疾病，看了很多家医院都没看好，平时还会管不住自己发抖，在别人面前已经觉得够丢脸的了，哪里受得了老婆骂自己神经病。所以我二话没说就骑到她身上，想用力把她衣服给脱了。可没想到那天她不知吃错了什么药，一见我动手就暴跳如雷，一脚把我踢下了床，还说什么天天就想这些事儿，天天靠糊纸盒子赚点儿青菜钱，上辈子造了什么孽才嫁给了我之类的话。我越听越来气，哪有当老婆的这么骂自己老公的！一气之下，我跳到床上，用膝盖顶住她，继续去扯她的衣服。可能是我压住了她不能动弹，她居然大叫起来，还抓破了我胸口，我当时气过头了，随手拿了床头柜上的毛绒娃娃就去捂她嘴。没想到捂了一会儿她居然就没动静了……"

说到这里，男人显得很害怕："后来我探了探，她真的是没气了。我赶紧把被子铺好，就跑到儿子床上去睡觉，当时就想你们或许会以为她是病死的……"

走出了审讯室，外面阳光灿烂，可是我的心情却很沉重，不知道那个可爱的小男孩在知道这些残酷的真相之后，还能不能坚强地长大成人？

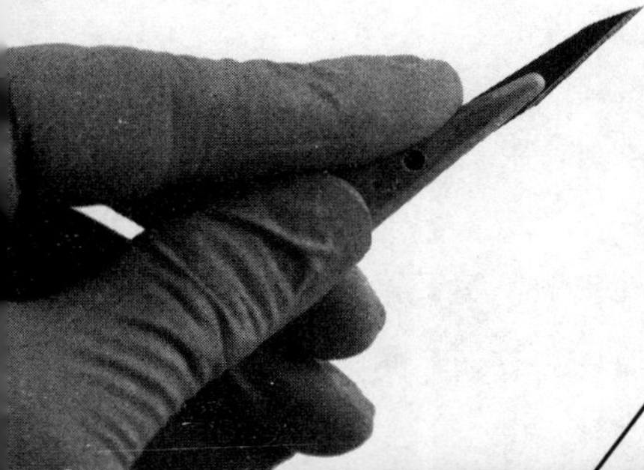

# 第三案　水上浮骸

## 1

时光飞逝，不知不觉间已到了大四的实习期，作为班长的我和其他8个弟兄被带到了南江市公安局，开始法医的专业实习。南江市局有很多我们的师哥师姐，我们受到了他们的热烈欢迎。就算在2002年，南江市公安局法医中心的基础设施在全国也是首屈一指的，实在让我们这些实习生叹为观止。整个法医中心占地面积25亩，有一栋办公楼、一栋宿舍楼、四个独立的解剖室和能容纳98具尸体的冷藏库，另外还有鱼塘、菜地、靶场。这样的条件，我们省到目前也还没有建成一家。

尸体冷藏库是我们公认的比较恐怖的地方，阴森寒冷的走道两旁整齐地罗列着数十组四联整体冰柜，因为殡仪馆是定期来拉尸体，所以这98个空位基本是满员的。看守尸库的是一个聘用的老大哥，我们初来乍到的时候，他也关切地问我们害不害怕，我的同学们都觉得吓人，只有我，一方面已经有了解剖尸体的经历，一方面又是班长，所以总会硬着头皮，装作不屑的样子说：“怕？这有什么好怕的？不就是尸体嘛！”

南江市局的工作量，是我老家那样的小地方不能比拟的，每天平均要跑三个非正常死亡现场，每天平均要解剖检验一具尸体，所以，我们在南江的半年十分忙碌，整天就是食堂、宿舍、解剖室、现场四点一线。

四点一线跑了快一个月，没有碰见一起奇案，作为实习生的我们甚感无趣。

这天，又轮到我的带教老师飙哥值班，我们闲来无事在值班室聊天。飙哥的外表一点儿不像他的名字那样彪悍，他是个瘦瘦的、帅帅的、文质彬彬的30多岁的男人。关于他有很多传说，据说因为他屡建奇功，连续破获了几起大案，南江市局奖励了他一套房子。当然这只是传言而已。

“怎么没有一起有悬念的命案啊？体现不出我们法医的作用嘛！”我耷拉着脑袋嚷。

“乌鸦嘴啊！”飙哥用纯正的南江话说道，“这种事情不能说的，一说就中。”

“哪有这么邪门儿……”我的话还没有说完，值班电话猛然响起。

飙哥一脸邪恶：“看看，看看，灵不灵，灵不灵？”

“我才不信呢！要么是个非正常死亡，要么就是预约伤情鉴定。”这种事，说说就能来？怎么可能！

很快飙哥接完了电话，一脸无奈地看着我，说：“乌鸦嘴！走吧，去护城河，尸块！”

我浑身打了个激灵，真有咒语之说？我又不是巫师！要么就没案子，一来就是碎尸？虽然知道自己马上要开始忙了，但那时的我心里充满莫名的兴奋感。当然，现在的我和飙哥一样害怕大案子的出现，也就只有新上手的法医才会对发案充满期待。

很快，我们驱车赶到了案发现场。护城河的两边都拉起了警戒带，交警、巡警、辖区民警和刑警的车辆停在路边排了好长一段。南江大学曾经有一起轰动全国的碎尸案，过去好些年了，依旧没有侦破。所以一听到碎尸案，各部门都十分紧张。警戒带的周围是黑压压的一大片围观群众。越过警戒带，走进警戒区域的时候，我心里升起一种神圣感，就像初次戴上手术手套一样。

发现尸块的是南江护城河上的一名清淤工人。他在小船上工作的时候，突然发现河面上一块白花花的东西时沉时浮，他一边在心里暗骂往河里丢垃圾的人，一边划船过去，没想到捞上来一看，竟是一块切下来的人的胸部。他当时差点儿被吓得跌落水中，于是赶紧报了警。

护城河上十几条小船全载着民警在做网格式打捞，希望能从水中再打捞出更多的尸块。碎尸案件中，发现的尸块越多，破案的线索自然也越多，但是茫茫护城河，再打捞出尸块的概率很低。飙哥带着我们仔细查看已经被水泡得发白的尸块，看得出来这是女性右侧的乳腺和胸大肌，尸块的分割面十分整齐，脂肪组织和肌肉都已经变得苍白，可是，就这么一块软组织，能有什么线索呢?

突然，围观的人群开始嘈杂起来。看来有新情况了。果然，其中一艘打捞船上的民警用抓钩钩起了一个塑料袋，在船上打开检查。很快，打捞船向我们所在的岸边驶来，有新发现了!

看到塑料袋里的物件，我们兴奋的心情很快又坠入了谷底，塑料袋里的两块尸块，是另外一侧的乳房和整个腹壁软组织。在碎尸案中，骨头的价值远比软组织高得多。眼看天色暗了下来，能打捞到骨头的希望基本是破灭了，下一步的工作也就陷入了僵局。

“走吧，回中心再仔细研究。”看着打捞船陆续靠岸，飙哥知道打捞工作也只能到此为止了。

回去的路上，我无助地问：“飙哥，这就不打捞了吗？我们接下去该怎么办？”

“这么大的护城河，总不能把水抽干吧？不过，我估计明天会下蛙人的。但是面积这么广，能打捞到的希望很渺茫啊！”

“这样的案子，我们能发挥什么作用？”

“当然，碎尸案主要是找尸源，尸源找到了，案件就破获了一半。所以，碎尸案还得看我们的本事，能不能制订寻找尸源的条件，从而缩小搜查范围。”

我似懂非懂地点点头，但是心里在不停地打鼓，就三块尸块，怎么缩小范围？虽然现在DNA技术已经很成熟了，但是我们国家没有大范围的DNA数据库，所以DNA只能作为证据，而不能作为寻找犯罪嫌疑人或者尸源的线索。我也知道这一点，所以完全不知道下一步该怎么办。这个时候，飙哥的心里也同样没有任何把握。

回到中心，我们马不停蹄地办理了尸体入库的手续。虽然只是三块尸块，但是也必须按照全尸一样办理手续，三块尸块要分开放，DNA鉴定认定为同一人以后才能放在一起，以防出现的是两起甚至三起碎尸案，我们不能主观地就确定三块尸块肯定是一个人的。办理完手续后，我们又提取了少许软组织送去DNA实验室，连夜进行同一认定。然后我们回到值班室，开始讨论下一步的动作。

“不管怎么说，等到同一认定完以后，下一步得看看三块尸块能不能拼在一起，然后再想对策。”飙哥若有所思。

看着沉思的飙哥，我知道在这个案子里，制订寻找尸源的条件的确会很难。尸源寻找的条件，包括必要条件，比如性别、年龄、身高、体重、衣着等，还有一些特定的条件，比如文身、疤痕、畸形或者胎记等。要“猜”出这些条件，仅仅依靠这三块尸块，真的可能吗？

第二天一早，我就被飙哥喊了起来：“认定同一了，起来拼图吧。”

拼这三块尸块，听起来简单，做起来难。我们把尸块摊放在解剖台上，沿着皮瓣的方向慢慢地拼接。结果很意外，这三块尸块真的拼接成了一个整体，可以说是无缝对接，拼成了一个人完整的胸腹部。

“切口这么整齐，不会是我们同行干的吧？”飙哥沉吟道。

我们傻傻地盯着苍白的尸块，一时不知道该从何处下手。对于身高、年龄的推断，法医界已经有了非常成熟的办法。年龄可以通过牙齿和耻骨联合面（两侧骨盆的连接处叫耻骨联合）的形态来综合推断，经验丰富的法医依据耻骨联合结合牙齿能够将年龄推断得十分准确，误差一般不超过两岁；身高也可以根据多根长骨的多元回归方程计算到误差两厘米之内。但是对于这样只有软组织的案件，连飙哥也没了办法。

突然，值班法医平哥哼哧哼哧地跑过来：“完了，又出事了。”

## 2

这个案子还没有着落，又来了新案子，这不是雪上加霜吗？平哥看着我们惊恐的眼神，噗的一声笑了，接着说：“别紧张，是交通事故。”

大家都长舒一口气。“交通事故你大惊小怪的干什么？”飙哥显然很不满。

“这次多啊，十几个。”平哥擦了下额头上的汗珠。

一次交通事故死亡十几个人，就是特大交通事故了，相关的处置工作会比较复杂，但是对法医来说，只需要仔细进行尸表检验，排除他杀可能，基本确定一个死因就完事了。但是，十几具尸体的尸表检验，至少也要做五六个小时，是一件非常辛苦的工作。

“你去现场了吗？”飙哥问道。

平哥说：“去了，惨不忍睹，到时候你看到就知道了。我们的运尸车都装不了，说是公交车拉来的。”

飙哥低头看了看解剖台上的尸块，又转脸看着我说：“你来了一个多月了，这起交通事故的检验和接待工作，交给你办，行不行？反正碎尸案还没有头绪，不过放心，碎尸案一旦有了头绪，你继续参与，不耽误你学本事。”

飙哥说的接待工作是指接待这些死者家属来法医中心认领尸体，因为交通事故中死亡的尸体通常很容易找到尸源，除非是面目全非的尸体。只要有全尸且面容衣着还保存完好的，尸源都是通过家属认领尸体这一步工序来进行认定的。我自负地觉得这种事情让我来做实在大材小用了，不过是带教老师的吩咐，我也就欣然答应了。

说着话的工夫，一辆8路公交车驶入法医中心，停在解剖室外的小广场上。我是领了鸡毛令箭的“负责人”，等车一停门一开，我一个箭步蹿上公交车。

眼前的景象让我顿时石化。车厢里横七竖八地停放着十几具尸体，衣着光鲜，清一色的花季少女。

开来这辆公交车的是法医中心的驾驶员小李，估计公交车驾驶员是没有那么强大的心理素质单独和十几具尸体待这么久。

交通事故的案情很简单，一所旅游学校的礼仪专业学生，乘坐一辆面包车前往一家五星级酒店开始实习工作。不料面包车行至一座水库旁时，为了避让一辆横冲直撞的渣土车，掉进了水库。驾驶员侥幸逃出，车上的13名十八九岁的女学生全部葬身水库。

我和同学戴上手套，将尸体一具一具地抬下车，在解剖室外的广场上一字排开，小小的广场上摆满了尸体，这样的景象实在触目惊心。这么多年轻女孩的猝然死亡，牵动着我们这些人怜香惜玉的神经，广场上空的空气仿佛凝固了。为了节约时间，我和同学们立即开始对这些尸体进行尸表检验。

十多名死者都是赶赴实习单位的，身上多半带了身份证，这让身份识别简单了不少。尸表检验迅速地进行，13个人，除了坐在副驾驶上的女孩因为猛烈撞击车体，头皮被碎玻璃整个儿掀到了脑后，头部撞击车体导致颅骨粉碎性骨折以外，其余的死者全身都未发现致命性损伤，结合她们的口鼻附近都有明显的泡沫痕迹，基本可以确定是溺死。

大家都一声不吭地埋头进行尸表检验，心情都异常的阴郁，多可怜的孩子们，就这样提前结束了自己的生命。

在解剖室里继续对尸块进行检验的飙哥，此时走出了解剖室，看他脸上的表情，我知道连神通广大的他对本案也一筹莫展。虽然有了10年的法医工作经验，走出解剖室的他还是因眼前整齐摆放着的这么多女孩的尸体惊呆了。法医就是这样，成天面对着残酷的死亡，总要承受强大的心理压力。

飙哥待了一会儿，突然眼里露出兴奋的光芒。我已经很了解飙哥，他有这样的表情，说明有新发现了。

“秦明，过来，我突然有个想法。”

我停下手中的工作，用胳膊擦了下额头上的汗珠，问道：“咋啦？”

“我问你，我们利用长骨、耻骨来推断身高、年龄，有没有什么科学依据？”

这个问题问的，咱法医用这些回归方程算年龄、算身高，算了这么多年，突然问起有没有科学依据，实在是显得有些荒唐。

“当然有依据，没科学依据，我们能算那么多年吗？能每次都推断得那么准确吗？”我回答道。

“那你说说，有什么科学依据？”飙哥像是在给我出考试题。

“这个……”我卡了壳，但很快就找回了思路，“我们用的方法，不能说是什么自然科学，但是，我们之所以能够通过采集一些数据来计算出我们需要的结论，是前辈们通过收集无数根长骨、耻骨，根据这些长骨、耻骨上的一些特征性指标，比对骨头主人们的身高、年龄算出一个系数，然后用多个指标系数，制定回归方程。因为有前期大量的数据支持，所以就会很准确。这……这叫统计学意义。统计学意义，也算是有科学依据。”我一口气说完，对自己的回答非常满意。

“说得好。”飙哥赞许道，“我们不能通过软组织推断身高、体重，是因为没有人去研究，没有人去收集检材①，去计算回归方程，对吧？”

“您现在有做研究的想法，对这个碎尸案已经来不及了吧？”

“谁说来不及？我们不一定要有大量的检材。”飙哥指了指广场上的尸体，“她们或许能帮助我们。”

我突然明白了，飙哥的意思是说，利用眼前这13具女尸的软组织形态，找到指标，计算出系数，然后根据尸块上的相应指标，利用系数的回归方程计算出我们需要的结论。

“那，用什么当指标呢？”我问。

“我想好了，两侧乳头和肚脐，可以形成一个三角形。这个三角形有三个边和一个高，我们利用13具已知身高女性尸体上的这四条直线的长度，和身高相除，计算出系数，四个系数再乘以尸块上的这四条直线长度，算个平均数，就可以计算出死者的身高了。至于体重，我们可以测量胸锁部、胸骨处、上腹和下腹的脂肪厚度，用同样的办法去算。”

---

① 检材：不同于大家常说的“物证”，比物证的含义更为宽泛。在现场和尸体上提取到的任何可以用于进一步检验鉴定的物质，都称之为检材。经过检验鉴定的检材，如果对案件侦破有作用，则会被称为物证。

这是一个大胆的想法。要知道法医在制订尸源条件的时候如果出现明显的错误，会导致整个案件侦破工作无法进行下去。这种办法，虽然是利用了我刚才说的“统计学意义”，是有科学依据的，但是，因为检材量只有13具，数量太少，所以出现误差的可能性也会很大。

“死马当活马医吧。”飙哥仿佛看出了我的心思。

说干就干，我们开始测量相应的数据，很快计算出了上述八个系数的平均数，然后乘以尸块上已经测量完毕的数据，算出了这三块尸块的主人身高平均值是161.9厘米，算出体重的平均值是47公斤。

“可是年龄怎么办呢？”这真的没办法测算。

这时，法医中心荣主任走进来：“怎么样？”

飙哥简单汇报了我们的前期工作，说：“就差年龄了，这个……真没办法。”

荣主任赞许地点点头，说：“年龄有办法。”他径直走到尸块旁边，把眼镜推到额头上，对着尸块的乳头仔细地看了2分钟：“定24岁左右吧，没有哺育史。”

直到现在，我依旧无法理解荣主任是用什么办法准确推断的年龄，我想，这也应该是统计学意义上的经验之说吧。

5分钟后，我们制订了尸源寻找的条件：“女性，24岁左右，无哺育史，身高161厘米左右，体重47公斤左右，胸口有一颗芝麻大的红色痣。”

正在我们为顺利得出结论欣喜的时候，门口突然传来了呼天抢地的声音。

## ● 3

第一批认领尸体的家属到了，都是南江本地的。我突然想起了我的职责：接待。

我带着第一批家属来到了尸库，两名男子架着一名中年女子，那女子的精神已经几近崩溃。当我从冰柜中拖出一具尸体，拉开尸袋露出死者面容的时候，那名中年女子顿时晕厥过去，旁边的两名男子也哇的一声哭了出来。我赶紧摘下手套，扶起瘫软的妇女，说："节哀吧，人已经死了，活着的人别出事！"就这样，我们把妇女搀上警车，送往附近的医院。

后面的几天，一方面全市各派出所都在用我们通报的尸源条件在辖区内寻找符合条件的失踪女性，另一方面，我在艰难地接待交通事故中丧生的女孩的家属。用艰难这个词一点儿也不夸张，我也深刻体会到了飙哥让我接待他们的含义。作为一名法医，必须要有强大的心理素质，而这样的心理素质，不仅要在现场和尸检过程中锻炼，更要在人情冷暖中磨炼。这些天来，我见到了一幕幕人间悲剧，那些刚刚得知孩子突然逝去的家人，有的愣在那里任凭眼泪鼻涕流下，有的当场昏厥不省人事，有的呼天抢地哭声震天，有的扑到僵硬的尸体上不停地亲吻死者的面颊和嘴唇……可怜天下父母心，目睹那些父母的悲伤和绝望，我的心都碎了。

艰难度过了这几天，尸源也有了着落。

派出所发出的协查通告收到了很多线索，DNA实验室逐一都排除了。倒是这一天，有一对老夫妻来到派出所报案，说是自己的女儿24岁，没生过孩子，163厘米，大约50公斤，这些天电话联系不上，打电话询问自己的女婿，女婿说是去外地进货了，所以没有在意。不过看到派出所的协查通报，越想越害怕，就来派出所问问。

DNA的比对结果很快出来了，死者正是这对老夫妻的女儿小红。

知道结果后，我对飙哥和荣主任更是佩服得五体投地。利用三块软组织准确推断死者的身高、年龄和体重，简直是奇迹。同时，我也深刻体会到，当一名法医，不仅要有扎实的理论基础，更要善于发现、利用周边的条件为案件所用，能灵活利用看似不着边的线索为案件所用，这就是区别一个好法医和一个普通法医的关键。

死者的丈夫很快被刑警队控制，几经审讯，这个男人一口咬定小红是外出进货，还没有回来。虽然这个男人的嘴很严，但是他的嫌疑也很大，一来他电话联系不上妻子却不去报案，很反常，二来他的职业很特殊——他是个屠夫。

另外，最让人生疑的是，这个屠夫右手的小拇指没了，断端还包扎着纱布。

审讯的时候，我们拆除了屠夫手上的纱布，发现他小拇指断端的皮肤已经被缝合了，断端还是比较整齐的，从这一点看，和他自己交代的切肉的时候不小心切掉了自己的小拇指还是很吻合的。

“这个断指和这个案子没有多少关系吧？”我问道。

飙哥摇摇头：“我不这样认为，一来他不是左撇子，既然习惯右手拿菜刀，就是切掉手指也应该切掉的是左手的手指；二来嘛，断端的皮肤已经缝合了，即使断端不整齐，从皮肤表面看也是看不出来的。”

“X光！”被飙哥一点拨，我很快想到了办法。

X线光片很快就出来了，屠夫的小拇指只从近节指骨的中段断裂，可以明显看到断裂面呈轻微的锯齿状，也就是说，他指骨的断裂形态，不可能是菜刀形成的。

“看这样的骨折面，像是被牙咬的。”我又在主观臆测了。

没想到这次却得到了飙哥的赞同：“很有可能就是牙咬的。”

屠夫的嫌疑迅速提升，我们决定搜查他的住处。“如果小红像他说的那样是去进货，被杀害分尸的现场应该是别处。但如果小红是被这个屠夫杀死的，分尸的现场很有可能是他自己的家。如果侥幸他打扫得不是很干净，那么我们会在他家找到一些证据的。”飙哥信心满满。

屠夫的家是一幢独门独院的小平房，前面是他卖肉的门面，中间是两间卧室，院里有几间猪圈和一间屠宰房，院子后面还有一片半亩左右的水塘。

简单看完他的住处，我们所有人都像泄了气的皮球，这么大的面积，要在里面找到一些证据，简直是大海捞针。更郁闷的是，那间充斥着血腥味的屠宰房里，哪儿都是血迹和软组织，怎么才能在这么多猪血猪肉中找到一些属于人类的血或肉呢?

飙哥说：“最有可能分尸的地方，就是这间屠宰房了。我们也没有什么快捷的办法，尽量提取一些物证吧，回去做种属实验。”

按照飙哥的指示，我们开始一点点地提取着屠宰房里的血迹和软组织，分别装进物证袋。两三个小时很快就过去了，太阳已经当空照了，我们依旧弯着腰在寻找可疑的线索。看着已经收集到的数百份检材，我们暗想，这样回去慢慢做种属实验，还不知道要做到猴年马月才能出个结果。

现场内是绝对不能吸烟的，这是现场勘查的规矩。飙哥脱下手套，走到院外的水塘边，拿出一根烟慢慢抽起来。突然，他眼前一亮，大声喊我过去。

“我们在护城河里只打捞出了三块尸块，蛙人下去打捞也没有任何线索，对吧？”飙哥的脸上充满了兴奋。

“是啊，我还一直在奇怪，你说内脏什么的吧，丢在那儿别人可能注意不到，可是这人头和骨架不应该找不到啊？”我说。

“如果你是这个屠夫，把软组织抛掉以后，因为没有交通工具，没法将骨架也带去抛到护城河里，你会怎么处理这骨架？”

我想了想，回头看看这四周的环境，突然明白了飙哥的想法：“哈哈，丢在这个水塘里！”

“对！因为骨架不像整尸那样会腐败膨胀、浮力变大。骨头扔进塘底很快就会被淤泥掩盖，永远不会漂浮上来。这就是这个屠夫为什么要卸掉尸体上的软组织并抛掉的原因。他是害怕尸体扔进水里后会浮上来！”飙哥已经胸有成竹了，“来吧，我们干一件大工程！”

110指挥中心很快就调集了三辆消防车和两个中队的消防战士。他们的任务很简单，就是在天黑之前，利用抽水泵把这口塘里的水抽干！

我和飙哥眯着眼蹲在塘边，看着池塘的水面慢慢低下去。下午四点，塘底逐渐暴露出来。

在满是水的水塘里捕鱼，不是件很容易的事，但在一个没水的水塘里捕鱼，实在是易如反掌。这个脏兮兮的水塘自然是没有鱼儿，但水一抽干，塘底的淤泥上便显眼地露出了一大块被塑料布包裹着的东西。

早已穿好高筒胶靴和解剖服的我，呀的一声大叫，兴奋地跳进塘里，蹚着塘底厚厚的淤泥，一脚深一脚浅地向那一大块不明物体慢慢移动过去。

飙哥缓缓地踩灭了烟头，沿着岸边走到离不明物体最近的位置时，才跳下塘里，说：“笨哪，不知道走直线？”

不明物体果真是一具尸体，我们抬起来的时候已经清晰可辨塑料薄膜里的人骨。

屠夫的手艺，让人毛骨悚然。尸体上的软组织已经被剥离殆尽，只剩一具完整的人体骨架和少量没有分离下来的内脏。

“看来要找点儿肋软骨去做DNA了。”我说。

“即使证明这具尸体就是小红，怎么能确定就是她丈夫杀了她抛进塘里呢？”飙哥问。

“这……这个……就在他家门口，他赖得掉吗？”我一时没了办法。

“律师会和你说这些吗？这可形成不了证据锁链。”飙哥摇了摇头，用手在骨架腹部剩余的一堆内脏里翻动起来。

“飙哥，你在找什么？”

“我在找胃。”

“找胃干什么？”我的话还没有问完，飙哥已经找到了胃，用手轻轻地捏着。

“有发现！”飙哥扬着眉毛边说边拿起了手术刀。

胃被划开了，看上去基本是空的，但里面的某样东西让我们大受鼓舞，我们真真切切地明白，这个案子破了！

——那正是一节残缺的小拇指。

DNA检验结果很快出来了，小拇指就是那个屠夫的，屠宰房提取的血迹中，也发现了死者的血迹，整个案子的证据锁链已经很完善了。

铁证如山，屠夫不得不全盘交代。

原来屠夫发现小红和街上的一些地痞关系不清不白，他交涉了好多次，不但没解决问题，还被地痞暴打了一顿。这一天，屠夫终于忍无可忍，一言不合，就下重手将小红殴打了一番。不料在撕扯过程中，小红一口咬掉了屠夫右手的手指，屠夫恼羞成怒，抄起杀猪刀一刀就砍断了小红的脖子。杀完人之后，屠夫才害怕起来，他知道如果把尸体扔进水塘，过不了两天就会浮上来被人发现，那样的话肯定逃脱不了罪责。他左思右想，干脆使上自己一身的杀猪手艺，利索地卸掉了小红全身的软组织，装进袋子里分几个地方抛掉，然后再把骨架和来不及处理的内脏用塑料薄膜包裹后，扔进了水塘。他闭门不出，花了一天一夜的时间，仔细打扫了杀人和分尸的现场——而那正是他们曾经的家。

晚上在食堂，我们高举水杯，一饮而尽。值班时不能喝酒，这清水一杯，就权当是庆功酒吧。

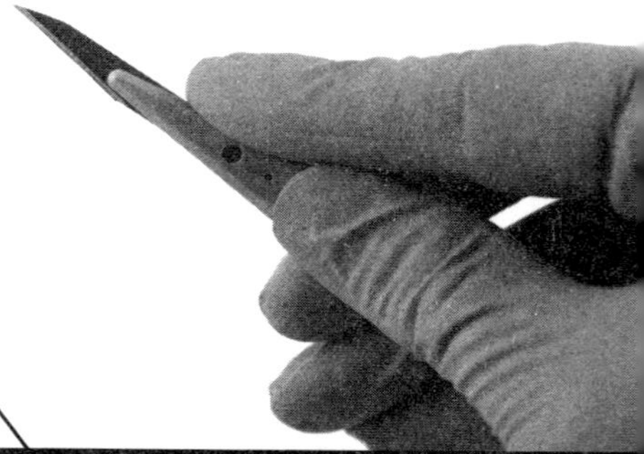

# 第四案　滴血屋顶

## 1

随着一阵由远至近急促的警笛声，一道红蓝相间的闪电划过夜空，打破了这座城市的平静。夜深人静的城市大道上，飞速驶过一辆“打扮”得很酷的警用面包车，车身侧面，赫然印着六个蓝色的大字：“刑事现场勘查”。

我看着车上同行的几个人，由衷地生出一股敬佩之意。正是这几个年轻的刑事技术警察，组成了一支战斗力极强的队伍，他们的出色表现，成就了偌大的南江市去年命案侦破率百分之百的骄人战绩。

有些邪门儿的事情，不信是不行的，自从上次我的乌鸦嘴显灵以来，凡是飙哥值班，必有命案。好在大部分是故意伤害致死或者嫌疑人明确的案件，所以也不算太费神。但是这一天的晚上，车上的技术员们个个面色凝重，因为他们知道这将是一个充满挑战的辛苦之夜。半个小时前，他们接到了指挥中心的电话，雅缘新村发生了一起命案，要求现场勘查员们迅速赶赴现场。这次的案件，正是毫无头绪的那种。

“昨天王江过生日，我们哥几个去帮他庆生，当时就把王江给喝趴下了，在KTV里，王江一直躺沙发上睡觉，让他唱歌也不唱。我们唱完了，我就打车送他回家，结果在出租车上，他从裤子口袋里掏出个麦克风，说，飙哥，来，唱一首。我一看，原来他把人家KTV的麦克风揣兜里带走了。”飙哥看大家神色紧张，于是说起了笑话。他说的那是真事儿，我当时也在，回想起来还是忍俊不禁。飙哥说完这话，车上的气氛一松，大家顿时都乐了。

坐在副驾驶的荣主任回头说了一句：“行了行了，现场还不知道什么情况，你们还有心思在这里瞎掰。”

案发现场的楼下已经聚集了很多附近的居民，人头攒动，大家都在翘首观望，相互猜测着为什么这个平静的小区里忽然来了这么多警察。楼道已经拉起了警戒带，几个穿着警服的派出所民警正在保护现场。荣主任、飙哥带着我拎着各自的勘查器材穿进了警戒带。

围观群众看见拎着勘查箱的人进了现场，更是一窝蜂议论起来：“看，法医来了，真的死人了。”

飙哥没有急于进入中心现场，倒是找来了报案人询问情况：“您是怎么发现有人遇害的？”

报案人是一个30多岁的中年男子，神色依旧惊恐：“今晚我和我爱人睡觉的时候，天花板上好像有水滴到我们的枕头上。开始没有注意，以为是幻觉，后来感觉越滴越多，还滴到我们的脸上，开灯一看，天哪！”男子咽了咽口水，肯定是被自己经历的事情着实吓了一跳，“真不知道造了什么孽，居然是天花板在往下滴血！开始我还以为见鬼了，后来想想不对，就马上跑上楼去，发现楼上的大门是虚掩的，猜想应该是出人命了，就赶紧打了110。”

“你没有进现场吗？”

“没有。后来派出所的同志最先到了，进了现场，说是看见一个女人趴在地上，头上的血渗过了天花板才滴到我家的。听说那个女人已经死了，他们刚找我核实了身份，那女人就是我们楼上的邻居小林。”

“你和这个小林熟悉吗？”

“没打过什么交道。”

现场是雅缘新村某栋三楼，死者林琪，这栋房屋的主人，27岁，空姐。

现场对门的房屋已被征用为专案组的临时指挥部。专案组长正在给侦查员们分工，得令的侦查员夹着本子匆匆离开指挥部，开始紧张有序的调查访问。

我们没有去细听指挥部在研究什么样的对策，立即投入了现场勘查工作。勘查刚刚开始，就有了发现。虚掩的门缝下方地面，发现了一小串钥匙，是林琪的钥匙。

“钥匙掉在门口，最大的可能就是嫌疑人尾随受害人到门口，受害人打开大门没来得及收起钥匙，嫌疑人就挟持受害人进入了房间，以致钥匙掉落在门口。这多见于流窜抢劫的案件中吧？”我问道。

“如果真是这样，就麻烦了。”飙哥皱起了眉头。

现场是两居室。较小的那个房间和客厅里都没有发现异常。中心现场是主卧室。林琪俯卧在卧室床边的地板上，香消玉殒。她的拖鞋还穿在脚上，左脸贴地，头下地板上的一摊血触目惊心，已被血染透的长发胡乱地遮盖着她的右边脸，看不到容貌。卧室的抽屉全都被翻乱了，林琪的手提包里的化妆品、杂物都被倒在了床上，唯独不见钱包。

“完了完了，看起来应了我说的，真的是尾随入室抢劫杀人的案子。”我显得很没有信心。

“不一定吧，要是流窜犯，估计少不了劫色。”刑警学院痕迹专业实习生小孔用调侃的语气道，“可是死者衣着很整齐。”

“去去去，你不能看她衣着整齐就断定她没遭性侵害吧？”我还在坚持己见。

“这回我挺小孔了，”飙哥很少不帮自己的徒弟，“给我感觉不像是单纯的抢劫杀人，我总觉得这现场被翻动得很假。而且如果是尾随，趁其不备挟持死者进屋，死者为什么穿着拖鞋？”

“穿着拖鞋怎么了，她开门换拖鞋的时候被尾随的人推进来了，正常嘛！”

“别着急，我们慢慢看。”飙哥不温不火地说。

痕检员们紧张有序地在地面和家具上寻找足迹和指纹。飙哥掰了掰死者的手指和肘关节，说：“尸僵仅存在于小关节。”他又轻轻撩开遮盖林琪右脸的头发，看到她秀气的鼻子下有一串殷红的血迹。飙哥按了按林琪的头，说：“明确的骨擦感[①]，存在严重的颅骨骨折。”

林琪的一双大眼睛已经失去了神采，却仍然无辜地睁着，像是在惊讶地看着眼前墙根处喷溅的血迹，仿佛遭到杀害前完全没有预料到自己会死。

已经有了不少命案侦破经验的我抢着说：“死者头侧20厘米处墙面上见喷溅状血迹，死者倒伏的位置就是遭受打击的原始位置。角膜还很清，尸斑开始形成，结合尸僵情况，死亡时间应该在5个小时左右。”

“5个小时，那正好是6点30分，下班回家的时间，和钥匙掉在门口的现象是吻合的。”飙哥接着说。

现场尸表检验结束，我招呼殡仪馆的同志把尸体抬上运尸车，准备去解剖室进行进一步检验。飙哥则在客厅里踱步，寻找更有价值的线索。

客厅就像是被打扫过一样，没有一点儿有价值的痕迹。连沙发茶几和电视柜都一尘不染，死者生前应该是个勤快的人。突然，飙哥的目光定在了门口的一双男式拖鞋上。我顺着他的视线看过去，那双深蓝色的男式绒布拖鞋被整齐地放在门口一个隐蔽的角落里，暗示这个家的主人不止一个。

飙哥拿起了拖鞋，仔仔细细地看着，突然，他眼睛一亮，迅速打开了勘查箱，拿出一张滤纸，在拖鞋的鞋底夹缝里蹭了两下，又在滤纸上滴了两滴试剂，很快，滤纸上蹭过鞋底的部分变成了翠蓝色。

我惊讶地说：“联苯胺试验[②]，阳性？”

---

① 骨擦感：法医按动尸体可能存在骨折的部位，感受到内部有骨质断段相互摩擦产生的声音和感觉，称之为骨擦音（骨擦感）。是初步诊断死者是否存在骨折的一个方法。

② 检验有无血的试探性试验，如翠蓝色则为阳性反应，系血痕。

## 2

南江市公安局法医中心。

此刻，充满神秘感的解剖室内，器械相互碰撞发出的叮叮当当声，将这个夜晚渲染得更加诡异。

飙哥带着我身着解剖服，手持手术刀，满头大汗地工作着。

“刚从DNA实验室传来消息，死者生前确实没有遭受过性侵犯。”平哥放下电话，回头和我们说道。

飙哥用胳膊擦了下额头上的汗水，点点头，说：“除此之外，你们还看出了什么？”

我说：“从尸体现象看，死者应该是今天晚上6点30分左右死亡的，死因是重度颅脑损伤。”

“嗯，致伤工具呢？”

对于这些问题，我已经是轻车熟路了：“死者头部有7处创口，创角钝[①]，创口内有组织间桥，创缘不整齐，所以是钝器打击所致。结合她颅骨的严重粉碎性骨折，骨折线延伸到颅底，可以推断是便于挥动的金属质地的钝器打击形成的。”

“仔细看看这里。”飙哥指着林琪头皮上的一处皮下出血，不紧不慢地说，“这一处应该也是嫌疑人击打所致，但是由于种种原因，这一下他没有使上力量，没有击碎头皮，正是因为这样，他在死者的头皮上留下了犯罪证据。”

这是一块很细微的损伤，像是一枚印章印上去的“∩”形。

飙哥继续道：“这就是书本上说的工具印痕，一般很难发现，一旦发现，就能清楚地提示出作案工具的形态。”

---

① 创角钝、创口内有组织间桥是钝器形成的挫裂创的主要特征。钝器形成的皮肤创口和锐器形成的皮肤创口因形成机理不同，而在形态上有区别。法医通过对创口的研究，可以分析推断凶器是钝器还是锐器。

我挠挠脑袋："似曾相识，但想不起来像哪个工具。"

飙哥说："作为一名法医，要时刻关注身边各种可以用来作案的工具，关键的时刻就有可能用得到。活动扳手正面螺口的凹槽就是这个形态，大小也合适。"

在场的几个实习生不约而同地脱口而出："哦，对！"

飙哥笑着说："以后别总说'哦对'，要学会让别人说'哦对'。除了这个，从死者头部的损伤，你们还能看出什么？"

我摇了摇头。

飙哥很耐心地说："注意看，她头上的7处创口，1处在左侧，6处在右侧，再想想死者倒伏的状态，"飙哥又开始出题了，"留个悬念，你们回去好好想想，明早8点案件碰头会上揭晓答案。"

因为死者损伤简单，尸体检验工作进展得很快，我们仔细检查了死者的头部后，又重点检查了死者的颈部和双手。最后，我们的目光都聚焦到了死者肚脐佩戴着的脐环上。

我摘下脐环，细细打量："好像是钻石的，乖乖，这个东西很贵吧？"

飙哥笑着摇摇头："这个东西不值钱，是假的，但是它的价值不在于此。"

"那它的价值在哪里呢？"

"看看它的内侧吧，如果这个案子是熟人作案，它很有可能直接就指出了犯罪嫌疑人。"飙哥浮现出了信心满满的表情。

脐环的内侧隐约刻着三个小字：孙昊天。显然是个人名，这脐环大概就是个叫作孙昊天的人送给她的。

"飙哥，你的眼睛真尖，这么小的字都能发现。不过，这个案子应该是尾随入室抢劫杀人，和熟人应该没有关系吧。因为她的钥匙掉在门口，熟人何必要趁她开门的时候推她进去呢？"我很迷惑。

"呵呵，我看你是先入为主了吧。"

又听见了这个词，虽然知道先入为主是法医的死穴，但仔细想想，我确实有点儿受现场情况影响了。

飙哥又摆出了说教的姿态："给你们思考的空间，才能印象深刻，这是我的师傅告诉我的。很管用。"

尸体解剖结束了。飙哥和我将尸体上的切口仔细地缝好，清洗干净尸体上的血迹，并为尸体重新穿好了衣服。飙哥抚合了林琪不瞑的双眼，叹了口气："生前很爱漂亮吧，我们也尽力让你漂亮地走。放心，我们会为你洗冤的。"

真正的法医都很尊重死者，尽管为了破案我们会解剖尸体，但是我们也会仔细地缝合，有的法医甚至每次解剖前都会向死者鞠躬。这不是迷信，不是作秀，而是真真切切的尊重。

此时，中心解剖室的门外来了几个人，哭声一片。

"你们节哀吧。我们会抓到凶手的。"飙哥安慰死者家属。

林琪的母亲仿佛没有听到飙哥的安慰："女儿啊，我们全家都以你为豪，你怎么这么早就走了啊！你让我们怎么活啊……"

飙哥和我实在无法忍受这么悲怆的气氛，出了解剖室，走进夜色中，互相递了一根烟，深深地吸了一口。

突然，我隐约听见了一阵细微的抽泣声，这声音着实让我头皮一阵发麻。飙哥显然也听到了，于是我们循着抽泣声向前走去。

不远的一株冬青树旁，隐约可以看见一个瘦长的黑影。

飙哥大声道："请问，您是？"

黑影吓了一跳，随即抬手擦了下眼睛，说："我是司机，带他们来的。"

"那您在这里……"

此刻我们已经走近了黑影，看出这是一个相貌不错的男人，皮肤白皙，鼻梁高挺，眼帘低垂，眉心的一颗黑痣给他平添了忧郁的气质。

"我是林琪儿时的玩伴，看见她死，我也伤心。"

"哦，是您开车载她家人来的吧？"

"是的。"

"人死不能复生，节哀顺变吧。"我递上一根烟，问，"您在南江开出租？"我注意到了停在身侧的出租车。

"是的，听说林琪出事了，就开车去她老家接她父母过来了。"

“呵呵，你还挺有心，和林琪关系不错吧？”飙哥仿佛话中有话。

“没……没，我们只是初中同学，很少打交道的。”出租车司机连忙解释，“林琪性格内向，不喜欢交朋友，我们很少见面，就是见面，也是因为她租我的车回家。”

“哦，她一般不和别人打交道？”

“是的，听说她被一个姓孙的老板包养了，那老板不准她接触任何男人。她性格内向，也没有什么女性朋友。她被杀，一定是那个老板找人干的。”

“呵呵，看来你对她挺了解嘛。”飙哥话中有话。

“不是，只是来的时候听她家人说的。”

“好吧，这是我的名片，如果你或者她的家人想起什么情况，可以随时和我联系。”飙哥递上了自己的名片。

出租车驾驶员伸出的右手没有接住，名片掉到了地上。这时，我们都注意到他的右胳膊绑着绷带。

“哦，对不起，前不久出了个小车祸，尺骨骨折，现在快好了，就是还不能使力。”

## ● 3

南江市公安局大会议室，烟雾缭绕。

会议室里满满地挤了几十人，大部分侦查员的眼眶都有黑眼圈，显然这一夜谁也没有闲着。

刑警队长总结了调查的情况，说：“这个现场看似很简单。受害人的钥匙落在门口，卧室关键部位都被翻乱了，受害人的手提包也被翻动过；现场没有发现现金和首饰，但因为受害人没有关系人，所以财产损失情况不清楚；客厅好像被打扫过，没有发现灰尘足迹。所有的关键部位都没有发现指纹，嫌疑人应该是戴手套翻动的——这一切都像是惯犯作案，目标是受害人的财产。”

“客厅没有灰尘足迹，有可能是被打扫了，也有可能是嫌疑人穿着干净的拖鞋。我敢肯定这起案子是熟人作案。”飙哥忍不住开始接茬儿了。

飙哥的话让所有的人都大吃一惊，包括我。

“有依据吗？”刑警队长不动声色地问。

“有。”飙哥变戏法似的拿出了一个物证袋，袋子里装着一双深蓝色的男式绒布拖鞋，“现场有一双男式拖鞋。”

这个依据出乎所有人的意料，一双拖鞋能说明什么？刑警队长说：“有男式拖鞋就是熟人作案了？调查显示，林琪已于上个月辞职，被一个老板包养了，她家有男人的东西不奇怪！而且我们有充分的证据证明这个老板在案发时段不在现场。”

“我还没有说完，”飙哥不紧不慢，胸有成竹地说，“男式拖鞋不是没有价值，只是价值不在这里。”

飙哥站了起来，指着幻灯片里的现场照片，“这双拖鞋是在门边发现的，尸体在卧室，而且我们肯定了尸体遭受暴力打击的位置就是在她倒伏的位置。也就是说，打击的位置距离拖鞋的位置是……10米，而且中间隔着一堵墙。这样看，这双拖鞋和尸体没有关系，是吗？”

所有人都在点头。飙哥继续说：“可是，我在这双拖鞋上，发现了一滴新鲜的可疑斑迹，我做过联苯胺试验，证实是人血。刚才DNA实验室也打来电话，证实这滴血是死者林琪的。那么，林琪的血有可能绕过一堵墙飞溅到10米外的拖鞋上，而且在中间的客厅的地面上不留任何痕迹吗？不可能！也就是说，案发的时候，这双男式拖鞋应该在死者旁边。”

全场安静了下来，大家都在思考。

“林琪死亡的时候是穿着拖鞋的，那么，这双男式拖鞋肯定是嫌疑人穿着的。”飙哥说得兴起，“如果是陌生人作案，流窜作案的话，凶手进屋还要换鞋？如果真是这样，这一定是个讲究卫生的凶手。”

这个冷笑话没有逗笑大家，因为大家都陷入了思考。

“你是说熟人作案？动机呢？”刑警队长接着问。

“这个不好说，但最大的可能是情杀或者仇杀。现场翻动的痕迹可能都是为了伪装。门口的钥匙就是嫌疑人为了伪装现场特地丢在门口的。我也考虑过是凶手乔装成修理工什么的换拖鞋入室抢劫。但仔细想想，可能性也不大，这样凶手没有必要把钥匙丢在门口来伪装现场。当然，这些都是推断，我还有个证据也可以证明这是个熟人作案。”

飙哥横扫了一眼参会人员，在人们注视的目光中继续道：“林琪的身上没有任何抵抗伤和约束伤。这是这个案件最特殊的地方。如果是被别人挟持到卧室的，身上一定有约束伤和抵抗伤，也就是说她的手腕、颈部等部位应该有伤。可是死者没有，她的损伤全部在头部，而且分布得非常奇怪。她的左侧颞部（太阳穴上后方一点）仅有一处挫裂创，右侧颞部却密集地存在着六处形态相似的挫裂创，这些挫裂创都导致了皮下的颅骨骨折，创口和骨折线纵横交错。”

飙哥又开始普及法医学知识：“如果一个人在被约束或者昏迷的状态下被打击，伤口应该很密集；如果在有反抗能力的情况下被打击，伤口会分布得很散。林琪的损伤却位于头部的两侧，一侧轻一侧重，具备了两种矛盾的损伤形态。分析来分析去，只有一种可能，那就是林琪在没有防备的情况下被打击形成了左侧颞部的创口，这个损伤足以导致她昏迷。大家注意下，林琪倒伏的位置就是左侧脸着地，右侧脸朝上。所以她倒伏下去后，左侧的头面部就无法再遭受打击。凶手恐其不死，就在她暴露在上方的右侧颞部连续打击，形成了右侧颞部密集的创口。”

大家开始纷纷点头表示赞同。

“如果凶手是在林琪正面施暴，林琪应该会有下意识的抵挡，如果抵挡了，她的手臂应该有伤。但是，她的手臂没有任何损伤。所以，凶手应该是在她背后趁其不备，突然实施打击的。而且如果是正面打击，她更有可能是仰卧，而不是俯卧。那么，我们试想，一个陌生的修理工可能在主人卧室里从主人的背后突然实施打击，主人却没有任何防备吗？显然不可能。所以，这一定是个熟悉的人作的案。”

“分析得漂亮，”一直没有说话的局长已经开始喜形于色了，“熟人作案，这个案子就好办多了。”

“可是，”刑警队长吸了口烟，说道，“根据我们可靠的调查，林琪生前性格孤僻，没有朋友，也没有仇家。现在处于被包养的状态，没有任何证据证明她和孙老板之外的人接触，而且包养她的孙老板已经可以排除作案时间了，那么……”

“等等，”飙哥打断他，“你说的那个孙老板是叫孙昊天吗？”飙哥一边说，一边拿出一个物证袋，“这里有一个金属环，是林琪戴在肚脐上的，内侧有孙昊天的名字。”

刑警队长一脸迷惑：“搞错了吧？孙老板的全名是孙金福，房地产商，没有前科劣迹，没有曾用名。”

这个情况的出现，让所有人都大感意外。

飙哥皱着眉头，敲着自己的脑袋问道：“那么，孙昊天又会是谁呢？”

全场鸦雀无声。

“这……这个名字貌似有点儿耳熟，”我打破了沉寂，斗胆在众人面前说，“哦，想起来了，昨天开车带林琪父母去殡仪馆的那个出租车司机，好像就叫孙昊天。我听死者的父母是这样叫他的。”

“真的吗？”飙哥拍了下桌子，停顿下来思考了几秒，说，“那么，恭喜大家，这个案子破了！哈哈！”

## ● 4

局长很兴奋，但也很疑惑，他打断了飙哥：“别高兴那么早，说说看，怎么就破了？”

飙哥仍然掩饰不住内心的喜悦：“我有依据。大家看这个脐环，是假钻，顶多值两百元，内侧刻着孙昊天的名字，一来符合孙昊天的消费能力，二来说明孙昊天和林琪之间有某种关系，只是这种关系瞒过了所有人的眼睛。一个月前，林琪被别人包养了，孙昊天自然有杀人的动机。”

“这个我们可以想到，但是怎么证明就是孙昊天干的呢？”局长接着问飙哥。

“这个还是要从林琪的损伤情况来分析，”飙哥站了起来，走到我的背后，做着模拟，“刚才已经分析了，林琪左侧颞部的伤是第一次形成的，也就是说凶手站在林琪的背后用一个便于挥动的钝器打击了林琪的左侧头部。这个姿势，右手是无法使上劲的。”

飙哥用右手拿着笔在我的头部左侧挥动了两下，然后又换左手拿着笔在我的头部左侧挥动了两下，接着说道：“如果用左手，就可以顺利地形成了。所以，一开始，我就认定了这个凶手是个左撇子。”

“可是，你怎么知道孙昊天就是个左撇子呢？”刑警队长插嘴道。

“孙昊天是不是左撇子我不知道，但是，昨晚在殡仪馆，我有幸见到了孙昊天。他躲在一个角落偷偷地哭泣，就引起了我的怀疑。可是他否认了和林琪有任何关系。”飙哥摸了摸下巴上的胡楂儿，“刚才说了，我开始认为凶手是个左撇子，但是，如果凶手右手受伤了，只能用左手行凶，不也是符合条件的吗？还真巧，孙昊天的右手扎了绷带，是前不久的车祸里受伤的。”

“那么，现在看，也只能说孙昊天作案的可能性很大，”局长说，“不过不能作为上法庭的证据。”

“是的，张局，不过杀了人，总会有证据，这个证据在哪里，我们可以去孙昊天家里找。”飙哥说。

“好！”局长很兴奋，“你们马上去搜集证据，刑警队那边，立即办手续，实施抓捕。”

晌午，烈日炎炎。

我和飙哥悄悄走进孙昊天住处的楼道。孙昊天的出租车不在楼下，显然他出车去了。

侦查员问我们：“飙哥，要不要弄开他家门，进去搜搜？”

“那不是害我们嘛。没有手续的秘密搜查，可是违法的，我还得养家糊口呢！”飙哥笑着说，“再说了，作案工具应该在他的车上。”

一旁的我忍不住问道：“你怎么知道在车上？”

飙哥又露出神秘的表情：“扳手，不仅可以用来砸人脑袋，还可以用来作为修车工具。”

“对啊，昨天我们已经分析了作案工具是扳手。”我居然因为飙哥上午的精彩分析，把这么关键的问题给忘了。

“指挥中心，指挥中心，交警一大队警员在纬五路胖子面馆门口发现目标出租车，车内无人，报告完毕。”对讲机很快响起。

“我们亲爱的交警同人办事效率还真是高，这么快就搞定了。”刑警队长王江很是兴奋，“这畜生，还有胃口去吃炸酱面？”

对讲机里局长的声音同样兴奋：“王江，马上带人过去，抓不到，回来我摘了你的帽子！”

王江摸摸有些秃的头顶，不满地说：“不就有点儿掉头发嘛，总拿我的帽子开玩笑。”

孙昊天戴着手铐坐进警车的同时，我也将他出租车上的一把锃亮的扳手装进了塑料物证袋中。

提取到扳手的同时，我也忧心忡忡：“这显然就是他干的，要不哪个出租车司机有这闲工夫清洗扳手？你看这扳手洗的，比他的车洗得还干净。怎么办，证据貌似被销毁了。”

飙哥一把夺过物证袋：“闭上你的乌鸦嘴。”

赶往DNA实验室的车上，飙哥拎着物证袋前前后后地看着。

我一路忧心忡忡：“现场没有证明嫌疑人的物证啊，我们之前的分析仅仅只是推断，定不了案啊。这扳手又被洗了，唉。”

飙哥沉默着。

DNA实验室送检台旁，DNA检验师抬头看了一眼飙哥，失望地说：“师兄，这扳手上，什么都没有，连扳手的螺口都清洗了。”

飙哥说：“能洗到的都洗了，洗不到的呢？别说我不教你们。”

飙哥用镊子夹起一小块纱布，打开扳手的双齿，将纱布从双齿之间塞了进去又拔了出来。雪白的纱布中央，仿佛带着点儿殷红的血迹。

“量小，试试吧。”

审讯室内，孙昊天依旧低头不语，王江已经有点儿按捺不住急躁的心情：

“你以为你不说话就定不了你的罪吗？我建议你还是放聪明点儿，坦白从宽，争取宽大处理！”

“坦白从宽，牢底坐穿？哼哼。”孙昊天冷笑了一下，说出了第一句话。

吱呀一声，审讯室的门被推开了。飙哥带着我，拿着一个文件夹走了进来：“怎么，还没交代？”

“没，硬骨头。”王江有些尴尬。

“孙昊天，刚才我拿到了一份DNA鉴定书。”飙哥阴着脸说，“对你很不利。”

我随即将文件夹递给了孙昊天。

孙昊天翻开文件夹的手微微有些颤抖，看了没两眼，他的声音就开始有了哽咽：“没想到啊，还是栽了。我还以为天衣无缝呢……好吧，其实我也不想这样……

“我和林琪是青梅竹马，她说她会嫁给我，我爱她，胜过一切，胜过我的生命。如果我不能拥有她，她也不能被别人拥有！她是那么完美，我和她在一起总会自卑，所以她说要把我们的关系保密的时候，我也同意了。我以为她终有一天会被我感动，可是我错了，大错特错。一个月前，她傍上了一个大款，为了不让那个浑蛋房地产开发商有疑心，她和我彻底断绝了关系。我不能失去她，即使让我做她的秘密情人我都可以忍受。可是她像是铁了心，换了号码，不回住处，我找不到她，感觉整个人都疯了。于是我下定决心，杀了她。我天天都在她家楼下等，终于等到了她。我对她还抱有希望，到了她家，我依旧苦口婆心，想挽救这份感情，我知道这份感情才是纯洁的感情，没有任何铜臭。可是她扔给我五千块钱，让我走，让我不要再缠着她。我不能忍受这样的羞辱，趁她不注意从背后袭击了她。我的右手受伤了，左手使不上劲儿，这一下没有打死她，她躺在地上挣扎着，挣扎着，我忘不了她那恐惧又仇恨的眼神，她的眼神让我胆怯，让我愤怒，于是我继续击打她的头，一下又一下，血和脑浆喷得我一脸一身，喷得我一脸一身……”孙昊天开始颤抖，不停地颤抖。

“后来呢？”

“……后来她不动了。我知道我杀了她，按照我的计划杀了她。我在地上坐了很久，害怕极了，于是我就像电视上演的那样把柜子什么的都翻乱，拿走了她的钱和银行卡，又把她的钥匙扔在门口。很多人都知道她有钱，我想让你们以为这是一起劫财杀人。”

“你拿的钱和沾血的衣服呢？”

“钱在家里，衣服烧掉了。”孙昊天突然镇静下来，擦干了脸上的泪水，“这样也挺好，我可以去地下陪她了，我不会再让她离开我了。”

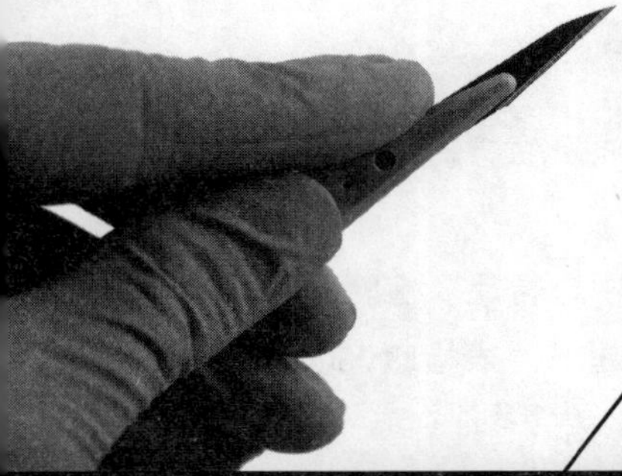

# 第五案　自杀少女

## 1

前面已经说过，一名基层公安机关法医的日常工作，很大一部分是非正常死亡案（事）件的前期处置工作。法医对死者死亡方式的判断，关系着这起案（事）件的定性。看似简单，其实是一件非常复杂而且责任重大的工作。法医的老祖宗宋慈的著作《洗冤集录》概括了此类工作，在看似普通的死亡中，通过细致的检验、分析、探索，明察秋毫，发现犯罪的痕迹，便是法医之所以能够为死者洗冤的关键。

为了防止在非正常死亡案（事）件中出现纰漏，大部分法医会用非常谨慎的态度对待此类现场和尸体。一般情况下，法医会去非正常死亡的现场，对现场进行勘查，对尸体进行简单的尸表检验，初步排除他杀可能，查清事情的原委，然后再将尸体运回法医中心或者殡仪馆，对尸表进行进一步检验，防止有一些不易被发现的线索遗漏。综合上述的全套步骤，法医会给办案单位提供一个综合报告，写清死者的死亡原因和死亡方式。所谓的死亡方式就是指他杀、意外、事故、灾害、因病猝死或者是自杀。

每天早晨9点，是南江市公安局法医中心法医集中进行尸表检验的时间。前一天出现场后拉回中心的尸体，会在这个时间统一进行尸表检验，以便进一步排除他杀可能。

这一天很平静，只出了一起初二女学生跳楼的现场，没有其他的现场。

这个小女孩是在新丰中学的教学楼下被晨练的老大爷发现的。我们早晨8点赶到现场的时候，小女孩的尸僵已经形成得比较坚硬了，结合其他的尸体现象，推断她是在前一天晚间10点左右死亡的，也就是说是在晚自习结束一个小时后死亡的。这个时间，教学楼周围确实很少有人。这所中学位于郊区，是一所私立中学，一半学生住校，剩下的一半学生基本都是住在附近的村民家的孩子。学生们每天晚上9点自习结束后，便会各自回宿舍或回家。

根据前期调查，这个小女孩的家离学校较近，不住校。她的母亲在20公里外的工厂打工，住在工厂；父亲在自家村边的小鱼塘以捕鱼、卖鱼为生，酗酒。父母对这个小女孩关心极少，也从未去学校接过小女孩下自习。经查，事发当晚，小女孩的父亲李斌因和村民聚会酗酒，在家中睡了一晚，直到村干部通知他女儿死亡，才迷迷糊糊地跑到了现场。

通过现场勘查，教学楼的楼顶铁门上只发现了小女孩的指纹，证实是小女孩自己走上楼顶。楼顶边缘发现了小女孩整齐的足迹，证实小女孩确实是在楼顶边缘站立过一段时间。

小女孩穿着整齐的校服，校服的口袋里放着一张纸条。纸条上工整地写着几个字："活得痛苦，不如去死，妈妈我先走了，您保重。"

这是一纸遗书。经过文件检验技术人员的比对分析，确证就是小女孩自己所写。

有了以上的结论，结合初步的尸表检验，这起事件确定为一起自杀事件，结论铁板钉钉，毋庸置疑。

在我们结束现场勘查的时候，现场旁边飞快地驶来了一辆面包车，车门一开冲出来一个30多岁的女人。她冲到小女孩的尸体旁边，凝视着小女孩苍白的脸，眼神中充满了怜爱，却并没有过激的表现。随后，她又扭头看了一眼傻在一旁的孩子父亲李斌，重新回到面包车里。

经过对李斌的询问，我才知道刚才的女人是小女孩的母亲。虽然失去亲人的悲痛表现各不相同，但是这个女人的淡定实在让我有些吃惊，她用两个眼神就完完全全表达了心中所想？尤其是投向丈夫的那个眼神，说不清是责怪，还是怨恨，总之，是一种难以描述的眼神。

早晨9点，法医中心尸体解剖室。

今天似乎应该是轻松的一天，只有一个已经明确了性质的事件的尸表检验。小女孩依旧穿着那身整齐的校服，安静地躺在解剖台上。天气已经有些热了，尸库的管理员清晨6点就将小女孩的尸体抬进解剖室里进行化冻，以保证尸表检验的顺利进行。

小女孩其实长得非常可爱，浓眉大眼、鼻梁高挺，13岁的她发育得比同龄的孩子更成熟。这是一个应该天真懵懂的美丽年龄，小女孩却写下了那么绝望的一句话，然后轻易结束了自己的生命。

高坠伤的特征是外轻内重，全身损伤应该是一次形成，内脏破裂，出血却较少。女孩的全身都没有发现开放性损伤，只有鼻腔和外耳道流出少量殷红的血迹，加上眼周伴随着的青紫痕迹，都是颅底骨折的表现。没有开放性损伤，也就意味着没有多少体外的出血，现场也不血腥。小女孩就那样干净地躺在那里，安安静静的，像睡着了一样。

我伸手探查了小女孩的后枕部，发现有一块巨大的血肿，于是我用止血钳轻轻敲打了小女孩的额头，发出了“砰砰砰”的破罐音。可以肯定，这个小女孩是高坠致颅底骨折、颅脑损伤而死亡的。

“现在的孩子，学习压力真的有这么大吗？不至于动不动就自杀吧？”我感慨道。

“听说她家里人很少关心她。感受不到家庭的温暖，估计也是一个重要的原因。”飙哥一边分析着，一边和我一起脱掉了小女孩的校服。

意外出现了。小女孩的身体上居然发现了隐约的疤痕。

“看来我们要重新分析小女孩自杀的动机了。”飙哥皱了皱眉头。

“疤痕呈类圆形，与皮下组织无粘连，表面皱缩，多个疤痕形态一致。”我边检查边描述形态。

“这……是香烟烫伤的啊！”飙哥感叹道，“虽然她不是瘢痕体质[①]，疤痕形成得不明显，但是这么多处形态相似的疤痕，还是应该考虑是香烟烫伤的。”

“她才初二，没听说有什么不良记录，是个老老实实的小孩子。”我说。

“看来，通过这次尸表检验，我们发现了新的犯罪。”飙哥惋惜地摇了摇头，“虐待。”

我的脑子里迅速浮现出小女孩父亲的模样：“你是说，是她爸爸干的？没有依据啊。”

“调查反馈回来的情况，小女孩除了上学就是在家做作业、做家务，没有其他的活动轨迹，谁又有机会能够这样欺负小女孩而不会被她的家人发现去报案呢？再说，你仔细想一想小女孩的遗书，她是在和她的妈妈告别，并没有提到她的父亲。”飙哥分析道，“这是很反常的现象。小女孩的母亲在外打工多年，她一直都由父亲照顾，自杀前却不提她的父亲，这是为什么呢？”

我点头表示同意。

一分钟不到，飙哥又改变了他的判断。

“这可能不只是一起虐待案件了。”飙哥检查完死者的会阴部，说，“是强奸。”

我国的刑法规定，凡是和十四周岁以下女性发生性关系的，一律以强奸罪论。

“处女膜可见多处陈旧性破裂口。而小女孩到她死的那天，刚刚才十三岁半。”飙哥补充道。

“这个，不会也是她爸爸干的吧？”我顿时一阵作呕，恶心的情节在脑中浮现。

“依据上述的分析，不是他，还能是谁呢？”飙哥用止血钳夹着纱布，

① 瘢痕体质：特殊个体的特异性体质，有些人在皮肤遭受暴力形成创面后，会形成凸出于皮肤的疤痕疙瘩。

提取了死者的阴道擦拭物，“不管怎么样，赶紧做出DNA结果再说别的。另外，得找办案单位赶紧把她的父亲控制起来。”

通知过办案单位，我们将检材送往DNA实验室。

四个小时以后，DNA实验室传来消息：在死者阴道擦拭物中检出人的精斑，但是和死者的DNA比对后，确证精斑的主人和小女孩无亲缘关系。

## ● 2

“我说嘛，这么恶心的情节也只能编编电视剧，怎么会在现实中发生？”否认了这是一起乱伦事件后，我感觉如释重负。

“DNA的结果只是肯定了不是她的父亲干的，但是，没有肯定不是李斌干的，对吗？”飙哥说。

“你的意思是说，李斌可能不是她的亲生父亲，所以李斌的犯罪嫌疑还是最大的，是吗？”我很快理解了飙哥的意思，问道。

“是的，如果这孩子不是李斌的亲生女儿，那么李斌作案的嫌疑就更大了。”飙哥说，“打电话问问，这么久了，怎么办案单位还没反馈抓人的消息？”

我刚把电话拿起来，发现侦查员小张卷着裤腿、满头大汗地跑了进来：“这边结果怎么样？”

“有生物检材，但是不能肯定是不是李斌干的，人抓到了吗？”飙哥紧张地看着小张。

“他……可能畏罪潜逃了。”

原来，侦查员赶到李斌家里时，发现家里只有小女孩的母亲陈玉平一个人。据陈玉平陈述，她知道女儿自杀以后，就去工厂结了工资、辞了工作，但当她傍晚回到家里的时候，发现丈夫李斌并不在家，而且他平时捕鱼用的工具和工作服也都不见了，当时她以为李斌是去捕鱼了，可等了一个晚上，一直到民警到家里找人时，李斌仍没有回来。几名民警在他家附近可能藏身的地方都进行了搜索，依旧一无所获。

“我先赶回来了，他们去李斌经常捕鱼的水塘附近找去了。”小张一口气喝了一杯水后说道。小张看到飙哥一筹莫展的样子，神秘地笑道：“飙哥，你看我带回了什么？怎么样，有证据意识吧？”

我们抬眼一看，小张的手里拿着一把破旧的牙刷。当时的南江市，基层民警对提取DNA证据都有了一定的认识，这次小张在搜查李斌住处的时候，顺便提取了李斌的牙刷，这根牙刷上面，很有可能提取到李斌的DNA。

飙哥很是高兴，把牙刷送到DNA实验室，对DNA实验室的同志说：“看来，你们又要辛苦了。”

话音刚落，飙哥的手机铃声骤然响起，飙哥一看是前线侦查员打来的，迅速接通了电话：“怎么样？有什么情况？”

“我们在一个水塘边找到了李斌的一些捕鱼工具和他的胶鞋，还有他平时当作小船划的木盆，怀疑他可能是在捕鱼的时候落水了，现在正在打捞。”

“落水？”这一结果，出乎了我们意料，飙哥说，“走吧，我们还是去现场看一看吧。”

我们在颠簸不平的土路上整整行驶了三个多小时，才到达了偏僻的现场。到现场的时候，李斌的尸体已经被打捞了上来，湿漉漉地放在岸边，头发还在滴着水，在夕阳的照射下，显得阴森恐怖。

尸体的周围站着几个民警，也湿漉漉的，看来为了打捞这具尸体，费了不少劲儿。陈玉平也已经到了现场，呆呆地坐在一旁，村长在和她说着什么，但她就像没有听见一样，一动不动地坐在那里，木木地看着前方，没有痛苦，没有绝望，没有悲伤，就那样平静地坐着。

死者衣着整齐，指甲青紫，口鼻腔附近还黏附着泡沫，窒息征象明显，口唇和颈部没有损伤，胸腹腔膨胀。我用止血钳扩张死者的鼻腔，发现里面有不少泥沙，再撬开闭合的牙列[①]，发现口腔内也有不少泥沙，这些都是典型的溺死征象。所谓的溺死，就是生前入水、溺水死亡，而不是死后抛尸入水，这一

① 牙列：整齐排列的成排牙齿，称之为牙列，牙列之间则通往口腔。

点是很明确的。

“溺死征象明显。”我一边检验一边和飙哥说，“他不会是畏罪自杀吧？”

“不会，他要是自杀，没必要带着这么多工具，还有木盆。”飙哥指了指旁边的一些捕鱼工具和木盆。

“是啊，有道理。可是他水性很好，怎么可能是意外溺死？”我疑惑道。

“完全有可能。这水底下啊，全是水草！”刚才负责打捞尸体的民警一边说，一边用长竹竿拨动水面，“看到没有？幸亏我们是在岸边用长竹竿打捞的，要是下水的话，估计明天咱们几个的名字上全加黑框了。”

“他水性好，别人不会用推他下水这么笨的杀人手法，所以只有可能是意外落水后被水草缠住，然后溺死的。”我对自己的分析很是满意，觉得滴水不漏了。

飙哥在一旁不置可否，只是默默地用一根长竹竿在试探水深和水草生长的高度。

突然，飙哥的电话铃声响起，是DNA实验室打来的，结果正在飙哥的预料之中，小女孩体内的少量精斑和李斌牙刷上的DNA认定同一。

虽然我们依旧用穿刺法从李斌的心脏内取出心血再次进行DNA检验以防万一，但是我们知道，不出意外的话，这起强奸案件应该就是李斌做的了。现在李斌也溺死了，按照法律规定，就应该销案了。

即便是这样，我的心情依旧低落无比，真是恶有恶报啊。只可惜那个小女孩，幼小的心灵受到了那么大的创伤，身体受到了那么多的伤害，以致让自己的生命之花在那么年轻美丽的年纪就黯然凋谢，实在是可怜。

在一旁的飙哥突然想到什么事情，走到陈玉平的身边，蹲下来点了根烟，小声地问道：“你们不是孩子的亲生父母？”

陈玉平听到这话，像是被针刺了一下，突然跳了起来，眼中充满了惊恐：“谁说的？你们胡说！”

飙哥依旧蹲在那里，盯着陈玉平的眼睛。两个人就这样用眼神较量了两分钟，最终还是陈玉平败下阵来。

“女儿是我亲生的，但不是李斌的，我和李斌结婚的时候，就已经怀孕了。”陈玉平像泄了气的皮球一样靠在了草垛上，泪水慢慢地流下。其实在这个年代，亲子鉴定已经不是什么稀奇的事情，老百姓也大多知道公安机关是掌握亲子鉴定的技术方法的，这种事情，狡辩也没有什么用。

“李斌对你的女儿好吗？”飙哥的眼神无比犀利，盯着陈玉平。

“好……不不不，我不知道，我长期在外打工，我什么都不知道。”陈玉平神色惶恐，语无伦次。

飙哥没有再继续问下去，弯下腰，和我一起清洗、收拾器械，收拾完毕后，回头又看了一眼陈玉平，陈玉平正在向我们这边张望，眼神交会时，她立即避了开去。

“我们走吧，尸体拉回中心。”

飙哥一路上没有说话，默默地看着窗外，任凭颠簸的山路把车里的我们和后车厢内的尸体摇来晃去。

这天晚上我做了很多梦，梦见小女孩哭泣的样子，梦见李斌变成了厉鬼朝我们扑来，梦得真真切切、令人窒息，甚至早晨闹钟的铃声都没能听见。

早上，飙哥敲开了我宿舍的房门：“洗漱起床，马上解剖。”

“解剖？”我努力地回想着昨天出的现场，没有命案啊，没有哪起案件需要解剖啊？

但是服从命令还是第一位的，我以最快的速度洗漱完毕，一路小跑赶到解剖室。

解剖台上躺着的，是李斌。

“李斌？他明显是溺死，这也要解剖吗？”我疑惑道。

## ● 3

飙哥笑了笑：“我也知道他是溺死，但是我心里总有疑惑，所以昨晚就请示了领导，为了防止有意外情况出现，决定解剖。”

“什么疑惑？”

“小女孩死了，而且从她体内的精斑来看，前一晚她还和李斌发生了性关系，李斌是知道我们要对小女孩的尸体进行检验的，那么他应该害怕他的犯罪行为被我们发现，他还能那么悠闲自得地去捕鱼？那他心理素质也太好了，太没心没肺了吧？”飙哥胸有成竹地说道，“另外，仔细看看他的双手，很干净。”

“手？干净？这个说明不了什么吧？”我问道。

“我也不敢说这个能代表什么，但是我知道，他如果是在水草丛生的地方落水，被水草缠住溺亡的话，根据尸体痉挛的理论，他的手中没有泥沙，也应该有水草，对吧？”

我知道，溺水死亡的尸体，因为求生欲的驱使加之溺水窒息死亡导致的尸体痉挛，通常会在手指夹缝中间发现泥沙和水草。

而李斌的双手松弛、干净。

我们闷声不响地对李斌的尸体进行了系统解剖。除了尸表检验中发现的溺死征象，李斌的内脏瘀血、左右心脏内心血颜色不一致、肺水肿有捻发感[①]、气管内发现了泥沙和水草、胃内大量的溺液，加之尸体内硅藻与现场水样硅藻认定同一，这些征象统统证实了李斌是在那个小水塘中溺水死亡的。

经过两个小时的解剖检验，除了证实李斌是溺死，再没有其他的发现，这一点让我和飙哥都异常沮丧。

我们用手撑着解剖台，就这样一左一右傻傻地盯着尸体，突然，飙哥的眼神又亮了。

我顺着飙哥的眼神望去，死者李斌的腋下仿佛颜色有些异常，但是又不能确证。

“这里像是出血啊！”飙哥说道，“切开看看。”

---

① 捻发感：溺死的人，因为肺内吸入大量的液体，导致肺泡内充满液体。法医用手揉搓肺组织，感觉到像是揉搓一缕头发，这种感觉称为捻发感，用于诊断是否存在溺死的肺脏改变。

皮下出血、尸斑和腐败形成的皮肤颜色异常，通常情况下是根据经验，用肉眼就可以进行鉴别，但是有的时候是比较难区分的，这时需要切开皮肤观察皮肤切面的状态，来分辨颜色的异常究竟是损伤还是尸斑或是腐败。

我用手术刀小心地沿着颜色不一致区域的中央切开，居然发现了死者的双侧腋窝里有片状的皮下出血！

"这里的皮下出血，可不多见啊。估计有损伤也是玩双杠玩的。"我调侃道。

"很简单，这里的损伤有可能是别人用双手在死者腋窝处着力、拖拽他形成的。"被飙哥一说，我茅塞顿开。

"而且既然是出血，就说明有生活反应[①]，是生前形成的。"结论已经在我的脑海里翻腾，"但是，你怎么能确证这两处出血和李斌的死亡有直接的因果关系呢？"

"皮下出血是有固定模式的转轨过程的。"飙哥用胳膊肘向上推了一下眼镜，"皮下出血的初期，可能不会在皮肤的表面上表现出来，但是会逐渐在皮肤上显现，最初是紫色，然后出血逐渐被吸收，含铁血黄素形成，皮下出血的颜色会变为青紫色、青色、黄绿色，甚至变成黄褐色。"

"你的意思是说，双腋下出血后不久，李斌就死亡了，所以才未在皮肤表面表现明显。既然这样，这两块出血的形成，离李斌死亡的时间很短暂，所以就应该和李斌的死亡有关。"我举一反三。

"我刚才说了，这里的损伤应该是在李斌腋下着力、拖拽李斌形成的，而且这个时候李斌没有死。"飙哥若有所思地说，"那么……"

"李斌当时是昏迷的！"我抢着说。

"现在应该怎么办呢？"飙哥笑着问我。

我二话没说，提取了死者的心血、胃组织和部分肝脏，送往毒物化验部门进行检验。

---

① 生活反应：人体活着的时候才能出现的反应，如出血、充血、吞咽、栓塞等，是判断生前伤、死后伤的重要指标。

“我们打开李斌胃的时候，胃内容很充盈，没有酒味。”我说，“这说明李斌是进餐后不久死亡的，而且他没有喝酒，那么只可能是药物使他昏迷了。”

我想了一想，接着说：“因为他是在深度昏迷的状态里被人扔入水中的，所以他虽然有明显的溺死征象，但他的双手没有抓握泥沙和水草的痕迹。”

飙哥赞许地点点头：“分析得很棒，会结合之前的尸表检验进行分析了。正如你说的，这起案件的嫌疑人很有可能利用了死者生前是捕鱼人这一情况，故意将死者用药物致昏，扔入水中，伪装成意外溺死。”

“如果是这样，那么嫌疑最大的就是陈玉平了。”飙哥看了看天花板，“她的女儿因为被李斌这个禽兽残害而自杀，陈玉平的杀人动机已经有了。而且，不知你注意到没有，陈玉平到达女儿自杀死亡现场时，还有我问她问题的时候，她的眼神都很反常。”

我想了想。是啊，看到自己女儿的尸体，不悲反怒，对是否是亲生这个问题的过激反应，都显露出陈玉平内心的反常。

解剖检验结束了，我和飙哥回到了办公室。我们没有说话，都不约而同地陷入了沉思：如果证实了李斌是被他人杀死的，那么怎么寻找证据去指向犯罪分子呢？

毒物化验结果出来了，在李斌的心血、胃和肝中均检出了安眠药成分。

飙哥的推断被印证了。也就是说，我们成功地从几个细微的异常现象中，发现了一起命案的存在。

办案人员坐在我们的办公室，像听天方夜谭一样听完了我们的推断，然后问道：“那这起案子的侦破，怎么下手呢？有什么好建议吗？”

我瞬间被问住了。是啊，这样的案子，没有检验出其他的相关生物物证，应该怎么侦破呢？总不能根据陈玉平有犯罪动机就定她的罪吧？

“有一个办法可以试试。”飙哥说，“小女孩自杀的那天，我们都看见陈玉平坐一辆车来到现场，然后又坐车离开。从这个时候开始，你们调查她的行动轨迹，注意调取医院或者药店附近的监控录像哦。”

调查结果很快就反馈上来了。据陈玉平所说，她离开小女孩自杀现场后，就乘车回到了打工所在的工厂，辞掉了工作，然后乘坐公交车、摩的回到家里。但是她隐匿了一个重要问题：她中途下了公交车，进出了公交车站附近的药店后又搭下一班公交车离去。这个重要证据被药店旁的一个监控录像记录了下来。

“好吧，一方面审讯陈玉平，一方面找药店的医生询问、辨认。”飙哥和我一样，虽然知道案件就这样破获了，但是一点儿也高兴不起来。我们知道，这起杀人案件的起源是一个母亲的愤怒。

被带到刑警队的陈玉平已经知道事情败露，她没有做任何抵抗，直接交代了事情的原委：“我和李斌结婚的时候已经怀孕了，孩子出生的时候他就知道这不是他的女儿。当时他说他原谅我了，我信以为真，但我没有想到的是，他居然隐藏得这么深，居然在十多年后这样报复我。他打我的女儿，还打我。我被打得遍体鳞伤，一气之下就离家出去打工。前不久，我知道他居然趁我离家打工之际，多次强奸我女儿，从那时候起，我就有了杀他的想法。女儿的死，更坚定了我的念头，我一定要杀了这个禽兽。”此时的陈玉平已经泪流满面，但眼泪掩饰不住的是她表情里的杀气，“我买了安眠药，回到家里时，这个畜生已经自己吃了晚饭。我就往他炖的汤里放了安眠药。他喝了汤很快就睡得和死猪一样，我整理好他的衣服，拿了他平时捕鱼的物件，把他拖上了门口的三轮车，运到水塘边，把他扔进了那片水塘里。”

刑警队长面色铁青地向我们介绍了陈玉平交代的情况。我知道我们都一样，为这起惨剧感到惋惜。

“究竟是谁错在先呢？”我茫然地看着法医中心上空蔚蓝的天，“为什么不通过法律手段解决问题呢？”

“谁错都已经不重要了，可怜的是一个无辜幼小的生命，就这样成为了这段孽缘的牺牲品。”飙哥同样感慨。

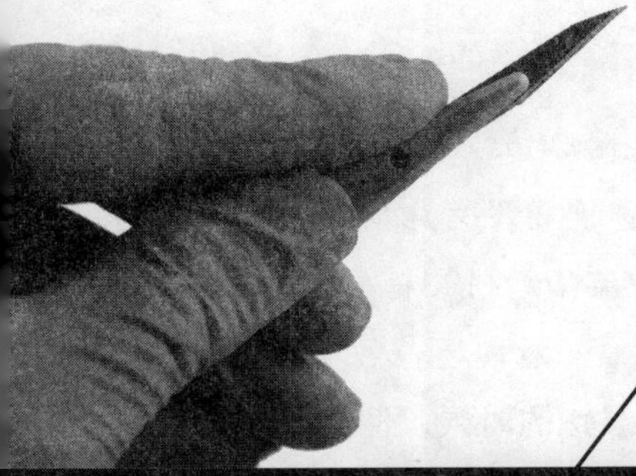

# 第六案　半掌血印

## 1

“丁零丁零……”一阵急促的电话铃声将在值班室里恪尽职守的我无情地从美梦中拖了出来。我揉了揉惺忪的双眼，看着旁边值班床上的飙哥一跃而起，冲到电话的旁边。

我知道飙哥的反应迅速绝非兴奋的心情所驱动，而是一种条件反射。这么多年后，我才真真切切地感受到半夜听到电话铃响的那种忐忑。我想，所有的刑警恐怕都和我一样，对电话铃声很过敏，而且过敏反应很严重。更无奈的是，我们的电话是必须24小时待机的。

“法医中心。”

“我是110指挥中心，丰华新村发生一起命案，辖区民警已经开始实施现场保护工作，请你们在20分钟内赶到案发现场。”

来不及洗漱，我和飙哥拎着法医勘查箱，坐上了勘查车，风驰电掣般赶赴位于南江市城郊的丰华新村。我抬腕看了看表，凌晨5点30分。

天刚蒙蒙亮，我们就赶到了现场。因为是凌晨，现场没有几个围观的群众，辖区民警把警戒线拉到了单元门口。中心现场在丰华新村23栋4楼的一套住宅里，现场住宅的门口，两名衣着整齐的民警正在看护着现场。

报案的是住在现场楼上的一位老干部，5点出门晨练的时候，他发现楼下的门虚掩着，拉开门，一股浓重的血腥味扑面而来。因为当时天还没亮，现场也没有开灯，他就拿随身带的手电筒往里照了一照。他看见客厅地板上躺着一个黑乎乎的人影，呼喊了几声也没有反应，客厅里隐约还能看到大量的血迹，就急忙跑回家打通了110。

住户的主人是附近一家健身中心的健身教练刘刚，刘刚的妻子在200公里外的齐岭市上班，每个月中旬的周末回来一趟，两人结婚3年多仍没有小孩。小两口的夫妻感情一般，毕竟是两地分居，而且还没有经过深入的调查，并没有有价值的线索提供上来。

现场是一套两居室，大门口是玄关，玄关的西侧是一组鞋柜，东侧是卫生间。过了玄关是房屋的客厅，也就是中心现场。客厅的东侧有两个门，分别通向两个房间，西侧有一个门，通向厨房。窗户都是完好、封闭的，也就是说，别人从窗户是进不来的，大门的锁扣也没有任何异常。

客厅的面积仅有七八个平方，地板已经被血迹全部浸染，无处下脚，墙壁上和东西两侧的门上有多处喷溅状、甩溅状和擦蹭状的血迹。

死者就是刘刚，他直挺挺地躺在客厅西侧的墙根，瞪着双眼，张着嘴，一脸绝望似的看着即将要进入现场的我们。我们用勘查灯照射尸体，发现尸体的头部仿佛有些变形，整个颈部血肉模糊，看不真切。死者的衣着整齐，看得出这个健身教练体格非常强壮。

“杀了这么个强壮的人，看来凶手更是个不得了的人啊！”我感叹道。

痕迹检验技术人员对现场进行了仔细的勘查，没有发现有价值的痕迹物证，仅有门口玄关墙上的半枚血掌纹，经比对，还是死者自己的。

因为现场的血迹浸染了整个客厅的地面，我们只能铺好勘查踏板，一步一步地向尸体靠近。

我戴上手套，简单地进行了尸表检验，刘刚的颅骨触及有明显的骨擦音，应该是颅骨粉碎性骨折；颈部有一个巨大的切口，双侧的颈动脉和颈静脉以及气管、食管都完全断离，露出了白森森的颈椎，颈项周围有大面积的血泊，已经有一小部分开始凝固了。

因为出血量巨大，尸斑非常浅淡，不易发现。尸僵还没有在大关节形成，角膜还是透亮的。我看死者应该死亡不久，就从勘查箱里拿出了尸温计，测量死者的直肠温度，根据尸体的温度，计算死者的死亡时间。飙哥在一旁检查死者的双手。

我忙活好一阵，正算着时间，飙哥回头看看我，微笑着说："昨晚11点30分左右死亡的，对吧？"

我非常惊讶："你……怎么知道的？这……看手，也能看得出来？"因为我刚刚计算出的结果就是11点30分。

飙哥嘿嘿一笑："算得挺快，不过观察能力还要加强。"说完，他指了指死者手腕上的手表。

我抬眼向死者的手腕看去，那只手表的表面已经完全碎裂了，再仔细观察，发现手表的指针已经不再移动，应该是在死者和凶手的搏斗中被击打损坏了，而手表上的时间正是11点27分。

整个现场，只有客厅的搏斗痕迹非常明显，其余的空间，包括门口的玄关都没有什么痕迹，除了墙上的半枚血掌纹，连地面都没有血迹。而且，整个现场没有发现任何能证明犯罪和犯罪分子的痕迹物证，这让所有参加现场勘查的刑事技术人员都非常沮丧。

"把尸体拉回中心进一步做解剖检验吧。"飙哥擦了擦额头上的汗，无奈地说道。

在我们离开现场的时候，死者的父母和妻子都已经赶回南江，赶到了楼下，三个人正在单元门口抱头痛哭，哭喊着刘刚的名字。

虽然我们的心里有一定的分析推断思路，但是对于整个案子的认识和对案件侦破大方向的判断还不明确，所以在回去的路上，我们都默默地低头思考着自己的问题，一路无话。

回到法医中心，我和飙哥顾不上吃午饭，立即投入了尸体解剖工作。

死因很快鉴定出来，刘刚是颅脑损伤合并大出血死亡。

法医下达的死因结论包括直接死因、主要死因和辅助死因、诱因以及合并死因。所谓的合并死因，是指两种或多种原因都能够导致机体死亡，但无法判断其主次关系，故分析两种死因是合并死因。

本案中，刘刚的头部遭受了锤类钝器的多次打击，造成广泛性头皮下出血和分散在头部多处的九处头皮挫裂创，其下多处颅骨粉碎性骨折、颅内出血、脑挫伤，颅脑损伤的严重程度足以导致刘刚的死亡。但是刘刚颈部的创口出血明显，是有生活反应的，说明这个巨大创口是在刘刚死亡之前形成的，而且如此大量的出血也可以导致刘刚的死亡，所以我们认为刘刚的死亡是一个合并死因。

飙哥仔细看着刘刚颈部的巨大创口。如果不是颈椎仍连着，这个巨大创口甚至可以导致死者身首异处。

飙哥指着创口的两端说："你看看这里。"

我仔细地看了看创角，发现创口的两角都有明显的拖尾，就像是眼角的鱼尾纹一样，仔细数了数，拖尾有七八条，很浅，只划伤了表皮。

"这，又说明了什么呢？"飙哥问道。

## 2

我知道，这叫试切创，在自杀事件中多见，但是此案显然肯定不会是自杀，我一时没有想明白，就摇了摇头。

飙哥说："这个看似是试切创的拖尾痕迹，实际是多次切割同一位置形成的，因为着力点在颈部的前侧，而颈部的切面是类圆形，所以创口两侧的力度就会明显减少，多次切割颈部，导致一个巨大创口，在创口的两端就会形成多条皮瓣。"

我挠挠头，这我知道，但仍然不明白飙哥的意思。

飙哥接着说："颈部的损伤，比对头部的损伤有一个特征，就是集中。头部的损伤很分散，符合在搏斗中形成，颈部的损伤集中，且血迹流注方向是从前往后，说明颈部的损伤是在死者已经倒地并失去抵抗能力的时候形成的。"

我又挠挠头，心想这个我也知道。

突然，我明白飙哥问这个问题的意思了："明白了，飙哥。你是说，死者明明已经失去抵抗能力，并且损伤已经足以导致他死亡了，但是为什么凶手还要切割没有抵抗能力的死者的颈部，对吧？我觉得，这个行为出自凶手恐其不死的心态。所以我认为，这是一起熟人作案的案子。"

飙哥赞许地点点头："对了。我就是这个意思。熟人作案可以定，那么你看看这个熟人应该是何时、如何进入现场的呢？"

在回法医中心的路上，我已经理清了自己的思路，面对飙哥的问题，我如数家珍："死者的衣着整齐，尸体的旁边还发现他去健身中心工作时带的洗漱用品，家里没有任何房间开灯。结合刘刚的下班时间，所以我认为，这个熟人不应该是晚上敲门入室，而应该是和刘刚一起回到刘刚家的，而且刚进门就进行了打击。所以要重点查和刘刚在健身中心交流过的人，或者是他下班时遇见的人。"

"你有什么依据说刘刚是刚进门就遭到了袭击呢？"飙哥接着发问。

"有依据。门口玄关处的墙壁上有一枚刘刚自己的血掌印，但门口玄关处没有搏斗的痕迹和血迹。为什么在客厅里搏斗、受伤，会在门口玄关处留下血手印呢？结合刘刚穿着外出的衣服但穿着拖鞋这一点，我认为玄关处的血手印应该是刘刚在门口换鞋的时候遭到了别人从背后的打击，导致头皮破裂，他下意识地用手捂了头，手上沾了血，因为头部受伤会导致晕厥感，他会下意识地去扶墙，所以留下了这半枚血掌印。而后刘刚被凶手推进了客厅，与凶手发生打斗，因为开始受了伤，即便他身体强壮，也不是持有凶器的凶手的对手，所以就有了后来的惨剧。"

"有理有据！"飙哥朝我竖起了大拇指，"我赞同你的推理。但是凶手为什么不在小区外没有人的地方动手，而非要进门了以后才动手呢？"

我终于卡了壳："是不是想进刘刚家里找什么东西？"

“既然是熟人，认识刘刚的家，他为何不杀了人，拿了钥匙，再自己去找呢？”

“凶手或许是不认识刘刚家，或者是不知道刘刚平时单身居住的熟人，所以去确认刘刚的家在哪里或者去确认家里没人才动手的？”

飙哥听我这么一说，点点头：“是不排除你说的那两种可能。”

尸体检验结束的时候，已经是下午四点，我和飙哥饥肠辘辘地跑去食堂找饭吃。吃饭的时候，飙哥问我：“你说，会不会是有人提前藏在屋里？”

“不可能。根据侦查部门提供的情况，刘刚平时很谨慎，家里的钥匙只有他和他老婆有，连他父母都没有。他老婆不是在外地打工吗？我们去现场的时候她刚接到通知，我们勘查完毕现场，她才赶到的。侦查部门说打电话问了她公司的老板，说她这两天都正常上班的。”我自信满满地说。

“哦。”飙哥又开始狼吞虎咽起来。

我们闷声不响地吃饱了饭，又不自觉地聊起了这个案子。

“作案人数方面，你怎么看？”飙哥问道。

“虽然现场有两种致伤工具，一种是锤类的钝器，一种是菜刀类的锐器，但是使用上有时间的先后顺序。所以，我认为一个人就可以完成了。”

“但是一个人杀人，会携带两种工具？”飙哥问道。

“这个……这个……有可能吧。说不准他已经想好了杀人的步骤。”我想了想，说，“不过照明有没有问题？如果是一个人，没有另外一个人照明的情况下，不可能击打头部击打得那么准确，而且切割颈部切割得那么密集。”

“死者已经换好了拖鞋，说明他进门以后就开了灯的。凶手离开的时候把灯关掉了呗。”飙哥说。

“可是电灯开关上没有发现除了死者之外的其他人的指纹啊。”我问。

“会不会戴了手套？”飙哥陷入了沉思。

“戴好手套后再对死者突然袭击？死者还能不察觉？或者是在这不冷的天，戴着手套一路和死者回家？而且手套上黏附的血迹也会留在开关上啊。”疑点出现了。

“会不会是杀了人以后，戴手套……翻动东西啊？”

“可是现场没有翻动啊。”

这个问题的出现，使得我们的整个推断矛盾重重。

吃完饭后，我们到市局参加了专案组的分析汇报会。在会上，我们没有提出太多的观点，毕竟自己的思路还没有理清。我们提出，本案是熟人作案，应该从刘刚案发当天在健身中心接触的和出健身中心后遇见的人之中入手调查仇债关系。一人作案还是两人作案目前还没有依据支持。

我和飙哥垂头丧气地离开了会议室，回到了法医中心。

晚上我在宿舍翻来覆去睡不着。刘刚是在门口刚换好拖鞋就被袭击了，然后再在客厅里搏斗，这个过程是没有问题的。如果现场本身就没有开灯，而是有另外一个共犯负责照明，刘刚没有道理不开灯就换鞋；如果是刘刚开了灯，凶手离去的时候关了灯，没有道理不在开关上留下指纹和血迹。难道是先开了灯打斗，然后在搏斗过程中不小心碰到开关关了灯？也不可能，因为开关所在的玄关处没有搏斗痕迹和血迹。也不可能是凶手用身体其他位置关的灯，因为凶手割破了死者的大动脉，身上应该沾有大量的血迹，看了卫生间和厨房，也没有清洗的迹象，不可能那么巧，关灯的部位正好没有沾到血吧？

电话铃在这个时候突然响起，着实吓了我一跳。

是飙哥打来的：“我猜你还没睡。你和我一样，在想灯的问题，对吧？”

“是的。”

“我在想，如果凶手杀人后，是为了查找死者身上携带的东西，所以戴上了手套，可能不可能？”

“如果那样，手套会沾上血迹，关灯也会在开关上留下血迹。”

“如果只是戴手套找东西，顶多手套的掌侧会有血，背侧不会有血，这个干净的手套反而遮盖了他满手的血，用手套背侧关灯。”

我嗯了一声，觉得有道理。

飙哥说：“你去尸库，再确认一下尸体的衣服口袋内侧有没有黏附血迹，或是被翻动的情况，这也有助于我们分析凶手的动机。”

按照飙哥的指示，我在月黑风高的半夜，一个人来到尸库的门卫间。门卫间离尸库有20米的距离，里面的操纵台可以操纵尸库的大门和照明。

我和门卫打了声招呼，只听尸库的卷闸门轰隆隆地打开，随即里面的日光灯也打开了，整个尸库一片通明。

我独自走进尸库，找到储存刘刚尸体的冰柜，拉出载有刘刚尸体的停尸床，在刘刚的衣服上摸索着，逐个检查他的口袋。

就在这时，灯忽然灭了，眼前一片漆黑，更可怕的是，我的手正握着刘刚冰凉僵硬的手。

## 3

我知道这时候喊门卫，门卫不一定听得见，于是我摸索着想把尸体先塞回冰柜，就在这个时候，尸库的门突然轰隆隆地关上了。我被关在了漆黑的尸库里。

我的大脑一片空白，难道世界上真有鬼？不然怎么会这么诡异地关门关灯？想到这里，我感觉全身的汗毛都立了起来，冰柜的轰鸣仿佛变成了鬼哭狼嚎的怪异声音。

我感觉神经已经紧绷到极限，就快要断裂了，尸体就在旁边，我看不见，却闻得到血液经过冷冻后的气味。我就这样傻傻地站了五分钟，忽然，日光灯又逐一亮了，门也轰隆隆地再次打开，门口露出了门卫龇牙咧嘴的笑脸："怎么样，秦大胆儿，怕不怕？"

我马上反应过来，之前办案的时候，我曾和门卫说过我什么都不怕，并且嘲笑他刚工作时的胆小。他一直记仇，这不，报复我来了。

我脸色苍白，声音颤抖："原来是你恶作剧！这有什么好怕的，我还以为电闸系统坏了呢。电闸？对啊，电闸！"

看来人在极度恐惧的时候，肾上腺素大量分泌，能让脑子非常清醒，并激发灵感。这时的我，好像发现了电闸和这起案件中的灯的关系。如果现场那天正好跳闸了，会是怎样呢？我来不及多思考，跑到值班室向飙哥汇报了这个想法。

“我正好也想到了这个问题，不如我们马上叫上痕检员一起再去现场看看？”飙哥很激动。

当我和飙哥以及痕检员小方赶到现场时，发现现场的大门外居然还有一个辖区民警在值班守卫，可见局里对这起命案还是非常重视的。

辖区民警为我们打开了现场的门，我们铺好勘查踏板，进入现场开始找电闸，找了一圈一无所获。

“这房子并不老，电闸难道不在家里？”我的话音刚落。飙哥喊：“我找到了！”

顺着飙哥的目光，我们发现在客厅的一个小矮柜上方，有一块墙纸不像其他地方那样平整。

飙哥穿着鞋套站到了矮柜上，敲了敲那块与众不同的墙纸，发出砰砰砰的空洞声，果真，这块墙纸的后面是空的。用强光手电仔细照了照，这块墙纸周围果真是有裂缝的，轻轻一掀，露出了里面的电源盒。

更让我们兴奋的不是这个电源盒，而是电源盒盖上的血迹。血只能喷溅到墙纸上，但不可能喷溅到墙纸里面的电源盒上，肯定是凶手杀了人以后，掀开墙纸动了里面的电源盒。

小方也站上了矮柜，仔细地看了看，说：“都是擦蹭状血迹，没有鉴定价值。”

飙哥一边小心地打开电源盒，一边说：“不能做证据没关系，但是这说明了很多问题。”

话音刚落，站在矮柜上的飙哥和小方都沉默了。

他们在总开关电闸上发现了一枚清晰新鲜的血指纹。

提取到了关键证据，而且明确了侦查方向，这些意外的收获，让我们高兴得紧紧相拥。

“别急着高兴，”飙哥说，“理一理思路吧。”

我抢着说：“血指纹新鲜，可以确定是犯罪分子所留，是关键证据，这个就不说了。我来说说犯罪分子为什么会在杀人后动电闸。电闸的正常状态是开启的，我们到现场的时候，电闸也是开启的，里面的保险丝也正常，这种老式的电闸不可能自动跳闸，那么犯罪分子在杀人后动电闸的唯一可能就是他在杀人前关掉了电闸。为了不让我们生疑，所以杀人后又把它恢复到了原始状态。”

“有道理，接着说。”

有了飙哥的赞同，我自信了许多，我清了清嗓子，说：“既然是杀人前有条件关掉电闸，只有两种可能，一种可能是电闸原来是坏的，修理电闸的工人和刘刚一起进入现场，后在修理电闸的时候因为某种原因杀了刘刚。但从电闸的状态来看，保险丝是被灰尘覆盖的，不是新的，电闸也没有其他烧坏的迹象。加上晚上11点30分，哪里去找电工？可见第二种可能，才是事实真相了。”

飙哥看我在学着他的口气说话，忍不住笑了。

我走到门口的玄关，指了指一侧的卫生间，说道：“第二种可能，就是凶手事先进入现场，关掉总电闸后，潜伏在这里。刘刚回家后开灯发现没亮，以为保险丝烧了，就关掉了灯的开关，然后换鞋。这个时候凶手从卫生间出来突然袭击了刘刚，刘刚捂住伤口，然后因为晕厥，用手扶了墙，留下血掌纹。凶手趁机推刘刚进入客厅，没想到刘刚体格健壮，虽然头部受了伤但仍和凶手进行了搏斗。但是最终因为手无寸铁、被对手多次击打头部后倒地，凶手恐其不死切割了他的颈部。最后凶手怕我们知道他是提前进入现场的，又开启了总电闸。但是这个时候满手是血的他不可避免地在总闸上留下了血指纹。这样解释的话，前面关于灯的矛盾就全部解开了。”

“很好。但是凶手为什么要提前关掉电闸？”

“因为他自知身体素质不及刘刚，所以必须摸黑突然袭击。”

“那为什么凶手在无灯的情况下切割颈部还能切割得那么密集？还能准确地找到电闸的位置？”

“第一，应该是对这个家很熟悉的人，第二，应该有第二个人负责照明。”

“可是，你说过，这个家只有两把钥匙，他老婆又确实不在本地。那么凶手是怎么事先进入现场的呢？”飙哥继续问道。

“难道是他老婆把钥匙给了别人？或者是技术开锁？”

“不会，痕迹检验已经排除了撬锁和技术开锁的可能。”飙哥说，“不管怎么样，得先把他老婆控制起来。”

再次来到专案组会议室，几名侦查员工作完后就睡在这里，横七竖八地靠在椅子和桌子上打着鼾。听见我们几个进门，有几个侦查员醒了过来，问：“这么晚还不睡？”

“有新情况了，刘刚的妻子崔玉红可能有嫌疑，恐怕得控制起来。”飙哥说。

“我正准备明天告诉你们呢，我们查到了崔玉红和她的老板有奸情，已经派人监视崔玉红了。”一个侦查员说道。

我和飙哥相视一笑，心里有了底。

飙哥说：“既然有奸情，那么这个老板做的崔玉红不在场的证据很可能就有问题了！抓人吧，我们有证据可以比对。”

这个晚上，我和飙哥都美美地睡了一觉，醒来时已经是第二天早晨9点了。等我们赶到局里，发现大家都已经开始在击掌庆功了。

案子真的就这样破了。

20多岁的崔玉红和她40多岁的老板陈方都有家室，但是两人长期保持着奸情。有一次刘刚无意中发现了崔玉红手机里存有她和陈方的床照，刘刚并没有冲动过激的行为，他拷贝了照片，并以此为要挟，勒索陈方50万元。陈方误认为自己是中了崔玉红的圈套，就对崔玉红大发雷霆。崔玉红感到无比委屈，对刘刚拿她做筹码无比愤怒和伤心。为了证明她的心里只有陈方，崔玉红就许诺如果陈方想杀掉刘刚，她一定会支持帮助。就这样两人一拍即合，在这个没有月亮的晚上，驾车潜回南江市。

因为刘刚身体素质极佳，陈方担心他们两人合力都敌不过刘刚，于是关掉了现场的电闸，趁黑从背后偷袭了刘刚，并在崔玉红用强光手电闪花刘刚眼睛的情况下，多次击中刘刚的头部，最终杀掉了刘刚。最后陈方又冷静地恢复了电闸的状态，连夜驾车逃离南江市。

经比对，电闸上的血指纹是陈方遗留的，陈方的车里也检验出了死者刘刚的血迹。

因为不该有的奸情，或者说是因为50万元，两个本该幸福的家庭硬生生地被毁掉了。

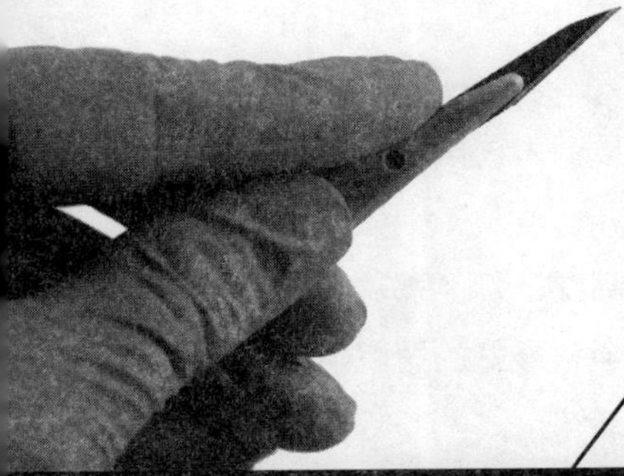

# 第七案　大眼男孩

## 1

“秦医生！”

我回过头，一张熟悉的面孔出现在眼前。

现在的我，面色苍白，双眼充满了血丝。一直号称大胆的我，没想到也会被吓成这样。事情已经过去20分钟了，我的心脏跳速还在120以上，双腿还是软弱无力。难道当法医的人都要面对这种不可能发生的诡异事件吗？

“您没事吧？”对面的这个女人看出了我的不正常，关心地问道。

“没……没事……请问，我们是不是见过？”她看上去似曾相识，可我还没有从惊吓中缓过神来，一时半会儿想不起在哪儿见过她。

“你不记得我了吗？”女人的眉宇间充满了忧郁，“我是小青华的妈妈啊！”

“啊！小青华！”我终于想起来了，那是个长得非常可爱的大眼睛男孩，

“怎么样，现在小青华好了吧？”我回头看了看“省第一人民医院”的牌子，知道这句话显然问得毫无意义。

果真如此，我的话音刚落，对面的女人眼眶已经潮湿了：“那次手术后，没过两年，他的病就又复发了，没办法，只好来这个全省最好的医院治，但是医生说了，希望渺茫。”

这个女人30多岁，面容姣好，不像是已经有个6岁孩子的妈妈。但从她朴素的衣着可以看出，她现在的生活并不轻松。

小青华是我大学毕业实习阶段记忆最为深刻的一个孩子。

我们的实习期，有大半年时间都是在医院的各个临床科室度过的，我的第一个科室就是脑外科，当时我正是小青华的床位医生。那时候他只有4岁，眼睛大大的，长得非常招人喜欢。所有的医生护士和同病房的病友们都特别喜欢他，因为他总是能逗大家开心，让一屋子的人笑得前仰后合。

但上天并没有厚待这个活泼爱笑的小男孩，小青华入院一周后，诊断结果出来了：脑癌。

看着爸爸妈妈天天以泪洗面，小青华也渐渐明白了自己的处境，他问妈妈：“我是不是要死了？不要紧的，下辈子我再来陪你，好不好？”一个4岁小男孩的话，让所有在场的人都不禁为之动容。

我第一次上手术台，就是参加小青华的脑部手术。手术不仅要对小青华脑部的病灶进行切除，还要对他的脑室进行插管减压，也就是在他的脑室里插一根管子，直接通过皮下，连接到腹腔，然后通过一个阀门，将脑室内的积水抽取到腹腔。这手术很残忍，但出乎意料的是，小青华术后恢复得非常好，能蹦会跳，就是说话有一点儿障碍。我以为他得救了，可没有想到，死神再次纠缠上了他。

虽然我知道这样的病复发，凶多吉少，但还是关心地问道：“省医的医生怎么说？”

“还要二次手术，不过想恢复，很难了……而且费用我们真的快撑不住了。”小青华的妈妈说着说着就要流下泪来。

“秦明，过来。”胡科长喊道。

“你在脑外科是吗？我忙完这个案子就过来看看小青华。坚强些，别急。”我安慰了小青华的妈妈一句，匆匆地向脑外科抢救室跑去。

这个时候的我，已经在中国刑警学院念完了两年的双学士学位，来到了家乡所在省的省会城市——龙番市公安局参与实习工作。和其他的实习生相比，我的经验显然丰富很多。在这几个月里，我的带教老师是市局的法医科科长胡老师。

刑警学院的两年，对于身体素质不算好的我来说，简直是地狱般的日子。刑警学院更注重警体课和法律课，这样正好弥补了我作为公安机关法医的缺点。虽然在散打馆我经常血洒衣襟，但也明白，只有在如此刻苦的训练之后，我才有可能成为一名真正的人民警察。

所以对我来说，这段时间本来应该是心情最愉悦的时候。

国家公务员考试已经顺利通过，省厅对我的考察已经接近尾声，也就是说，实习期满、毕业论文答辩结束，我就可以成为省公安厅的一分子了。没有了就业的心理负担，我工作起来自然心情愉悦，也更加得心应手。

但是这一天，忽然得知小青华病情恶化的消息，我怎么也高兴不起来了。

“你在这里等着，我要带他去急诊CT，做个CT应该就知道是怎么回事了。”胡科长指了指病床上的人说。

此时的我，因为受到小青华病情的影响，心情已经从之前的惊恐变成了沉重。看着胡科长和两个民警推着病人小跑着去了急诊CT室，我转身走进了脑外科的住院病房。

小青华是在一个六人间的病室里，这是省第一人民医院最低档的病房了，病房里充斥着一股纱布和酒精的味道，异常刺鼻。

“秦叔叔！”我刚走进门，就听见了小青华清脆的声音，“叔叔，你……你怎……怎么来了？”

可见，小青华的失语症状已经愈加严重了。我笑着走近他，抓住了他的小手，却一句话也说不出来。小青华的视神经被压迫，导致他的一侧眼球已经斜视，他的头发也已经脱落光了。可是我看出了他斜视的眼睛里绽放出的乐观和笑意，我的眼泪情不自禁地奔涌而出。

“还好吗？”我调整了半天呼吸，憋出来这三个字。

“没……没关系，我不怕死的，叔……叔叔。”小青华的声音依然熟悉，但每一个字听起来都异常艰难。

“别乱说，你不会死的。”虽然他只是我曾经照顾过的一个普通病人，但是任谁见到他那么坚强的孩子遭受这样的折磨，都会忍不住眼眶泛红，“乖，好好养病，叔叔回头再来看你啊。”我实在克制不住自己喉头的哽咽，告别了小青华，转身走出了病房。

门外，小青华的妈妈付玉正趴在丈夫吴敬丰的肩上痛哭，吴敬丰无助地看着天花板。

“现在是什么情况？”我打破了这悲恸的气氛，问道。

“医生说，这次复发的位置在动脉旁边，手术会冒非常大的风险。现在正在保守治疗。”

“有什么困难吗？”我问道。

“费用太高了。我们已经卖光了值钱的东西，房子也卖了，快支撑不住了。而且，看到他放疗化疗后反应那么严重，吐得死去活来，我们……我们实在不忍心。”付玉说完，又开始痛哭起来。我毕竟是他们孩子之前的床位医生，他们对我是非常信任的。

那时候没有微博，没法为小青华倡议捐款，我只有摸出身上仅有的200元，塞在吴敬丰的手里，抹着眼泪离开了病房。

心很疼，对这可爱的男孩的遭遇，我竟然无能为力。

走到脑外科病房诊断室，我看见胡科长已经拿了CT片过来，在阅片灯上放好，和脑外科魏主任说着什么。我走了过去，看着这张CT片。胡科长不知道我遇见了熟人，还以为我躲哪儿抽烟去了，笑着问我：“怎么样，没给吓傻吧？看看这张片子吧，有什么问题？”

这种小儿科问题已经难不倒我了，我随口答道：“对冲伤。”

## 2

这天天气晴朗，万里无云。

在刑警学院养成了早睡早起的习惯之后，我的生物钟一时半会儿还改不过来，于是早早起床，在市局的操场上跑了几圈，便来到了病理实验室，打开显微镜，开始观察几张组织病理学的切片。

看了两个小时，快到8点的时候，胡科长揉着惺忪的睡眼，走进了实验室。

“去你的宿舍不见人，估计你来这里了。不错，挺好学。”胡科长是一个40多岁的老帅哥，举手投足间散发着一股成熟男人的气息。他在刑警支队的人气很高，被誉为集美貌、魅力与智慧于一身的人物。

“老师这么早起啊？”我腾地一下站了起来，差点儿没敬个礼。这是在刑警学院养成的职业病。

“8点了，还早啊？收拾收拾出发，宝河区发了起命案。”胡科长埋头整理起他的勘查箱。

很快，我们就坐在了去往宝河区的勘查车上。“什么情况？”我问胡科长。

“一个孤寡老人，平时靠修鞋为生。在城郊结合部买了一个门面，两层的小楼，一楼是门面，卷闸门，二楼是住的地方。门面的邻居发现老人昨天一天都没有开门，就有点儿生疑。今天早上6点左右，邻居听见他的手机响，但一直没人接，感觉不对，就去敲他的卷闸门，可是左敲右敲就是没有人开。不得已，就爬到门面对面的院墙上，从窗子里往里看，发现他的窗子是开着的，老人躺在床上，一动不动，枕边还有血，就知道出人命了，于是打了110。”

“确定是杀人案件？”

“110民警没有进入现场，在对面院墙上仔细观察了，床头有血，老人确实躺在那里，没有呼吸。”

“卷闸门是关闭的，那就是说，行凶者是从窗子进去的？”

“现场卷闸门是关好的，一楼没有窗口，二楼只有一扇窗户，所以，要么是撬门入室，要么就是翻窗入室。”胡科长说。

很快，我们到达了现场。现场已经被几辆警车左右一拦，形成了保护带。很多围观群众在警车后面探首观望，议论纷纷。

“这老头买了门面，哪儿还有钱啊，什么人会来杀他？”

“就是啊，没儿没女的，平时就修鞋，和谁也没矛盾啊。”

“这老人家人特别好，很热心。我们的鞋子有点儿小问题，他都免费帮我们修的。谁杀他的，真是要遭天谴啊。”

“是啊，上次我看见一个小女孩晚上从这里走，很害怕，他还打手电筒把她送到亮的地方。”

从围观群众的议论来看，这是个口碑很好的老人，看起来要分析这个案件的性质会比较复杂。

痕迹检验技术人员正在仔细地检查卷闸门上的痕迹。

卷闸门上的灰尘很重，外面没有任何开启的痕迹，也就是说，近期这扇门都是从屋内关闭的，可以排除从外面关闭的可能。

“看来犯罪分子只能从窗户进出。”我抱着手站在一旁，看着痕检人员忙碌地工作。

胡科长抬头看看上方的窗户，左顾右盼，疑惑道：“这么高，窗户又是突出的，怎么才能爬进去？又不是《碟中谍》！”

“从屋顶下来呗。”我仰头看了看，觉得也不太可能从下面攀爬进中心现场，但是又不是从正门进入的，那么就只有这一种可能了。

说话间，卷闸门被痕检员撬开了。卷闸门是在内侧用挂锁锁在地面的锁扣上的，状态很正常。

一楼的现场杂乱地放着很多旧鞋和修鞋的简易机器，还有很多废品。看来这个老人除了修鞋，平时也收一些废品贴补日常开销。一楼和二楼之间没有安装楼梯，只用一个梯子作为上下楼的通道。

痕检员很快铺好了勘查踏板，通往梯子处。梯子上的痕迹尤为重要，如果梯子上也没有可疑的手印、脚印或是手套印、鞋印的话，那么犯罪分子的出入口就只能是窗户了。如果确定了这一点，对犯罪嫌疑人的刻画是很有帮助的。

毕竟不是所有人都具备飞檐走壁的能力的。

我和胡科长耐心地在现场外面等候着，十分钟后，痕检员在里面喊道：“梯子上只有一种鞋印和指纹，都提取固定完毕，如果能排除是死者的，那么行凶者只能是从窗子进来的。”

我和胡科长马上戴好了口罩、手套、鞋套和帽子，沿着勘查踏板来到梯子旁。

这是一个破旧不堪的梯子，已经有一些年头，似乎随时都有可能崩毁。二楼地板上有一个窟窿，这个窟窿就是一楼和二楼的通道，梯子就架在窟窿一旁。

“上去吧。”胡科长率先爬了上去。我紧跟着胡科长，慢慢爬到了二楼。

二楼布置得很简单，一张破旧的办公桌旁边有一张小床。老人就这样安静地躺在床上，我远远地观察了一会儿，发现老人确实没有呼吸了。

胡科长还是最关心犯罪分子是如何进入现场的。他走到开着的窗边，仔细地观察着窗户的高度、离屋顶的高度和窗框上的痕迹。

我观察了一下尸体周围的情况。床头地面上有一处血迹，死者头部枕边有两小摊血迹，尸体的嘴边还有一小摊呕吐物。

“出血量很小。”我说。胡科长没有说话，还在专心致志地检查窗户。

静态勘查完毕，我们就要开始赶紧检查尸体，明确死亡时间、致命伤后就要把尸体运往位于龙番市殡仪馆内的公安局法医学尸体解剖室内进行解剖检验，然后把中心现场留给痕迹检验技术人员现场勘查痕迹物证。

我先用手指顶了顶尸体的头部，没有发现明显的骨擦感，于是我慢慢地把侧卧位的尸体翻过来，让他面朝上方。

尸体的双眼紧闭。按照惯例，要先检查眼睑结膜的情况以及角膜、瞳孔的情况。我用双手一上一下地撑开了尸体的一侧眼睑。

不可思议的事情发生了。

尸体突然睁开两只眼睛，直愣愣地瞪着我。

我脑子轰的一声，一片空白，感觉全身的汗毛都竖了起来。我强迫自己镇定下来，这一定是幻觉，一定是刚开始就睁着眼的，我没有注意到。心里虽然这样想，但双手还是僵直地掰着他的上下眼睑。

直到那双可怕无神的眼睛下方的嘴里发出一声呻吟："嗯——"

## 3

我当时感觉腿都软了，连续后退了几步，险些从地板通向一楼的窟窿里掉了下去。我靠在墙上，不自觉地发抖。

胡科长仿佛也听见了那声阴森森的呻吟，回过头来看到我脸色苍白、瑟瑟发抖，问："怎么了？"

我望着那具仰面朝天的尸体，老人依然直愣愣地盯着天花板，看上去异常诡异恐怖，我忍不住颤抖："诈……诈尸了！"

"放屁！"胡科长三两步跑到尸体的旁边，两根手指搭在他的颈动脉上。几秒钟后，胡科长喊道："快叫人，没死，送医院！"

我还傻乎乎地靠在墙上，面色苍白，双腿发软。

"快去啊！"胡科长喊道。

真没想到会碰到这样的事——原来这个老人处于一种假死的状态，近距离观察都发现不了他的呼吸运动，在我用手刺激了他的眼球之后，他才苏醒了过来，但是他受了伤，只能那样睁着眼呻吟。

我和胡科长叫了一辆警车，一路警报开往省第一人民医院。路上，胡科长说："先入为主了吧，侦查员说死人了，就一定死了？别忘了，赶赴现场确诊死亡是我们法医的职责。你太掉以轻心了，觉得看不到呼吸运动就死亡了？以后一定要记住，像这样的现场，一定要看尸体有没有尸斑，尸斑是确证死亡的一个重要依据。"

其实这些我也知道，这一次的疏忽，差点儿让自己吓破了胆。

"还诈尸呢，哈哈哈。"胡科长嘲笑我。

我还没有回过神，顾不上理他的嘲笑。

就这样，我面色苍白、双眼血丝地来到了省第一人民医院，然后就遇到小青华和他的爸爸妈妈。

确证了假死老人的头部损伤是对冲伤后，我们放心了许多。

对冲伤是指在创口对应部位的脑组织有出血和挫伤，而且在其相对的对侧脑组织处也有出血和挫伤，而这一处的出血挫伤不伴有头皮的损伤和颅骨的骨折。这是在颅骨高速运动过程中，头颅突然静止，形成了头皮损伤处的脑损伤，因为惯性运动，对侧的脑组织撞击颅骨内壁，也形成出血和挫伤。所以对冲伤基本可以确诊是头部减速运动形成的损伤，比如摔跌、头撞墙等。

而如果是用工具直接打击头部，会造成头皮、颅骨损伤，其下脑组织出血、挫伤，但是对侧的脑组织是不会出血挫伤的，这种损伤叫打击伤，是在头颅加速运动过程中形成的。

拿到这个结论，我们立即和现场的痕检员联系。

痕检员小吴的语气也非常轻松："现场发现一个滑跌的痕迹，是老人自己的鞋子形成的。在整个二楼，没有发现任何可疑痕迹，窗户也看了，和梯子上一样，只有老人自己的指纹。"

"没有出入口，这就是个封闭的现场。"胡科长面色很轻松，"应该是老人晚上去开窗透气，走回床上的时候滑跌摔倒，伤了头部，但不是很严重。他自己爬上床后因为颅脑内有出血，就出现了呕吐、昏迷、假死的情况。"

"嗯。"我完全轻松不起来，我的脑子里全是大眼睛男孩小青华的样子。

"让侦查部门继续调查吧，没有其他情况，这就是一起意外事件。"胡科长很高兴，回头看了看我，"你，不是还没回过神吧？"

"不是。"我一五一十地把小青华的事情告诉了胡科长。

胡科长的眼神也黯淡了下来，掏出了200元钱，说："都是命，这是我的一点儿心意，你帮我带给他。"

多么可爱的一个孩子，还没有来得及享受人生的美好，生命就开始进入了倒计时。关键是他那乐观、勇敢的精神，深深地感染了我。一个6岁的孩子，知道自己父母的苦，面对死亡没有丝毫的恐惧。

我觉得我不能袖手旁观，虽然他只是我的一个普通病人。

回到宿舍，我二话不说找出了自己的存折。虽然这个时候我还没有工作，没有自己赚钱养活自己，但是也有一小笔存款。这都是爷爷每个月偷偷地塞给我这个宝贝孙子的，我没有舍得用，想存起来等工作时买个像样的礼物送给爷爷。不过这个时候，救人要紧。钱虽然不多，但至少可以让小青华在这个世上多停留几天。

室友受到我的影响，纷纷慷慨解囊，就这样七凑八凑，也凑了近5000元钱。这对于还没有上班的我们，实在不是一笔小数目。

第二天轮休，我高高兴兴地跑去玩具店，给小青华挑了一件小礼物，怀揣着5000元钱，向省第一人民医院走去。

到医院时，我发现省医的气氛有些不对，不少穿着白大褂的医生护士没有在自己的门诊或科室工作，纷纷向康复门诊的方向走去。两辆呼啸着的警车也向康复门诊的方向驶去。

我没有在意，径直来到脑外科的病房。病房里的人特别少，一种不祥之感涌上我的心头。我拿着给小青华买的玩具快步走到了小青华的病房门口。病房内居然空无一人。

我心中一凛，急忙跑去值班医生的办公室，值班医生正用双手撑在窗台上向楼下眺望。

"医生，我是17床吴青华的朋友，请问……"

值班医生用手指了指楼下："我也在看呢。听说17床病人昨晚失踪了，今早在康复门诊门口的池塘里发现已经淹死了。"

我顿时觉得天旋地转，扔了礼物，向康复门诊的方向飞奔而去。

事发的池塘周围已经围满了围观的医生护士和病人家属，隔着人群，我听见了一片哭声。我推开人群，给守卫的民警看了证件，掀起警戒带走到池塘边。

这是一个小池塘，水不深，也就1.2米左右，但是足以没过小青华的头顶。

池塘旁边站着几个警察，都是熟悉的面孔。尸体已经打捞上来，我的师哥李华正在对尸表进行检验。

我挪着沉重的步子，慢慢靠近尸体。

一张熟悉的脸，一双熟悉的大眼睛，眼睛里残留着惊恐无助的眼神。

死者就是我的第一个病人，那么惹人喜爱、让人心疼的小男孩——小青华。

## 4

小青华毫无生气地躺在那里，瞪着那双可爱的大眼睛，但那双大眼睛已经失去了光彩。小青华的爸爸吴敬丰坐在警戒带外，轻轻地抽泣着。付玉好像已经大哭过一场，看上去精疲力竭，无力地坐在吴敬丰的身旁，脸上的泪渍还未风干，她绝望地望着天空。他们都没有注意到我的到来。

小青华的口鼻腔附近黏附着白色的泡沫，两只握紧的小手里攥着水里的水草，初步看，他确实是溺死无疑。

李法医回头看着我惊愕的表情，问："怎么了？认识？"

我木然地点了点头。

"长得挺可爱的孩子，可惜了。"李法医低头继续进行尸表检验。

"睑球结合膜可见出血点，指甲青紫，窒息征象明显。"李法医一边检验尸体，一边缓缓地说，"口鼻腔黏膜未见损伤，颈部皮肤无损伤出血。"

这是法医尸表检验的一般方法，在确定死者系窒息死亡后，必须确定是否是外界暴力捂压口鼻腔、扼压颈部导致的机械性窒息死亡。排除了以后，再确定有无溺死的征象，排除法和认定法同用，避免漏检、误检而导致对案件的错误定性。

"口鼻腔附近见泡沫，指间见水草样物。"李法医边说边捞起水里的水草，"与池塘内的水草形态一致。"

和我一起参与实习的一名实习法医在旁边抱着记录本奋笔疾书，记录着李法医的描述。

"初步看，死因很简单，是溺死无疑。"李华扭头对我说，"是你亲戚还是熟人？"

“熟人。”我随口答道。此时，我的心情很复杂，也不知道是对小青华的惋惜，还是对本案的一些忐忑和怀疑。一个重病的小男孩，夜里步行到几百米外的池塘，失足落水，这确实不可思议。他是如何逃避了医生、护士和自己父母的监护来到这里的？他深夜来到这里，又是为了什么呢？

我走到吴敬丰夫妇身边，轻声问道：“到底是怎么回事？”

吴敬丰似乎在想着什么心事，突然听我问了一句，吓了一跳：“啊……啊……是……是秦医生？我也不知道，昨晚我们到厕所商量下一步医药费着落的时候，小青华可能自己跑了出去，我们找了一晚上，却没有想到，他……他……呜呜呜呜……”说完，吴敬丰又哭了，哭得双手都在颤抖。

我安慰了他们两句，重新走进现场。

此时李法医已经脱掉了小青华的衣服，仔细地检查尸体的全身：“全身未见致命性损伤。”

突然，我几乎和李法医同时注意到了小青华肩膀部位有一小块颜色加深的部位。凭经验，这应该是一块皮下出血，也就是说，这是一块损伤。李法医回头看看我，小声说：“可能有问题。”

“能确定是出血吗？”我问。其实我知道，这应该是皮下出血，而且是死前不久形成的。

李华点点头。

“应该是落水的时候磕碰形成的吧。”我不愿意相信，会有人伤害这么一个可爱的、得了重病的小孩。他是多么讨人喜欢，每个人都爱他还来不及，怎么会伤害他？除非……

“这个位置处于肩部的低凹部位，如果是磕碰形成的损伤，必然会在突起的部位比如肩峰、颈、头部，不可能突起的部位不受伤，而低凹的部位受伤。”李法医说。

“如果是突起的硬物磕碰呢？”虽然我不愿意相信会有人杀害小青华，但是看了看平整的池塘周边和平静的水面，我知道我的这个假设是不可能成立的。

“我觉得可能性比较高的情况是，落水后，有硬物顶住他的肩膀，不让他浮起来。”李法医咬了咬牙，说道。

我回头看了看吴敬丰和付玉。付玉依然精疲力竭地靠在丈夫的身上，茫然地看着天空。而吴敬丰却停止了哭泣，像察觉了什么似的，向警戒带内张望，与我眼神交会的时候，不自然地避了开去。

不祥的预兆在我的心里升起。

我从勘查箱里拿了双手套戴上，开始帮助李法医检验小青华的双手。我们都知道，在凶杀案件中，死者的双手经常能够带来一些信息或者证据，有的时候甚至能够成为定案的依据。

此时小青华的尸僵已经很坚硬，我费了不少劲儿才掰开了他的双手。忽然，我发现了一些不正常的现象。

我在小青华的右手掌上，发现了一根细如绣花针般的硬刺，硬刺的大部分插入了小青华的皮肤。

我们用止血钳将硬刺拔了出来，经过仔细的观察，我和李华异口同声地说道：“竹子！”

但是，现场并没有竹子，池塘内更不应该有。更重要的是，刺入竹刺的小青华的手掌破口处，生活反应不是非常地明显。也就是说，竹刺刺入小青华手掌的时候，小青华已经接近死亡了。

“这就相当可疑了。”李华边说，边招手叫来了在一旁守卫的派出所民警，“尸体拉回殡仪馆解剖，可能是起案件。”

“案件？”一直认为是起意外事故的派出所民警相当诧异，“谁会来杀他？难道是？”说着，望向警戒带外的吴敬丰夫妇。

李法医没有说话，我却注意到了吴敬丰的变化，他仿佛隐约听见了我们的对话，身体开始微微发抖。

“那，孩子的父母……”派出所民警问道。

“先控制起来吧。”李法医说。

派出所民警应声走向吴敬丰夫妇。我实在不忍心看到这对刚刚丧子、极度悲痛的夫妻还要被带去派出所，转头不去看。

突然，我听见了吴敬丰声嘶力竭地哭喊：“青华，爸爸对不起你，爸爸是不想让你再这样痛苦下去，你痛苦的时候，爸爸更痛苦啊！”

我吃惊地回头望去。吴敬丰跪在地上号啕大哭，付玉依旧那样痴痴地坐在地上，望着天空。

这等于是认罪了，是吴敬丰杀死了小青华，看付玉的状态，她也应该知情。

现场突然安静了，除了吴敬丰仍然在大声地哭喊，其他人都默然了。围观的群众也惊呆了，他们想不到这位父亲会下狠手杀死自己的儿子，而且是亲眼看着自己的儿子慢慢淹死。

“没想到，我们的推断这么快就印证了。”李法医安慰似的拍了拍我的肩膀，“我们去殡仪馆解剖，你去不去？要不，你就别去了，估计你看不下去，而且既然是你的熟人，按规矩，你得回避了。”

我似乎完全没有听见李法医说什么，脑子里一片空白，不愿意看到的情节这么快就看到了，一时间我晕头转向，不知所措。

“喂，没事吧？”李法医关心地问道。

“没……没事。”我回过神来，眼泪奔涌而出，为了可怜的小青华，为了这对苦命的夫妇，“你刚才说什么？解剖？这还需要解剖？”

“是的，解剖是必需的，扎实证据。既然是故意杀人案件，就必须要起诉了，是需要证据的。”

听见故意杀人几个字，我的身体一震，真的不愿看到这对可怜的夫妇走上断头台。

“可是，他们是为了自己的孩子不再痛苦啊，法律真的这么无情吗？”我说，“虎毒不食子，他也是出于无奈。”

李法医耸了耸肩，表示理解我的感触，接着说：“我们解剖尸体的另一个目的，就是明确孩子生前的疾病状况。既然是绝症，而且是很痛苦的绝症，我相信我们把这个写进鉴定书，会是减轻他们夫妇罪责的有效证据吧。”

李法医说得很对，法医的职责也包括明确犯罪嫌疑人的罪责。听了李法医的话，我的内心顿时安宁了很多。

既然不能参与解剖，我就提出要求和民警一起带吴敬丰夫妇去派出所。有法医参与讯问，对于民警来说自然不是坏事。很快，案件移交到了刑警队，我跟着刑警们走进了刑警队的审讯室。

审讯室里，吴敬丰对自己的罪行供认不讳："实在是治不起了，而且每次看见青华头痛、呕吐的样子，看着他斜视越来越严重的眼睛，看着他饿得头晕却吃什么吐什么的样子，我的心里就跟刀割的一样。医生说救活的希望几乎没有，何必再让他受这么多痛苦？每天都要打吊针，有的时候他不能吃，还要插胃管，我没法看着他这么痛苦，我不忍心。昨天我和付玉商量过后，回到病房发现青华自己在病房外玩儿，就带他出去，吃了顿肯德基，他最爱吃肯德基了，我想在他临走前给他吃他最喜欢的。在肯德基门口，看见有一根竹棒，我就带上了。本来想用棒子打死他的，可是实在下不去手啊。后来他走到池塘边玩儿，我就推他下了水，没想到他浮了起来，并且喊着'爸爸爸爸'，他一定以为我是和他闹着玩儿的。我狠下心用竹棒顶住他，把他顶下水，他抓住竹棒挣扎，挣扎着……就这样慢慢地不动了，眼里都是惊恐和不解，他肯定不明白为什么爱他的爸爸要杀死他。我永远忘不掉他的眼神，永远忘不掉……"

吴敬丰一边低声地交代着案情，一边默默地流泪，眼泪浸湿了他的前襟。我和审讯的民警都不禁动容。

走出刑警队，发现去寻找作案竹棒的技术员已经将竹棒提取回来，看来这个案子是铁板钉钉了。

破案以后，我没有丝毫的轻松，而是满心的惆怅和悲伤，为了这对苦命的夫妻，为了这不知是对是错的罪行。

我知道，吴敬丰夫妇不会被判处极刑，但我不知道，他们的心会不会就从此死了。但愿他们承担了应该承担的刑事责任后，能够走出这段阴霾的历史，好好地生活。

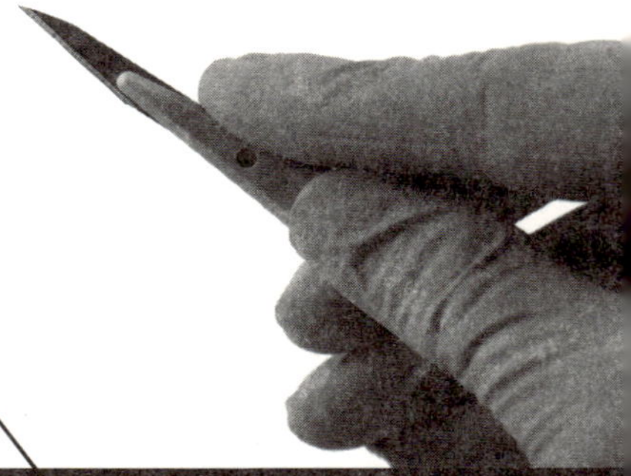

# 第八案　融化的人

## 1

这一年的夏天格外炎热，但是我的心情一直非常好。我很顺利地通过了中国刑警学院的论文答辩，拿到了第二个学士学位，更重要的是，我顺利地被省公安厅签下，成为省公安厅的法医。

终于成为一名正式的法医，这让我十分欣喜。上班的第一天就是去出差，复查一起信访事项，复核原鉴定单位的鉴定结论。带我去的，是省厅法医科的科长，国内知名的法医专家。我敬了拜师酒，尊称他为师父。

师父在出差的路上告诉我省厅法医的职责。我们主要是负责全省重特大、疑难命案的现场勘查、尸体检验、现场重建分析，负责死因、伤害复核鉴定，负责信访案件的处置、处理，负责疑难案件的会诊、技术审核，负责科研，负责规范管理基层法医的日常工作行为并提供业务指导。

原本以为省厅的法医会比较清闲，听师父这么一说，我才知道任重而道远。省去了天天跑非正常死亡案（事）件现场的工作，我们面对的都是一些重大的、疑难的、久侦不破的案件。一听疑难案件，我立即来了精神，谁不喜欢挑战呢？

第一次出差就非常顺利，我们复查完信访案件后，告知了信访人结论，信访人对我们的细致工作表示信服。

出差归来，我开始考虑在省会城市住宿的问题。由于房租昂贵，我决定临时借住在省厅警犬队的宿舍里。虽然每天都要在犬吠声中睡去，但是对于爱狗的我来说，和警犬们交交朋友也不失为一件乐事。

和我同屋的同事，是中国刑警学院痕迹检验专业毕业的林涛，一个喜欢向我炫耀他健美身材的帅小伙。我们虽然同一年毕业，但因为专业不同，在学校里并不认识。我们相见恨晚，每天总要卧谈到深夜，憧憬着将来一起出勘现场、指挥现场勘查的情形。

周末，由于在刑警学院养成早睡早起的好习惯，我和林涛早早地就醒了，商量着是否要去网吧好好地玩一天《魔兽世界》。这时，电话铃不合时宜地响了。

“起床没有？”师父说起话来，和他的行事作风一样，雷厉风行，“有个案子，尸蜡化的，去不去？”

“去。”我不假思索地说。

毕竟去参与破案，比打《魔兽世界》更有吸引力。

“我也想去！”在一旁着急的林涛看我要挂断电话，喊了起来。

“林涛也想去。”

“去吧，见识见识是好事。”师父欣然同意。

很快，厅里的警车风驰电掣一般驶进了警犬基地，师父走进我们的宿舍闻了闻，笑着摇了摇头，说：“去隔壁犬舍看看，比你们这儿干净。”

“出发吧。”师父率先上了车。

“师父，你怎么穿短裤？”我看见师父T恤加短裤，一身休闲打扮，感到不可思议。

“来不及换，带女儿去钓鱼，鱼儿刚咬上钩，就来了电话。”

我怀着好奇的心情，随着车子颠簸在路上。虽然此时我已经参与过数百具尸体的检验工作，却一直没有见过尸蜡化的尸体是个什么模样，只在教科书上读到过，这是一种保存型尸体现象[①]。

“尸蜡化是什么？”林涛一直很好学。

“啊，就是一种保存型尸体现象。”我背着书上的理论，尽量用难懂的专业术语来掩饰自己其实也没见过的心虚感。

“臭吗？”林涛直接问到关键点。

“啊……不臭吧，和干尸差不多。”我想当然地说。

师父坐在前排扑哧一声笑了出来：“别不懂装懂，这一点你可比不上林涛。”

说话间，我们来到了现场，这是一个臭气熏天的垃圾场。办案民警和龙番市公安局的法医正围在报案人身边，听他述说。

很高兴看到这些熟悉的市局法医，打过招呼，我们也加入了听故事的队伍。

“前天下的暴雨，把这一大堆垃圾冲刷了下来。”报案人是一个靠捡垃圾为生的中年妇女，她指着一座堆成一层楼高的垃圾山说，“昨天这里稀烂，我就没有过来。今天天放晴了，我起个早来这里找找看有什么能卖钱的东西，老远就看见一个挺大的编织袋，鼓鼓囊囊的。我还说在这么大袋子里肯定能找出点儿什么呢。袋子大概有两个行李箱那么大，很沉，我拖了半天才从垃圾堆里拖出来。”

我们不约而同地看向100米远处放着的那个白色编织袋。

“拖出来就觉得臭气熏天，我们天天在垃圾场都不觉得多么臭，没想到这个编织袋这么臭。我不敢打开看，就报了警。”

听她这么一说，我仿佛也感觉到身边夹杂的那种异于生活垃圾的气味。

我情不自禁地向那个白色编织袋走去。

---

① 保存型尸体现象：尸体的变化，分为保存型尸体现象和毁坏型尸体现象。保存型尸体现象是指尸体在特定的环境下逐渐变化，但是整体外形依旧保存。如木乃伊、霉尸、尸蜡、泥炭鞣尸。毁坏型尸体现象如白骨化、巨人观等。

“干什么去？”师父问道。

“去看看是什么。”

“废话，你说是什么？”

## 2

我也意识到自己这个回答实在很傻，但我仍然对师父之前所说的尸蜡化尸体充满了好奇。

师父又简单询问了报案人几个问题，走到正在和保护现场的民警说话的市公安局法医李华面前问：“什么情况？”

“没仔细看，打开袋子，能看见一双脚，躯干和头有东西包裹，没打开看。从脚掌看，应该部分尸蜡化了。”

师父左右看看周边的环境，摇了摇头。野外现场，加之是每天都会有变动的垃圾场，这样的现场很难发现线索。而且尸体装在编织袋里，基本可以判断是一起凶杀案件了，无须判断性质。

“连编织袋一起拉到殡仪馆吧，我们去仔细检验。”师父挥挥手。毕竟是全省法医的头儿，他的话就是命令。

我们又重新坐回车上。尸体的真面目依旧没有展现，我的心里充满了忐忑。回头看了一眼坐在后排的林涛，脸色和我一样。

我们很快到了殡仪馆内的解剖室门口，师父打开后备厢，拿了三个防毒面具，递给我们俩。

“不用，以前没戴过。”我故作潇洒地说道。

“你以为不戴口罩不戴防毒面具很牛吗？”师父说，“法医不会保护自己，谁来保护你？”

“上学的时候，老师说不能带这个，会影响嗅觉，我们不是要靠嗅觉识别中毒征象吗？”我很会纸上谈兵。

“20年前是这样，现在可不是。狗鼻子的时代早就过去了，现在我们有先进的毒物检验仪器设备，还需要你闻？”

看见林涛在一旁鄙视我的眼神，我悻悻地接过防毒面具。

“高度腐败的尸体会散发出有毒的气体，对法医的身体造成极大的危害。这种防毒面具可以过滤掉大部分的有毒气体，但是，别指望它能挡住臭味。尸臭的穿透力和黏附力都是很强的，这种防毒面具没有去臭的功能，做好心理准备，一会儿想吐，就出去吐，没人笑话你们，别硬撑着，小心吐在防毒面具里。”师父坏笑着和我们说。

不一会儿，殡仪馆去现场拉尸体的车风驰电掣般开了过来，突然一个急刹，紧接着车门打开，副驾驶上的一个殡仪馆工作人员跳将下来。整个动作如行云流水，一气呵成。他是下来吐的。

驾驶员是一个经验老到的殡仪馆工作人员，他开门走下来：“你们自己搬吧，这个确实臭，车估计得晒两天。”

我鄙夷地走过去，掀起面包车的后门，看见了那个白花花、鼓囊囊的编织袋，一股臭气扑面而来，看来戴着的防毒面具确实没啥除臭效果。刚在垃圾场，离得又比较远，所以没有感受到这种异于高度腐败尸体的臭味，恶臭中夹杂着酸臭，让人的肠胃迅速翻腾起来。

我定了定神，和李华一起将编织袋拖下了车，还好袋子不太沉。

我们把编织袋拎到解剖台上，师父已经穿戴完毕走了过来，说：“去戴两层手套。”

我看了眼在一旁观摩的痕检员林涛，生怕他又嘲笑我，梗了下脖子，装作经验丰富的样子，说：“没事，两层手套没手感，缝线打结都感觉不到线头。”

师父看了我一眼，没说话。

我们打开白色编织袋的拉链，臭味迅速加强了几倍，在一旁负责摄像的年轻民警立即摘下了防毒面具，跑到门口干呕起来。我勉强忍住了恶心。

编织袋里的尸体是蜷曲状的，头朝下，脚朝上。一双光着的脚抵在袋口，黄油油、皱巴巴的。

师父探过头看了看，说：“嗯，确实是尸蜡化了。拉出来看看吧。”

我和李华还有市局的实习法医一同将尸体拉出了编织袋，尸体的尸僵已经完全缓解，我们把尸体平摊着放在了解剖台上。

尸体的小腿以上是用密闭、套筒状的塑料膜包裹的，这样的塑料膜有两层。塑料膜套筒的直径只有50厘米，紧紧套在尸体上，我们不敢随意剪短塑料膜，只有从下往上想把塑料膜褪下来。原本以为会很难，没想到轻轻一拽，塑料膜就剥落下来了。我没有想到如此轻松，用力过猛，塑料膜上黏附的油状物抛洒开来。周围围观的、没有穿解剖服的民警吓了一跳，纷纷检查自己的衣服有没有被污染。

师父皱了皱眉头：“轻点儿！不知道尸蜡是怎么回事吗？是脂肪组织的皂化，皂化了自然是很滑的。”

尸体完全暴露在我们眼前，虽然穿着长袖T恤和单裤，但由于尸蜡化，皂化了的组织浸透了衣服黏附在衣服外面，整个尸体黄油油的，皮肤都皱缩起来，看起来十分恶心。

死者是一个女性，因为面部尸蜡化，无法看清面容，更无法推断年龄。死者的双手手腕是被一根看似还比较新的绿色电线捆绑的，捆绑的双手又被一根白色的电话线缠绕固定在后腰的部位。我们切开死者手腕部位的皮肤，皮下没有出血，看来是死后捆绑的。

真正接触到尸体皮肤的时候，我才知道原来不仅视觉，就连触觉也可以挑动呕吐的神经。尸体真的就像肥皂一样滑，戴着乳胶手套的手根本就抓不住尸体的胳膊，用力一抓，周围的组织就会渗出黄色的黏稠液体。

死者的衣着很整齐，没有撕扯、损坏的迹象。从内衣的样式来看，应该是个年轻女性。照相录像完毕后，我们开始褪去尸体的衣物。

尸表检验没有发现任何问题，尸体的眼球已经完全萎缩塌陷了，口鼻腔已经腐败得只剩一层皮，指甲也全部脱落，无法检查是否存在窒息征象。

解剖检验开始的时候，负责摄像的年轻民警又忍不住掀开防毒面具向一旁的垃圾桶里呕吐。没有呕吐的林涛走上前拿过摄像机，说：“我来吧。”我看着林涛笑了笑，心想这个家伙也是个干法医的料。

尸体的皮下组织全部皂化了，但是肌肉组织清晰可辨。同样，通过解剖，我们没有发现致命的外伤。颈部的肌肉腐败得比较厉害，无法明确是否有出血，但是很快，师父就找到了死者最有可能的死因。

尸体的甲状软骨（就是喉结附近的软骨）上角有骨折，骨折断段发现了出血。这是生前骨折。

真正打开胸腹腔的时候，一方面我们已经基本适应了臭味，一方面尸体的内脏并没有尸蜡化，所以恶心的感觉消失了不少。通过对尸体内脏的检验，我们确定，死者是机械性窒息死亡的。

“她是被掐死的。”我说。

## 3

师父认可地点点头：“死因问题不大了。现在关键是找出死者的特征，找到尸源。另外你们觉得她死了多久？”

“全身大部分尸蜡化，应该要四五个月的时间吧？”我的理论基础还是很扎实的。

“现在是七月，五个月前是二月，二月份那么冷的天，你就穿长袖T恤和单裤了？”

我恍然大悟。所有通过尸体现象判断死亡时间都是统计学的意义，由于环境、季节和个体差异等，有时候误差会很大，结合衣物进行判断是个不错的办法。

“死者是被密闭的塑料套筒包裹的，没有完全密闭，加之周围环境是潮湿、多菌的垃圾场，又正值炎热的夏天，所以尸体尸蜡化的速度会相应增快。像这样尸蜡仅限于皮下，还没有完全侵及肌肉组织，我估计尸体在这样的环境下最多两个月。也就是说死者应该是天气暖和的五月份左右死亡的。”

这真是学了一招，我点了点头。

尸源寻找应该不难。知道了死者大概的死亡、失踪的时间，有明显特征的衣着，再加之我们通过死者牙齿、耻骨联合的观察计算，明确了这是一名27

岁左右的女子，长发，未生育，身高162厘米，身材偏瘦。有了寻找尸源的条件，刑警部门很快就把死者的衣着照片和基本信息发到各派出所，从报失踪人员中查找比对。

尸体检验工作进行了5个多小时才结束，仅缝合这一项，就整整做了一个小时。尸体太滑了，止血钳都夹不住皮肤，大家生怕缝针会扎到自己的手，格外仔细。

因为天气炎热，尸检工作进行完毕后，我身上的衣服都汗湿了。最糟的是，我反复用洗手液洗手，双手仍有一股尸臭。

我很烦恼，又先后换用了肥皂、洗衣粉、洗洁精来洗，依旧无法去除那股气味。我一边闻着自己的手，一边不停地干呕。

一旁的师父笑了："是吧，让你戴两层手套，还嘴硬，就让你尝试一下，看你以后还听不听话。"

"戴两层手套就不臭吗？"我像警犬一样探过鼻子去闻师父的手掌心。果然没有闻到什么臭味。看来，真是不听老人言，吃亏在眼前啊！

晚上，参加现场勘查的民警们一起吃饭，大家都饥肠辘辘，端起饭碗就开始往嘴里扒。只有我坐在一旁，藏着自己的手，虽然我也一样饥肠辘辘，但是手上的气味太浓重，实在无法端起饭碗。

师父看到我这样，笑了笑，出门拿了一把香菜来："还好，厨房还有几棵这个。"

我疑惑地看着师父，不知他是何用意。

"搓手啊，愣着干吗？"

我将信将疑地接过香菜，使劲儿地搓了起来，直到把香菜都搓成了碎末。再一闻，真的好神奇，两只手一股香菜味。顾不了那么多，我也赶紧吃了个饱，就和林涛回到了宿舍。因为感觉身上也有点儿味道，我们到澡堂洗了澡、洗了衣服。当林涛一身轻松地入睡的时候，我发现我手上的臭味又回来了。就这样，第二天一早，我去市场买了几斤香菜随身带着、随时搓手，两天后，手上的味道才慢慢消散了。

正当我为摆脱了手上的臭味而感到庆幸的时候，一天上午，我接到了师父的电话："跟我去派出所，尸源找到了。"

很快，我跟随师父驱车赶到了五街派出所。接待室里，一个年轻男人耷拉着头，无力地坐在凳子上。

"今年5月8号，这个男子来我们派出所报案，称他的妻子可能遭袭，而后失踪。今天我们找到了他，给他看了尸体的衣物照片、核对了死者的基本信息，非常符合。相关的同一认定检验正在检验。这个尸源问题应该是八九不离十了。"同在派出所的刑警队长向师父介绍道。

"小伙子，和我们说说事情的经过吧。"师父向男子发问。

"两个多月前，我和张月到城东的树林里说话。"男子喃喃地说道。

"你说的是垃圾场东边500米的那片小树林？"师父问道。

"是的。"

"那里荒无人烟，附近几里路都没有人家，你们去那里干什么？"

"我……我们有点儿感情纠葛，想找个没人的地方沟通一下。"

"那也不用到那么偏远、没有人烟的地方吧？"

"我们谈恋爱的时候喜欢去那里，所以……所以习惯了。"男子的脸上闪过一丝慌张的神情。

"好吧，那你接着说。"

"我们过去谈了几句，就谈崩了。我一气之下开车就走了。"

"你是说，你把她一个人丢在了荒无人烟的垃圾场旁边？"

"是的，我对不起她！"男人突然大哭了起来，把在场的人吓了一跳。

"你觉得她是怎么死的？"师父继续问道。

"肯定是有歹徒贪图她的美色，强奸不成杀了她。"

"你怎么知道没有强奸成？"

"我……我……我猜的，我看衣服没有撕破。"

师父盯着男子的眼睛，足足盯了几分钟。男子逃避了师父犀利的眼神，低下头擦眼泪。

"走吧，问完了。"师父转身走出接待室。

问话突然结束，我和刑警队长都很意外，赶紧小跑着追出接待室。

“您看，我们现在怎么办？”刑警队长面露难色，“要不要到那边去蹲点守候？”

“不用了，把这个男的控制起来吧。”师父斩钉截铁地说。

“啊？控制他？”别说刑警队长，就连我也很意外，抓错人被投诉会很麻烦的。

“他很可疑吗？”刑警队长问道。

“非常可疑！”师父依旧斩钉截铁，“他说谎。”

## ● 4

“就是因为他知道没有性侵害吗？”我和刑警队长都比较诧异，师父一向谨慎，不应该如此武断。再回头想一想，刚才的对话，也就性侵害这个问题有些破绽。

“楼上有会议室吗？”师父答非所问。

“有的。”派出所所长说道。

“让专案组来这里开会。”师父说道，“把投影仪架起来。”

半个小时后，派出所会议室坐得满满的。师父操纵着投影仪，介绍我们尸检的所见。

一张张尸体照片翻过，侦查员们皱紧了眉头。估计这次的专案会开完，刑警们会更体谅法医工作的艰苦。

“按照尸检情况，今天找到了尸源。死者是住在庆丰新村的张月。”师父说道，“刚才我和张月的丈夫谈了次话，觉得他疑点很多。”

刑警们神态各异地听着师父说。两天不眠不休的工作让大家精疲力竭。

“首先，当时在场的人都意识到了这个疑点。他断言张月没有被强奸，这一点他不可能知道。”师父说，“其次，他说张月最后是在荒无人烟的垃圾场附近地区被害的。这显然不可能。”

“为什么不可能？杀完人，包裹以后直接抛尸，看样子很合逻辑。”

“第一，如果是偶遇歹徒被害，歹徒不会花那么多心思去包裹尸体，有什么意义呢？”师父切换到了尸体被包裹的原始状态的幻灯片，接着说，“第二，如果是在垃圾场附近偶遇熟人，熟人作完案，要藏匿尸体，应该抛去更远的地方，不会抛尸在离杀人现场那么近的垃圾场。而且在荒无人烟的地方碰见熟人，概率太低了吧。”

我们都呆呆地听着，总觉得这样的怀疑理由并不充分。

“我认为张月不可能在野外遇害的依据不仅仅是这些。”师父看出了我们的质疑，“我有充分的依据支持张月是在室内被害的。”

师父打开原始尸体的照片：“大家看。包裹、捆绑尸体的物件有：编织袋、塑料膜、崭新的电线和电话线。尤其是塑料膜，是两层，两层外形、规格完全一致的这么长的套筒状塑料膜。你们觉得如果在野外作案，会有这么充分的时间、会花这么多心思来包裹尸体吗？这人的心理素质也太好了吧！现场即便是空旷的野外，偶尔也会有人路过。”

我们觉得非常有道理，都频频点头。师父喝了口茶，接着说：“另外，在野外作案，能够在短时间内找到这么多捆绑、包裹尸体的物件吗？”

“附近不是有垃圾场吗？那里什么都有。”

“如果是在垃圾场寻找捆绑的工具，最有可能找来的是垃圾场里很常见的、更易于捆绑的软质绳索，而不应该是不易捆绑的硬质的电线。而且电线和电话线上都有新鲜的剪断的痕迹，犯罪分子何必舍易取难呢？一般人家里可能没有绳索，但肯定有一些电线和电话线。”

“那为什么说是短时间内捆绑包裹呢？可能是杀了人，然后几个人分头回家去找包裹尸体的物件，回来再包裹尸体呢？”我提出一种可能。

“你是法医，不应该问这个问题。我们知道，尸体死亡后一两个小时就会出现尸僵，尸僵形成以后尸体就很难屈曲了。而我们看到的尸体是处于完全的屈曲状。而且在尸体被屈曲之前，已经套了两层塑料膜。也就是说，凶手是在尸僵形成之前，完成了捆绑、包裹、屈曲装袋的程序。在荒无人烟的野外，在一两个小时之内找到这么多物件，完成捆绑包裹然后装袋，可能性很低。所以，我觉得张月被杀的第一现场是在室内。”

“那有没有可能是张月和她丈夫分开以后，被人劫持到有这些物件的室内，杀害以后再抛弃到垃圾场呢？”有侦查员问。

“这个可以排除。因为我们通过尸体检验，没有发现死者有约束伤和抵抗伤。也就是说死者死前没有被控制的迹象，也没有明显的抵抗动作。她应该是在没有防备的情况下被掐死的。”

“如果是有两三个人控制她呢？她一个弱女子，被两三个人控制，她也不敢反抗啊？”又有侦查员提出设想。

“是一个人包裹尸体的。”师父斩钉截铁地说。

“一个人包裹尸体都能看出来？”连我都觉得很不可思议。

“大家看一看。尸体的双手是先被捆绑在一起，然后再和躯干捆绑在一起的。对吧？而且捆绑的地方，没有生活反应。也就是说，人死了以后才捆绑双手，再把双手捆在腰上。”师父神秘一笑。

大家恍然大悟。是啊，死后再捆绑尸体的目的只有一个，把尸体的双手和躯干固定在一起，才方便用一个直径不大的塑料套筒套住尸体。如果是两个人，完全可以一个人包裹，另一个人固定双手，就没有必要花这么多工夫找各种绳索捆绑尸体了。

“综上所述，死者应该是在室内，在没有防备的情况下被人掐死，然后迅速被捆绑、包裹、折叠、装进编织袋。既然是趁其不备杀人，而且杀人后又要藏匿尸体，应该是熟人作案。”

这就是最简单的现场重建。

大家纷纷点头认可。“但是，即便明确了是一个熟人、室内作案，也不能确证就是张月的丈夫干的。”没有拿到证据，刑警队长很不放心。

“我没有说一定是她丈夫干的，只是很怀疑他。”师父说，“他总是强调他们是在垃圾场附近谈话，张月是在垃圾场附近失踪的，对垃圾场这个地方很是敏感，给人的感觉就是欲盖弥彰，制造张月是在垃圾场附近遇袭的假象。”

“接下来怎么办？”

“办手续，搜查张月的家。”

很快，我们到达了张月的家，用从张月丈夫身上扣押下来的钥匙打开了房门。搜查工作进展得很顺利，很快我们就从他家的工具柜里找到了形态一致的绿色电线和被剪短的、剩下的电话线头。

等我们重新返回派出所，刑警队的审讯工作依旧阻力很大，张月的丈夫叫嚣着要投诉民警，他完全没有低头认罪的态度。

“看看这个再喊。”师父把装在物证袋里的电线和电话线扔在男人的面前。

“这个能说明什么？你家没有电线？你家没有电话线？”

“别犟了。”师父说，“你不知道电线的断头能够鉴定出是否为同一根电线吗？”

男人突然沉默了。

案件就这样侦破了。原来张月的丈夫有了外遇，小三不依不饶，要求他离婚。他拗不过小三的要求，提出离婚又遭拒，于是下狠手杀死自己的妻子并抛弃了她的尸体，以为尸体就这样永不会被发现，他也就能够蒙混过关。

“可是，他不报案不就可以了吗？为什么还要去派出所报失踪？”我问道。

“你问他们吧。”师父指了指身边的派出所民警。

“哦，不是他报的失踪。他只是和张月的父母说张月下班后就没有回家，找了两天没找到。张月的父母来派出所报了案。接到你们寻找尸源的命令后，我们也是花了两天的时间才找到张月的丈夫。现在看来，当时他是想故意躲避审查的。”派出所民警说。

“唉，要想人不知，除非己莫为！”我深深地感慨道。

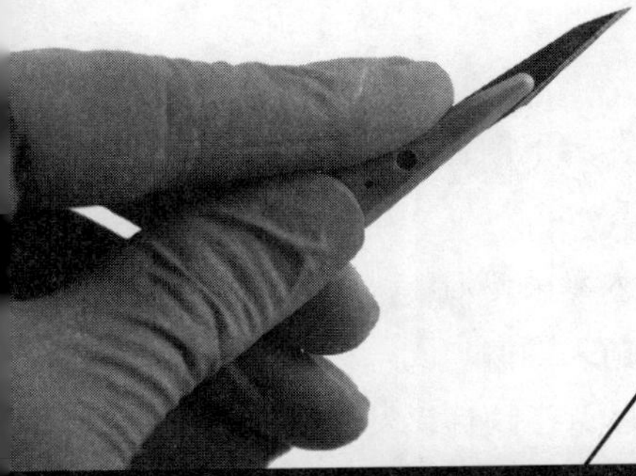

# 第九案　公路游魂

## 1

省厅法医部门的工作比想象中繁忙许多，除了要出勘一些特大、疑难的命案现场以外，还有很多信访案件和行政材料要处理。频繁地出差，也不全是为了命案，对于信访案件的复查我们一样非常谨慎，因为这是发现和洗刷冤案的渠道。

天气逐渐转凉，这是我来到省城的第一个深秋，师父带着我赶赴云陵市复查一起信访案件。案情很简单，也没有如想象中那样发现冤案。在辖区派出所约见信访人沟通的时候，突然门口传来了一阵嘈杂声。

我们不约而同地向窗外望去，派出所的门口聚集了一群围观的人。

“他肯定是拿了我的钱跑了，这都几点了，还联系不上？”一个中年男子义愤填膺地挥着手臂嚷着。

“怎么会呢，乡里乡亲的。”一个40多岁的妇女哭丧着脸说。

“怎么不会？谁不知道他吃喝嫖赌样样都来？我就这么点儿钱，拿走了我怎么治病？不管，拿钱出来还我，我后天还要开刀！”男子揪着妇女的衣领不依不饶。

“我哪有那么多钱啊，你看我们家穷得……”女人欲哭无泪。

“别冲动，放手！”民警看见男子想动手打人，前来调停。

“说不准一会儿就会联系你们的，你急什么，不就几千块钱吗？至于闹来派出所？”旁边一个看似知情者的老者说道。

派出所门前经常上演诸如此类的事件，民警都习以为常了，不过初入警队的我还是充满好奇，走出派出所想要看个究竟。

在民警的调停下，双方的情绪很快平稳下来，那个中年男子把事情的经过说了一遍。

原来他叫王启，得了非常严重的胆道结石，经常疼得满地打滚，忍了一阵子终于忍无可忍，就决定拿出他仅有的5000元积蓄到市里开刀。开刀的医院，是村里的赤脚医生李解放给介绍的。这个李解放，也是他的街坊，今年50多岁了，因为自学过一点儿医学知识，就在村里开了个小诊所谋生。后来医疗机构都正规化了，李解放的小诊所也就黄了，他一边偷偷给村里人看些头痛脑热的小病，一边也顺带着给一些二线医院当起了医托，这样他还能从就诊的费用中提取一些提成。

这次王启一找他帮忙，他就带他去了市里的某家医院就诊，当天就安排住了院进行术前检查。这些天，李解放也算有情有义，自己拿了些钱在医院负责照顾无亲无故的王启，直到手术前一天，王启要换病号服，没有地方贴身放那剩下的3000元钱，考虑到近来医院的小偷十分猖獗，他就把钱托给李解放妥善保管。没想到，当天晚上李解放就失踪了，手机也打不通，王启担心了一夜，到了第二天上午依旧没有李解放的消息。着急之下，王启打电话叫来了李解放的老婆，才发现李解放也没有回村子。都是街里街坊的，王启自然清楚李解放平时也不是个检点的人，吃喝嫖赌样样俱全，属于挣多少花多少的主，他一着急，就把李解放的老婆拖来了派出所。李解放的老婆比李解放小了10岁，平时也常常被他打骂，这会儿什么也不知道，更是说不出话来。

事情听起来很简单，应该是李解放挥霍完了钱财，躲债去了。看热闹的人没看出什么新鲜来，也就一哄而散。

我这边倒是一切顺利。信访案件处置得及时有效，信访人也信服了我们的复查结论。做完了一些文字材料的工作以后，我们决定第二天早上就返回省城。师父的作息习惯很好，早睡早起。不过这就苦了我们这些喜欢熬夜看书、玩游戏的小年轻。第二天早上6点30分，师父就来敲门说要赶回厅里，尽量赶上上午的会。

我睡眼惺忪地坐上了回省城的车。大清早，路上的车不多，但是驶到市郊的路上时，我们发现路旁停着一辆闪着警灯的警车，两名交警正蹲在地上检查一个躺在地上的人。

“停车。”师父吩咐驾驶员。

我和师父跳下车，听见一名交警在打120：“城郊东南路化肥厂对面一交通事故伤者，还有呼吸，请尽快赶来。”

“怎么回事？”师父问，同时出示了警官证。

交警有些诧异，一起简单的交通事故逃逸，至于省厅法医一把手都来过问吗？“领导，今早有人电话报警，说一个人可能是被车撞了在路边躺着，我们就赶过来了，发现人还有呼吸，不知道伤在哪里，我们不敢搬动他，120马上就到。”

我走过去，简单地看了下躺在地上的人，没有开放性损伤，一点儿血迹也没有，走过去搭了颈动脉，发现还有搏动。我问：“伤哪儿了？哪儿不舒服？怎么回事儿？”地上的男人只知道哼哼。

“随身物品看了吗？”师父问道。

“有一个包，空的，就这一张身份证。”交警把身份证递给师父。

看照片，就是地上这个男人的身份证，名字居然正是前一天被提到的那个李解放。

不一会儿，救护车就赶到了，简单检查后，两名医生麻利地将李解放抬上救护车，在交警警车的开道下风驰电掣般开走了。

“回宾馆。”师父说完后看了我一眼，“没想女朋友吧？我们晚走两天，关注一下这起所谓的交通事故。”

我完全没有意见，因为我也对李解放如此巧合的出现充满了好奇。

李解放被送到了医院，检查发现额部有颅骨骨折，脑挫裂伤。医生认为他是半夜出的事儿，在路边躺了几个小时才被发现，出血量太大，已经没有什么希望了。几经抢救，当天下午李解放就被宣布死亡。

得到消息后，师父带着我和市局的法医赶到医院初步检验李解放的尸体，这是对非正常死亡尸体的常规检验，不同的是，参与检查的是省厅法医。经过检查，尸体没有发现非常明显的外伤，就连CT显示颅骨骨折、脑出血位置的皮肤都没有发现明显的出血。

“你们觉得像交通事故吗？”师父问市局的杨法医。

“不像，没有擦伤。”

“虽然交通事故的损伤通常会伴有皮肤拖擦伤，但是也有仅有一处损伤的案例。现在天冷了，穿的衣服多，如果受力恰巧能导致人没有裸露部位着地，可能就是没有擦伤的。”师父说，“不过，这个案子有问题。拉去殡仪馆做进一步检验吧。”

医院的门口，王启和李解放的妻子都在门口等着。王启见我们出来，问：“我的钱呢？”

“他的随身物品只有一张身份证。”民警说道。

“肯定是拿我的钱去赌博了，输光了被车撞，活该！”王启咬着牙说。

“我们要去殡仪馆对尸体进一步检验，目前不排除刑事案件的可能。”师父对李解放的妻子说。

李解放的妻子点点头，对于李解放的死，她没有太多的悲伤，更多的可能是解脱。

“不会是刑事案件吧？哪有杀人不弄死就扔路边的？那要是救活了，岂不是自寻死路？”民警提出了质疑。

“我们只是怀疑，目前还不能下结论。”师父说。

到了殡仪馆，师父一声不吭地和我们一起做完解剖。师父解剖的时候不喜欢说话，因为他认为多说话可能会影响自己的判断。

解剖完，我们聚在水池旁洗手。

师父突然对一旁的民警说：“交刑警队立案吧。”

## ● 2

别说站在一旁的民警，就连我都吃了一惊。立案必须要发现有犯罪事实，通过这几个小时的解剖，虽然看到了一些损伤，但是也不能完全肯定不是交通事故的损伤，至少我是这么认为的。

“您确定这是一起命案？”民警在一旁悄悄地问道。

“可以排除是交通事故损伤，应该是直接打击所致。所以，应该是一起命案。”师父斩钉截铁的态度再次展露出来，“走吧，我们去会议室，对专案组介绍一下尸检情况。”

会议室里，刑警队员们面色凝重。一起这样的命案发生，大家都会觉得自己肩上的担子非常重。当刑警时间长了，就会有一种欲罢不能的情结。即便刑警这份职业最为清苦、最为辛劳、最为危险，但是当过刑警的人，从心里认为自己一辈子是刑警。每起案件的发生，刑警们一方面会为接下来的辛苦工作担忧，一方面又会对面临的挑战充满欣喜。

“尸体的损伤主要集中在头部和四肢。”师父对照着幻灯片慢慢地说道，“虽然死者的头部抢救手术过程中取掉了部分额部颅骨，骨瓣又未能在医院调取，不能看清楚骨瓣的骨折形态，但是我们可以通过CT片看到，这是一个条形的骨折线，没有凹陷、没有粉碎。这样的骨折线在交通事故损伤中很少见，一般出现在直接打击和摔跌导致的颅骨整体变形的过程中。”

“您是说这种骨折线要么是直接打击，要么是摔跌？那么怎么能排除是摔跌导致呢？”

“我们知道，摔跌区分于直接打击损伤，主要是看对冲伤。对冲伤指沿头部作用力方向，着力点对侧的脑皮质发生的挫伤。如枕部受碰撞，额部的脑皮质发生挫伤，而额部头皮、颅骨都无损伤。一般见于运动中的头部受到外力作用后突然减速运动时发生。所谓的减速运动就是摔跌、磕碰等。”师父的理论功底是非常扎实的，名词解释比书本还准确，“本案中，死者的额部脑组织有挫伤，边缘有出血，而对侧的枕部头皮、颅骨和脑组织都没有损伤，可见，这不是对冲伤。”

“没有对冲伤就可以肯定是直接打击的吗？”刑警们对案件的定性还是抱有怀疑的态度。

“尸体表面上看头部是没有损伤的。”师父放映尸体正面照片，“但是我们仔细观察可以发现，他的额部正中有一些隐隐约约的颜色的变化，而这颜色的变化恰恰就是沿着骨折线的方向。虽然头皮下由于手术而广泛性出血，看不清是否有外伤痕迹，但是我们仔细地沿颜色变化的地方切开皮肤，观察表皮层和真皮层，会发现皮肤的真皮层是有出血的。这样的出血通常都是外力挤压皮肤而形成的。”

“嗯，您说的有道理，我这个外行也明白了这里的损伤应该是外力直接作用导致的。”刑警支队长说，“但是，为什么不能是车辆直接撞击导致的呢？如果是车辆的某个部位直接撞击到了头部，不也是这种损伤吗？”

师父说：“这要分两个方面来说。一个方面是致伤工具的推断，这个我待会儿再说。另一个方面足以证明这不是车辆撞击，那就是交通事故的损伤形态。交通事故的损伤通常会形成二次损伤，所谓的二次损伤通常是磕碰、摔跌伤。简单说，车辆撞击人头部后，人会怎么样？”

“后仰摔倒。”

“对，既然会后仰摔倒，那么位于撞击点的身体另一侧必然会有二次损伤。”师父信心满满，“本案中，尸体头部有伤，后脑、背部都没有损伤，这不符合交通事故损伤的特点。”

整个会议室的人频频点头，大家开始被师父说服，认可师父的观点。

“另外，我们检查了尸体的四肢关节。”师父继续放映他的幻灯片，“我们都知道，交通事故中，被撞的人会翻滚、摔跌，死者的四肢关节容易受伤。但是本案中，虽然死者的双膝关节都有明显的出血，髌骨下方关节腔内都是出血，但是肘关节没有出血。难道一个人被撞击翻滚以后可以只用膝关节着地，肘关节腾空吗？又不是杂技演员。”

师父说了一个冷笑话，全场没有人笑，大家都在皱着眉头思考着。

“不仅如此，我们知道，交通事故损伤中，着力点通常是车辆和地面，都是表面粗糙的地方。”师父指了指水泥地面，“人要是在这样的接触面上迅速翻滚、位移、摔跌，必然会在皮肤上留下擦伤。而本案的尸体上没有一点儿擦伤。”

连我都没有注意到这个细节。师父迅速地翻动尸检照片，从尸体表面的皮肤看，确实没有发现一点儿擦伤或者挫伤。

“您说的有道理，我们也认为这确实是一起打击人头部导致重度昏迷后抛尸到现场的案件。”刑警队长说，“但是这样的案件很难找到头绪，不知道我们该从何处下手呢？”

“现在，我们就说一说致伤工具的事情。”师父仿佛答非所问，刑警队长有些尴尬，“刚才说了，认定不是车辆撞击的另一条依据就是致伤工具。”

这时候我在一边苦思冥想，做了不少尸检，我也隐隐感觉到这起案件的致伤工具不是车辆的突起部位，却无法表述出来依据和观点，潜意识的经验告诉我这是软物所致，可是软物又怎么能导致颅骨的骨折呢？

“我们看到，这里虽然有颅骨骨折，但是皮肤的损伤很轻。”师父用激光笔指着尸检照片上死者的额部说道，“这里的皮肤表面没有印痕，没有擦伤，皮下也应该出血不多。但是真皮层有挤压形成的出血，又有颅骨骨折。这样的工具应该是条形的、便于挥动的、质地柔软、韧性十足、表面光滑的棍棒类。”

别说侦查员，就连我都听得一头雾水。

“能说得清楚一些吗？”刑警队长摸了摸脑袋。

“其实作为法医，只能这样描述致伤工具，毕竟法医不在作案现场，没有看到犯罪分子手上拿的什么东西，所以这样描述才是客观的，直接说是某种工具，就是猜测了。”师父笑着说，“不过，这个案子的致伤工具比较特别。我认为，橡皮警棍具备我刚才说的所有特征。”

对于这个大胆的猜测，大家并没有欢呼雀跃，气氛反而更加凝重了。沉默了两分钟，刑警队长说：“您是说，是我们自己人干的？”

师父没有吱声，一旁的派出所民警说："不会吧，我们配发单警装备[①]两年了，警棍早就不用这种橡皮棍了，都是便携式的。"

"现在还有没有什么人可能使用这种橡皮棍？"师父问道。

"好像有些企业的保安还在用。"派出所民警对这方面更了解。

"保安？"刑警队长问道。

"可能性比较大，而且还是当过兵的保安。"师父说。

## 3

"当过兵的？"刑警们对犯罪分子的刻画这一问题是最感兴趣的，如果刻画得准确，可以大大地减少办案成本、缩小侦查范围。

"仅供参考。"师父对于依据不太充分的推断偶尔也会保守一下，"大家看。"

师父放映的幻灯片是死者外裤小腿背侧的照片，他说："小腿的后侧有形态特殊的灰尘，虽然看不清楚，但是基本可以肯定这是一个鞋印。"

"鞋印能说明什么问题呢？"刑警队员们很急切。

"单看这个鞋印是不能说明什么问题，但是结合一些细微损伤，就有结果了。"师父切换到死者手部解剖的照片，"死者的中指、食指、掌关节的肌腱有拉伤出血。纠纷殴斗中容易扭伤手指，但通常扭伤的是手指的侧面或掌面肌腱，背面肌腱损伤的非常少见。结合裤子上的鞋印，我们来重建一下这个过程。"

我十分佩服师父的观察力和联想力，看到手部损伤的时候，我完全没有在意，简单拍完照就结束了，没想到师父还能利用这么轻微的损伤来做文章。

师父将我的手臂反背到背后，一边比画一边说："只有这样将手指、手掌

---

① 单警装备：每名警察应该配发的可以随身携带的警用装备，称之为单警装备。如手枪、警棍、电筒、防刺手套、手铐、催泪喷雾剂、急救包等。

弯曲，才能形成这样的损伤，同时一只脚踩在死者小腿上，大家可以看看，这是什么动作？”

“擒拿！”都学过擒拿格斗的刑警队员们异口同声地说。

“是的。”师父微微一笑，“我也认为这样的损伤应该是在被专业的擒拿动作制伏的时候形成的。如果是学过擒拿的，只有咱们刑警或者武警了。结合之前的橡皮棍，我觉得，退伍武警转行做保安的人可能性比较大。”

这都是推理猜测，依据不是非常充分，所以师父才显得比较保守：“这个，仅供参考。”

“您是说，一个退伍武警拿着橡皮棍抢劫？”刑警队长也开始了他的猜测，“马路上碰见受害人，用棍子打晕受害人，然后拿走了受害人包里的钱？”

“不会。”师父摇了摇头，恢复了斩钉截铁的表情，“第一，如果是路遇抢劫，没有必要在大马路上翻包，拿钱不拿包，直接拿走包不就得了？第二，我认为被害人遭袭是在室内，而不是在室外。”

“哦？在室内都看得出来？”刑警队长对师父的眼神已经从平视变成了仰视。

“是的。刚才我们说到了尸体的双侧膝关节都有明显的出血。这样的出血是髌骨和硬物挤压、摩擦造成的出血。”师父说，“髌骨和硬物挤压、摩擦通常见于什么情况？”

“跪着呗。”

“既然是有跪着的过程，肯定不会是在马路旁边了。而且，髌骨的表皮和相应部位的裤子上是没有擦伤的，这说明他跪着的地面应该是非常光滑的，比如地板砖、大理石，至少肯定不会是柏油路。”

刑警们纷纷点头：“您是说他有被控制的过程。”

“对，这一点我敢肯定。”师父说，“不仅死者尸体上的损伤提示了他生前有跪着的过程，而且他的双腕关节皮下组织和肌肉也有轻微的条状出血，这样的出血应该是软质绳索捆绑形成。”

“哦，原来是熟人作案啊！”一名刑警插嘴说，“既然在室内被控制了，肯定是他去了熟人的家，中了熟人的套。”

“恰恰相反。”师父又是微微一笑，“我认为犯罪分子和被害人一点儿也不认识。”

“嗯。”刑警队长狠狠瞪了一眼插嘴的刑警，“熟人还能不置他于死地？还能让他活着躺在马路边？万一救活了怎么办？”

“这么大人还能被骗到别人家去？”那名刑警不服气地嘟囔。

“问得好。”师父笑着说，“这个案件的关键就是被害人是如何到了室内，为何被犯罪分子控制后伤害的。其实这个问题应该不难查，不是有群众反映李解放生前吃喝嫖赌样样俱全吗？”

“是的，应该是这些事情了。”刑警队长点点头，“我高度怀疑他是在地下赌场输了钱还不起被殴打的。”

“这样的案件，有时在赌博案件中可以见到，但我不觉得这起案件的起因是赌博。”师父一边切换着幻灯片一边说，“我认为是嫖娼。”

刑警们都专心致志地看着幻灯片，他们对师父之前的推断钦佩不已、心服口服。

“大家看，这是交警在事故现场拍摄的照片。”师父指着幻灯片的中央说，“我们可以看到，死者的裤带没有系好，拉链没有拉上。如果不是交警有这张照片，我们也不能肯定这样的衣着究竟是原始状态还是在医院抢救的时候松解裤带所致。所以要对交警处置现场初期的细致工作提出表扬。”

参会的交警自豪地笑了一下。

“不仅如此，我们尸检的时候发现，死者的内裤是反穿的。”师父说，“医院抢救是不会动伤者内裤的。所以，这应该是原始状态。”

师父喝了口水，继续说道：“既然是原始状态，那么什么情况下会把内裤反穿呢？一种可能是李解放穿内裤的时候很慌乱，另一种可能是李解放重伤后被别人慌乱地穿上内裤。不管是哪种情况，都说明李解放事发的时候赤身裸体。那么，此案就应该和卖淫嫖娼扯上一些关系。”

“您是说，死者嫖娼的时候，被人敲诈，继而被控制、伤害，然后被移动到路边，对吗？”刑警队长问道。

“是的，就是这个意思。而且本案行凶的地方应该离发现李解放的现场不远。既然不是熟人作案，没有必要冒着危险把那么重的伤者运送到很远的路边。”师父继续分析，“所以，下一步应该在现场附近寻找有可能租住在此或者窝点位于此地的卖淫女，尤其要寻找和退伍武警、现职保安联系密切的卖淫女。”

“原来是仙人跳啊。”刑警队长长舒了一口气，信心满满地说，“有了您的分析，接下来的工作很容易了，给我两天时间破案！”

第二天一早，我们起床准备出发，刑警队长给师父打来电话报喜，案件顺利告破。没想到云陵市刑警的办案效率如此之高，没两天就破了案。

师父的推断果然没错，案发过程与他的描述几乎百分百吻合。

原来，李解放来到云陵市后，心里像猫抓似的痒痒，正在这时，王启给了他3000元钱，他顿时色胆包天，晚上趁黑溜了出去。他一个人闲逛到现场附近，恰巧碰见在路边招客的卖淫女陈某。两人一拍即合，谈好了价钱就往陈某的出租屋走去。陈某看李解放一副农民打扮，又是外地人，顿时起了歹意，短信通知她的男朋友前来敲诈。陈某的男朋友谢某曾经在西北当过几年武警，退伍后就在现场附近的化肥厂当了保安。李解放和陈某来到出租屋，刚脱去衣物，谢某就闯进门来拍照，声称李解放强奸他的女朋友，并把李解放双手捆绑，让其跪在卫生间。陈某和谢某翻遍李解放的衣服和包，找到了全部的3000多元钱，正在欣喜之时，李解放在卫生间开始大骂，声称要报案。谢某一气之下，拿起随身携带的橡皮棍猛敲李解放的额头。李解放已经年过半百，哪里经得起这样的重击，一下子便被击晕。谢某看情形不对，扛起李解放，把他丢弃在化肥厂大门附近的马路旁边。

第二天清晨，看到交警前来勘查现场，谢某和陈某还暗自庆幸躲过一劫，没想到事隔一天便被从天而降的刑警摁在了自家床板上。

回去的路上，我对师父的精彩推断佩服得五体投地：“师父，这个案子分析得太精彩了，我算大开眼界了。原来以为法医专业在命案侦破中只是基础工作，真没有想到，只要仔细认真，我们原来是可以操盘的。”

师父说：“关键是态度，尤其是技术工作。把工作当成事业，你会发现自己的价值。”

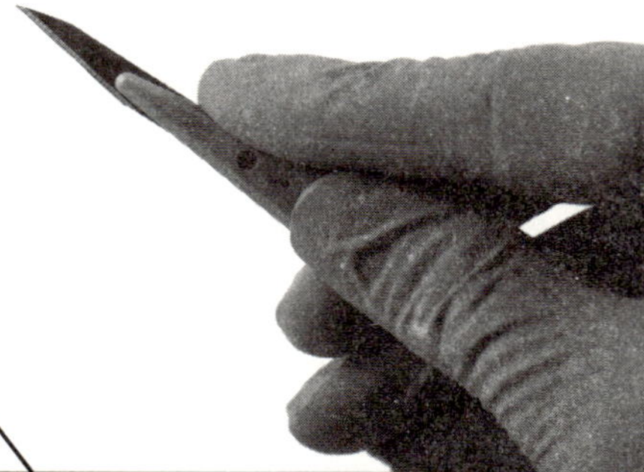

# 第十案　死寂圣诞

## 1

转眼就到了我参加工作后的第一个圣诞节。街上到处都是圣诞树和彩灯，最开心的是我把女朋友铃铛接到了省城。

铃铛这个姑娘，性子有点儿倔，和我一样也是法医专业毕业。我好说歹说才劝她放弃了法医的工作，转行当了医生——这当然有点儿私心，我自己整天在现场忙碌奔波也就够了，真是不忍心让铃铛也这么折腾。

晚上，我开开心心地带着铃铛去韩式烧烤店吃晚饭，没想到第一锅肉刚烤熟，手机猛然响了起来。我皱了皱眉头，一边暗想可千万别是什么案件，一边忐忑地从口袋里掏出手机。真是怕什么来什么，手机屏幕赫然显示“师父”两个字。

“在哪儿？”一听到师父习惯性的开场白，我隐约感到这顿浪漫晚餐算是泡汤了。

“在……在吃饭呢，师父。”

“给你20分钟时间，大厅门口集合。”

“又有案件？”

“清夏县烧死3个。”

“烧死？非正常死亡啊，我们也要去？”跑了半年的命案，非正常死亡事件对我来说已经是小菜一碟了，我祈望着不是什么必须去的大事儿。

“死亡3人，我们必须到场，不管什么性质。再说了，你敢保证不是死后焚尸？”师父说，“别废话了，按时到。”

以前听见有案件，我会满心欣喜，可是这次挂完电话，我却充满了内疚。

“去吧，一会儿我自己打车回家。”刚刚还笑嘻嘻的铃铛姐姐，这会儿眼眶已经有些发红。我们在一起的这些日子，一直都是离多聚少。可她毕竟也是法医系毕业的，政治素质必须是很高的，所以她一抹脸，反倒坏笑着安慰起我来，“去吧，去吧，下次我再宰你一顿大的！”

20分钟后，我和师父已经坐在了前往200多公里外的清夏县的车上，乡村小路上夜色正浓，除了车灯照射出的那一片光亮，几乎一无所见。四下里静悄悄的，城市里热闹的圣诞气氛早已被抛在几百里外。

突然一个刹车，车子颠簸了一下，驾驶员阮师傅叫了一声：“哎哟，对不起！”我吓了一跳，看了看黑咕隆咚的窗外，问：“怎么了？”

“一只小猫横穿马路，来不及刹车，好像给轧了。”阮师傅说道。我的心里揪了一下，暗暗为这倒霉的小猫默哀，一条小生命就这么陨灭了，不知道今晚我们要去的现场，又会是什么样的惨状呢。

“平安夜不平安啊。”一直沉默的师父叹息了一句。

晚上10点，我们终于赶到了狼狈不堪的现场。

这是一个独门的小院，方圆几里都没有住户。院内有两间砖房，都已经没了屋顶，其中一间已经坍塌了一大半。院子里到处都是积水，看来门外的两辆消防车费了不少力气才把大火扑灭，这会儿房子还在腾腾地冒着黑烟。

门口已经拉上了警戒线，刑事现场勘查车车顶上的大灯把现场照得雪亮。

几名穿便服的刑警正在分头询问参与灭火的消防队员和村民。

“先简单了解一下情况吧。”师父皱着眉头看了看糟糕的现场，说，“这样的现场比较难勘查，一片狼藉，消防过程也破坏了一些痕迹。”

师父简单地沿警戒线外围走了一圈，背着手，一边蹭掉鞋子上的泥，一边走到报案人身边询问情况。

“我住在离这儿3里远的那边。”报案人很热心地指着远处，说，“晚上5点的时候，天开始黑了，我就看到这边有烟，随后就看到有火光。开始以为是在烧什么东西，后来发现不对劲儿，火很大，就赶紧打了119。打完报警电话我就跑到这边来，看房子烧着了，我也进不去，就喊‘老夏、老夏’，一点儿动静没有。后来听消防队员说老夏被烧死了。”报案人是个50多岁的老头，他的眼睛红肿，像是哭了很久。

看来老夏是这座小院的主人，而且报案人显然和老夏的关系非同一般。

“老夏家几口人啊？”师父随口问道。

“老夏的儿子儿媳都出去打工了，老伴去世了，他一个人带着两个小孙子，一个6岁，一个4岁，听说都被烧死了。”

“看来他家条件还不错吧？”

“一般吧，但他节俭得很。”

“领导好，”这个时候，当地的刑警大队长走出了现场，“你们来得好快啊。初步看了，一老两小，3条命。起火原因消防部门正在看。还不清楚是生前烧死还是死后焚尸。尸体被烧得挺厉害。技术人员正在看现场，目前还没有发现有价值的线索。”

“谁发现尸体的？”师父和刑警队长握了手，问道。

“火扑灭了以后，一个消防战士进来清理现场，发现3个人在各自的床上躺着，都烧得不成样子了。他就联系了我们，我们也第一时间上报到了省厅。只是没想到你们到得这么快，呵呵。”

“在各自的床上躺着？”师父摸了摸下巴，“5点就睡觉？而且睡熟到连着火了都不知道？”

“嗯，我们也觉得可疑，但还是要尸检了才能明确性质。”

师父没答话，掀起警戒带走进了现场。

我跟着师父进去，这里已经被烧得面目全非，迎面而来一股浓浓的焦煳味，分辨不清烧的是木头还是人肉。

“师父小心，”坍塌了大半的屋顶看起来空荡荡的，时不时有泥沙往下掉落，我走得胆战心惊，“这屋子随时可能会倒塌啊。”

“我们看现场的，各种危险都会遇到，有充满毒气的现场、有随时可能爆炸的现场，当然也包括这样可能会倒塌的屋子。”师父点点头说，“你有保护自己的意识非常好，不过不能因为现场有危险就不看现场啊，职责所在，义不容辞。”师父拿过技术员递过来的安全帽戴上，走进了现场。

我们走进第一间尚未倒塌却没了屋顶的屋子，发现这里是这户人家的厨房和仓库。灶台上放着四个空碗，锅里有一锅面条。厨房内被熏得漆黑的墙壁全部湿透了，地面上也全是积水。没有什么可以勘查的，我和师父又走进另一间坍塌了一半的房间。

这里应该是卧室，摆放着两张床，坍塌的砖瓦下压着的是类似桌子、衣柜之类的家具。刚走进屋内，突然，迎面塌下两块砖，着实吓了我一跳。还好3具尸体都躺在自己的床上，没有被塌下的砖瓦压坏。走近尸体，一股浓重的肉煳味扑面而来。

我下意识地揉了揉鼻子。干法医这么久，我养成了一个习惯，碰见有明显异味的现场和尸体，我都会使劲儿地揉几下鼻子。不知道是心理作用还是真有效果，揉过了鼻子，通常我就不会觉得异味难以忍受了。

师父当然知道我的这个习惯，笑着问我：“不会吧，腐败的尸体说难闻可以，火烧的尸体可不难闻，肉烧熟了都是香的。”

不知怎么的，师父的这句话反而引得我想吐，我突然想起了今晚狼吞虎咽下去的那顿烤肉。

尸体身上的衣物基本已经被烧干净，皮肤都已经炭化，3具尸体的姿势都是拳击的姿势。

“尸体呈斗拳状。”我说，“书上说，斗拳状是生前烧死的尸体的征象啊。”

“尽信书不如无书。”师父说，“死后焚尸的尸体很多时候也是斗拳状。只要火势凶猛，软组织迅速受热收缩就会呈斗拳状。”

我点了点头，戴上手套捏了一下老年尸体的胳膊。胳膊上“咔”一声响，掉下来一块烧焦的皮肤。

“烧得很严重啊。”我说。

“屋顶都烧塌了，当然厉害了。”师父一边观察地面，一边用脚尖蹭了蹭硬土质的地面，说，“这里炭化最严重，这里应该是起火点，而且有助燃物，提取了快送市局理化检验，看看是什么助燃剂。”

师父不仅是刑侦专家，也是火灾事故现场的鉴定专家，对火灾现场的勘查也非常有经验。

技术员按照师父的指示在地上刮蹭着灰烬。师父左右看了看，又看了看湿透的墙壁，说：“把尸体拉去殡仪馆尸检吧。”

“都快12点了，您的血压有些高，不如回宾馆休息，明天再看尸体吧？”刑警队长关心地对师父说。

“破案，能等吗？”师父摘下安全帽，率先坐进车里，“去殡仪馆。”

## 2

到了殡仪馆，我们都傻了眼。那一年的清夏县还没有建成尸体解剖室，殡仪馆到处都是黑咕隆咚、静悄悄的，只有当我们走进停尸房时，才终于听见了凡间的声音，那是冰冻尸柜压缩机发出的轰鸣声。停尸房也没亮灯，月光从窗外照进来，没有一丝月下的浪漫，反倒多了些阴森的感觉。

“能想办法照明吗？”师父问道。毕竟尸体解剖必需的条件之一就是要有充足的光线。

“两个办法，一个办法是用勘查车车顶的大灯，很亮，不过一箱油只能照7个小时，现在咱们只剩下半箱油了。”清夏县的邵法医说道，“还有就是用接线板接一个灯泡到外面，不过亮度有限。”

“3个小时我们肯定忙不完，接灯泡吧，最好能找到瓦数大的，然后再用手提勘查灯辅助照明。”师父一边说，一边在停尸房后面的空地上寻找一块能放下3张停尸床还能方便解剖的地方。

“3个小时肯定忙不完。”邵法医咽了一口口水。师父的言下之意是，今晚别睡了。

很快，简易灯被当地的法医和痕检员架了起来，用的是工地上的照明灯，很亮，但同时也很烫。与此同时，尸体也被殡仪馆的师傅开车拉了回来。

“没事了吧？没事我走了。”殡仪馆的师傅打着哈欠说。

“给我们找3张运尸床吧，这样就不用蹲在地上解剖了。”师父说。

“哦，等着吧。”殡仪馆的师傅显得很不耐烦，“明天再解剖不行吗？这么急，都12点多了。”

“死者的家属肯定觉得不行。”师父幽幽地说道。

尸体很快被摆放在一字排开的3张运尸床上。尸袋一拉开，一股焦煳味迅速弥漫在空地的上空。虽然我的胃早已排空，但是想到晚上吃的烤肉，依旧酸水翻涌。

“第一步要确定是生前烧死还是死后焚尸，这对案件的定性有关键作用。”师父显然是想考察一下我的理论功底，“生前烧死和死后焚尸有什么区别？”

“看皮肤烧伤，有无生活反应，有无红斑、水疱。”我心想这种小问题也想难倒我？虽然我反应很快，但挨骂也很快。

“傻！炭化了还看什么生活反应？”师父说道。

“我还没说完呢。”我很不服气，“关键是看死者的呼吸道有没有烟灰炭末。”

“嗯，还要看呼吸道和肺脏有没有热灼伤。同时，要看有没有一氧化碳中毒的征象。”师父强调说，“很多人在火场中还没有吸入烟灰炭末，就已经一氧化碳中毒死亡了，这样的尸体因为没有吸入烟灰，会被误认为是死后焚尸。”

我点点头，伸手碰了一下尸体，“咔”一下又掉下一块烧焦的皮肤，露出了猩红的皮下组织，在强光灯的照射下分外阴森恐怖。

“先看小孩的吧，先易后难。”师父说着，走到两具小孩的尸体旁，开始检验尸表。虽然尸表已经全部炭化，但是尸表检验一样不能少。尸表检验和尸体解剖都没有发现明显的外伤。我用止血钳夹住尸体气管的一旁，用洗净的手术刀轻轻切开小孩非常稚嫩的气管，气管壁很薄，意外的是，整个气管内全部都是烟灰，热灼伤也非常明显。

“居然是生前烧死！”我讶异地说道。

师父在一旁皱着眉头不说话。很快，他突然间像想到了什么，用手术刀麻利地切开小孩的头皮。小孩的头皮已经烧得不完整了，而且非常脆。头皮下到底有没有血肿已经无法分辨，但是切开头皮后我们发现孩子的颅骨已经碎裂，有几块颅骨黏附在头皮上，在师父剥开头皮的时候掉落下来，露出红白相间的脑组织。

“头部有外伤！”邵法医说道。

“不是吧。”我虽然没有见过烧成这样的尸体，但是理论功底还是不错，“书上说了，烧死的尸体经常会出现颅骨迸裂的现象，是燃烧后颅骨脆化、脑组织膨胀等原因造成的。”

“是的，烧成这种程度的尸体，尤其是幼儿尸体，通常会有颅骨骨缝分离，甚至颅骨迸裂的现象出现。”师父认可了我的观点，“但是，从脑组织的颜色来看，应该是有外伤的。”

师父对照着脑组织有些偏红的部位，仔细观察着颅骨迸裂的痕迹。突然，师父眼睛一亮：“我就说嘛，这根本就不可能是意外失火的事件。”

听师父这么一说，我们都凑过头去看。

师父用止血钳指着颅骨迸裂的许多骨折线中的一条，说：“你们看，这条骨折线边缘的颅骨是往内凹陷的。我们知道，烧死的尸体中颅骨迸裂的骨折线是因为脆化、膨胀而形成的，骨折线都是线形的，绝对不可能往内凹陷，对吧？”

我们纷纷点头。师父接着说：“这个骨折线应该是一条凹陷性骨折线，凹陷性骨折，脑组织内又有出血，又没有对冲伤，那么就只能是外力直接作用所致了。”

“您的意思是说小孩是被打晕以后，活活烧死的？”邵法医问道。

“是的，没有猜错的话，另一个小孩的情况和这个一样。”师父说。

很快，我们解剖完毕另一具小孩的尸体，和师父猜想的一样，气管内充满烟灰，全身没有其他外伤，但颅骨崩裂的痕迹当中有几条骨折线是往内凹陷的。

“看来凶手很有信心。”师父说，“他先让小孩失去抵抗，然后把他们烧死，并不担心小孩会活过来。所以我认为，他所用的助燃物应该是汽油之类极易燃烧的东西，他把汽油直接浇在死者身上。”

“您先前不是说起火点是屋子中央吗？”邵法医问。

“是的，那里应该是装助燃剂的容器，也是起火点，火势很快就蔓延到了尸体上。”师父说，“回头我们再去现场看看那一片灰烬。”

师父抬头看看我，我正愣在一旁沉思。师父立即明白了我的心思：“怎么，还不相信是杀人案件？那我们就看看大人的尸体，也许会有意外的收获。”

老夏的尸体，我们检验得更加仔细。打开胸腔以后，我隐隐地发现他的肺脏不像两个小孩的肺脏，竟然没有一点儿烧灼伤。我拿起手术刀准备切开气管。师父拦住我说：“这个慎重一些，掏舌头吧。”

掏舌头是我们常用的简称，意思就是从颈部把口腔内的舌头掏出来，然后可以把整套内脏全部和身体分离。这种办法通常运用在需要法医组织病理学[①]检验的时候，要取所有的内脏切片，在显微镜下诊断。

我明白师父的意思，他是想更仔细地观察死者喉头的情况。我用手术刀沿着尸体的下颌缘把肌肉全部切断，然后从颈部伸进几个手指到尸体的口腔，掏出舌头，接着将咽后壁的软组织切断，很顺利地将舌头掏了出来。

① 法医组织病理学：是病理学的一个分支，主要应用于猝死的诊断、伤病关系的分析等工作中。法医解剖切取下来的脏器，经过固定、脱水、切片、染色、制片后，在显微镜下观察细胞、组织结构，从而诊断死者是否存在器质性疾病。

师父微笑着点了点头，对我熟练的手法表示认可。

我将尸体的上呼吸道和肺脏全部和胸腔分离以后，惊讶地发现，死者的喉头居然没有一点儿烟灰或者烧灼的痕迹。

“看，这是死后焚尸。气管内也应该是干净的。”师父说。

毕竟是师父经验丰富。打开气管，果然，整个气管壁都很干净，没有异常。

我抬起手臂用上臂擦了擦额头上的汗，舒了一口气，说：“被师父言中了，真的是杀人案件。”

老夏的头皮虽然也被烧焦，但是颅骨并没有烧得很严重，更没有迸裂。切开头皮后，我们发现老夏的颅骨左枕部、左顶部有好几处凹陷，颅内更是损伤严重。

“和小孩的损伤形态是一致的。”师父说，“用钝器打头。”

为了发现更多的痕迹，我用纱布仔细地擦拭尸体的颅骨，想把骨膜擦干净，以便更好地观察凹陷性骨折的形态，心想或许可以更细致地推断出致伤工具的形态。

师父却已经胸有成竹，他沉思了一会儿，对身边的法医说：“颅脑损伤导致人的死亡是需要一定时间的。这样看，应该是凶手先打击老夏的头部，导致他倒地昏迷，然后将他拖进燃烧现场，放在床上。发现两名小孩以后，又用钝器打击导致小孩昏迷。在这个过程中，老夏因为颅脑损伤严重而死亡，但小孩只是昏迷。等火烧起来，死了的老夏和活着但在昏迷中的小孩都被烧死了。”

大家纷纷点头。这样就可以解释老人小孩为什么在同一燃烧现场，却分别是死后焚尸和生前烧死的问题了。

在师父对案情进行分析的时候，我隐约有了新的发现。我招呼身边负责照明的痕检员过来，用强光手电照射老夏颅骨凹陷性骨折的中央。这时候死者的颅骨骨膜已经被我擦干净了，露出白森森的骨头和清晰的凹陷骨折线。

突然，我眼睛一亮，说：“师父，你看，这是什么！”

## 3

师父凑过头来。强光手电把剥离了骨膜的颅骨照得雪白，同时，也把尸体颅骨骨折凹陷的中央一处隐约的蓝色痕迹照得清清楚楚。

“这是什么？”我用止血钳指着那一处蓝色痕迹，“怎么会有蓝色的东西？衣物都被烧焦了，不可能是衣物的残渣。”

“会不会是你剥离骨膜的时候污染了？”师父拿过颅盖骨，仔细地看着，又查看死者的衣物有没有蓝色的东西。

“不会。”我拿止血钳指了指其他几处骨折凹陷的地方，“一共有7处凹陷性骨折，5处都有蓝色的痕迹。”

师父又仔细看了看其他几处凹陷性骨折的地方，皱起了眉头。

“而且，我刚才试了一下。”我用止血钳的尖端轻轻地擦蹭着骨折中心点的蓝色痕迹，“轻擦是擦不掉的。应该是压嵌到了骨质里。”

“嗯。”师父点了点头，说，“这里出现蓝色的痕迹确实比较奇怪，你有什么看法？”

“蓝色的物质，片状，附着力强，我认为这应该是油漆类的物质。”我重新仔细看了看，继续说，“能够被压嵌到骨质里，应该是用钝器将油漆压嵌进去的。结合几名死者都是被钝物打击头部导致死亡的，所以根据这个蓝色的物质，我认为最大的可能是凶器外表涂有蓝色油漆，凶器打击颅骨，将凶器上的蓝色油漆压嵌到了颅骨骨质里。”

师父沉思了一会儿，点了点头：“你的这个发现应该是我们今晚最大的收获了。”看到师父的眉宇间洋溢着喜悦，我知道他的这句话是对我今晚工作的最大肯定。

又花了近一个小时的时间，把尸体身上的切口、裂口全部缝合，我们才脱了解剖服、洗了手，结束了晚上的工作。我抬腕看了看表，居然已经5点钟了，寒风中的我们双脚都已经冻得麻木。我搓着手，拼命地跺着脚，希望能够促进手足部的末梢血液循环。

站在一旁的痕检员麻利地收起录像机，显然是对我们的磨磨蹭蹭有些不满，他耸着肩膀、跺着脚、打着哈欠，说："省厅领导就是敬业，尸体都烧成了这个样子，你们还这么认真地缝合，有意义吗？又开不了追悼会。"

这句话引起了我的强烈反感，我皱起眉头，说："死者也有尊严。"这次，我抢在师父的前面说出了这句话。

师父微笑着点点头，算是对我这句话以及这一夜的出色表现和重大发现表示认可。

"现在怎么办？"痕检员挠了挠头问。他显然被我的一句话说得很不好意思。

"还能怎么办？睡觉去。"师父打了个哈欠，笑着说，"法医是人不是神啊，得睡觉的。你们回去休息吧，参加9点的专案会。"

法医是人不是神，却干神才干的事情，我心里不太高兴地想着。睡三四个小时，还不如不睡呢。想归想，但是我知道师父的脾气，对于案件，他绝对是一丝不苟的。专案会对法医也一样很重要，只有通过专案会上的交流，才能让法医了解刑警们侦查到的情况，让侦查员们了解法医的推断，只有充分地沟通，才能保证快速准确地破案。所以我也没说话，默默地坐上车。一上车，困意就弥漫了整辆车，师父在我之前响起了鼾声。我回到宾馆简单冲了个澡，就沉沉地睡去。

疲劳工作后不到4个小时的短暂睡眠是最让人难受的，尤其是被门铃唤醒的那一刻，我感觉有千百只大手把我摁在床上。我没有睡好，因为梦里全都是那蓝色的钝器像放电影一样飘过。可惜梦就是梦，醒来想想，我还是不知道那应该是件什么样的工具，既能挥舞用力，又能一招致命，关键是这么顺手的工具很少有蓝色的。

"走吧，去参加专案会。"师父看我洗漱完毕，催促道。

专案会上烟雾缭绕，刑警们显然连4个小时的睡眠都没有，一个个眼圈发黑、眼睛发肿。刑警们就是这样，知道吸烟不好，但是经常熬夜，只能通过香烟来提神、支撑。他们都是这样，消磨自己的青春和健康来打击犯罪、保护人民，有时还要遭受各种非议。

虽然还没有确定是否是一起命案，但毕竟是3条人命，整整一夜，侦查员们都是按照命案来进行侦查的。因为老夏家是独门独户，家里所有人都被灭口了，所以经过一夜的侦查，并没发现什么有价值的线索。目击者也仅仅知道，起火时间是下午5点多钟。对于老夏家的矛盾、情仇的调查也遇到了很大的阻力。村民们都反映老夏为人忠厚，儿女又在外打工，并没有查出明显的矛盾关系。所以，调查工作目前已经陷入了僵局。

当师父说已经通过尸检确定是一起命案的时候，侦查员们并没有太多的讶异，显然他们都已经做好了心理准备。

“3名死者都被钝器打击头部。老夏是被打击头部致死，小孩是被打击头部致晕以后烧死的。助燃物是汽油。”师父说道，显然，今天一早他就接到了理化实验室的电话，通过检验，确定了凶手携带了汽油用于助燃，“所以，凶手应该是可以轻而易举获取汽油的人。”

这个分析显然没有引起专案组的兴趣，县局局长说：“有没有其他什么指导思想？”

师父摇了摇头。我很诧异为什么师父没有把我们的重大发现公布于众。

局长的眼神里充满了失望，看来他原本对省厅的刑侦专家抱有很大的期望：“那……那我们下一步该怎么办？”他仍然希望师父能够给专案组指点迷津。

“下一步，让你的兵多休息。”师父笑着说，“让大家休息吧，看一个个累得，身体是自己的，要以人为本啊。”

师父这个工作狂还能说出这样的话来，连我都非常诧异。师父接着说：“休息一下，下午我们再碰头，我还没有想好，我要去看看现场。”

还看现场？我拿起茶杯喝了口茶，此刻，我很困，我只想念我的枕头。

专案会散会了，侦查员们都回去睡觉了。我则很不情愿地和师父来到现场。现场仍被警戒带围着，为了防止万一，县局还派出了民警在警戒带外看守。看着被冻得发抖的值班民警，我们的心里很不是滋味，心想一定要早点儿破案，给老百姓一个交代，也让民警们少受一点儿苦。

“你在外围看看，我进去看看起火点。”师父揉了揉通红的眼睛，转身对身旁的痕检员说，“给我准备一个筛子。”

我明白师父的意思是让我去寻找蓝色的钝器，而他要去清理起火点的灰烬，看有没有更深一步的发现。

按照师父的安排，我一个人围着现场周边搜索，脑子里只有蓝色的钝器。走了个把小时，突然，我的眼睛被远处草丛中的一片反光刺了一下，在阳光的照射下，反射面闪闪地亮着蓝光。我的心立即提到了嗓子眼儿，发了疯似的向蓝光处跑去，边跑边戴上纱布手套。

当我气喘吁吁地跑到反光的地方时，突然有了一种茅塞顿开的感觉：原来那是一个蓝色的打气筒。

这片草丛离现场大概有两公里，旁边是一条村民平时拉板车走的小路，路比较窄，汽车肯定开不进来，但自行车、摩托车肯定没有问题。打气筒看上去有八成新，还不到报废的程度。在这样一个特殊的地方，找到这么一个打气筒，我暗暗高兴，这是凶器的可能性已经很大了。

我小心翼翼地拿起打气筒看，这个打气筒比我们常见的型号要粗大一些，一般是用来给摩托车打气的，它的外表已经被露水打湿，底座涂了蓝色的油漆，有几处油漆已经龟裂、脱落，露出了黑灰色的底色。底座的周围可以清晰地看到几处红黄色的附着物，我知道，那一定是血迹。

虽然我一开始就抱着发现凶器的心理准备来的，但没有想到会是一个这么大的打气筒。随身携带的物证袋的尺寸显然不够，我只好用两个较小的物证袋分别套住打气筒的两头，保护上面的原始痕迹。因为一头是着力点，可以判定这是否真的就是凶器；另一头是抓握点，可能会找到认定凶手的证据。我就这么拿着打气筒，一路向现场小跑而去，心里充满了欣喜：我真的发现了凶器！

一跑到现场外面，我就大声地喊起了师父。一会儿，师父戴着头套和口罩走了出来，满脸笑意："让我猜猜，你找到了凶器！"

我使劲儿地点了点头，满脸的兴奋。

师父神秘兮兮地举起戴着手套的右手，说："师徒同心，其利断金。你看看，我也有发现。"

## 4

师父的手心里攥着几个塑料片，看起来已经被烧得不完整了。

“这是什么？”我走近仔细地看了看这几片不起眼的碎塑料片，“师父的发现可不如我这个啊，哈哈。”

师父看着我得意扬扬的样子，说：“别太自负，你仔细看看这几片塑料片，是我从起火点的灰烬里筛出来的。”原来师父真的用了几乎一上午的时间，把现场中心的灰烬慢慢地筛了一遍，从中发现了这几片让师父欣喜的塑料片。

这是几片红色的硬质塑料片，我翻来覆去地看了半天，没发现什么特别有用的线索，抬起头看了眼师父。师父正微笑着看着我：“怎么？没有发现这其中的奥妙吗？”我又低头看了看，茫然地摇了摇头。

“哈哈，小时候没有玩过拼图游戏吗？”师父说道。

我依旧十分迷茫，就算能把这些碎片拼在一起，又能说明什么呢？虽然心里这样想，但是嘴上不服输：“我可是拼图高手。”

不一会儿，我把烧碎的塑料片拼了一个大概，松散散地摆在地上。这时候，师父递给我一个放大镜，我接过来仔细观察地上的塑料碎片，发现上面隐隐约约有几个凸起的汉字，可是大部分已经被烧毁，很难辨认。我抬头看了眼师父，说：“没觉得有什么好线索啊？”

师父蹲了下来，用放大镜照着其中几块碎片的拼接处，说：“别的字可能认不出来了，这两个字应该看得出来吧。”

我低头仔细地观察师父放大镜中央的位置，果然有两个小字依稀可辨：盆业。

“嗯，是某某盆业。”我挠了挠脑袋，说，“我早就想到了，既然是起火点，那最大的可能是装汽油的容器啊，这不算什么好的发现吧？”

“我也知道那是装汽油的容器的灰烬。”师父神秘地笑了一笑，“但你见过拿盆装汽油焚尸的吗？”

原来师父的发现是这个，这是一个不正常的装盛助燃剂的工具。我陷入了沉思：这能说明什么呢？

师父知道我还是没有头绪，指了指我手上拿着的打气筒，提示我说：“对你发现的这个凶器，有什么想法吗？”

师父的话把我从沉思中拉了回来，我说：“哦，我是这样想的。这不同于一般的打气筒，应该是给摩托车打气的那种。而且我发现打气筒的地方是一条小路，旁边是山路，骑自行车经过的可能性不大，只可能是徒步或者是骑摩托车。”

“对，很好。难道凶手徒步端着一盆汽油来焚尸？”师父用调侃的语气说道。

“会不会是死者家里的汽油呢？”我问道。

“这种可能性我也想过。我查看过，死者家里没有用得着汽油的工具，没有常备汽油的必要。”

“我知道了，您是说凶手是驾驶摩托车来到现场的。”

“对，这是其一，其二是这起案件应该是一起激情杀人事件。”师父说，“你想想，如果是预谋杀人，可以用桶带来汽油，方便携带、方便泼洒。而该案是用盆装的汽油，那么最大的可能是凶手杀人后，就地取材拿了个盆，用盆接了摩托车内的汽油，然后焚尸的。”

我点点头，觉得师父分析得很有道理。师父接着说：“小孩的头部损伤，虽然能够致昏，但是没有致死，更印证了凶手是仓促杀人、焚尸。”

我回头想了想，突然不太理解师父的意思：“咱绕了一大圈，敢情就分析出一个激情杀人？”

师父笑了笑，说：“是的。但是我觉得这很重要。在死者的家中激情杀人，说明了什么？”

我突然茅塞顿开：“熟人作案！”

师父点点头，说：“对了。这就是我想说的。激情杀人不见得是熟人作案，但是在死者家中激情杀人，通常就是熟人作案。”

“可是，仅仅根据一个盆就判断是熟人作案，总感觉依据不是很充分啊。”虽然法医工作很多时候需要推理，有时我们戏称自己的工作就是“我猜我猜我猜猜猜”，但是我们每次推理都有充分的依据，如果没有依据地瞎猜，失败率当然会很高。对于师父的这个推断，我还是心存顾虑。

“当然不可能仅仅根据这一点。”师父一边说，一边招呼我向现场走去，“我还有两个依据。”

走到了现场的厨房，师父指着灶台说：“锅里有一锅面条，桌上有4个碗，这是反常现象。家里就3人，按道理说拿出3个碗就够用了，因此多出的这个碗肯定是用来招待熟人的。”

“如果仅仅是认识呢？关系不熟的人，或者路过的人，不可以吗？”我问。

“调查情况很清楚，老夏是一个非常好客的人，如果不熟悉，晚餐不会这么简单。所以我认为，凶手是经常来老夏家吃饭的人。”师父说。

我点点头表示认可，问道：“那第二个依据呢？”

师父接着说：“另外，你还记不记得，3具尸体的身上都没有抵抗伤。尤其是小孩的损伤，是被人从面前一击致晕的，如果不是熟人，这么大的小孩应该会知道遮挡、抵抗。正因为是熟人，所以小孩对他拎着打气筒走进卧室并没有多少防范。”

下午的专案会，小小的会议室内挤满了人，刑警们都已经养足了精神，眼神中都充满了期待。在侦查工作陷入僵局的时候，专案组对刑事技术工作，尤其是法医工作更加充满期待。

“通过一个上午的现场勘查，结合昨天的尸体检验，我们有了新的发现。”师父开门见山。话音刚落，整个专案组都精神振奋。

“我们目前有充分的依据推断此案是一起激情杀人案件，而且是熟人作案。”师父接着说，“凶手应该经常在死者家中逗留，并且有驾驶摩托车的习惯。”在侦查员们神采奕奕的目光中，师父简短地介绍了我们做出如此推断的依据，说得全场纷纷点头。

“侦查范围很小了，我们很有信心。”局长说道，“不过，我们怎么甄别犯罪嫌疑人呢？”

“这次小秦的表现很出色。”师父从桌下拿出我找到的凶器，“我们现在有充分的证据证明这个打气筒就是作案凶器，而且我们在打气筒上找到了可疑的指纹。”

专案会场开始有些嘈杂，大家兴奋地交头接耳。

“那您看，作案动机是什么呢？”局长依旧不依不饶，希望能够尽可能缩小侦查范围。

“既然是激情杀人，动机就不好说了。”师父皱了皱眉头，“但是，凭感觉，里面可能有财物纠纷。”

“哦？有依据吗？”局长顿时来了兴趣。

“有。”师父说，“我在筛现场灰烬的时候，除了发现盆的碎片，也发现了很多不同季节衣物的碎片。”

师父打开现场概貌的幻灯片，说：“大家可以看到，卧室现场虽然房屋基本塌了，但是屋内的衣柜并没有塌。虽然衣柜也被烧毁大部分，里面的衣物也基本烧尽，但是衣物碎片不应该散落得整个现场都是。那么，只有两种可能，一是凶手用衣物当助燃物，二是凶手翻动了现场寻找财物。”

师父喝了口茶，接着说，“既然凶手费了那么大劲儿去摩托车内取油，我觉得就没有必要再搬动衣物做助燃物了，因为现场有很多木头家具和被褥，何必再花时间搬衣服呢？如果是为了在现场寻找财物，那就有可能把衣柜中的衣服弄得满现场都是了。”

局长点点头，问：“既然您说是激情杀人，怎么又会是抢劫杀人呢？”

师父说：“我这里说的激情杀人，是指临时起意的杀人。如果在交谈中，凶手得知老夏有钱，临时动了杀机，也是可能的嘛。”

“我知道该怎么做了，交给我吧。”局长信心满满，转头对摩拳擦掌的侦查员们说，“不用多说了吧，行动吧！”

县局局长、师父和我留在了专案指挥部。师父和局长轻松聊着家常，等待侦查员们的消息。我实在太困了，斜靠在椅子上，不知不觉就睡着了。

不知道睡了多久，一阵急促的电话铃声响了起来。我揉了揉僵硬的脖子，坐直了身体，看见师父也趴在桌上睡着了。局长拿起电话，问：“怎么样？”

听不清电话的那头说些什么，只看到局长的表情充满喜悦。不一会儿，局长挂断了电话，说："有了你们的推断，我们省大事儿了。"

师父问："有线索吗？"

局长说："不是线索的问题，案子破了。"我们顿时兴奋起来，局长接着说，"经过调查，老夏确实是在案发前两天去银行取出了他的全部积蓄3万多块钱。这些钱是准备给他儿子的。他儿子在外做些小生意，有几万块钱的资金缺口，就找老夏借，准备元旦回来拿的。老夏前两天去镇里买东西，顺便取出了钱，藏在家里的衣柜里。"

师父问："人抓到了吗？"

局长说："是的。你分析完了以后，目标就基本锁定了，是老夏的亲侄子。这个人天天游手好闲，不务正业，经常去老夏家蹭吃蹭喝。你们说是经常去老夏家吃饭平时还骑摩托车的人作案，我们第一个就想到了他。幸好有这个打气筒以及打气筒上的指纹，让这起案件证据确凿。真的谢谢你们！"

师父继续问道："过程交代了吗？"每破一个案件，师父都会详细地询问作案过程，然后和我们推断的过程相比对，这样不断地总结，就会不断地提高。

"基本交代了。是老夏无意中说漏了嘴，说自己取了3万块钱，然后那小子就动了杀机。用打气筒打头，再从摩托车内取油焚尸。"又破一起命案，局长很是兴奋。

"都是钱惹的祸。"师父感慨道，"防人之心不可无。亲侄子也会下手灭门啊！"

# 第十一案　夜半敲门

## 1

成功破获了平安夜的杀人案，我们在圣诞节后的第三天准备打道回府。前一夜我睡了整整14个小时，总算恶补了一下睡眠。回程的路上我精神抖擞，显得格外兴奋，一路和师父聊这个案子的细节，也算是总结提高。

车子刚刚驶上高速，师父的手机铃就响了起来。

“不是要连着出差吧？”师父朝我做了个鬼脸。我心里清楚，如果真的有案件，那我们必然会连着出差，因为那一年，省厅法医只有我和师父两个人。

“首先恭喜你们又立新功，回来一人奖励一包好烟啊。”师父的手机那头传来熟悉的刑警总队长的声音，“你们在哪儿呢？”

“我们不要好烟，只要休息。”看来师父已经有了不祥的预感，笑着说，“刚上高速，咱可经不起连续跑啊。”

“这个……”总队长显得有些迟疑，“我也想放你们两天假调整一下，不过……"

"好吧，在哪儿？"师父知道，既然选择了这个行业，就选择了没有自由的生活。师父常开玩笑说，我们是被犯罪分子牵着鼻子走的，他们什么时候作案，我们就要什么时候工作，他们在什么地方作案，我们就要去什么地方。

"咳咳。"总队长显然有些负疚，干咳了两声，说，"这个，你们辛苦。但这不是个小案件，还必须得你出马。"

"不会吧，这是什么圣诞节，简直就是杀人节啊，这刚杀了3个。"师父皱起眉头说道。我们都知道，总队长说的大案件，估计又是3名以上死者。

"是啊，这回又是3个。"总队长接下来的话印证了我们的猜测，"青州市区，一家三口都没了，社会影响很大。"

青州市距离我们所在的清夏县不到100公里。"什么时候的案件？"师父问道。

"应该是昨天晚上。今天早上8点，死者家男主人回家以后发现的，当地警方已经保护了现场，第一时间上报了我们厅里。"总队长说，"你们现在赶过去的话，估计现场勘查工作也就刚刚开始。"

"知道了。"师父挂断了电话，眼神中的疲惫居然消失了，充满了战斗前的激奋，他伸头对驾驶员说，"小阮辛苦了，去青州。"

上午10点，我们的车开进青州市元达小区，小区门口，当地公安局刑警支队的领导已经在等着我们。简单的寒暄之后，我们徒步走向中心现场。元达小区是别墅区，是富人区，住在这里的都是一些高薪人士。案件的中心现场是位于小区大门附近的一栋小别墅，这栋别墅的产权是青州市某IT公司老板徐清亮的，别墅里住着徐清亮以及他的妻子、女儿和岳母。

中心现场警戒带外，密密麻麻地站满了围观群众。虽然这里处于青州市的城郊，但是随着城市范围的扩大，元达小区所处的区域已经成为规模较大的住宅区。在一个大规模的住宅区内发生一起灭门案件，社会影响是非常恶劣的。

我和师父拎着勘查箱，挤过密密的人群，越过警戒带，走到现场门口。现场门口旁边的墙角蹲着一个西装男子，双手抓着自己的头发，一脸的痛苦。两名民警正在向他询问情况。

“我们搬过来3年了，就图这里保卫措施好，安全，没想到还会发生这种事。”眼前这个40岁左右的男子红着双眼说，“我和赵欣是5年前结婚的，我比她大10岁，很疼她。她没有工作，有了孩子后就专心带孩子。我们感情一直很好。”

我和师父在一旁听着，男人忽然沉默了。我插嘴问道：“你什么时候发现的？”男人无力地指了指办案民警，说：“我都和他们说过了，别再问我了。”

侦查员接过话来说：“哦，是这样的。去年，徐总在我们市下面的青林县开了一家分公司，从去年8月到现在，徐总每周的周日到周二在青林县的分公司工作，周三回青州。今天是周三，徐总从县里回来得比较早，大约8点就到家了。他打开家里大门的时候，发现他的妻子赵欣仰面躺在客厅内，尸体已经硬了。他又跑到楼上，发现自己3岁的女儿和岳母被杀死在楼上的卧室里。”

师父点点头，和我一起戴好头套、口罩、手套和鞋套，走进中心现场。

现场是一栋两层别墅。一楼是客厅、厨房、卫生间和一间大卧室，二楼是数间客房和书房。徐清亮和赵欣平时住在楼下的大卧室，赵欣的女儿和母亲住在楼上的一间卧室。

赵欣的尸体旁边，几名法医和痕检员正在仔细地寻找痕迹物证。我和师父先到楼上，勘查楼上的现场。楼上的客房门都是关着的，显得非常安静。沿着走廊，我们挨个儿打开房间看了，每个房间都十分干净整洁，没有发现什么异样。直到我们打开走廊尽头的一间较大的客房，一股浓重的血腥味扑面而来，我下意识地揉了揉鼻子。

卧室的地上躺着一具老年女性的尸体，床上躺着的则是一具小女孩的尸体，两具尸体都穿着冬季睡觉时穿的棉布睡衣。睡衣、床单和被子的大部分都被血染红了，床边的墙壁上布满喷溅状、甩溅状的血迹。除了血迹，我和师父没有发现什么明显的痕迹。看来凶手在这个房间并没有多余的动作，杀了人就走。

老年女性的尸体穿着拖鞋，俯卧在床边的地板上，头发已经被血浸透，整个颅骨已经变形，白花花的脑组织夹杂在头发中间，头下方一大摊血。我轻轻地翻过尸体的头部，发现死者的脸部肌肉已经僵硬，面部遍布血污，已经看不清楚五官。

床上小女孩的尸体更是惨不忍睹。她躺在床上，瞪着圆圆的双眼，眼神中充满惊恐。她的额部有一处塌陷，应该是遭受了钝器的打击。她的颈部被锐器切割，小小的头颅与躯干只有颈椎相连，软组织基本都断开了。沿着颈动脉的方向，有大量喷溅状的血迹，说明她被割颈的时候，还没有死。小女孩全身没有尸斑，因为她的血基本流光了。

我最看不得的就是小孩被杀，心就像被猛烈撞击过一般剧痛。我咬了咬牙，暗自发誓一定要为这个小女孩讨个公道。看过现场，我和师父没说话，慢慢地走下楼。赵欣尸体附近的勘查已经结束，从技术员们脸上的表情看，没有发现什么有价值的痕迹物证。

我和师父走近了赵欣的尸体，尸体还没有被翻动。这是一个30岁左右的女人，瞪着双眼仰卧在地板上，和老年女性的尸体一样，头下一片血污。显然，她也是头部遭受钝器打击导致的死亡。女人上身穿着棉毛衫，下身的棉毛裤和内裤被一起褪了下来，胡乱地盖在阴部。

师父走过去拿开了遮盖她下身的棉毛裤，她的下身居然插着一把匕首。

“半裸的，下身还插了匕首。这是心理变态的人作的强奸案？”我说。

“不，可能是奸情。”师父皱起了眉头。

## 2

法医勘查完现场，会在自己的脑海中形成一个对案件性质的初步判定，这种初步判定并不一定有很充分的依据，只是一种猜测，而不是推断。这种猜测多半是根据直觉而做出的，而产生直觉的基础是参与大量现场勘查后形成的经验。有了初步判定，法医会通过尸体检验、现场复勘来不断地验证或者否定自己的判定，最终得出推断的结论。

我知道师父此时的判定就是直觉使然，想在短时间内整理出充分的依据，条件还不充足。所以我也没有继续追问师父为什么会认为是奸情导致的杀人，而不认为是心理变态的人作的强奸案。

但有一点是肯定的，赵欣的尸体是半裸的，而且下身还插了一把匕首，这一定是与“性”脱不了干系。

我们分别检测了尸体的肛温和环境温度，记录下来，用于下一步的死亡时间推断。

“尸体拉去殡仪馆吧。”师父说。虽然从平安夜开始，我们就连续作战，但是昨天一夜的充足睡眠加之刚刚破案的成就感和喜悦感，让我们义不容辞立即开展工作，以期能以最快的速度破案。

我和师父坐上车，都不说话，脑子里放电影般地过着每一个现场情景，期待能把现场串联在一起。此时我们的压力很大，犯罪分子在现场的动作很简单，通过初步的现场勘查，我们并没有发现有价值的痕迹物证。

师父感觉到车内的空气都凝固了，有意说笑：“有人说我们省厅的法医是‘三馆干部’，知道为什么吗？”

我没有回答，我暂时还没有从小女孩惨不忍睹的死状阴影中走出来。

“我们天天出差，住在宾馆，吃在饭馆，工作在殡仪馆，所以我们是‘三馆干部’，哈哈哈哈。”师父的笑话真是冷得不行，车上只有他自己笑了。

在殡仪馆解剖室内等了一会儿，3具尸体运到了。“老规矩，从易到难。”师父说，“从小女孩开始吧。”

因为小女孩的颈部软组织完全被割裂了，所以当她的尸体从尸袋内被搬出来的时候，头部过度后仰，小小的头颅好像要和躯干分离一样，我的心脏猛然抖了一下。

小女孩的死因很明确，是失血性休克死亡。她的颅骨额部中央有些凹陷，显然是生前遭受了钝器的打击，但是其下的脑组织出血并不是很明显，颅脑这种程度的损伤，难以用于解释死因。小女孩的尸斑基本没有出现，左右颈部的动静脉都完全断裂，心脏也呈现出皱缩的状态，所以她应该是被钝器打击失去抵抗的情况下，被人用匕首类工具割颈导致失血性休克死亡的。这是一种极其残忍的手段。

老年女性的死因也同样简单。她的后枕部遍布挫裂创口，枕部颅骨完全粉碎性骨折，脑组织已经完全被挫碎了，她是重度颅脑损伤死亡。作案工具也是钝器。

赵欣的尸体检验进展也很快，她的额部损伤也同样是钝器形成的。会阴、子宫被匕首刺破。除此之外，再没有其他损伤。

“3具尸体身上都没有抵抗伤，能不能说明是熟人趁其不备袭击的呢？”我问道。

“赵欣的损伤应该是趁其不备的，根据她尸体的位置，应该是开门的时候直接被打击，但其他尸体不能说是趁其不备。你结合现场想一想，”师父说，“老年女性是穿着拖鞋、穿着睡衣的，说明了什么问题？”

“睡眠状态下起床，被袭击。”

“对。而且全部是在枕部和手上，正面没有伤。这是在被追击的状态下遭到袭击的。”师父说，“而且老人死在床边，看得出来，她的目的很明显，是想要保护小女孩。”

“那犯罪过程是？”我问。

“赵欣的尸体还没有看，但是现在犯罪分子的路线应该很清楚了。现在是冬季，现场所有的窗户都是紧锁的，所以进出口只可能是大门。”师父说，“而大门的门锁没有损坏，说明不是撬锁入门，只可能是敲门入室。”

“赵欣的尸体就在门口，应该是赵欣开的门，对吧？”我说。

“现场没有拖动尸体、变动现场的痕迹。所以凶手应该是见到赵欣后就将她打晕，然后上楼。因为惊动了老人，老人起床开门发现犯罪分子后，立即转身想保护小女孩，被犯罪分子击倒，然后犯罪分子杀了小女孩。杀死小女孩以后，凶手又走下楼，褪下赵欣的裤子，把匕首插进了她的阴部。”师父简单地勾勒出犯罪活动的过程。

这样的推断很合理，我们都点了点头表示认可。

“哦。”我打破沉默，“还有个过程。”我指了指精斑预实验试纸[①]，阳

---

① 精斑预实验试纸：和测孕试纸的原理相似，是利用酶反应原理，测试目标检测物里是否含有人精斑。是迅速检测死者生前有无性行为的方法。

性结果很明显。

我接着说："精斑阳性，线出得很明显，应该是刚刚发生过性关系。"

"现场没有搏斗痕迹，尸体上也没有约束的痕迹，衣服也没有损伤。"师父说，"我认为不是强奸。"

"如果是杀了小女孩以后，又回到一楼，奸尸，然后再插匕首呢？"我说。

"不排除你说的这种可能。"师父皱起了眉头，陷入沉思。

"对啊，既然不能排除奸尸的可能，就不能排除以性侵害为目的的流窜作案。"我说。

师父想了想，说："我觉得是熟人作案。"

"有依据吗？"

"有。"师父说，"你计算她们几个人的死亡时间了吗？"

原来师父在利用死亡时间来分析了。我说："我算过了。人死后10个小时之内，1个小时降低1℃，算出的数值在冬季要乘以0.8。我们上午10点测量的3具尸体温度是26℃左右，说明下降了11℃，11个小时乘0.8，是死后约9个小时。"虽然我的数学不是很好，但是算起尸体温度还是很快的。

"3个人都是今天凌晨1点左右死亡的。"师父做了一个简单的加减法。

"这个时间，通常是流窜犯罪分子喜欢选择的时间点。"我仍在坚持我的想法。

"我还是认为不是流窜，而是熟人。"师父说，"第一，这个小区保安严密，而且犯罪分子既然不是为了求财，为什么要选择风险更大的小区呢？第二，如果是流窜，不可能选择敲门入室的笨办法，在这个时间点，受害人也不会给陌生人开门。"

我点了点头，仍然坚持说："但是如果犯罪分子化装成修理工或者警察什么的骗开了门呢？"

"这就是我说的第三点。"师父说，"如果是犯罪分子无法通过其他途径进入现场，只有通过骗开门的手段进入的话，赵欣也不会是这种衣着。"

师父说得很有道理。一个年轻女子，半夜有陌生男人敲门，即使信任对方去开门，也不该穿着棉毛衣裤开门。

“是了。那就是熟人，进入现场后打死赵欣，再上楼杀死两人，再下楼奸尸。”我分析道，“现在就是搞不清楚是为了仇恨杀人，还是心理变态的人为了奸尸而杀人。”

“这不一定重要，”师父拿起身边的一个物证袋，装的是赵欣的阴道擦拭物，“我们有关键证据。精液的主人，很有可能是犯罪分子。送去检验吧。”

把物证交给了青州市公安局的DNA检验人员后，师父又转头对侦查员说：“赵欣的熟人，有奸情的，查吧。”

“不用查了。”一个爽朗的声音响起，师父的好朋友，青州市公安局副局长邢超走进解剖室，“听说你们来了，我特意赶过来。一上午的侦查，有了结果。”

师父脱下手套，和邢局长握了手，急着问：“什么结果？”

“赵欣真的和别人有奸情。”

## ●3

“真的？这么快就出结果了？”师父笑着说，“领导有方啊！不过，我还是忍不住问一句，可靠吗？”

“看你这话说得。”邢局长捶了一下师父的胸口。

“小心啊，有血的。”师父指了指解剖服的胸口位置，开玩笑地说。

“目前的线索很重要。”邢局长说，“我们侦查组的侦查员反馈消息说，赵欣和一个叫张林的男人走得很近。关键是张林这个人在上学的时候追求赵欣追得很厉害，尽人皆知啊。”

“这就是线索？”师父一脸失望，“这种消息也敢说是线索？太不靠谱儿了吧？”

“当然不止这些。”邢局长神神秘秘地说，“通过我们视频组侦查员的侦查，虽然赵欣家所在周围的监控没有拍到，但是我们发现这个张林每逢周一、周二都会进出元达小区的大门。他说他是来打酱油的，没人会信吧？”“嗯。”师父失望的表情顿时褪去，“昨晚是周二，他又来了吗？”

“是的，昨晚9点，他进了小区大门。”邢局长说。

“非常可疑啊。张林人呢？”师父问，“这么明目张胆地玩婚外恋，赵欣的母亲孩子不知道吗？”

“不知道也是正常的，楼上楼下的，动静不大，就听不见吧。”邢局长说，“最可疑的是，张林今天早上出差走了。”

“出差？”师父来了力气，“早不出差、晚不出差，应该就是他了。”

“嘿嘿。”邢局长挠了挠头，自豪地说，“我的兵可以吧，已经去抓人了，估计你们吃完午饭、睡完午觉，就有好消息了。不过，侦查毕竟是侦查，你们发现什么能认定犯罪的痕迹物证没有？”

原来邢局长最关心的不是省厅的法医来亲自办案，而是省厅的法医有没有发现关键证据。师父同样露出自豪的表情，学着邢局长的话说：“我的兵可以吧，精液送去做DNA了，估计你们抓了人、采了血，就有好消息了。”

两个领导信心满满地哈哈大笑。

吃完中午饭，已经下午3点了，我和师父回到宾馆。师父说：“案件有头绪了，下午可以好好睡一觉了。人抓回来要审讯，DNA检测还要一点儿时间，估计今天是没什么事了，明早等着听好消息吧。”

快快活活地休息了一个下午加一个晚上，第二天一早，我和师父昂首挺胸地走进了专案组的会场。

不管哪里的专案组会场，都是烟雾缭绕的。没有想到的是，走进专案组的时候，我看到的不是一张张充满喜悦的脸庞，而是一屋子人忐忑不安的神情。我的心头掠过了一丝不祥的预兆。

“板着脸干吗？”师父疑惑地问邢局长，“DNA没对上？”

“一个好消息，一个坏消息，先听哪个？”邢局长说。

“你先说好的。”

“好消息是，赵欣的阴道擦拭物上的基因型和张林的基因型对比同一。”

“这么好的消息，还不高兴啊？DNA对上了，不就认定破案了吗？能有什么坏消息？”我插话道。

“坏消息是，张林到现在仍没有交代。他一直喊着冤枉，”邢局长说，“而且我们的侦查员感觉确实不像是他干的。”

侦查员的直觉和刑事技术人员的直觉是一样的道理，都是建立在经验的基础上。有的时候很多人讶异为什么所谓的直觉会那么准确，其实都是经验丰富而已。

“不交代就定不了案吗？”我说，“又不是没有零口供的案例。”

“关键是他能自圆其说，我们的证据锁链断了。”邢局长说，“张林交代，他从去年开始，一直和赵欣保持奸情关系。每周徐清亮不在家的时候，张林都会到赵欣家幽会，但是为了防止被赵欣的家人发现，都是完事了就回家。前天晚上，张林去赵欣家，偷情完也确实回家了。”

“赵欣前天晚上是什么时候吃饭的？”师父突然问了一个仿佛不着边际的问题。

“晚上5点到7点，赵欣和她的妹妹在附近的饭店吃的饭。”一个侦查员回答道。

“你们有张林离开元达小区的监控录像吗？”师父问道。

“有。张林是12点左右离开元达小区的。”

“放人吧，抓错人了。”师父皱着眉头，慢慢说道。

我知道师父的主要依据是死亡时间，我们推断赵欣是1点死亡的，但是张林12点就离开了，应该不是张林干的。

“可是死亡时间正常的误差是1个小时啊，他杀了人再走，也不意外。”我说。

师父说：“第一，死亡时间。根据尸体温度，赵欣是1点死亡的，根据胃内容物的消化程度，赵欣是末次进餐后6个小时左右死亡的，她7点吃完的饭，所以推断的结果也是1点死亡。两个死亡时间如此呼应，应该不会有1个小时的误差，所以张林可能不具备作案时间。”

“我觉得不能简单地通过时间排除。”我据理力争，“他就不能走了以后再回来吗？”

“监控显示他没有再回来。”侦查员说。

“不能是翻墙进来的吗？”我说。

侦查员沉默。

“第二，赵欣的尸体上没有约束伤和抵抗伤，她是毫无防备的情况下被打击致死的。”师父没有理睬我的不同意见，接着说，“而且她的下身除了插了一把匕首，没有其他的损伤。衣服没有损伤，楼上的人也没有被惊动。所以赵欣不是被张林强奸的，而是自愿的。既然刚刚有过奸情，张林应该没有作案动机。”

“激情杀人呢？”我说。

“激情杀人，也应该先有争吵、打斗，也应该存在抵抗伤。”师父说，“而且本案是预谋作案，不是激情杀人。”

“为什么？”

“根据目前种种证据，凶手只有一个人，而现场有两种作案工具，钝器和锐器。”师父说，“如果不是预谋，很难在短时间内收集到两种工具，所以本案是预谋犯罪。”

我不说话了。看我没有反对意见，师父接着说：“第三，如果张林是携带工具提前预谋，先来和赵欣发生关系，然后杀死她的话，赵欣不应该死在客厅大门旁边，在卧室里作案岂不是更安全？更无声？根据损伤的形态，赵欣应该是面对大门，迎面遭受打击。而且必须是在已经发生过性行为以后。”

“为什么是先发生性关系再被杀，而不可能是被奸尸？”这次我的提问不是出于反对，而是出于好奇。

师父翻动幻灯片，说：“看看赵欣的内裤裆部，黏附有精液。”

这确实是一个重要证据。赵欣的内裤之所以黏附有精液，说明她是发生性关系以后又穿回了内裤，而不是死后被脱下衣裤奸尸。现场的赵欣之所以死后裤子还被褪下，看来凶手仅仅是为了在她的下身插一把刀。这么看来，凶手一定是和赵欣有着深仇大恨了，而且恨的原因是情。

“所以说，赵欣发生性关系后，又在大门口迎面遭受打击，只有两种可能。”师父咽了口唾沫，“第一，是赵欣送张林到门口，张林突然转头袭击她。第二，是有别人在张林离开后约1个小时敲门入室。”

大家都在点头。

“如果是张林在门口突然回头袭击，那么他的钝器藏在什么地方，才能不被赵欣发现？”师父说，“身上藏两把凶器，还和被害人发生性关系，而且整个过程不让被害人发现凶器，这难度太大了。所以，别人敲门入室作案的可能性更大。”

我心服口服。邢局长说：“专家分析得在理，从现场情况看，确实不像是张林干的。而且调查情况看，张林确实没有杀害赵欣的充分理由和动机。”

“那……下面怎么办？”我没了主意。

师父笑着看看我，说：“走，我们再去现场周围看看。”

虽然第一次抓错了人，但是侦查员依旧信心很足。熟人作案，并且是和赵欣可能存在奸情、身强力壮的男性作案：这么多条件被师父推断出来，已经把侦查范围缩到最小。大家知道，很快就会有新的线索被摸出来，新的犯罪嫌疑人很快就会浮出水面。散会后，侦查员分头继续开展调查工作，而我和师父坐上了去复勘现场的车。

我和师父在现场仔仔细细地勘查到午饭时间，依旧没有新的发现。看来犯罪分子在现场的过程十分简短，心狠手辣地杀了人，立即离开了现场。我和师父非常沮丧。

回到宾馆，我们一人抱一台笔记本电脑，仔细地看现场和尸体的照片。现场资料是非常有用的，法医通过对现场照片和尸体照片的审阅，有时可以找到一些自己在现场没有发现的痕迹。因为照相的光线、角度不同，有的时候能把不易被发现的东西展现出来。

案发后第三天早晨，师父突然敲响了我的房门。说：“我们再去现场看看吧，昨天看照片的时候发现一枚疑似血足迹。”

居然真的有新的发现，我和师父很快赶到现场，找到了照片上发现的痕迹。这是一枚浅血足迹，用肉眼确实难以发现，但是用手电筒打侧光的话，可以隐约看到。我们找来了痕检员和现场照相技术人员，把这枚半个脚后跟的浅血足迹拍下来仔细观察。通过痕检员的仔细观察，确定这是一枚比较有特征、可以进行比对的痕迹。可是，去哪里找嫌疑人的鞋子呢？虽然有了新的发现，却不能推动破案的进展。

我和师父又工作了一个上午，除了那小半枚足迹，没有其他发现。我们悻悻地走到小区门口的保安室，想看看当晚的监控录像，碰碰运气。看了案发时间前后的录像，只看到进进出出的很多车，但是看不到可疑的人，这让我们很失望。

师父站起身伸了个懒腰，点了根烟，在保安室门口慢慢地游逛。

突然，我听见师父在门外叫我："过来，看看这是什么？"

## 4

我最喜欢听见师父用这种充满惊喜的口吻说话，这意味着师父有了意想不到的发现。不过等我奔到师父身边，不免有些失望。师父在一间小房边上，正看着地上一个类似窨井盖的东西。这有什么好奇怪的，不过是个窨井盖罢了，我心里想着。

仔细再看这个窨井盖，却发现它比正常窨井盖要大两圈，表面有些褪色，盖子的两边有突起的把手，还有一个插销。

"这个，是电机房。"跟过来的保安说。

"电机房在地下？"我说，"不用散热？"

"哦，你说的是这个盖子啊。"原来保安以为我们对身边的小房子感兴趣，"这个盖子下面是一个地窖。这个小区建设拆迁的时候，原先的住户有地窖。因为小区没有建地下车库，所以地窖也就保存下来了。""这个地窖现在做什么用？"师父追问道。

"没用，排水不好，常年积水，连储藏室都当不了。"

"一般有人下去吗？"师父问。

"谁会到这下面去？不可能。"

“不可能？那这个怎么解释？”师父指着地窖盖的插销。我们顺着师父的手指看去，原来地窖盖的插销是打开的，而且插销头上有新鲜的刮擦痕迹，说明插销不久前被人打开过。而且我注意到，地窖盖的周围有新翻出来的泥土，也证明这个盖子在不久前被打开过。

“不会是有小偷以为这下面有什么好东西吧？”保安说。

“离你们保安室这么近，小偷有这么大的胆子？”师父问道。保安顿时语塞。

“我们打开，看看去？”师父的眼神中充满了兴奋。

这个盖子挺重，我费了很大劲儿才打开，下面黑洞洞的，有斜向下的楼梯遮住了视野，看不清地窖里的情况。虽然看不见，我却感觉到了异样。盖子打开的一刹那，一股热气夹杂着腐败的恶臭扑鼻而来，我下意识地揉了揉鼻子。站在一旁的师父对我很是了解，说：“有味道？”

我点点头：“很臭。”

我和师父到勘查车里拿了胶鞋和防毒面具。我的心情很忐忑，地窖的黑暗里不知道会有什么东西，我有一种即将去探险的感觉，又刺激又紧张。

为了防止地下室内存在有毒气体，我们戴着防毒面具，穿着胶鞋和解剖服慢慢地走下地窖。地窖不宽敞，整个地窖也就能站五六个人。当我用强光勘查灯照向地窖的一角时，发现了一个黑影。

我的心顿时提到了嗓子眼儿，定睛仔细看，似乎有一个人躺在墙角的积水里，一动不动。师父看我怔在那里，说：“过去看看，快一点儿，这里太热了，很容易缺氧。”

地窖的正上方就是电机房，巨大的功率产生的热量，一大半散发在空气里，另一部分就蓄积在这个小小的地下室里。我们穿着冬天的衣服，才进到地窖里两分钟，就已经全身汗透。

我壮着胆子和师父走到那个人旁边，用勘查灯仔细照了一下，这个人的颈部和头部斜靠在墙上，颈部以下的部分全部淹没在积水里。

我们没有再去试探他的脉搏和呼吸，因为他已经高度腐败，恶臭扑鼻。

简单地看了看周围的环境，师父说：“先弄上去，这里氧气不足。”

高度腐败的尸体皮肤很滑，极易剥离，所以我和师父很小心地搬动着尸体。在往地面运送尸体的时候，我问："师父，这个应该与本案无关吧？青州市局的人要恨死我们了，这个案子还没头绪呢，又给他们送来一个。"

"为什么肯定与本案无关？"师父问。

"这……这都高度腐败了啊。"我说。

"在这种潮湿、高温的环境里，两三天就可以高度腐败了。咱这个命案到今天，也发案三天了。"师父说。

我心中顿时燃起希望，难道凶手畏罪自杀了？

我和师父费了九牛二虎之力才把尸体挪到地上，放在阳光下。忽然出来一具尸体，而且还是面目全非的尸体，一旁等待的保安吓得够呛，一个踉跄差点儿跌倒，捂着眼睛蹲在了地上。尸体确实很可怖，因为体内腐败气体的膨胀，尸体已经严重变形，眼球从眼眶中明显地凸了出来，舌头也被腐败的组织顶出了口腔，尸体的皮肤是绿色的，被水泡得铿亮。

尸体一晾在阳光下，就引起了我们的兴趣。因为尸体的衣着，和身边的保安身上穿的制服一模一样。

"兄弟，很可怕吗？"师父脱下手套，拍了拍在一旁瑟瑟发抖的保安的肩膀，"问你几个问题可以吗？"

保安点点头，偷偷地瞥了一眼放在一旁的腐败尸体。

"赵欣被杀的那天晚上，你们保安室是谁在当班？"

"齐老大。"保安低着头说，"是我们的保安队长当班。"

"他是几点上班？"

"他那天下午5点接班，到第二天早晨7点。"

"那第二天，他和谁接的班？"

"和我。"保安说完想了想，又说，"不对，准确说是我来接班，但没看到队长他人。他的钥匙放在桌上。"

"你接班的时候没见到齐老大？"师父很惊讶地说，"发生了这么大的事，齐老大又神秘失踪了，你为什么不和公安局说？"

"这有什么好说的？接班没见到人很正常，有点儿事也可以先走的。而且也不是神秘失踪啊，大家都知道老大他星期三上午应该是要回老家的，他早就提前请了假。"

"你的意思是说，齐老大请了假要回家，但是在他当值的晚上恰巧发生了这起案件？"我问。

保安点点头："不信你去他老家问问呗。"

师父皱起眉头："不用问了，不出意外，这具尸体就是你们的齐老大。"

保安的头摇得像拨浪鼓："不会不会，这是个胖子。我们家齐老大是个帅哥。"

"这是腐败导致的肿胀，死者不是胖子。"师父说，"你们齐老大身体上有什么特征吗？"

"没什么特征吧，哦，有的，他左边长了个小耳朵。"

蹲在尸体旁听着他们对答的我，翻动尸体的头，尸体的左耳旁长了一个小耳朵。

## ● 5

青州市殡仪馆。

我和师父用了将近4个小时的时间仔细检验了齐老大的尸体，初步排除了机械性损伤和机械性窒息导致的死亡，也排除了缺氧、溺水导致的窒息死亡。对于死因，我们一筹莫展。至于其他的痕迹物证，更是一无所获。

赵欣一家三口被杀案中发现了浅血足迹，可是齐老大居然没有穿鞋。赵欣一家三口被杀案中，因为小女孩的动脉破裂，我们分析凶手身上应该黏附了血迹，可是齐老大的全身被泥水浸泡好几天，没有办法发现血迹。"到底是不是他干的呢？"我十分疑惑。

"可能性很大。"师父说，我以为这又是师父的直觉，可是师父接着说，"你想想，案发前后，我们看监控看了那么久，如果有一点点可疑的情况，都会被我们发现的，可是我们什么都没有发现。我们设想一下，如果凶手一直都是在小区内，在监控不能发现的保安室附近，就有可能不出现在监控里，对吧？”

我点点头，师父说得很有道理，但是不能成为判定凶手的依据。“可是我们没有任何证据。”我说。

师父点点头，说：“自产自销的案件最头疼，死无对证，所以对于证据的要求更高，不然没法给死者家属、群众和办案单位一个交代。”自产自销是我们内部常用的俚语，意思就是杀完人，然后自杀。

对于法医来说，自产自销的案件难度最大。因为没有被害人、目击人或者犯罪嫌疑人的供述，定案的依据完全靠刑事技术，对于证据的要求是最高的。可是怕什么来什么，根据师父的推断，齐老大作案的可能性很大。

“下面怎么办？”我问道，“去专案会吗？”

“休息吧。今天太累了。”师父擦了擦汗，说，“专案组那边我已经通了气，已经开始围绕齐老大做工作了。另外，今天的调查，一无所获。”

听出了师父语气中的无奈，我也确实没有力气再去做什么。我和师父乘车回到宾馆，倒头便睡。

第二天一早，我一如既往地被师父急促的敲门声惊醒。打开门，师父径直走进我的房间，急匆匆地说：“不出所料，齐老大是中毒死亡的。”

这确实是一个好消息，如果中毒也被排除的话，尸体高度腐败不能进行病理学检验，那我们就真的连齐老大的死因都搞不清楚了。死因都无法说清，是法医最大的耻辱。

“昨晚理化实验室忙了一夜。”师父说，“今天凌晨出的结果，毒鼠强中毒死亡。”

“毒鼠强？”我很惊讶，“这可是违禁物品，一般弄不到的。”

“这个问题侦查部门已经解决了。”师父说，“这个地区以前市面上很容易买到毒鼠强，前段时间清理毒鼠强行动才控制住，不过有很多存货没有交出来。这个小区有段时间曾用毒鼠强灭鼠。保安室内有毒鼠强完全可能。”

我点点头：“死因是解决了，可是仍没有依据说是齐老大杀了赵欣一家。”

“我觉得很有希望。”师父说，“你给我背一背理论。毒鼠强中毒的临床表现。”

“毒鼠强是神经毒性灭鼠剂，具有强烈的脑干刺激作用，强烈的致惊厥作用。进入机体主要作用于神经系统、消化系统和循环系统。临床表现为强直性、阵发性抽搐，伴神志丧失，口吐白沫，全身发绀[①]，类似癫痫发作持续状态，并可伴有精神症状，严重中毒者抽搐频繁几无间歇，甚至角弓反张。”背书是我的强项。

“既然这样，如果齐老大走到积水内服用了毒鼠强，在积水里剧烈抽搐，由于肌肉的抽搐和积水的阻力，会不会导致他鞋子脱落？”师父说。

我浑身打了个激灵，不是因为被师父的推断折服，而是因为我知道师父的下一句话很有可能是：“我们再去那个地窖里看一看。”那是一个恐怖的地窖，我真不想再下去了。

“我们再去那个地窖里看一看。”师父说。

1个小时以后，我和师父穿着防护服，戴上橡胶手套和橡胶护袖，再次沿着漆黑的楼梯，走进那个闷热、恶臭的地窖。地上是齐小腿深的泥水，照明已经完全失去了意义。我和师父像摸泥鳅一样，在水里摸索。

幸亏地窖的面积狭小，10分钟后，在我们就快要缺氧时，找到了一双黑色的高帮棉皮鞋。

对于这个发现，师父显得相当兴奋。虽然我们不是痕检员，但是能简单地看出，这双黑色皮鞋的鞋底花纹，和现场的浅血足迹极为相似，这可能会成为定案的依据。

我们拿着鞋子，重新回到地面。师父说：“我马上把鞋子送去痕检实验室比对。”

这句话仿佛有潜台词，我下意识地问道：“那我呢？”

“你休息一会儿，下去再捞捞看。”师父说。

---

① 发绀：是指人体缺氧时，血液中还原血红蛋白增多而使皮肤和黏膜呈青紫色改变的一种表现，也可称为紫绀。

“我？一个人？还下去？”

“如果害怕就算了，等我回来。”师父在用激将法。

“怕？有什么好怕的？下去就下去，不过，毒鼠强是粉末状的，用不着容器啊，下去还能捞到什么？”此时，面子大于一切。

“我知道应该没有容器，让你去捞的是凶器。”

我顿时明白过来。赵欣一家三口被杀案中死者有两种损伤，能形成锐器伤的匕首已经被提取，但能形成钝器伤的凶器还没有找到。如果真的是齐老大作的案，凶器不在保安室，那在这地窖中的可能性就很大了。虽然我知道师父的这个分析很有依据，但是一想到我要一个人在这死过人的黑漆漆的地窖中打捞凶器，脊梁骨还是冒起了一丝寒意。

不得已，大话已经说出去了，我只有重新返回到地窖里。积水里不知道有些什么东西，隔着厚厚的胶皮手套，我不断地触摸到一些软软硬硬的东西，别的倒不怕，就怕抓到一些活物，那会是一件很恶心、很危险的事情。

时间不长，我的指尖便触碰到一个硬邦邦的东西，拿起一看：锤子。

我喜出望外，跑出地窖，把锤子装在物证袋里，脱了防护服就给师父打电话。电话那头的师父也显得十分高兴：“基本可以定案了，足迹鞋印比对一致。”

现场有齐老大的血足迹，齐老大死亡现场有符合尸体损伤的凶器，齐老大的死亡时间和赵欣一家的死亡时间基本一致，监控录像可以排除其他可疑人员，但不能排除本身就在小区内的保安齐老大，齐老大发案第二天早晨其实就已经自杀。种种证据证明，本案的犯罪分子就是齐老大。

但是这并没有让师父满足：“齐老大的衣服上有一处新鲜的破损，虽然面积小，但是我还是觉得和本案有一些关系。”

为了能让师父把本案的犯罪过程尽量细致地重建，当天下午，我拖着疲惫的身躯，再次和师父复勘赵欣的家。

赵欣的卧室，依旧和初次勘查一样安静，被子是被掀起的，案发时，她应该是听见敲门声下床开的门。即便平静，师父还是发现了异常。

“你过来看。”

我走近师父所站的卧室窗边。卧室的窗帘是拉着的，但是没有拉好，露出了窗户的一角，阳光从窗帘没有遮盖的地方照射进来。

“走，我们出去看看。”

我和师父走到屋外，果然，在卧室窗外的花坛泥土上，有一枚和现场血足迹相似的鞋印。跟着我们一起来的痕检员蹲在地上看了看，说：“特征点基本一致，应该是齐老大的鞋子！”

“原来是偷窥？”

师父笑着摇了摇头，说：“窗下的这枚钉子上，你仔细看看，有衣物的纤维附着，这就能解释齐老大为什么衣服上有一处新鲜破损了，提取了送去进行微量物证检验。另外，我们去专案组吧。”

来到专案组，侦查部门也获取了好消息。赵欣的一个邻居反映，上个月曾两次看到小区保安队长齐老大在当班的晚上进出赵欣家。

“专家分析得很对啊。”邢局长说，“看来这个齐老大和赵欣也有奸情。而且他们俩的奸情关系应该刚开始不久。”

“是的。”几天来，师父的脸上很少有这样舒展的笑容，“根据监控录像和现场的一些物证，我们已经可以确定本案系齐老大作案无疑。根据我们刚才的发现，我认为是齐老大在发案当晚想去找赵欣幽会。齐老大请了两个月的探亲假回老家，想在临走前再和刚刚建立起奸情关系的赵欣温存一下。可是不巧，这一晚正好是张林到赵欣家。可能是齐老大没有联系上赵欣，就绕到屋后赵欣的卧室窗户窥探，不巧发现了赵欣和张林的奸情。他一气之下就去保安室准备了锤子和匕首，等到张林离开小区后，就携带凶器来到赵欣家，通过电话或者敲门的方式进入了现场。他在现场的动作很简单，赵欣刚开门就遭到了齐老大的迎头打击。可能是赵欣倒地的声音惊醒了楼上的老人，老人随即出来察看，并且看到了手持凶器的齐老大。为了灭口，也是被巨大的仇恨与嫉妒所驱使，齐老大就上楼杀了老人和孩子。杀完人，他脱掉了赵欣的裤子，在她下身插了一把匕首。”

师父喝了口矿泉水，接着说：“显然齐老大杀了人以后立即选择了自杀，但是不想被别人发现，就想到了小区里那个根本不会有人注意到的地窖，他是想一个人静静地死去，化成白骨也不被发现。”

“如果不是你发现了那里，这个案子可能永远是个悬案了。”邢局长显得有些后怕。

“典型的因奸情引发的仇杀。”师父叹了口气说，“自作孽，不可活。”

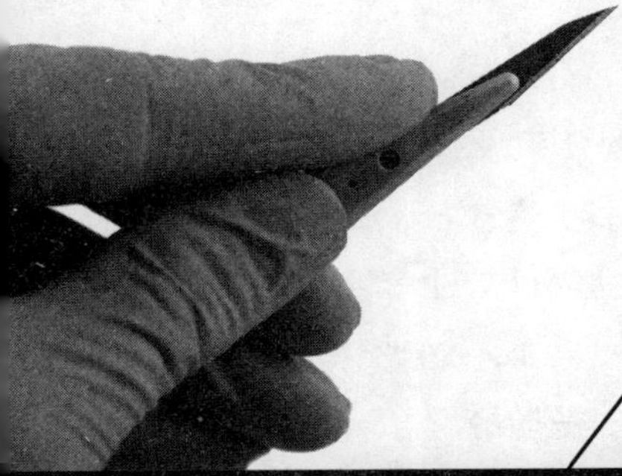

# 第十二案　荒山残尸

## 1

春节将至，瑟瑟寒冬即将离去。每年最寒冷的时节，省厅刑警部门会有一项很重的任务，就是命案督导。为了实现命案必破的目标，省厅会在春节前夕组织侦查、技术人员分组到全省各地进行命案督导，对一些未破的命案做进一步的推进，尽量减少积压的未破命案的数量。

我省的命案侦破成绩每年都在全国前列，未破的命案很少，所以每年的命案督导都能够做得很细致，因为细致，成绩自然也很好。

工作的第一年，我无法单独处置案件，所以我被算作师父的附属品，同刑警总队总队长一组到秋岭市公安局进行命案督导。经过梳理，发现秋岭市的命案侦破率还不错，全年该市及其三个所辖县一共只有两起命案没有告破，其中一起是明确了犯罪嫌疑人，但犯罪嫌疑人在逃的。也就是说，我们督导的内容只有另外一起命案。

到达秋岭后，我们准备立即开展工作，但是发现几乎没有具体的工作内容。我们抱着一本薄薄的卷宗相互传阅，却获取不了多少信息。

"就这几份询问笔录？"总队长重重地把案卷摔在桌子上，生气地说，"本来是想表扬你们命案侦破的成绩，可你们自己看看你们的案卷，像什么样子？"

秋岭市公安局的分管领导和刑警支队领导低着头，一脸尴尬。

"这个案子真的很难。"支队长觉得很委屈，"位置偏远，调查毫无结论，技术上也没有给我们什么支持。"

"就知道推卸责任，破不了案谁都有责任，单怪技术？你平时重视技术了吗？"支队长越解释，总队长越生气。当然，我看得出师父也很生气。个别地方确实有这样的现象，破了案是侦查部门的功劳，破不了案是技术部门的责任。有一些基层的法医自嘲是尿壶，别人尿急的时候还必须拿来用，用完了扔在床下不管不问。好在省厅的刑警部门领导对技术很重视，我们工作起来才有动力的源泉。

"领导别生气。"分管局长来打圆场，"这个案子除了报案人能说清楚发现死者经过以外，调查一无所获。技术嘛，死因都没有明确，尸源更是无从查起，所以……"

总队长摆摆手，打断局长的话："此案不破，我们督导组不回去过春节。你们也别过了。"

一听春节都回不了家，我立即觉得十分沮丧。工作第一年，原本想穿着新发的警服回家向女朋友显摆显摆，未曾想要被一起命案给拖累了。

从小到大这么多年，我只有在南江市公安局法医中心实习的那一年春节没有回家过年。那一年我奉命在法医中心值班，原本以为可以过一个清闲的除夕夜，没想到晚上11点接到电话，说是秦淮河上一家人雇了一条船过年，结果船上的灯笼失火，烧了整条船，一家人大多在第一时间逃离了船只，只有一个老人被烧死后掉落河中。印象中那年新年钟声敲响的时候，我正坐着一艘小破船，在秦淮河上捞那个被烧死的老人的尸体。

这次听到总队长淡定的话语，我算是见识了，看来警察的工作性质还真不是吹的，总队长说出春节不回家这样的话也那么平静，看来是司空见惯了。

分管局长尴尬地说：“那，我们请本案的侦查员先向领导汇报一下此案的前期调查情况？”

“不用了。”看来总队长被秋岭市刑警支队制作的这份极其不规范的案件卷宗气得够呛，他伸手指了指师父，说：“你牵头，小秦和小潘参加，我们自己人去调查。需要用车用人用设备的话，你们局全力配合就是了。”

这话说得很重，让当地公安局下不了台。但是师父一听，觉得很解气，立即开始低头收拾本子和笔，准备出发了。总队长的意思很明显，他是想证明技术也可以充分主导一起命案的侦破。小潘人称潘哥，是厅刑警总队的重案科侦查员，也是一名集帅气和睿智于一身的年轻干将，总队长这样的安排是给我们补足了侦查警力。

现场在秋岭市所辖的秋岭县，这是一个山区的小县，除了县城还算是一块平地，周围的村庄基本都坐落在山里，村民们以种茶为生。秋岭县和秋岭市市区相隔30公里，我们乘坐一辆越野车，在盘山道上行驶了近一个小时才到达现场所在的秋景村。进了小村，发现周围崇山峻岭，蔚为壮观。

报案人是一位70多岁的老大爷，虽然案发至今已经一个多月了，但是当我们说清来意、问及本案的情况时，他还是表现出一脸的惊恐。惊恐归惊恐，山里的百姓非常朴实，老大爷放下手中的活，把我们请进了屋，端了凳子开始给我们讲起了故事。

老大爷的茶园和他家之间隔着一块坟地，坟地里坐落着20多个坟头。老大爷说自己对坟头的数量非常清楚，因为自己家离坟地很近，小村落也就100多号人，谁都认识谁，所以坟地里每添一座新坟，他都会在坟前烧上几张纸，磕几个头，也算是尽尽心意、聊表哀思。

老大爷的儿孙都在外地打工，虽然他已经70多岁了，但是由于生活所迫，还是独自肩负起家里几亩茶园的种植。一个多月前，老大爷因为疲劳加之偶感风寒，生病卧床几天。一天早晨，因为前夜刮大风下大雪，大爷不放心辛勤栽种的茶树，就拖着没有痊愈的身体想去自己的茶园看看。

途经那一片坟地的时候，他习惯性地用眷顾的眼神看了一眼在这里长眠的乡亲，没想到却发现在坟地的一角，莫名地多出一座新坟。这座新的小土坟和其他坟头一样，被白雪掩盖，但是比其他的坟头小得多，如果不仔细观察根本不能发现这是一座新坟。但是老大爷对坟地太熟悉了，他一眼就发现了这座样式独特的诡异的小新坟。

老大爷心里开始打鼓了，自己卧床这几天，也没有听见谁家死了人啊，外村人不可能翻山越岭地把死者运到他们村，埋在这里。老大爷带着疑惑干了一天活，想想还是放心不下，下午回到村里就挨家打听怎么回事，结果居然都一问三不知，没有人知道谁家死了人，更没有人知道谁在他们村的坟地堆出了这么一座诡异的小土坟。

老大爷晚上回到家里越想越害怕，总不可能是死人自己埋了自己。他一夜失眠，早晨起来还是打通了报警电话。派出所民警很快就到达现场，和老大爷一起来到那片坟地。到了坟地的时候，老大爷更不敢相信自己的眼睛，诡异的事情发生了：他发现的那座新坟居然已经不存在了。但是派出所民警知道老大爷并没有报假警，因为在老大爷指认的那块地方，仿佛还能看到那座坟的轮廓，堆坟的泥土散落在周围，坟里并没有尸体。

派出所民警在这座突然出现又突然消失的小土坟里什么也没有找到，除了一只黄色的女式布鞋。

“空坟不可能有鞋子啊？难道是有人挖坟？”老大爷的描述让我觉得毛骨悚然，“谁会埋了人，又挖出来？”

“荒山野岭的，你怎么能确定不是野兽把尸体拖出去的？”师父看我打断了老大爷的话，瞪了我一眼。我转头看了看那深深的山林，想着野兽拖拽尸体的情景，感觉脖子后面阴风阵阵。

老大爷用敬佩的眼神看了看师父，说：“您说对了，后来左思右想，我估计也就是这么一回事儿。”

案发的当天，派出所民警和老大爷一起，仔仔细细地查看了那座消失的新坟的痕迹，原来这座坟下并没有挖出一座墓室，而是简单地用周围的黄土直接在地面上堆出了一个小土堆。如果不是小土堆里遗留下了一只本不该出现的黄色女式布鞋，那么在这里出现一座坟堆就根本不足为奇了，很多胆大的孩子会在坟地里玩这些整蛊游戏。但是，这只让人摸不到头脑的鞋子，却让整个事件变得有些诡异恐怖。

虽然诡异恐怖，但民警终究不能根据一只鞋子就得出什么结论或者立案侦查。民警们简单地巡视了小土坟周边的情况，并没发现什么有价值的线索，于是填写了处警登记表，简单地照了几张现场照片，就收队撤离。

接下来的日子仿佛过得很平静，雪停了，连续几天大晴天，天气也变暖了。一周之后，村里的两个年轻人拿着自制的弩，准备去山里打一些野味卖了补贴家用。当他们走到离坟地一里以外的一片树林时，隐约闻见了一股异味，像垃圾场里腐败的味道。循着臭味，他俩走到了一条旱沟旁，旱沟里灌木丛生，遮住了沟底。但是沟底仿佛有什么东西在阳光的照射下闪闪发亮。

“不会是大白天捡到金子吧？”其中一个胆大的年轻人跳下旱沟，探查究竟。他拨开灌木，定睛一看，却哇的一声叫了出来。原来闪闪发亮的物件真的是一只做工精细的银手镯。

银手镯不足为奇，只是这只银手镯戴在一截泛着黑绿色、散发着恶臭的手腕上。

## ● 2

接到报警后，派出所民警和刑警队民警先后赶赴现场。

这两个年轻人没有看错，这确实是一具尸体，一具残缺不全的尸体。灌木丛掩盖住了大部分的尸体，只能看到一只已经高度腐败的手。派出所民警壮着胆子，拉住这只手用力一拽，半具尸体就呈现了出来。

“半具尸体？”我好奇地问老大爷，“是碎尸？”

“尸体我没有看见，也不敢看，只是听派出所民警说尸体不全，后来还拉来了警犬搜索，不过什么都没有搜索到。”老大爷说。

“不着急，我们明天去检验一下就知道了。”师父说，“天色不早了，不如……老大爷带我们去现场看看行吗？”

听到师父这样说，老大爷面露难色：“本来天黑就忌讳去墓地，现在冤死了个人，我……我真的不敢去啊。”

“时间已经这么久了，现场估计也不可能发现什么。”师父笑着说，“我们就是去看看现场方位，有个大体的印象，具体的内容还是要看当时现场勘查的照片。所以，我们这次去现场很快的，保证在天黑之前回来，而且这么多人一起，没事的。”

老大爷很热心，听我们这么一说，就没再坚持，带领着我们一行人向深山走去。天色渐晚，走在山路上，依稀都能听见狼的嗥叫。

走了20多分钟山路，我们就到了老大爷发现新坟的那块坟地。坟地静悄悄的，阴森的墓碑在夕阳的照射下一闪一闪。老大爷指着其中一座坟墓的旁边说：“当时就是在这里发现的坟堆。”老大爷又抬手指了指远处，接着说，“看见那处树林了吗？尸体就在那边。”

“尸体的位置我知道。”陪同我们一起进村的派出所民警显然看出了老大爷不敢再到发现尸体的现场去，于是主动请缨，“我带你们去。”

又走了一里地，我们到了发现尸体的现场，简单地看了看尸体所在的旱沟以后，我们绕着旱沟走了一圈，可惜并没有发现什么有价值的线索。

在回去的车上，师父问刑警队员：“尸体没有穿衣服吗？”

“应该穿了，但是后来分析是被野兽撕扯，衣服都破烂不堪了。”派出所民警说，“好像没有什么价值。”

“价值是人找出来的，不是摆在那里让你发现的。”师父说，“今晚的任务，就是研究死者的衣着。”

晚饭后，我们来到县公安局的技术物证室。县局的技术人员显然对死者的衣着也下了大工夫。他们拿出两个塑料袋，里面都装着衣着的碎片。尸体的身上是不可能附着那么多衣物碎片的，这些碎片都是技术人员沿着坟地到尸体附近的地上一片一片找出来的。

我和师父又开始了拼图游戏。我们蹲在地上把衣服的碎片尽可能地拼接在一起，很快，死者的衣着就初现端倪了。

死者的衣物中，以下肢部、胸腹部碎裂得最厉害，这两个部位的衣服有很多碎片没有找到，自然也就无法完整地拼接上。只有两个上肢和背部的衣物很完整，并没有被撕碎。根据我们拼接的结果，基本可以断定，死者死的时候，下身穿着黑色蕾丝边内裤、蓝色棉毛裤、黑色布外裤，上身穿着黄色文胸、蓝色棉毛衫、绿色黑花薄线衫，脚上穿着白色线袜，还有一双样式很时髦的黄色布鞋。

"你们认为这些衣服对本案的侦破没有价值？"物证室里的空调开得很足，师父擦了擦额头上的汗珠问道。

技术员茫然地摇了摇头。

"我觉得很有价值。"师父一边仔细地看着每件衣服，一边说道，"第一，从衣着上可以看出，这是一个年轻女性。"

"这个我们已经从耻骨联合上推断出来了，是个27岁左右的女性。"李法医对师父的这个所谓推断很失望，忍不住打断了师父的话。

师父对李法医的打断并没有理睬，接着说："第二，看看这里。"

我们探头过去看，发现师父将两个小碎片拼接在了一起，显示出"OLAER"的商标。"这个标签和文胸上的断裂口可以相连，也就是说，这是文胸的牌子。下一步，你们去查一查这个牌子的文胸主要在哪些地方销售。"

这是寻找尸源的一个方法，就是确定其消费范围从而锁定死者的基本居住地。一旁的侦查员点了点头。

"第三，死者应该是住在农村。虽然穿着显得比较时髦，但是把衣服放在一起根本不搭。"

我对师父佩服得五体投地，40岁的老男人，居然对时尚还有着深刻的理解，还知道衣服搭不搭。

师父接着说："关键是死者的衣物都是杂牌子，质量很差，她的经济条件并不是很好。更为引人注目的是，死者穿的是布鞋，这和她的年龄不太相配。但如果她是住在山区农村，穿布鞋就正常了，因为要走山路，其他材质的鞋子自然没有布鞋实用。"

"第四，"师父说，"凶手事先藏尸了。"

"藏尸？"这个推断让我们觉得有一些意外。

"是的。开始听说尸体高度腐败，我就十分奇怪。现在山里的温度最低可以达到零下十几度，坟堆是12月10日发现的，尸体是12月18日发现的。短短8天，在这种温度下，不可能出现高度腐败的现象。”师父说，“所以死者应该是在死后一个半月左右才被移尸，凶手准备埋掉她，却被野兽从简单掩埋的坟堆里拖了出来。”

“死后一个半月？死亡时间可以根据腐败程度推断得这么准吗？”我提出了质疑。

“根据她的衣着状态，我就更加肯定凶手有藏尸的过程。”师父说，“这样的衣着，在这么冷的冬天，根本没法生活。山里是10月底入冬，所以这样的衣着应该是10月份的，这样算来，她的死离发现应该有一个半月的时间。”

“凶手把尸体放在自己家里？”我惊讶地说，“太变态了吧？”

“应该不是家里。”师父说，“山里之所以冷是因为风大，室内即使没有取暖设施，温度也会比室外高很多。如果在室内，这么久的时间，尸体会腐败得更厉害。所以最大的可能是凶手把尸体藏在室外，比如自己家院内。因为时间长了，尸体腐败了，臭味渐渐浓重，凶手知道在自己家里藏不住了，才会拖出去掩埋。”

“可是，这个推断对案件的侦破有什么作用吗？”我想了想，不管凶手藏没藏尸体，都无助于刻画犯罪嫌疑人。

“藏尸这个推断对案件的侦破有没有作用，得结合明天的验尸结果综合起来看。”师父说，“死因很重要，知道死因后再结合藏尸的过程，可能会对案件有帮助。”

“死因结合藏尸的过程？那怎么推断？”我百思不得其解。

师父笑了笑，并没有回答我的问题。他拿起死者的绿色线衫，仔细地看着。这件绿色的线衫前面已经被完全撕碎了，基本上没有找到什么碎片，断面的边缘浸染着血污。但是线衫的后背部十分完整，使这件线衫看起来更像一件从前面系纽扣的开衫。

师父指了指后背部的一处破口，说：“我现在说第五。第五，这个破口，你们怎么看？”

我凑过头去看了看，说：“这个应该没有什么价值吧，半件衣服都被撕碎了，后背有个破口能说明什么？”

师父摇了摇头：“第一，衣服撕碎的边缘都有血污，应该是尸体被野兽啃了，血液流出来浸染的，但是后背这个破口没有，而且位置很独立，应该不是野兽撕碎的。第二，仔细看一看这个破口的边缘。”

师父递给我他的放大镜。我用放大镜仔细地看破口，说：“断口毛糙，而且，哈，是铁锈！”原来这个破口的周围黏附着铁锈。

“是的，一个新鲜的破口，而且周边黏附着铁锈，这个破口应该是被钉子之类的东西挂破的，而且刮出这个破口的时间不算很久。”

“有什么价值呢？”我问。

“现在没什么价值。但是得记住这个问题，说不准以后能用得上。”

一二三四五，上山打老虎。师父看完衣着后居然得出这五个推断，虽然没有办法把这五个推断联系在一起，也没能做出更有价值的推断，但是这坚定了我们尽快破案、回家过年的信心。

睡了一个好觉，第二天，我们乘车前往秋岭县殡仪馆，开始对本案的死者尸体进行检验。

尸体已经于昨天晚上拖出冰柜解冻了，秋岭县殡仪馆内有标准化法医学尸体解剖室，解剖室内有先进的排风装置和新风空调，解冻、除臭的效果很好。但是当李法医掏出钥匙打开解剖室的大门时，我们还是被一股扑鼻而来的恶臭熏得半死。

我下意识地揉了揉鼻子，抬眼朝解剖台上望去。

解剖台上停放着一摊黑乎乎的东西，在门口几乎无法辨认。师父带着我走近解剖台，才看了个清楚。

这一看，我全身都起了鸡皮疙瘩。

## 3

其实仅是一副骷髅或者是一具高度腐败的尸体，我都不觉得有多么可怕，可怕的是这种一半骷髅一半腐败的尸体。整具尸体惨不忍睹。

附着在尸体身上的衣服已经被剪下了，剩下的是一具赤裸的、半骨半肉的躯体。尸体的下半身软组织已经基本消失，白森森的腿骨在解剖室无影灯的照射下显得阴森可怖，大腿的一部分肌肉还附着在腿骨上，格外刺眼。尸体的头颅也已经白骨化，黑洞洞的眼眶里还可以看到残留的已经干瘪的眼球，上下牙列因为没有肌肉组织的固定，无力地张开着，像是在为这个已经陨灭了的生命而呐喊。

颅骨的顶部有一个很大的缺口，显得整个头颅少了三分之一。缺口的周围散布着放射状的骨折线，从缺口处可以窥见死者的颅内脑组织已经完全没有了，缺口周围黏附着被撕裂的硬脑膜碎片。

尸体的上肢软组织还保存完好，但是腐败膨胀得比正常人手臂粗了一倍，在灯光的照射下显得黝黑发绿，腐败了的静脉网清晰地印在手臂内侧的皮肤上，像一张粗大的黑绿色的蜘蛛网。尸体背部的软组织依旧保存完好，但是整个胸腹腔软组织已经基本消失，看似野兽撕咬形成的死后损伤，在胸腹壁两侧清晰可见。尸体已经被解剖过，胸骨已经被取下，像盖子一样盖住了尸体的整个胸腔。右侧胸部软组织还剩下半个乳房，血糊糊地耷拉在胸腔上。腹腔的内脏缺少腹壁软组织和大网膜的保护，乱七八糟地摊在尸体腹腔里，还有一部分肠管挂在尸体的体外。

“原始现场，腹腔脏器就是这样的？”师父问道。

“是的。”李法医说道，“现场很恶心，尸体被我们从灌木丛拖出来的时候，尸体被翻过来背朝上了，整个腹腔里的脏器，尤其是肠管就像从碗里倒出来一样，都在外面，我们费了半天劲儿才把脏器都放回腹腔，然后把整尸装袋拉回来的。”

“你们解剖了吗？”

“都不需要解剖了。”李法医说，“除了开了胸以外，腹腔没必要解剖，脏器都拖在那里。颅部我们看了看，应该是被野兽咬碎了脑袋，脑组织都没了，也没有开颅的必要了。”

“背部呢？”师父说，“也就背部软组织没有被破坏了。”

“背部？”李法医摇了摇头，“这个，我们常规解剖术式里没有背部解剖。再说了，背部也看不出来什么。”

“你怎么知道看不出来？”师父说，“常规术式确实不开背部，但是这个尸体没有什么可检验的了，为什么不做个背部解剖？说不定有发现呢？”

李法医没说话，但是看得出他很不服气。

“我们先看背部。”师父说完，一边用塑料布裹住已经没有软组织的腹腔，防止腹腔脏器再次被拖拉出来。然后我们合力把尸体翻了个个儿，让它呈俯卧位。

后背因为高度腐败加上经受冷冻和化冻，显得湿漉漉的，腐败气泡随处可见。我们小心地切开背部皮肤，分离了斜方肌和背阔肌，突然发现尸体左侧肩胛到右侧肩胛有一道很明显的红杠。

师父仔细地看了看背部深层肌肉呈现出的这种出血变现，转头对背后的李法医说：“你不是肯定不会有发现吗？”

“这是什么？”我问。

“这是深层肌肉出血，说明死者生前背后有衬垫，前方有压力，挤压形成的。”

“同样也说明不了问题吧？”李法医说。

“你们仔细看，这道出血痕迹非常直，没有弯曲，没有颜色区别，说明衬垫物没有突起。”师父说，“这样的痕迹说明死者是背靠在一个有规则棱边的地方，前方受力，被挤压而形成的。”

“强奸？”李法医说。

“为什么非得是强奸？”师父皱了皱眉头，说，“死者衣着完整，没有强奸的迹象和依据。在前方掐、扼、控制，不也是施压吗？”

“可是死者没有窒息征象啊？”李法医说。

“没有窒息征象说明死者不是被掐死，但是不能表示她没有被掐。”师父在纠正李法医犯的逻辑错误。

李法医耸了耸肩，说：“好吧，就算是被掐了，又能说明什么问题？”

“有规则棱边的物件，比如柜子、床、桌子。”师父接着说，“这都是室内才有的东西。如果在深山老林里，有的只是不规则的石头。说明死者遭受侵害是在室内，而不是室外的尾随抢劫什么的。”

我觉得师父的这个分析很重要，死者在室内被人侵害，说明死者和凶手有着某种关系。但是李法医不以为然，他摇了摇头，表示对这样的分析不感兴趣。

背部解剖完，我们把尸体又翻转过来，用纱布擦掉尸体上黏附的血液。

“死因没搞清楚？”师父一边说，一边用纱布擦掉颅骨缺口部位附近的骨膜。

“没有，脏器都没有损伤，能看到的软组织也没有损伤。舌骨没有骨折，窒息征象也不明显。所以，我们没法推断死因。”李法医说，“不过，这个死因搞不清不是我们的问题，这样条件的尸体，查不出死因也正常。”

师父皱紧了眉头，显然他对李法医的狡辩很反感。他擦了一会儿骨膜，说：“为什么不能是颅脑损伤致死呢？”

“头皮一点儿也不剩了，脑组织也没了，硬脑膜就剩下碎片，碎片我们也看了，没有附着凝血块，我们没说一定不是颅脑损伤死亡，但是也没有依据判断一定是颅脑损伤死亡。”李法医说。

“为什么没依据？”师父指着死者颅骨缺口处的骨折线说，“颅骨有这么大面积的粉碎性骨折，不能导致死亡吗？”

“这个骨折线说明不了什么问题吧？”李法医说，“我们认为是野兽咬开了她的颅骨。”

“有的野兽是可能咬开坚硬的人颅骨。”师父说，“但是，这个缺口中心点是在顶部。也就是说着力点在头顶部，头顶部的对应部位是颈子，你说，野兽怎么咬？通常看见的被咬裂的颅骨，野兽的上牙列在颅骨的一侧，如额部、枕部、颞部，下牙列在对应的另一侧，这样才可以上下用力。但是如果一侧牙列在顶部，另一侧牙列该放在什么位置呢？该怎么用力呢？”

这个理论听起来很复杂，不容易表达清楚，所以师父用左手拳头当颅骨，右手当成野兽的嘴，比画着。

看着李法医迷茫的表情，我知道他没听懂。

师父接着指着颅骨缺口周围放射状的骨折线说：“另外，这一部分颅骨缺损，应该是粉碎性骨折以后头皮缺失，导致骨片掉落遗失。这里的粉碎性骨折形态是放射性骨折。如果是上下用力地咬裂，怎么会是放射性骨折？放射性骨折通常见于钝物的直接打击，力向周围传导，才会造成放射性骨折。”

这个理论李法医听懂了，表情显得很尴尬。听师父这么一说，我觉得他们推断头部的骨折是被野兽咬裂的理论很可笑。

“锯开颅骨。”师父下了命令，我赶紧拿起电动开颅锯，避开颅骨的缺损，绕颅一周锯开了尸体的颅骨，把整个天灵盖拿了下来。

师父用放大镜照着被锯开的颅骨断面，说：“这里是刚才锯的，骨小梁之间很干净，是白色的。”接着师父又拿起有一个大缺口的天灵盖，用放大镜照着缺口周围的骨折断面说，“再看看这里的骨折线，有明显的生活反应。所以，这个顶部的缺口是生前被打击形成的骨折，头皮缺损后，碎骨片掉落。”

“您说是颅脑损伤死亡？”李法医的语气已经充满崇敬。

“这个推断应该没问题。”师父说完，李法医在旁边立即刷刷地在尸检笔录上写着。

“尸体损坏、腐败得确实很厉害，我们节约点儿时间吧，你看看胸腔，我看看腹腔。”师父对我说。在旁人看来，师父的这个安排，似乎是对接下来的尸检能发现什么线索不抱多少希望，我却觉得师父是想借机考验一下我。因为我很清楚，既然凶手曾在死者前方对死者施压，那么她的颈部或者胸腔脏器说不定有所发现。

我点点头，拿掉遮盖胸腔的胸骨，在死者的胸腔内仔细地查看。

死者的胸腔脏器并没有任何损伤，整齐地排列在胸腔内。我抬头看了看师父，师父正着手在恶臭、凌乱的腹腔里整理腹腔脏器。只要简单看一眼就知道，县局法医的第一次尸检显然并没有仔细地观察腹腔脏器，因为师父将位于尸体内侧的肠管翻出来的时候，还能看见肠管上粘着树叶。显然这是尸体在被拖出旱沟的时候，内脏被拖出体外而黏附的，第一次尸检并没有把脏器整理清楚、清洗干净。

整体取出了死者的气管，我发现死者的舌骨没有骨折，但是颈部中段的软组织好像有一些出血。我仔细地分离死者的甲状软骨，发现甲状软骨的上角明显有骨折。

“甲状软骨上角骨折。”我淡定地说出所见，李法医尴尬地记录着。

“是吧，凶手是用一只手掐住了死者的颈部，将死者固定在一个有规则棱边的物体上，另一只手用钝器打击了死者的头部。”师父习惯性地开始了现场重建，“这个你们为什么没有发现？”

“掐脖子又不是死因，没什么用吧？”李法医仍在嘟嘟囔囔地狡辩。

“没用？”师父说，“一只手可以将一个成年人固定住，还能全凭一只手的掌力弄断死者的甲状软骨，说明什么？”师父说，“说明凶手相对于死者力量悬殊，应该是青壮年男性，对吧？”

李法医不吱声了。

“另外，腹腔也有很重要的线索。”师父说，“看看剩下的这半个乳房，是右侧乳房的下一半，乳房下面的皮肤上这么明显的痕迹你们没看到？”

我们一起凑过头去看，发现乳房下方的软组织有类似疤痕的东西。

“是疤痕？”我惊喜地问。因为在尸体上发现疤痕、胎记之类的标志性痕迹，有利于下一步尸源的查找。

“不是疤痕吧，不像。”李法医说，“肝脏什么的都被野兽啃食了，基本不剩了，也看不出右侧腹腔少了什么脏器、什么脏器做过手术啊！皮肤软组织腐败成这样，不能断定这颜色加深的痕迹就是疤痕，也可能是腐败程度不同造成的色差。”

“那结合这个看呢？”师父微笑着举起了他右手的止血钳。

## 4

我们清楚地看到师父右手的止血钳上夹着一小段打了结的黑色缝线。能从黏附有淤泥、杂草、树枝的肠管里找出这么个小玩意儿真是不容易。我知道找出一段缝线意味着什么，但这个前提是这段缝线和死者有必然的关系。

“能确定这段缝线是尸体里的吗？”我说，“内脏都被啃食得很严重了，为什么恰巧留下了这么一小段缝线？”

师父笑嘻嘻地说：“荒山野岭，怎么会有这种专业的缝线？我肯定这是死者生前做过手术所留。至于为什么这么巧能被我们发现，我想，这一切都是上帝的安排吧。”

“能看出是做过什么手术吗？”我追问道。

师父用止血钳指了指尸体已经被野兽啃食殆尽的肝脏位置下面，说：“胆总管，打结的，应该是胆囊手术。”

“不过，就算知道她做过胆囊手术，也不好查吧？”李法医说，“虽然我们乡镇医院还不具备进行胆囊手术的条件，但是县医院每年也有很多胆囊手术的病例，总不能把这么多年进行过胆囊手术的人都清理一遍吧？那要多少工作量？”

“我们可以进一步缩小范围。”看得出来师父很烦李法医，“即便我们不能缩小范围，也得查！人命关天，多些工作量算什么？”

师父在批评李法医没有具备一名合格法医的思想素质，我却对另外的问题更感兴趣，我接着师父的话问道：“怎么缩小范围？”

师父又恢复了他高兴而神秘的表情，说：“三点。第一，胆囊病发病年龄多是40岁左右，而通过耻骨联合，我们已经推断清楚死者的年龄是27岁左右，这么年轻的女子进行胆囊手术，可能会给主刀医生留下印象。”

我看见李法医在摇头，虽然对他的态度很反感，但是我在这个问题上也觉得师父的这个推断有点儿草率，可能起不到什么效果。

“第二，”师父见我们并不服气，接着说，“我们看到的这种缝线，是医院外科手术专用的可吸收缝线，这种缝线可以在手术后一个月内被机体逐渐吸收。也就是说，手术做完后一个多月，在死者体内的缝线应该就被吸收掉了，看不见了，我们现在看见的是一根完整的缝线，虽然已经有明显的被吸收的现象，但是依旧说明死者是在手术后一个月内死的，加上我们推测死者有被藏尸的过程，这个过程也有一个半月的时间，所以，我们只要查一下案发前三个月之内进行胆囊手术的患者，可能就查清了尸源。”

听师父这么一说，我立即充满了信心。

“可是，能确定这个死者就是我们县的吗？”李法医问。

“这个问题很重要，但是我之前已经推断过，死者是山区的。附近的几个山区县的县医院都要调查。”师父说。

“我们有5个县都在山区。”李法医说，“5个县，3个月的时间，胆囊手术有多少啊！”

“不需要每个开过胆囊的人都要查。”师父说，“这就是我说的第三，我们可以注意到死者乳房下侧的类似疤痕的东西，结合我们找到的缝线，基本可以断定这就是进行胆囊手术遗留下的疤痕。”

我们茫然地点点头，不知道师父说的这个第三能有什么突破。

师父说：“胆囊手术的切口能切到这里吗？”

“你是说，医疗事故？切口切错了？”李法医恍然大悟般地说道。

师父摇了摇头，我也摇了摇头，对李法医的逻辑推理能力表示不屑。

“县医院开胆囊，还能开错位置？”师父说。

“我觉得应该是胆囊异位。”我做出一个大胆的推测。

“非常好。”师父见我说出了正确答案，显得十分高兴，“很多人存在胆囊异位的现象，这在术前检查不一定能明确。手术中，如果发现胆囊异位，只有扩大手术创口才行。结合我们现在看到的胆管的位置，基本可以断定，死者的胆囊位置比正常人要高一些，所以手术中延长了手术创口。”

“所以，我们只需要在山区的几个县的县医院查找案发前三个月以内进行胆囊手术、存在胆囊异位的27岁女性就可以了，我想，应该很快就能查到。”我抢在师父的前面，把之前发现的线索串联在一起。师父看着我，赞许地点了点头。

当天下午，我和师父信心十足、雄赳赳气昂昂地向专案组会议室走去。

在没有我们提供支持的情况下，调查肯定是遇见了困难。因为有总队长的压阵指挥，派出去的侦查员不敢懈怠，所以我们到达会议室的时候，大部分侦查员还没有从侦查岗位上撤回来。

“6点开会，估计现在侦查员们都在吃饭。”总队长说，“怎么样，有发现没有？”

师父笑着点了点头，说：“有发现。等侦查员都到了，我们再详细说。”

已经到会议室的同志们都在埋头翻看卷宗和调查笔记，从他们的表情看，并没有实质性进展。

师父一个人坐在会议室的角落，抱着一台笔记本电脑，慢慢地翻看第一现场的照片。突然，师父说：“秦，过来看看，这是什么。”

我跑过去一看，师父正在把其中的一张现场照片逐渐放大。照片是白雪皑皑的山地，看似一片雪白，什么也没有。

“雪。”我调侃师父的问题。

师父瞪了我一眼，说：“雪地里有隐约的痕迹，仔细看。”

我又探头盯着电脑显示屏仔细看，别说，这么一放大、一仔细看，还真看出了东西。

照片里的雪地上，隐约有断断续续的条状的凹陷，凹陷的底面凹凸不平。

“这……这是什么？”我脑子迅速地转着，“难不成是车轮印？”

“对！”师父见我的意见和他一致，立即来了兴趣，“我也觉得是车轮印。车轮压在雪地上，留下痕迹，然后经过大雪的覆盖，基本看不清楚了。但是肉眼看不清楚，不代表放大的照片里就看不清楚！”

我很高兴，点头说道：“这就充分说明了基层所队配备高质量的单反相机的好处。”

师父对我的发散思维并没有理睬，他接着说：“你仔细看，所有的车轮印，都是有两条平行的。如果是一去一回，很难这么平行，所以……”

“所以是板车！”我抢着说道。师父说：“对，是用板车运尸的！”

总队长听说我们看看照片就发现了一个线索，也过来凑热闹：“板车运尸，对案件侦破有没有什么帮助？”

“说明犯罪分子的家里有板车。”我说。

全场沉默。这个推断貌似对案件没有什么帮助，因为这里一半的住户家中都有板车。

师父笑了笑，说：“别急，可能目前看来对案件侦破没有帮助，但是说不准就有不时之需，或者可能有意外发现。”

很快，专案组的人基本到齐了，总队长急匆匆地要求师父赶紧开始介绍我们的尸检发现。

师父喝了口水，不紧不慢地说：“通过尸体检验，我们首先明确了死因，是颅脑重度损伤导致的死亡。同时我们也推断，凶手是掐扼死者颈部，把死者固定在家具的边缘，然后用钝器打击头部，导致死者死亡。死者死亡后，凶手又将尸体放在家中的院落等场所隐藏。因为一个多月前尸体开始腐败发臭，凶手无法再进行隐藏，于是在一个雪夜，用板车把尸体运送到坟地草率掩埋。雪停后，山里的野兽把尸体当成了食物。”

听师父这么一说，我突然想起师父曾说过，要把藏尸的过程和这个死者的死因结合起来看，不知道现在明确了死因，明确了藏尸过程，又能有什么推断呢？

师父果然开始说到这个问题：“既然死者是被钝器打击头部，头部粉碎性骨折，她的头皮必然有挫裂创，在头部有挫裂创的基础上藏尸……”

“藏尸地点应该有死者的血迹！”我掩饰不住内心的喜悦，突然把师父要说出来的话给抢着说了。

侦查员们对我突然冒出一句话，都感到十分意外，纷纷转过头来看我。

师父笑了笑，说：“对。根据其他条件，我们认为犯罪分子应该是年轻力壮的男性，和死者熟识，家里拥有板车，且他家里的院子应该有可以藏尸的地方，那个地方应该有死者的血迹。”

得知这个讯息后，侦查员们开始摩拳擦掌了。总队长说：“干得漂亮！现在我们就组织民警挨家挨户搜查。”

## 5

师父摇了摇头，说：“上次我去看现场，除了现场所在的秋景村，隔壁村峰梁村也有小路可以通向现场所在的坟地。可惜照片局限，不能推断板车的来去路线，所以我们目前不能肯定凶手到底是哪个村的。而且搜查的动静太大，我觉得不应该打草惊蛇。”

总队长点点头表示认可：“可是不搜查，我们从何处下手呢？”

师父说：“别着急，我们还有一条路可以走，而且比搜查这条路更便捷。”

听师父这么一说，侦查员们都拿起手中的笔，开始记录。

师父说：“通过仔细的尸检，我们现在发现了极其重要的线索，有希望在很短的时间内发现尸源。”

总队长的眼睛亮了起来。

师父接着说：“目前确定死者系一名27岁左右女性，家住附近山区，也就是邻边的5个县。死者应该在今年8月至11月在这5个县的某个县医院进行过胆囊手术，而且手术并不是很顺利，因为手术中医生发现死者的胆囊异位，于是扩大了手术创口。”

侦查员们埋头记录，总队长忍不住好奇，问道：“这么准确的信息，你们怎么推断的？”

“这个我们会在鉴定书中表述，这里就不一一细说了。”师父说，“下一步，我们应该兵分五路，到各县调查病历，我觉得很快就能把尸源找到。”

“好！”秋岭市公安局刑警支队长开始下达命令：“我们开始分的5个工作组，一组负责一个县，马上出发，连夜联系当地公安机关请求配合，找到各县医院领导。我的要求是在我睡觉前知道死者姓甚名谁！”

侦查员们纷纷开始收拾笔记本，准备连夜出发。支队长又转头看看李法医，说：“我想请问你，为什么这么多的线索，你就发现不了？”

一句话问得李法医满脸通红，埋头不敢正视支队长冷峻的眼神。

总队长见支队长要开始骂人了，怕他破坏会场充满希望的气氛，赶紧打圆场：“没任务的赶紧回去睡觉，说不准明天会更辛苦。”

回到宾馆，我在笔记本上把今天的工作一字一句地记录下来，觉得通过这一天的工作，自己实在长进不少。

夜里12点，手机响起了短信的铃声。我拿起手机一看，是师父发来的：

“很顺利，尸源已找到，目前工作组正在去她家的路上，赶紧睡觉，明天咱们要破案。”

因为师父的精确推断，仅仅6个小时的时间，我们就找到了看似不可能找到的尸源，我兴奋的心情无以言表。我躺在床上，辗转反侧，无法入眠。而我们也终于可以回家过年了。

第二天早上8点，我和师父准时坐在了专案组的会议圆桌前。

前来报告的是其中一组的3名侦查员，从黑黑的眼圈可以看出，他们彻夜未眠。

“调查很顺利。”主办侦查员①说道，“根据省厅专家的推断，我们昨晚11点30分在邻县秋蓬县查找到了符合条件的胆囊结石患者孙丽梅，晚上2点赶到孙丽梅家。孙丽梅，28岁，住在秋蓬县境内的丰收村，已经结婚，家里有个2岁的女儿。她的丈夫常年在外打工，孩子是由孙丽梅的婆婆带着。据孙丽梅的婆婆反映，孙丽梅近两年因为丈夫长期不在家，和邻村的一名男子走得比较近。这个男子恰巧就是我们县峰梁村的村民。”

一听见这个消息，我感觉热血沸腾，破案在即了。

主办侦查员接着汇报：“孙丽梅是10月17号去秋蓬县医院进行的胆囊手术，因为孙丽梅的婆婆要照顾小孩，所以孙丽梅找了她所谓的表哥——这名峰梁村的村民照顾她。出院后，孙丽梅就去向不明了。”

“这个男的是什么情况。”师父追问道。

“这名男子叫郭三。有一个比较大的茶园，因为他的茶园位置好，茶叶产量高、质量高，所以经济条件还不错，妻子叫林玉兰。我们没敢惊动这个郭三，通过侧面了解，这几个月郭三除了去照顾孙丽梅几天以外，他和林玉兰都没有离家。所以我觉得郭三作案的可能性不是很大。”

“为什么可能性不大？”

“因为这个郭三对孙丽梅很大方，据说医药费都是郭三出的，所以不会是因为债、仇的原因杀人。因为情的可能性就更小了，据专家分析，死者应该是手术

① 主办侦查员：每个侦查探组的负责人，也称探长。

后一个月内死亡的，也就是11月份中旬左右。10月至11月林玉兰一直在家，如果郭三把10月30号就出院的孙丽梅带回家待上半个月，林玉兰会没意见？”

“她为什么一定就会有意见？”师父说，“我们不能想当然啊，什么样的人都有，忍辱负重的女人也会有。”

侦查员点点头。

“不管怎么说，这个郭三有重大犯罪嫌疑。”师父说，“先抓了人再说，另外，我和小秦一起去他家看看。”

第一次亲历抓捕嫌疑人的场面，我显得很不适应。当我看见3名侦查员把正在院子里拨弄茶叶的郭三狠狠地摁在地上戴上手铐的时候，我竟然对这个像小鸡一样伏在地上的郭三动了恻隐之心。林玉兰在一旁哭喊着，听不清楚她说些什么。一名女警走上前架住林玉兰，说：“一起去公安局吧，了解些情况。”

郭三夫妇被侦查员塞进车里的同时，拿着搜查证的师父带着我走进了郭三家的院子。

院子的一角放着一架板车，这架板车立即引起了我浓厚的兴趣。我迫不及待地戴上口罩、帽子和手套，走到板车旁仔细地查看。师父则被堆在院子另一角的柴火堆吸引，绕着柴火堆慢慢地挪着步子。

这是一架再也普通不过的板车了，看起来也有好几年的历史。我戴着手套在板车的车面上轻轻地滑动，突然，仿佛一个硬物钩住了我右手的纱布手套。我慢慢地把手套从硬物上分离，定睛一看，原来在板车车面中段有一个突出的铁钉。大概是怕铁钉伤人，铁钉的尖端已经被砸弯，在板车的车面形成了一个稍稍突起的铁钩。

我拿过强光手电打着侧光，然后用放大镜对着这铁钩仔细看，很快，在铁钩的底部发现了重要物证——几根绿色的毛线。

我的脑海里立即浮现出前天我们对死者衣物进行检查的情景。当时我们发现死者穿在最外面的绿色线衫的后背有一处破口，破口的周围黏附着铁锈。显而易见，这个板车应该就是运尸用的板车。

“师父！”我就像孙猴子一样兴奋地叫着师父，“这里有和死者衣物相似的衣物纤维，和死者背后的衣物破口对得上！”

我抬头看了一眼，并没有看见师父，只听见师父的声音从柴火堆的后面发了出来："好的，小心提取，回去进行微量物证检验，同一认定了就是定案的依据。"

我奇怪师父在我发现这么重要的线索的时候，居然没有从柴火堆后面出来，难道他有更好的发现？

我拍照、提取完微量物证，走到躲在柴火堆后面的师父身旁。

师父正蹲在柴火堆后侧，身边敞开着一只法医现场勘查箱。他的手上拿着一张滤纸，正在柴火堆后面的地面上擦蹭。

我走近一看，原来柴火堆后侧的地面上仿佛有一片黑黝黝的痕迹，这一块地面像是被深色的液体深深地浸染了。

我想起了师父在专案会上的推断：尸体有被藏匿的过程，而且藏尸的地点不在室内，更重要的是藏尸的地点应该有死者的血迹。

居然真的被师父说中了，我的声音因为兴奋而发抖："这……这是血吗？"

师父没有回答我，他拿起中央被蹭得漆黑的滤纸，用物证箱里的试剂往滤纸的中央滴了两滴，转过身来举着滤纸笑着说："哈哈，联苯胺，阳性！"

既然确定了这片痕迹真的是血，这就更加坚定了我们的信心，师父兴奋地说："提取吧，DNA认定同一，加上你发现的证据，这就是铁案！"

我和师父哼着小曲回到了专案组，向总队长汇报完我们的重大发现后，总队长长舒了一口气，伸了个懒腰，说："明天回家过年喽！"

话音刚落，负责审讯的主侦查员推开门就跑了进来："报告领导，招了。"

有了我们提取到的关键证据，凶手的供认不过是时间问题，所以总队长听见这个喜讯后很淡定地笑着说："别着急，坐下，喝杯水，慢慢说。"

"开始我们就知道他们会招的。"侦查员咽了口水，说，"在车上两个人的表情就告诉我们，案子就是他们做的。到了审讯室，还没过5分钟，林玉兰就跪在地上说是她杀的孙丽梅。省厅专家已经有了指导性意见，说凶手是年轻力壮的男子，所以我们坚定了信心。审讯了一个小时，他们俩就都交代了事实。两个人的口供对得上。"

原来，郭三和孙丽梅从前年开始就有了奸情，但是两个人行为隐蔽，并没有旁人知晓。去年开始，郭三的茶叶生意越来越红火，生活条件也越来越好，郭三也越来越放肆了。他首先和林玉兰摊了牌，告诉了她自己和孙丽梅的关系，强迫林玉兰接受他们的奸情。也就是说，郭三是在利用自己的经济实力作为砝码，做起了两妻共侍一夫的美梦。没想到，这个无耻的要求居然被懦弱的林玉兰接受了。孙丽梅手术后，郭三便把她接来自己家进行调养，其间，林玉兰做牛做马一样伺候着孙丽梅。孙丽梅在11月中旬身体康复以后，便忘恩负义地提出要求，逼迫郭三和林玉兰离婚。被郭三拒绝后，她便提出了要分郭三一份财产的要求，不然就把他们的奸情曝光。

一日，郭三又和孙丽梅因为此事争吵，林玉兰劝架的时候，被孙丽梅一把推倒。郭三想起林玉兰精心伺候孙丽梅的情景，随即勃然大怒，将孙丽梅摁在床边，顺手从床下拿出一把铁锤将孙丽梅打死。打死孙丽梅后，郭三夫妇商量了诸多对策，最后他们以为冬天尸体不会腐败，就把孙丽梅的尸体藏在院子里的柴火堆后面，直到尸体腐败发臭，才不得已冒险将尸体拉去坟地掩埋。

案子顺利地破了，我们一路开着玩笑，心情大好地返回省城。

家里早已备好一桌热腾腾的饭菜，迎接我的凯旋。

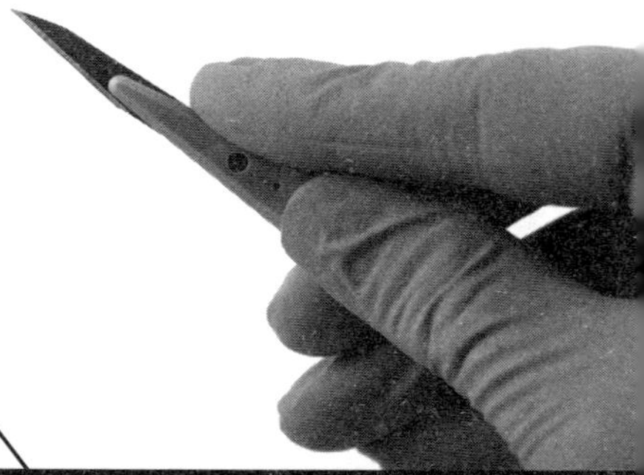

# 第十三案　清明花祭

## 1

我的生日是1月10日，从小就有很多父亲的同事戏称我天生是干警察的命[①]。因为出生在冬季，我也有一个叫冬子的小名，仿佛我和冬天有着不解之缘。可是天生畏寒的我最讨厌的就是冬天，每年冬去春来、迎春花开的季节就是我心情最好的时节。有人说，省城没有春秋两季，过完了瑟瑟寒冬，就会迎来炎炎夏日，唯一能够体会到春风拂面的时节，就是3月末4月初，清明节前夕。如果这时候去踏青，眺望漫山遍野盛开的油菜花，是何等惬意之事！

可惜，读了7年大学，出游的计划一直只是个梦想。参加工作后的第一年，因为我们的出色表现，我终于平平安安地过了一个圆满的春节。一晃又到了3月末，踏青的念头又开始蠢蠢欲动了。我早早就和女友铃铛约好，清明

① 1月10日的数字正好是报警电话110。

假期一起去看油菜花。可计划永远也赶不上变化，这不，清明假期刚刚开始，我还在“春眠不觉晓”呢，电话铃声就催命似的闹了起来。

无论睡得多死，只要一听见电话铃声，我就会像触电一样从床上跳起，这些年一直如此，都成习惯了。怕什么来什么，电话果真是师父打来的，说是临近省城的石培县发生命案，死了一个人，因为现场是在县城中心，社会影响很大，所以石培县公安局领导在第一时间通过市局向省厅法医部门提出了技术支援申请。

虽然每年一大半时间都在出差，但是师父对基层的邀请几乎是有求必应的。师父说了，虽然我们的能力、时间有限，但是我们应该尽自己的一切力量，尽可能多地办案，为了基层法医工作，为了打击犯罪，更为了保护百姓。开始听师父这么说，还觉得有点儿太大太空，可做法医久了，我才慢慢发现，其实我们一直都在默默地践行这些大道理，在外人看来格外冷静甚至很“酷”的法医们，内心其实充满热血与正气。也正是因为那份无法抗拒的责任感，无论多困倦多繁忙，我们都能随时接受召唤，赶赴现场。

时间紧迫，我赶紧穿好衣服，连早饭都没顾上买，就坐上赶往石培县的警车。警车上，我迫不及待地追问师父关于本案的情况，期待能在到达现场之前掌握一些信息，好有些心理准备和制订下一步工作的计划。

“值班室直接下达的指令。”师父摊了摊手，说，“只有一句话，石河内发现一具尸体，初步判定是他杀，因为尸体是在县城的繁华地段发现的，所以反响强烈，总队长要求尽快破案。”

“就这么点儿信息？”我失望地摇了摇头。

“急什么，”师父摇开车窗，点了根烟，“我问了，为了保险起见，已经保护了现场，等我们过去再开始打捞尸体。”

“那尸体还不被水冲走了？”我很诧异当地的这种荒唐决定。

“显然是冲不走，能冲走还不捞，你当人家傻啊？”

我沉默了，但心里还是隐隐担心。第一现场的原始状况固然重要，但是为了等我们，导致尸体位置改变或者尸体受到损坏，那可就得不偿失了。

石培县和省城很近，我们早晨7点就出发，成功避开了城内的车流高峰，一个小时后，到达了位于石培县县城中心的现场。此时是早晨8点，也是出行人最多的时候，远远就看见了黑压压的一大片围观群众，都在那儿踮脚翘首、议论纷纷。负责现场保护的民警正在努力阻止群众和记者跨入警戒带。

戴着现场勘查证件，拎着勘查箱，在一片“法医来了”的议论声中，我们走进了警戒带。

拥有20万人口的石培县，是一座山清水秀的县城。石河自西向东从城中央穿过，上面横跨着10多座石桥，为这座县城增添了几分古色古香的美丽。这个季节石河的水有2米多深，水质还算清澈，但要想细看水中的物体不太可能。

尸体被发现的位置，在县城正中央的石桥附近，桥的两岸是错落有致的店铺门面。早晨6点，某家门面的店主到石河打水洗拖布的时候，看见水中仿佛有什么物体在浮浮沉沉，这时候，天还没有大亮，这个店主起了一身鸡皮疙瘩，于是报了警。辖区派出所民警随后赶到现场，发现水中是一具穿着碎花连衣裙的尸体。

我和师父站在桥上向水里望去，隐约看见尸体在水流的冲击下仍在浮沉，碎花衣裙在尸体的周围散开，像是墓地里环绕的鲜花，哀悼着死者的不幸。

“水流不是很慢，为什么尸体没有继续往下漂？”师父一语中的，首先要问清石河的情况。

“这是中心桥，桥下有天然形成的屏障。”穿着高帮胶鞋、戴着橡胶手套准备下河打捞尸体的石培县公安局桂法医说道。

“屏障？”师父很是好奇，“什么屏障？”

“是河床下的青石，这里的青石成斜坡状，最高的地方离水面只有不到30厘米，因为这个屏障不影响水流，而且可以过滤一些垃圾，方便清理，所以也没有人去改造。很多年了，一直都这样，一般上游流下来的大一些的物件，在这里都会被拦截。”

“哦，因为水面高度没有超过尸体的厚度，所以尸体就被拦截在这个位置了。”我恍然大悟，“这个季节，尸体上浮要三四天吧？”

师父摇了摇头，说："不会。这里的青石是坡状的，所以我们看到的尸体不是浮上来的，而是搁浅的。"

我点了点头表示认可。

师父接着说："这里地处县城中心，如果早些时候尸体漂到这里，第一时间就会被群众发现。石河的水流这么快，据我所知石河也不长，所以我分析尸体应该是昨天晚上漂过来的，死亡时间也不会很长。"

"我们可以下去看看吗？"师父向四周看了看，像是在寻找能够下水的护具。

"可以，这里的水很浅。"桂法医说，"不过青石上很滑，要小心，这里经常会有小孩下水玩耍，滑落深水溺死。"

"乌鸦嘴。"师父笑着看了看桂法医，指示我和他一起穿上胶靴、戴上手套，下水探一探。

青石上真的很滑，我刚下水就摔了一跤，好在岸边水浅，只是湿了衣裤。天气已经暖和了，我也没在乎湿透的裤子，继续向尸体附近挪步。

走到尸体旁边，才发现尸体果真是被这块青石拦截在西边，一沉一浮的，就是没能越过青石屏障。

我小心地探过身子，抓住尸体的右手。这是一只纤细但僵硬的手，看来尸僵已经完全在小关节形成了。尸体的手指弯曲着，指甲不断地刮擦我戴着橡胶手套的手掌，我感觉心里一阵阵发毛。

站在滑溜溜的青石上，我和桂法医都很难使上力气，费了九牛二虎之力，才借助河水的浮力，将尸体拖到了岸边，然后与岸上的派出所民警合力将尸体抬上了岸。

这是一个很年轻的死者，看上去也就十几二十岁。她皮肤白皙，下巴尖尖的，一双大眼睛无力地瞪着天空，仿佛死前充满了对未知的恐惧，身穿一件线衫和一条浅蓝色的薄牛仔裤，外面套着一条碎花连衣裙。

我努力想活动死者的上下颌关节，看看死者的牙齿，期望能初步判断死者的年龄。可是尸体的尸僵已经形成得很坚固，下颌关节完全没有能活动的迹象。

“你在干什么？”看起来师父对我的举动很是费解。

“看看年龄，看能否尽快找到尸源。”

“急什么，这么小的县城，尸源还能多难找？”师父说，“再说了，你现场勘查还没结束，就开始初步尸表检验了？不要想一出是一出，一步步来，不会错的。”

我不好意思地挠了挠头，确实是有些着急了。不过，这显然不是杀人现场，有什么好勘查的？

“通过尸体检验寻找尸源，是没有办法的办法。”师父趴在桥上，往下方的水面仔细地巡视着，“最好是能通过现场勘查，直接找到尸源。如果不能，才考虑通过尸体检验推断一些寻找尸源的依据。”

“可是，怎么通过现场勘查确定尸源呢？衣着吗？”我端详着这个因为尸僵而显得姿势有些奇怪的尸体。

“尸体可能会有随身物品，被水流冲击后，在这个浅水面搁浅。”师父说，“不信，你看那是什么？”

沿着师父手指的位置，我果然看见青石旁边有一个漂浮的东西，就在刚才尸体位置的附近，之前我的注意力都在尸体上，完全没有留神还有这件东西。我兴奋地重新下了水，沿着滑漉漉的青石走到那件东西旁边，伸手把它从水里捞了出来。

真被师父说中了。居然是个书包。

## ● 2

这对现场勘查员来说实在是一件好事，每起案件的现场勘查，勘查员都期盼能发现类似身份证、名片、手机什么的关键物证。通过这些物证能够较快地确定尸源，也就能为接下来的尸体检验工作省去很多麻烦事，加快案件侦破的速度。

我打捞上来的书包便是这样一件“神器”，包里放着一张被浸湿的学生卡，学生卡上贴着死者生前的照片，旁边几个字把死者的身份揭示得一清二楚：石培县一中高三（1）班，马小兰。

“去找人吧。”师父对身边的辖区民警说完，又转头对我说，“开始尸表检验吧。”

我仔细观察了死者的衣着，发现没有任何毁坏的痕迹，穿着也很整齐。

“看来不像强奸，学生又没什么钱，也不会是抢劫，难不成这个高三女生是和谁有仇吗？”我疑惑地摇了摇头，从目前的情况看，很难对案件的性质有一个初步的认识。我仔细检查了死者的腰带，是完整扣好的，鞋子也好好地穿在脚上。

“衣着整齐不代表不是强奸，你看看这文胸。”师父掀起死者的线衫，对刑事摄像人员说，“拍张照片。”

我探头看去，发现死者的内衣下边缘略向上蜷曲，说：“这个不能作为依据吧！可能是水流冲击形成的，也可能是打捞的时候弄的。”

师父摇了摇头，说：“水流冲击解释不了，线衫都没有向上翻卷，里面的内衣怎么会翻卷？打捞也不太可能，尸体是你打捞的，你弄的？”

“没……没……”我涨红了脸，师父这个问题问得我很窘。

“总之是有疑点。”师父皱起眉头，“不管怎么说，为了避免痕迹遗失，现场就不要进行尸表检验了，回解剖室检验。”

我测试了一下尸体的尸僵，发现每个小关节都已经形成。尸僵是在死后2小时就可以在尸体上出现的，由大关节到小关节逐步形成，在死后10多个小时后达到最硬，死后24至48个小时开始缓解。根据尸僵的情况，结合其他一些死后现象，我们对死者的死亡时间做出了初步的判断，死者是昨天晚上8点前后死亡的。

死者除了双手手腕可以隐约看到皮下出血以外，并没有其他明显的损伤，但窒息征象是很明显的。

“口鼻腔没有气泡，双手干净，没有水草泥沙，看来像是死后抛尸入水的。”判断生前入水和死后抛尸入水是小儿科。

师父直起腰，沿着河朝西头望去，问道：“上游是什么地方？”

“西边3公里以外就是城郊了，两岸是农田和住户。”刑警大队长说，“哦，还有一些厂房。”

我并没有像师父一样关注河流的走向，继续进行尸表检验，口述检验所见好让一旁的桂法医记录：“尸斑不可见，看来是死后不到1小时就抛尸入水了，那个时候尸斑还没有形成。”水中的尸体通常难以形成尸斑。

“啥也没发现，一头雾水。”我跺了跺蹲得发麻的双脚。

“去殡仪馆吧。”师父挥挥手，和我一起重新坐上了警车。

石培县殡仪馆没有建成标准化尸体解剖室，法医尸检的地方是在告别厅后面一间破旧的小屋内，屋内除了一张不锈钢的解剖床外并没有其他的装备和设施，连照明的条件都很差，是个极其简陋的尸体解剖空间。

虽然光线不充足，但是相比而言，总比露天解剖被来参加追悼会的群众围观影响要好，所以师父还是决定在这个昏暗阴冷的小解剖室对马小兰的尸体进行检验。

看见年轻的生命陨灭，不免让人产生撕心裂肺的痛心感。我也和师父说过这样的感觉，担心这样会影响自己对案件的判断。师父却对我经常有这样的感觉表示认可，他说，疾恶如仇是一名优秀法医必备的潜质，具备这样潜质的法医才能不受外界干扰，把这种痛心转化为破案的动力。

眼前的这个花季少女安静地躺在解剖台上，因为尸僵完全形成，她蜷曲在那里，睁着双眼，雪白的皮肤上没有一丝血色。

“尸僵很厉害，衣服不好脱。”我说，“是不是剪开？”

“不。”师父斩钉截铁地摇了摇头，“目前我们没有掌握一点儿信息，衣服上可能会有重要痕迹，不能破坏衣服。”

“那就破坏尸僵吧。”尸僵形成后是可以被破坏的，用力将关节部位活动开，尸僵也就自然消失了，不过这是一项力气活。我和桂法医费了九牛二虎之力，把死者全身大关节的尸僵都破坏了，马小兰恢复了自然状态，睡美人一般平静地躺在那里。

我们仔细地对尸体的状态进行拍照、录像固定，然后逐层脱去死者的衣物。师父要求脱的时候小心点儿，并且每脱一层都要拍照固定。马小兰的衣着情况还是很正常的，除了内衣下边缘有些卷曲，其他都是穿着整齐的，衣物的缝线和纽扣都完好无损，看不出有什么疑点。如果真的一定要找出一些异常，那就是马小兰的袜子并没有穿好，袜跟褪到了脚掌中央的位置，袜子就这样皱巴巴地穿在脚上。

“挺讲究的一个小女孩，袜子这样穿，不难受吗？”我说。师父不置可否地继续观察尸表。

去除了死者全部的衣物以后，师父小心地把衣物拿到了解剖室外早已准备好的检验台上，说：“里面光线太暗，你们负责解剖检验，我来负责衣着检查。”

我喜欢这种分工，可以给自己独立思考的机会，如果总是听从师父的意见，我永远也得不到进步。

从尸体的外表看来，没有什么损伤。翻开尸体的眼睑，发现有明显的瘀血，手指甲也是青紫色的，可以断定死者是窒息死亡。翻开尸体的口唇，发现口唇黏膜完好，牙齿也没有松动，基本排除了捂压口鼻腔导致的机械性窒息死亡，既然不是溺死，那么她很有可能是死于颈部被掐。

尸体的双手腕隐约有些颜色的改变，我和桂法医小心地切开皮肤，发现皮下都是出血。

“手腕部的皮下出血，表皮没有擦挫伤，这是别人抓握她的手腕形成的，是约束伤。”桂法医自言自语。

“控制双手、掐脖子，却不捂压嘴。”我说，“要么就是死者没有叫喊，要么就是他们是在一个喊破喉咙也没有用的地方，凶手不怕她喊。”对于我这个较深一步的推断，桂法医点点头表示了认可。

“看来多半又是强奸杀人哦。”桂法医开始凭借他的经验猜测了。

“检查一下会阴部吧。”当我准备用纱布给死者进行阴道擦拭物提取的时候，却意外地发现死者的会阴部黏附着血迹。

“啊！”我惊呼了一声，想到了前不久案件中那把插在死者会阴部的匕首。

师父闻声走进解剖室：“怎么？有发现？”

“会阴部有血！”我说。

师父摇了摇头：“女人有例假，别告诉我你不知道。”说完又走出了解剖室。负责摄像的女刑警噗的一声笑了出来，我也为我的大惊小怪而羞愧不已。

清洗了死者的会阴部，我意外地发现，死者的处女膜完整，会阴部没有损伤。

“桂师兄，你猜错了，不是强奸。”我擦了擦额头上的汗，说道。死者生前没有遭到性侵害，我感觉自己的心里稍稍平静了一点儿。我知道这就是怜花惜玉的心理在作祟，一直以来，我最看不得强奸案件，有时参加审讯强奸犯，都忍不住上去踢上两脚，然后会立即被侦查员拉开说：“不能打不能打，有一点儿伤都会说是刑讯逼供。”

桂法医仿佛陷入了困境，说：“不是性侵害，不是侵财，又难以用仇杀来解释。谁闲着没事杀害一个这么漂亮的女学生呢？”

“看来案件性质，只有和侦查员碰头以后再考虑了。”我说，“开始吧？”

虽然尸检工作已经开始了一会儿，但是我们通常会用“开始吧”这样的词语表达开始进行系统解剖检验的意思。

尸检工作进行得很快，一来我和桂法医都是轻车熟路，二来尸体上没有损伤，需要测量、拍照、局部解剖的地方少，节省了大量的时间。对于死者颈部我们仔细地进行了解剖检验，逐层分离肌肉，发现深层肌肉有明显的出血反应，相应的舌骨也骨折了。之前推测得不错，死者死于扼压颈部导致的机械性窒息。

我脱下了戴在外层的沾满血迹的手套，走到解剖室外。师父仍在一点一点地检查着死者的衣物，衣物的旁边整整齐齐地放着一些物件，有钥匙、零钱、发绳什么的。我走到师父旁边说：“师父看这么仔细啊，这么久都没看完？”

师父点点头，说：“尸检结束了？现在挺熟练嘛。有什么发现吗？”

“挺简单，所以快。有两个发现，一是死者死于扼压颈部导致的机械性窒息，二是排除强奸杀人的案件性质。”

“排除强奸？”师父停下手中的工作，看着我说，“什么依据？”

“依据充分。处女膜完整，会阴部无损伤。”我信心满满。

“那你彻底错了，这就是一起强奸杀人的案件。”师父笑了一声，说道。

## 3

师父的这句话像是给了我闷头一棍。两个多小时辛苦的尸检，就得出两个结论，结果还“彻底错了”一个，这实在是太伤自尊了。我晕乎了几秒钟，才反应过来：“不会啊，处女膜确实是完整的，那您有什么依据肯定是强奸杀人？”

“首先要纠正你的错误。”师父说，“没有发生性行为，不代表杀人凶手的目的不是性侵害。这是逻辑性问题。”

我想了想，发现自己确实犯了一个逻辑上的错误。案件性质的推断是从现场、尸体的种种细微痕迹分析凶手的动作，发现凶手作案的目的，而不是看尸体的被侵害结果来倒推凶手的目的。我忽视了“未遂”这个概念。

“没有实施性行为的原因很多。”师父接着数落我，“凶手性功能障碍可以吧？准备强奸的时候发现马小兰已经被掐死了就停止了强奸可以吧？最关键的一点，你刚才也注意到了，马小兰貌似刚刚来了例假。”师父拿起死者的内裤，裆部果真有些许血迹。

“我知道错了。”我嘿嘿笑了一下，说，“师父发现关键痕迹了？”

“不是关键痕迹，是可以确定案件性质的依据。”师父指了指检验台一旁整齐摆放着的物件。

“这些零钱、钥匙能说明什么？”我对师父的推断充满好奇。

“别插嘴，我不是说随身物品。”师父用止血钳指了指几段绿色的物体，说，“这些是在死者外裤的内面发现的，黏附在外裤裤腿内侧。”

我用止血钳钳起其中一段，看了看，说：“这应该是植物的茎，还有叶子。”

“是的，说明什么？”师父问道。

“我知道了，师父是说，裤子里面出现了不该有的东西，说明死者是被脱去了裤子。死者被杀死后，凶手又为尸体穿上了裤子。所以外界的树枝树叶黏附到了裤子的内侧面，对吧？”

师父点点头：“反应还挺快，就是这么回事儿。”

我摇了摇头：“我觉得牵强了一些。”

听到我突然的反对意见，师父有些惊愕：“牵强？”

“是的。”我说，“尸体被水流冲击了这么远，如果是水中的物体被水流冲击，从死者的裤筒内钻进了外裤的内侧面，不也可以吗？”

师父笑着点了点头：“非常好，能想到这个问题很不容易。”

“不过我看了这些植物茎、叶的断裂面，很新鲜，挺像是折断以后立即就黏附到了裤筒内侧。”我说，“不过不能排除水里就有新鲜折断的植物叶子啊。”

“非常好，进步很快。”师父笑着说，“开始我也考虑了这个问题。不过当我看到这个以后，就坚定了信心。”

师父用止血钳钳起了几片黄黑相间的片状物体。

我凑上前去，闻了闻，说：“花瓣！油菜花瓣！”

“是的，沾了泥巴的油菜花瓣。像你刚才说的一样，这些油菜花瓣也是新鲜搓裂的。”师父说，“不过，它们不是在外裤内侧发现的，是在死者的三角内裤内发现的。”

“哦。”我笑着点了点头，“有异物被水冲进裤筒的可能，但是这些花瓣不可能被水流冲进三个边都是松紧带的三角内裤里面。”

“所以，可以断定，凶手是脱下了死者的内裤，发现死者来了例假，或者是发现死者已经死亡，于是没有实施性行为。为了隐藏他强奸的目的，他又为死者穿上了衣裤，然后将死者扔进了河里。”师父信心满满地说道。

“对了，刚才发现死者的袜子也有异常。”我突然想起死者袜子的状态，说，“袜子的底部全是卷起来的，这样的状态走起路来多难受啊。”

“很好，这个细节你也发现了。”师父赞许地说，“我也仔细看了袜子，袜子虽然底部卷曲很厉害，但是卷曲的地方并没有褶子，也就是说，袜子被褪下来一截，导致脚底部卷曲的地方并没有受力。换句话说，死者在袜子被褪下、又重新穿上鞋子后，就再没有站起来过。我分析，凶手一定脱了死者的鞋子，因为不脱鞋子，很难把细裤筒的牛仔裤褪下来。脱鞋子或者脱裤子的时候，导致袜子褪下、卷曲。”

我点了点头。看来这真的是一起强奸杀人案件，只是强奸未遂而已。

“还有别的发现吗？”查明了死因、死亡时间和案件性质，我的心里稍稍有了点儿底，至少专案会上有东西说了，不过，这些问题并不能直接缩小侦查范围、圈定侦查目标。师父在我眼中是神一样的人物，所以我对师父还有别的期望。

“有。”师父从死者的随身物品中拿出一张作业本上撕下来的纸。纸上工整地写着两个字“郑总”，后面是一串手机号码。

“这个是在死者的牛仔裤前口袋中发现的。”师父说。

“看来，这个郑总肯定和马小兰的死有着一些关系。”我猜测道。

师父笑了笑，不置可否：“收拾收拾，吃个饭，下午开专案会上再说。”

专案组会议室里，侦查员都在紧张地整理着一上午调查访问得来的情况。

“我们开始吧。”师父喧宾夺主，省去了寒暄。

“我们组负责调查马小兰的身份问题。”侦查员开始分组汇报，“马小兰是县一中的高三学生，家中父母早年离异，她跟随父亲生活。马小兰品学兼优，但是性格内向。最近可能是家中出了什么事情，情绪很差。”

“我们组负责调查马小兰的社会交往。经查，除了老师同学，马小兰没有什么其他的社会交往，平时放学就回家，没有不良嗜好。”

“我们组负责调查马小兰的家庭状况。”这个主办侦查员显得有些情绪低落，“马小兰的父母早年离异，马小兰一直跟随父亲，和她母亲近10年没有联系。她父亲靠打一些散工维持生计，不过一个月前不慎跌落路边深沟，三根腰椎爆裂性骨折。因为没有钱治疗，现卧病在家，估计半年内下不了地。家里很穷，只有一间土房子，我们去的时候，死者的父亲还在床上躺着，饿得不省人事了。我们送去饭菜，等他吃完了以后，才告诉了他噩耗。目前我们正在协调相关部门对其进行救助。”

侦查员们纷纷低下了头，对这个不幸的家庭感到悲伤。主办侦查员接着说：“据马父介绍，马小兰每天6点都会按时归家，昨天中午马小兰告诉他说晚上去同学家写作业，晚点儿回来，说晚饭晚一些再做。可是马父等了一夜，马小兰也没回来。目前我们正在调查马小兰可能去过哪个同学家。”

听了主办侦查员的介绍，大家的情绪都很低落，各自暗下决心迅速破案。

“不用调查了。”师父说，“去同学家是个谎言，这个马小兰是去找工作了。”

“还有两个月高考，她去找工作？”

“据我分析，马小兰是自己选择了辍学，”师父说，“是个孝女啊。”

师父拿出用透明物证袋装着的作业本纸，说：“我们在死者的贴身口袋发现了这个写有郑总电话号码的纸条。当晚，她应该是去见这个郑总了。根据马小兰目前的家庭状况，她去见这个郑总的原因很有可能是去面试找工作。”

“看来找到这个郑总，是案件突破的关键。”大队长说。

“这个很容易。”师父说，“你们去找吧，我去现场看看。”

很快，我和师父又乘车到达了死者被发现的小桥边。

“停车！”我突然感觉自己的灵光一现，“我下去看看。”

“现场勘查都结束了，你下去做什么？”师父被我突然的一声叫喊吓了一跳。

“我有个想法。”我神秘地说，“我下去测测水流速度，然后根据物体的漂浮速度乘以死者漂浮的时间，就知道大概距离了，就可以找到案发现场了！”

“哈哈哈哈。”师父突然笑了起来，“傻呀，要那么麻烦吗？再说了，物品不同，漂浮速度也不同，而且你也不知道凶手是什么时间把尸体抛到水里的，水里有没有阻碍物阻止尸体漂浮，水流也不是匀速的。”

我挠了挠脑袋，听师父一说，觉得自己的小聪明荒唐至极。

“走吧。我这次就是去找第一现场的。”师父转头对驾驶员说，“沿着石河往西开。”

很快，我就反应过来师父是什么用意了。不出意外，师父是想寻找有油菜花的地方。死者的内裤里有油菜花瓣，那么，她遭受侵害的地方必然是有油菜花的地方。所以师父才会驱车向河流的上游寻找，看有没有可能找到有油菜花的地方。

不过事情并没有想象中那么简单。

车子开出几公里后，便开始颠簸，很快，我们就真的发现了开得正旺的黄灿灿的油菜花，不过，我们看到的是漫山遍野的油菜花。

“这……这么多油菜花……”我愣住了，“这可怎么找？”

师父笑了笑，说：“别急，我有办法。”

## 4

要不是附近发生了命案，严重影响了我的心情，这个地方还是非常值得欣赏的。

石河弯弯曲曲地把这个地界划分为两等分，河流上偶尔可以见到古色古香的石桥。河流的两侧种满了油菜花，黄绿相间，从远处看十分美丽。每侧的油菜花地约有20米宽，沿着东西走向如地毯般铺展开来，一望无际。油菜花地的南北两侧都是白墙黑瓦、古色古香的房屋，陪同我们前往的刑警大队长说，这里多半是些小工厂的厂房，也有一些住户。

“如果这里有很多工厂，这个所谓的郑总也是这里某家工厂的老板的话，在这附近约见，可能性就比较大了，和我们发现的油菜花刚好相符。”师父站在油菜花地东侧的石头桥上，向油菜花地里看去。

我无心赏景，也无心细想马小兰为什么会到这片油菜花地里来，只想知道，师父究竟要用什么办法来找出案件的第一现场呢？

“这么大面积，我们是要沿着河一路走到头寻找吗？”我急着问师父，“这可是项艰巨的任务。”

师父摇了摇头，说：“很简单。第一，油菜花瓣沾有泥土，那么可以判定是在油菜花地里作的案，两个人躺在油菜花地里，油菜花花瓣和茎叶的断裂还是新鲜的，那么，这片油菜花地有大片倒伏的地方就是案发现场。”

我们纷纷点头，倒伏了的油菜花，是不可能被重新扶正的。

师父接着说："第二，我仔细检查了死者的衣着，虽然被浸透了，但是有些地方仿佛可以看到零星的石灰一样的白色物质附着，而且死者的鞋子有明显的蹬擦、刮擦的痕迹。这样的痕迹肯定是和大面积的硬物相摩擦形成的。我仔细看了这里的环境，没有硬质的地面，都是泥土，那么要形成蹬擦的痕迹就只有在桥上，或者在墙边。"

我转头看了看周边的环境，确实只有屋墙、小桥具备大面积硬物的特征。

"在桥上作案就不可能沾到油菜花，那么，唯一的可能就是在墙边作案。这样也符合墙上的白灰黏附到死者衣物上的可能。墙边都是隐蔽的地点，在这里作案的可能性也很大。"

"我来说第三吧。"受到师父的指点，我有了灵感，"第三，尸体不可能自己走到很靠油菜花地的地方，死者再单纯，也不可能和对方约见在那么隐蔽的地方。毕竟是来面试，又不是偷情。所以，我认为，凶手肯定是从油菜花地的边界挟持死者到油菜花地深处的墙根处，那么我们油菜花地的边界到第一现场会有痕迹。"

师父点了点头："对了，就是这么回事。据我推断，虽然凶手挟持死者进入油菜花的路线不会非常明显，但是油菜花向两侧倾斜的可能还是存在的。顺着这个轨迹进入油菜花地，就可以很容易找到油菜花倒伏的地点。"

"我找河的南边，师父找河的北边，如何？"我迫不及待了。

10分钟后，按照我们推断的思路，师父在石河北侧的油菜花地靠墙根处找到了一片倒伏的油菜花。

当天的光线非常好，没有花费多少精力，我们便提取到了有价值的物证。这个物证让师父很感兴趣：倒伏的油菜花地里，有几棵油菜花的花茎上黏附着血迹。

"怕是死者的月经血吧？"我皱着眉头说，"毕竟凶手是脱掉了死者的内裤，月经血有可能黏附在这里。"

师父慢慢地移除了倒伏在地面上的油菜花，指着地面的泥土说："仔细看，这两片泥土有明显的下压痕迹，结合附近的泥土分析，这里应该是臀部着地、反复挣扎压迫地面导致的，简单说，就是臀印。"

听师父一说，看起来还真是像。

“如果是臀印，那么月经血的流出应该会黏附在这一片的油菜花上。”师父接着说，“但是我们发现的血液，是在旁边倒伏的油菜花上，所以我觉得是死者的血的可能性不大。”

我看了一眼，发现臀印和发现血迹的油菜花残枝有几十厘米的距离。“如果是死者的内裤被扔在那里，内裤上的血迹染到油菜花残枝的呢？”

“不不。”师父说，“不可能。残枝上的血迹浓度不小，呈流注状，是流上去的，而不是擦蹭上去的。”

“这样看，这个血迹的价值就很大了。”我点了点头说，“总之去检验吧，很快能知道结果的。排除了死者的血，我们就有抓手①破案了。”

“另外，”我突然想起了某件事情，“这房子里没有人住吗？”

刑警队长指了指油菜花倒伏所在的那片墙根：“你是说这儿？这好像是个印刷厂吧？”

“怎么了？”师父插话问道。

“是这样的。”我说，“检验的时候，发现死者的口鼻腔没有任何损伤，也就是说凶手并没有捂压死者的口鼻。凶手把死者拖行了这么远，又在一个工厂的墙边强奸死者，死者不呼救？”

我的话让师父陷入了沉思。

突然，刑警大队长的电话铃声突然响起，他走到一旁打了两分钟电话，回到师父的身边说：“那个郑总查到了，叫郑国，不是什么总，是一家小工厂的员工。我们找到他的时候，这个郑国矢口否认他认识和联系马小兰的事儿，我们觉得可疑，已经带回刑警队进一步问话了。”

“DNA可能还要一天的时间才能出结果，你们先问着吧。”师父说，“有什么情况及时通报我们。”

我和师父花了一下午的时间研究尸体检验的照片和现场的照片，可惜一无

① 抓手：行内通用语言，形象的比喻，是指破案的依据和方法，或者是指可以直接甄别犯罪嫌疑人的重要物证。

所获。

晚上7点，我和师父又来到专案组。经过一下午的留置盘问，侦查员们仍然不能确定郑国是不是本案的凶手。“开始郑国矢口否认认识马小兰，后来在证据面前才又改了口。”主办侦查员说，“据郑国说，他是通过网络认识马小兰的。”

“马小兰不是每天都按时回家吗？”师父说，“她哪有时间上网？”

“是这样的。郑国说在一个网站看到马小兰求职的帖子，加了马小兰的QQ，郑国承认自己的初衷是想骗色。”

“你还没有回答我的问题。”师父说。

“我们调取了郑国和马小兰的聊天内容。证实马小兰确实刚刚申请了QQ，上网时间一般是下午1点到2点。她是利用中午回家做完饭以后的空闲时间上网求职。”主办侦查员说，“从聊天内容上看，郑国确实是在欺骗马小兰。马小兰想在城西开发区上班，可能是觉得城西开发区待遇比较好，郑国看马小兰有这个求职意向，谎称自己是城西开发区的工厂老板。所以他们会约在城西开发区见面。”

“郑国对现场附近的环境很熟悉吗？”我问，“不然他怎么知道那里没有人？”

“不，”侦查员说，“你理解错了，据郑国说，他绝对不敢强奸，所以不在乎约见的地点，他就是想骗色的。经调查，郑国确实很少到城西区，应该对那一片的情况不了解。据郑国说，当天晚上，他还找错了路，到达现场的时候，远远站在桥上想先看看马小兰的长相。结果他没有看到马小兰，只看到一个光头的男子蹲在油菜花地旁边抽烟。他以为马小兰带了男朋友来，就跑了。”

“你们怎么看？”师父问。

“不太肯定他有没有说真话。不过，结合外围调查情况看，郑国平时胆子很小，我们分析他不敢干这种胆大的事情，另外，确实有人证实郑国当天晚上8点10分还在离现场不远的一个小卖部问路，问的就是城西开发区入口在哪儿。”

“郑国身上有伤吗？”我想起了现场发现的流注状血迹，问道。

“没有，没伤，仔细检查了。”侦查员说。

“不一定有伤，不排除鼻血。”师父说，“目前难辨郑国的证词真假，等血液检验结果出来再说。另外，我觉得可以去做一个现场实验，看看郑国是不是在说谎。”

“什么实验？”大队长问。

“现在马上8点了，今天天气和案发那天差不多。”师父说，“我们去现场，站在桥上，看油菜花地的旁边如果蹲着一个光头的话，郑国能不能看见。按理说阴天是很难看见的。”

“对，”我觉得师父这招应该管用，“如果根本不可能看得见油菜花地旁边的情况，那么说什么看见光头男子抽烟就肯定是在说谎了。”

8点10分，我们一行人马准时到达了上午发现的作案现场进行现场实验。

晚上的现场和白天似乎有些不一样，但并不是想象的那样伸手不见五指。白天仿佛没有动静的厂房原来晚上都在生产，雪亮的灯光从窗户照射出来，把油菜花地照得挺亮。这个实验不用做了，因为我们连错落有致的油菜花都可以清楚看到，更别说一个人蹲在那儿了。

“看来郑国说的是事实啊。”我说，“那么这个光头就很可疑了。”

“现在不仅仅是光头的事情。”师父说，“下午你说的问题也值得思考。为什么凶手没有捂压死者的口鼻腔，死者不呼救吗？显而易见中心现场旁边的厂房在这个时间点还在开工，厂房里面肯定有人，窗户透出来的光线可以照到强奸发生的地方，犯罪分子不害怕惊动厂房里的人？”

“我还在想，为什么凶手能够轻松脱掉死者的衣物，又能把衣物穿得那么整齐。”我说，“没有光线肯定是不行的。目前看，这样的光线足够完成了。不过，师父说的问题确实值得思考。”

“我们可以去厂房里面看看吗？”师父问。

“没问题。”大队长带着我们绕到厂房正面的大门，走进了厂房。

没有想到看起来破旧的厂房，隔音效果如此之好，外面并没有发现多大的噪音，可是走进厂房，却发现厂房内的噪音非常大，连近在咫尺的人互相说话都要扯着嗓子。原来这是一家印刷厂，为了不打扰附近居民休息，内装潢采用了隔音材料。

“这样看，即便是外面敲锣打鼓，厂房里也听不见一点儿声音了。”我恍然大悟。

师父说：“这，不是关键。目前看，凶手肯定是熟悉这个厂的情况的人，甚至有可能是这个厂的职工！”

我点了点头，说：“对，如果不熟悉，肯定不敢在这面墙的外面犯罪。即便在这里犯罪，也应该阻止马小兰呼救。正是因为凶手非常了解厂房的情况，所以才用更多的力气控制马小兰的双手，而不顾她的呼救。”

“是的。”师父赞许地点了点头，“肯定是熟悉这个厂的人作的案。去问问，这个厂里有光头吗？”

“真找光头？郑国的话靠得住吗？”大队长说。

“既然通过调查肯定了郑国对这一片不熟悉，那么基本可以否定他的作案可能。既然不是他作案，那他就没有必要撒谎。”

师父的话还没有说完，我们都沉默了，因为我们看见了一个剃着光头、身穿印刷厂工作服、40岁左右的男人拎着一个水桶从外面走进了厂房。更让我们感兴趣的是，这个男人卷起了衣服的袖子，右上臂清晰可见两道血红的抓痕。

男人走进厂房，乍一抬头看见一屋子的人，而且有几人身着警服，转头就跑。

我和师父相视一笑，因为我们知道他跑得再快，也绝对快不过我们的刑警。

看着刑警将光头押上警车，我和师父一拍即合，悠闲自得地去街边大排档吃了一顿夜宵，打着饱嗝儿走进了县公安局刑警大队审讯室。

只是一顿夜宵的工夫，光头就全部招供了。原来案发当天，光头和平常一样，8点左右去石河打水回厂房打扫卫生，经过油菜花地的时候，发现一个年轻女孩背着书包正在油菜花地旁边翘首以待。看着年轻女孩窈窕的身姿，光头立即产生了歹念，趁女孩不注意将她拖进油菜花地里靠近自己厂房的墙边企图实施强奸。马小兰誓死不从，抓破了光头的手臂，光头一时恼怒就掐住了马小兰的脖子，本来是想吓唬吓唬她，没想到自己用力过猛，待他松手时马小兰已经断了气。发现马小兰已经死亡，光头吓得魂飞魄散，跑到油菜花地边抽了根烟，觉得尸体要是放在这里，他一定脱不了干系，于是他又重新回到现场，穿好了马小兰的衣服，将其扔进石河，想伪造死者死于失足落水的假象。未曾想，24个小时以后，警察就出现在了他的厂房里。

想到马小兰惨死的场景，我又没忍住脾气，上前打了光头两个耳光，同样被侦查员拉了开来："别打、别打，打伤了会说我们刑讯逼供，不利于案件起诉……"

我愤愤不平地回了宾馆，又一次觉得心头沉甸甸的。在这个草长莺飞的季节，一个鲜活的生命就这样永远消失了。逝者已矣，唯有祈愿她那饱受折磨的父亲能够得到有效的救助，让这个无辜的孝顺女孩的在天之灵可以安息……

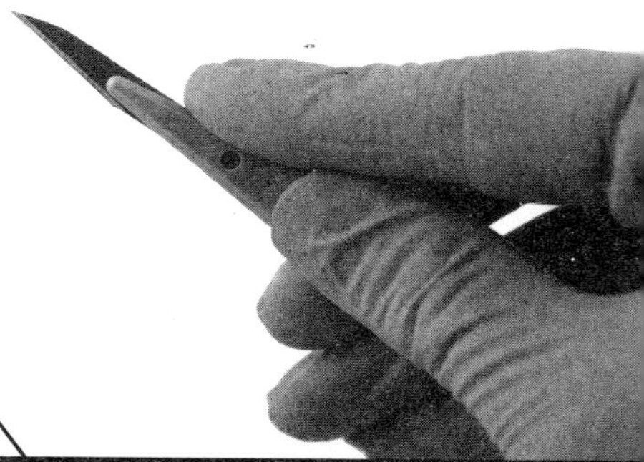

# 第十四案　死亡骑士

## 1

光阴似箭，岁月如梭，一晃我已经参加工作近3年了。

3年的时光转瞬即逝，我一路跟着师父奔赴各种凶险的现场：有的恶臭难忍、蝇蛆满地，有的充斥着毒气，有的随时都会爆炸，有的暗藏了烈性的传染病病毒……但只要有师父在身边，看着他冷静、淡定地处理问题，听着他有条不紊地分析着解剖发现的线索，就算是再危险的地方，我也总能找到一些安全感。

但人毕竟是血肉之躯，我心目中神一样的师父也终究不是神。哪怕他依然还会在压力最大的关头，给我们说一些一点儿都不好笑的冷笑话，可他的身体还是出卖了他，疲倦的神态偶尔会从他那全神贯注的眉眼里不经意地流露出来，也是在这个时候，我隐约有了一些不好的预感。

2008年的春天快要结束的时候，师父忽然说：“我的左耳好像听不见了。”

说这句话之前，师父正坐在自己的椅子上，把电话从左手换到了右手，之前还在要求对方大声点儿说话的他，脸色忽然变了。那天早上他破天荒地请了假，很快，他又破天荒地住了院。

师父没有办法不住院，因为医生诊断说，这是疲劳过度导致的内耳血管痉挛，如果不及时医治，可能会导致单耳失聪。住院第三天，师父一个电话把我叫到了病床前。

“这么久以来，你表现得很不错，有成为一名优秀法医的潜质。”

师父的开场白居然是这么直白的赞扬，我一时间不知所措起来。以前在破案的过程中，即便我发挥了关键的作用，师父也只用眼神肯定过我。

“你做好准备了吗？”师父接着问道。

“啊，什么准备？”我又开始忐忑起来了。

“独当一面的准备啊，你不能每次总跟着我出现场吧？”

“师父你不过就是内耳血管痉挛嘛，怎么搞得好像要提前退休似的？”我开着玩笑。

“你啊，”师父没理会我的玩笑，整个人似乎又严肃起来了，“你也看到了，现在各地对我们省厅法医的信任度越来越高，我们需要出勘现场的次数也越来越多了。我一个人，肯定是不行的。你跟了我也3年了，该有些独立办案的能力了。”

“可是，我不是得先拿到主检法医师的资格才能独立办案吗？”我犹豫着，说实话，我的确没有想过这一天会来得这么快，“虽然我的确是双学士学位毕业的，但是毕竟工作年限还不够，这会不会不符合规矩啊……”

“嗯，要先获取主检法医师资格，才能成为第一鉴定人，这个是没错。”师父说，“但是参与命案侦破不同于检验鉴定，能力要大于虚名，我觉得你可以去试一试自己的身手了。”

师父这话一说，我那不祥的预感更加强烈了，难道这么快就要赶鸭子上架了？

“咳，能不能成为省公安厅的主检法医师，”师父反倒微笑起来了，“要看这套考卷你能不能及格——洋宫县刚刚发生了一起案件，是交警处理的，但在进行尸表检验的时候发现了异常，目前性质还没定，他们请求我们的支援。”

判明案件的性质，这可是法医工作里责任最大，也是最难的部分。交通事故的死亡事件里，县级公安机关法医的职责，就是通过尸体检验来确定性质，排除他杀的可能。但这次他们居然向省厅求助来确定性质，可见这起交通事故肯定不简单。

听师父这么一说，我立即就慌了："不是吧，考题这么难？上来就考性质？"

师父看见我慌乱的表情，更是乐了："干吗这么不自信？你可是我教出来的徒弟。好歹也是省厅的主检法医师，你以为是那么容易当的呀？"

师父都放出话来了，我想赖也赖不了了，只有乖乖就范："是什么案情？"

"早上我刚接到电话，就把你叫过来了。尸体还在现场，你现在就赶去洋宫县吧，去了就知道案情了。车子在楼下。"师父扔给我一把警车的钥匙，"我不担心你会考不及格，倒是担心你开车安不安全。"

"放心吧，我6年驾龄了。"我心不在焉地答道。

洋宫县是省城的下属县，离省城只有30公里的路程，我半个多小时就到达了洋宫县公安局，然后在早已等候在公安局大门口的刑警大队长的指引下，驱车赶到案发地点：洋宫县洋桥镇。

隔得很远，就看见现场围着密密麻麻的人，时不时还能听到警察对讲机中发出吱吱嘎嘎的声音。我忽然有了一种进入拳击赛场的感觉，人山人海，嘈杂喧闹，唯独师父不在身边。当我停完车，拎着现场勘查箱走进警戒带的时候，瞬间感到了四面八方聚集过来的目光，我的心跳加速，甚至连耳朵都敏感起来了，隐约听到有人低声议论着：

"这就是省厅来的法医？看上去这么年轻，靠谱吗？"

"他一个人来的？他师父呢？"

"不会还是学生吧？脑门子都出汗了……"

……

洋宫县公安局的法医姓林，算起来也是我的师兄，我强颜欢笑地过去和他打招呼，算是寒暄。林法医一边和我说话，一边忍不住左顾右盼，神色里掩饰不住的失望和诧异，最后他的目光停在我身上，可那眼神里，满是怀疑。

他什么都没说。

我暗自深吸了一口气，开始工作吧！

当然，第一步就是熟悉现场的环境。我绕着现场走了一圈，心渐渐平静了下来，这是一座南北走向的小桥，桥上没有护栏，桥底下也没有水流。从桥上往下看去，这桥大概有3米多高，桥底长着茂密的荒草，也堆满了生活垃圾。桥边是一个小型的集镇，每天上午8点到下午3点，这个小集镇上会有很多商贩，但过了下午3点就很少有人了。

"这附近有住户吗？"我问侦查员。

"没有。最近的住户也在2里地以外，这里就是集镇。"

"这桥下面怎么有这么多生活垃圾？"我站在桥边，小心地往下看，发现桥下有很多诸如白色饭盒、塑料袋之类的垃圾。

"这儿没人打扫，小集镇上的摊贩平时吃了午饭，饭盒什么的垃圾都往这下面扔，时间长了，就全是垃圾了。"侦查员倒是很耐心地和我解释。

桥上支着一辆七成新的摩托车，摩托车上黏附了一些泥土。摩托车的旁边停放着死者的尸体，尸体的衣着很完整，衣服上貌似看得到血迹。尸体的脸上也黏附着泥土，让人看不清死者的表情。

"什么案情？"我问。

林法医挥手叫来了主办本案的交警同志，交警说："前期调查都结束了，情况是这样的：26号，也就是前天下午，一个叫胡丽丽的中年女子到洋桥镇派出所报案，称她的丈夫失踪了。"

"下午报失踪？"我微微诧异。

"是的，据她说，25号晚上她照例回娘家，26日早晨回到自己家，发现家里的被子叠得很整齐，以为自己的丈夫上班去了。可是到中午的时候，她丈夫吴明路打工的工厂厂长给她打了电话，问她吴明路为什么没有去上班。她当时就慌了，和吴明路的父亲一起到吴的朋友家找了一圈，没人见过他，于是下午就去派出所报了案。”

“吴明路平时晚上几点下班？”我问。

“他一般是早晨7点出发去工厂，晚上7点从工厂回家。工厂到家里的距离，骑摩托车要半个小时。”

“胡丽丽25号晚上几点回娘家的？”

“她回去得早，下午5点就到了位于隔壁村的娘家。她娘家人和邻居都能证实胡丽丽25号晚上一直在娘家。”

“也就是说，她25号晚上就没有看见吴明路，是吗？”我问。

“是的。”

“这辆摩托车是吴明路的？”我指着支在一旁的摩托车说。

“确证了，是死者的。”派出所民警说。

“好吧，您接着说。”我示意交警同志继续介绍情况。

“今天，28号，也就是胡丽丽报案两天后，早晨一个摊贩报案，说发现桥下有一具尸体。我们赶到的时候，确证死者是吴明路，他躺在桥下，身上压着摩托车。群众报案是说有个人骑摩托翻到桥下去了。”交警同志指着桥下的一处荒草被压倒的地方说。

“今天早晨才看见的？”

“是的，这个我们详细问了，一般不会有人站在桥上往下看，扔垃圾都是站在离桥几米处往桥下使劲儿一扔，桥下有垃圾和荒草，尸体没被人发现也很正常。看尸体附着的泥土状况，死者应该是在这个桥下躺了两天了，而且这两天下雨，我们看死者的衣服都是湿的，应该是失踪的时间段就掉下去了。”

我简单看了看尸体的外表，点点头，对交警同志的分析表示认可。

“25号，吴明路上班的状况……”我接着问道。

“25号晚上7点，吴明路准时下班的，这个都调查清楚了。”

“他一般在哪里吃饭？”

“都是回家吃饭。”

我蹲在桥边仔细地看着水泥小桥的边缘，说：“你们认为可能不是交通事故的原因，是因为桥边没有擦划痕迹，对吗？”

我的这一说仿佛出乎办案人员的意料，他挠了挠头说：“这个……呵呵……这个我们还真的没有想到。我们还是认为这有可能是一起交通事故的。”

“是我提出疑点的。”林法医插话道，“接到交警的电话后，我就赶过来进行尸表检验，简单地看了尸表之后，觉得有点儿不对。尸体除了头上有几处严重的损伤以外，其他肢体没有损伤。毕竟发现尸体的时候，摩托车是压在尸体身上的，从这么高的地方跌落，摩托车又压上了身，怎么可能没有损伤？”

“我觉得有可能。”交警说，“我们发现的时候，摩托车是一边车把着地，一边后备箱着地，正好这两点把摩托车架空了，而尸体除了头部位于摩托车底盘的位置以外，其他的肢体正好就躺在这个空隙处。可能就是那么巧，摩托车只砸在了他的头部。”

我从数码相机中看到了原始现场的照片，点了点头，觉得交警说得有理。

林法医看到我赞同交警的意见，连忙说：“摩托车底盘能形成头部几处挫裂创吗？”

我笑着说：“别急，有争议，说明这个案子有意思，有意思的案件可能都是存在很多巧合的，至于损伤形态，我们验尸的时候再说。我刚才说了，如果是骑车从桥上跌落的，为什么桥边没有擦蹭的痕迹？”

交警坚持自己的观点，走到小桥的一边说：“这个桥是水泥的，但桥头两边是很陡的斜坡通到桥下，如果死者是为了避让车辆，直接从桥头边的斜坡处摔跌下来，那么自然不会在水泥的桥边留下痕迹。斜坡是土坡，下过雨后，即使有痕迹也没法发现了。”

我走到斜坡边看了看，尸体原始位置是在桥北头东边的斜坡下方。看照片，摩托车的车尾应该是紧靠桥北头东边的旱沟河床边。

“如果是速度很快地从斜坡冲下了桥，由于有初始动能，尸体和摩托车怎么可能跌落得离河床这么近？”我说，“桥又有十多米长，死者不可能从桥南头冲过来这么远，对吧？这样看起来，倒像是骑着摩托车慢慢从桥北头斜坡处掉下去的。没有初始动能啊。”

我的话让交警陷入了沉思。林法医看我开始支持他的观点了，高兴地点点头，说：“对对对！秦法医的这个分析有道理。”

## 2

我笑了笑，说：“呵呵，这只是推测。很多交通事故有很奇怪的现象，没法逐一解释，是因为交通事故的过程是多变的，不在场是很难还原重建的。”我引用了师父曾经的一句话，意思是让大家都不要先入为主，要用充分的依据说话。

我接着说：“根据刚才说的，死者应该是从桥北向桥南这个方向跌落桥下的，现在我要问，死者的家在哪边？单位在哪边？这条路是不是必经之路？”

“死者家住北边，单位在南边，这桥是他上下班的必经之路。”派出所民警说道。

“那就是说，死者是在从家往单位去的方向掉落桥下的。”我说。

交警点了点头表示赞同，突然又像想起来什么似的说：“对了，摩托车是处于在档状态的。”

我看了看身旁的摩托车，确实处于在档的状态，可能是跌落后熄火了。但是我注意到了摩托车的大灯是处于关闭状态的。

“不说那么多了，现在立即开展工作吧。”我学着师父的口吻开始指挥了，“分四个步骤，第一，下去看看尸体着地的现场；第二，去死者家里看看；第三，检验尸体的衣着；第四，解剖尸体。现在，请殡仪馆同志把尸体拉走吧，我下去看看。”

说完，我换上了高帮胶靴，小心翼翼地从桥头北侧东边的斜坡慢慢地下到旱沟里。这个斜坡真的很陡峭，而且因为前两天下雨，显得很滑，从这么高的地方安全地下到沟底还真不是那么容易的事情。好在在刑警学院学到的本事还没有忘记，几步一跳，我顺利到了沟底。

沟底都是杂草和垃圾，好在今天的阳光很好，温度挺高，所以沟底并没有多少烂泥。

桥北头东边的沟底见到一个貌似人形的凹陷，应该是尸体的位置，因为连续两天下雨，尸体因重力下沉，在土壤上留下尸体的痕迹。人形凹陷的凹坑内和周围都是一些脏兮兮的生活垃圾，垃圾上没有看见多少血迹。我蹲在地上，戴上手套，将垃圾一点一点地从凹坑内拣出去，凹坑底部的土壤渐渐显露出来，原来沟底是很松的黄沙土地，看起来没有什么异常。

我在交警同志的帮助下，又从沟底爬上了桥面。我掸了掸身上的泥土，站在桥头设想了一下死者驾驶摩托车的途径，突然觉得有些奇怪，但我只是想了想，并没有说出来："要不，我们去死者家里看看？"

我开着车，带着林法医以及两名侦查员，在侦查员的指引下，一路颠簸，到了死者的家里。

死者家位于小村的深部，远处可以看到尘土飞扬的施工工地。死者家就在一排平房的中间。侦查员说："只有死者家和隔壁这一家住人，其他的住户都在外打工，一般没有人回来住。"

我抬眼看了看死者家的房屋，一个大大的院子，白墙黑瓦，铝合金窗户，从门外看去，屋内整洁亮丽，地板砖雪白，黄色的组合家具也很气派。这房子盖得很大气，说明死者生前还是比较富裕的，明显超出了隔壁几户。

我信步走进死者家的院落。死者的妻子胡丽丽斜靠在屋门边儿上，一脸的伤心，失魂落魄。我悄悄走近她："大姐，我能进家里看看吗？"

胡丽丽没有看我们，只是黯然地点了点头。

我走进屋内，一股刺鼻的乳胶漆的味道扑面而来。

我悄悄问侦查员："他们家最近刷了墙？"

侦查员说："哦，这个我们调查过了，最近这边房子要拆迁，吴明路家的房子大，如果再装潢精美一些的话，拆迁款会多很多，所以在吴明路失踪之前，他们家就开始装修了。"

"吴明路失踪以后呢？"我问。

“他失踪以后，仍在装潢，昨天刚弄好。”

“这个装潢的时间段，也太巧了吧。”我走到墙边用手指蹭了蹭雪白的墙壁，感觉墙上的乳胶漆仿佛仍没有全干，“装潢一般在每天什么时间段开展？”

“早上9点到下午2点，吴明路不在家的时间。”侦查员说，“这个问题，隔壁邻居证实了。”

我在吴明路的家里绕了一圈，突然发现壁橱的角落里放着一本做工考究的日记本，本子上写着吴明路的名字。我大声问道：“大姐，这个日记本我可以看看吗？”

靠在门沿的胡丽丽黯然点了点头。

我翻开日记本，本子里工整地写着每一天的日期，日期后面是花销的账目。看细目，应该是吴明路的个人账本。

我无心关心吴明路的日常花销，飞快翻到日记本的最后一页。“5月25日，香烟10元，白酒12元，晚饭8元。”

“既然吴明路是早七晚七的上班制度，白天他肯定不在家，记不了账。”我压低了声音，兴奋地说，“这笔账应该是25日晚上吴明路回到家才记的。说明吴明路25日晚上是安全到家了。我们需要侦查的时间段又缩短了。”

侦查员点了点头。

“他晚上8点才能到家，第二天早上7点半应该到厂里但是没有到，这个时间段便是死者被害的时间。”林法医说。

“师兄，咱不能先入为主啊，没有依据说他是被害的。”我笑着和林法医说。

“哈哈，也是。”林法医的态度明显改变了许多，看到我之前的几点发现，他对我的信任度也在增加。

我走出屋内，弯下腰问胡丽丽：“大姐，26号早晨，你回家以后，家里一切正常吗？”

胡丽丽仍然用一样的态度，默默地点头。

“被子也是叠好的？”

胡丽丽点头。

“请节哀吧。”看样子是问不出什么情况了，我安慰了一句，走出了死者家。

当我走出死者家小院，发现死者的邻居一家三口用一种欲言又止的眼神看着我们，我顿时从他们的眼神中读出了一些意思。难不成，他们是有话对我说？

我走到他们家门口，回头看看确认胡丽丽没有跟出院外，拿出茶杯说：“老乡，给我倒点儿水行吗？”

走进死者邻居家里，我立即问：“麻烦问一下，前两天，也就是25号晚上，你们听见什么动静没有？”

邻居小夫妇一齐摇了摇头。

“那你们对老吴的死，有什么看法呢？”

邻居小夫妇又一齐面露难色。

我看了看在门外等候的侦查员，说：“放心，如果你们有线索，就直说，你们也不想死者蒙冤对吧。我是省公安厅的，相信我。”

林法医在一旁附和：“对，没事的，说吧。”

邻居说：“其实也没什么，就是有一点儿怀疑，我们也说不好，只是听说老吴今天出交通事故死了，所以觉得有些蹊跷。”

“你们是认为老吴有可能是被别人杀的？”

“不是，我们就是觉得有些可疑。老吴失踪前一天，也就是24号，我家的三条狗丢了两条。”邻居说。

“丢狗？”林法医对邻居的文不对题感到有些意外。我挥了挥手，示意让林法医不要插话。

邻居接着说：“是这样的，我家养了三条狼狗，很乖的，可是24号下午我们从地里干活回来，发现丢了两条。巧就巧在丢的这两条是会叫的，剩下的那一条不会叫，却没有丢。”

“哈哈，这个没什么可疑，可能就是巧合，现在偷狗的那么多。”林法医还是忍不住插话了。

“您的意思是说，可能是有人有针对性地把你养的两条会叫的狗弄走，就是为了能潜入死者家里作案？”我打断了林法医的话。

“是的，是这个意思。不然偷狗一起偷了就是，为什么就偷会叫的。”邻居说。

我也觉得这个线索不能作为认定吴明路是被杀的依据，接着说：“还有什么吗？”

“还有，15号开始，老吴家就在装修，20号左右就听见老吴和胡丽丽吵架，说什么离婚离婚的，听起来好像是老吴怀疑胡丽丽和装修工人有不正当关系。”

“他们家的装修队有几个人？”

“哪有什么装修队？我们农村搞装修，找个朋友就来装了，就一个人，什么活儿都干的。关键是老吴失踪了，他家还在装修，没有停工，直到昨天才停工的。”

听起来，邻居提供的这两条线索都没有什么直接的价值，不过，我也算不虚此行，这些小线索在我心里激烈地碰撞着，可惜并没有碰撞出我所期望的火花。

现场勘查完毕，我们又去死者家里绕了一圈，不知不觉已经到了正午。我饥肠辘辘地和林法医到小集镇的路边摊买了碗牛肉面，狼吞虎咽地吃了下去。“吃得好饱。”我揉了揉肚子说，“走，殡仪馆，干活儿去。”

洋宫县殡仪馆法医学尸体解剖室内，吴明路安静地躺在尸体解剖床上。我们到达的时候，两名刚参加工作的法医已经开始对尸表进行照相、录像，并将死者的衣服逐层脱了下来。

死者的衣着很完整、很正常，下身是裤衩和外裤，上身是圆领长袖T恤和外套，脚上穿着鞋子和袜子。

我迅速地穿上解剖服，戴好手套和口罩，把死者的衣物小心地铺在准备好的塑料布上，一件一件地检查着。

我看了看尸体头部的伤痕，又看了看死者的圆领T恤衫，蹲在地上思考了一番，指着圆领T恤衫肩膀上的血迹说：“师兄，这个血迹，你不觉得很奇怪吗？”

## 3

林法医看了看衣物，没有说话。我接着说："死者全身只有头部有几处开放性损伤，也就是说，只有头上能出血。死者如果是从桥上跌落的话，摩托车压在死者身上，死者也不可能坐起来，那么，头上的血怎么会流到肩膀上呢？"

林法医眼睛闪了一闪，说："对对对！不过，我们不先入为主，假如死者的血流出在脑后形成血泊，下雨后，雨水稀释血液在死者的头颈肩部形成血水泊，那么血水泊是不是就有可能浸染到衣服的肩膀部位呢？"

我想了想，林法医说的还是有一些道理的，怎样才能排除这个可能呢？我随后又拿起了死者的外套，看了看，说："师兄刚才说的可能性可以排除了。"

林法医看了看外套，说："对！如果是血水泊浸染的话，应该先浸染到外套，才有可能浸染进穿在内侧的T恤，而外套没有血！"

我笑着说："这可是重要发现，根据这两件衣服的情况看，死者头部受伤的时候应该是上身直立位，所以血液才会流到肩膀上；第二，死者头部受伤的时候，应该没有穿外套，所以血液才会流到穿在内侧的T恤上！"

"哈哈！伪造的交通事故现场！"林法医说。

"别急，我们看完尸体以后再下定论！"我淡定地说道。

死者的损伤很简单，全身没有明显的损伤，除了头部的四处挫裂创。

"我就是觉得摩托车砸在头上不可能形成四处创口。"林法医说，"交警还和我抬杠，摩托车底部也没有血迹啊。"

"交警毕竟不懂法医学知识，他们说一次损伤有可能形成四处创口也不无道理。"我说，"摩托车我仔细检查过了，有明显被雨水冲刷过的痕迹，如果真的是摩托车砸的，不留血迹也有可能。"

"一次撞击，可以形成四处创口？"林法医看到我态度的转变，感到有些诧异。

"是的，摩托车的底部有很多突起的大的螺丝钉，如果这些螺丝钉同时砸在死者的头上，确实有可能一次形成四处创口。”我用止血钳仔细地钳起创口周围的皮肤，“这些创口内都有组织间桥，是钝器损伤，所以如果一个一个创口分开看的话，不能排除是摩托车底的螺丝钉砸在脑袋上形成的。”

组织间桥是分辨钝器伤和锐器伤的重要依据。钝器打击在皮肤上，形成创口的机理是撕裂；而锐器砍击、刺击在皮肤上，形成创口的机理是割裂。撕裂的创口中的软组织自然不会整齐地断裂，而会有软组织纤维相连。

“那，这个损伤，说明不了问题？”林法医问。

“能说明问题。”我学会了师父的斩钉截铁，“根据创口形态来判断案件的性质，这个要看条件，这个案子具备这样的条件。我们分辨是否是由于摩托车的一次砸击才形成多处创口，不是根据创口的多少，而应该是根据创口的方向。”

林法医的脸上出现了恍然大悟的表情。

我接着说：“我们仔细观察一下死者头部的四处创口，结合创口下面的粉碎性骨折形态可以分析，死者顶部的两处创口方向是垂直的，没有皮瓣。”

“颞部的两处创口也是垂直的，也没有皮瓣啊！”林法医仔细检查了尸体颞部的创口后说。

“哈哈，可是头顶部和头颞部不在一个平面上啊，如果和两个相互垂直的平面都垂直，那么力自然不会是在一条线上。”我说得有点儿绕，但是林法医很快明白了过来：“对！和颞部垂直的力，就应该和头顶平面平行，如果和颞部、顶部都平行，那么只能是两个方向的力！”

“是的，即使摩托车底部有再多的螺丝钉，也不可能一次在他顶部和颞部同时形成垂直的创口，所以，造成头部四处创口的力，不是一次形成的。这样分析，死者死于颅脑损伤，而导致颅脑损伤的不应该是交通事故，而是钝器打击。”

有了这样的分析，林法医的心里有了底，看来他之前的怀疑是正确的。

我们继续按照规范系统解剖了尸体，在确认其胸腹腔没有异常以后，林法医开始穿针引线准备缝合了。

我说：“等等，我再仔细看看颈部。”

我仔细地分离了死者颈部的肌肉群，在他右侧的胸锁乳突肌下居然发现了片状的出血。

“又一个意外的发现。”我高兴地说，“死者的颈部皮肤没有损伤，深层肌肉有出血，说明死者生前颈部受过力，虽然不是致命损伤，但是可以肯定不是摩托车之类的硬物撞击形成，应该是诸如手掌之类的软物压迫形成的。”

“你是说，他被别人掐过脖子？”

“是的，被掐过！”我说，“这个掐脖子不是为了置他于死地，而是为了固定他的体位，方便打击头部。我开始也纳闷，如果死者是在运动过程中被打击，或者被打击后立即倒地，不可能会有那么多血迹流到他的衣服上。”

“对。应该是头部受伤以后，死者仍有一会儿的时间处于上身直立的体位。”

“头顶部的损伤应该就是凶手掐住死者脖子把死者固定在墙壁后打击形成的，颞部的创口应该是死者倒地后，凶手恐其不死，又补了两下。”

“师弟是在现场重建啊！”林法医的眼神中仿佛露出了一丝崇敬。

“重建得对不对，一会儿我们检验一下他的后背，看后背有没有出血就可以验证了。”我笑着说，“现在我们要取出死者的小肠，精确推断一下死者的死亡时间。”

经过师父的潜心研究，根据小肠的情况推断死者死亡时间和最后一次进餐的关系，已经有了比较准确的计算公式。

我们小心地沿着肠系膜，把死者的整副小肠取了下来，蛇形排列在解剖台旁边的停尸床上。经过计算，死者的死亡时间应该是末次进餐后5个小时，离次末次进餐9个小时。

“经过调查，死者下午4点钟的时候吃了一顿，我们上午查看了他的记账本，他晚上肯定回了家，而且是买了晚饭回了家。再根据我们目前的死亡时间推断，得出两个结论，根据下午的这一顿到死亡之间有9个小时推断，死者的死亡时间应该是26日凌晨1点。”我数学一直很差，掰着手指头算着，“死者晚上7点从厂里走，7点30分到家，如果他8点钟吃的晚饭，那么过5个小时，也正好是凌晨1点。所以我敢肯定，死者的死亡时间是26日凌晨1点。”

“哈哈，这又是一个依据！”林法医这时候心里已经有底了，说，“凌晨1点，他不可能骑个摩托车出门。”

到了这个时候，我觉得我的这次考试，很有可能要高分通过了，难以压抑心里的激动，说：“现在我们把尸体翻过来，检验他的后背吧，看看我之前重建的现场对不对。”

不出所料，死者后背的浅层肌肉有明显的受挤压形成的出血痕迹。

“被凶手掐住脖子压在一个平面物体上，这个时候死者的上身处于直立位置，这就说明，刚才提到的平面物体应该是垂直于地面的，比如说墙壁。”我信口说道。

“这个推断有用吗？”林法医问。

“有一点点用。”我笑着说，“说明作案现场有墙啊！我们发现死者的地方可没有墙壁，所以凶案现场不可能是我们发现尸体的现场。真正的凶案现场应该是在室内，说白点儿，就是死者的家。”

“结合死亡时间看，死者确实应该是在他自己家中遇袭的。”林法医说，“这可是个精心伪装的现场啊。不过我还是有一点儿疑问。”

我看着林法医，意思是让他问。

“既然他是凌晨1点在家中死亡的，为什么他家床上的被子是叠好的？他要起早上班啊，那么晚了怎么可能不睡？凶手又不可能杀了熟睡中的死者后又帮他叠好被子。”

我笑了笑：“师兄糊涂啦。被子是叠好的，可不是我们说的，是他老婆说的。既然死者是在家中被害的，我觉得他老婆可能有重大嫌疑，他老婆在这个问题上也有可能撒了谎，这就更反映出胡丽丽的可疑。”

“师弟你也不能先入为主啊，不能随便就受到了死者邻居的误导，胡丽丽可是有扎实的不在场证据的！”林法医说。

“我知道肯定不是胡丽丽干的，胡丽丽干不了。因为死者被凶手掐住固定后，被打击的部位是头顶部。”我看到林法医想插话，伸出手阻止了，说，“别急，我知道你的意思，我没有根据死者的损伤在头顶部而说凶手和死者肯定有身高落差，因为死者有可能是坐在床上被掐住，这样死者是坐着、凶手是站着，自然会形成体位落差。所以不能通过死者的损伤在头顶就说明死者和凶手有身高落差。我想说的是，凶手应该比死者强壮得多，不然一只手就能控制住死者？”

林法医点了点头。

“但是，”我接着说，“如果真的像邻居说的那样，胡丽丽和他人有奸情的话，不能排除是胡丽丽唆使奸夫来行凶的啊。你不觉得胡丽丽的这个不在场证据太巧合了吗？”

林法医说：“嗯，说的是有道理，但还是得靠证据来说话。尸检可以结束了吗？”

此时我和林法医已经在解剖台前站了5个小时，林法医不断地扭着他有一点骨质增生的腰部。

“师兄有腰疾，先下吧，我和你的助手继续。”我说。

“还要解剖什么？”

“既然是第一次主持案件侦办法医工作，我要做到万无一失。”我说，“我想把死者的脊椎打开，看看椎管内有没有出血。如果死者是驾驶摩托车从桥上跌落的，又是仰卧着地，那么他的脊椎肯定有伤。换句话说，如果像我们之前推断的，死者是死后被抛下桥的，他的椎管内是不可能有血的。”

林法医点点头：“那我先下了。”

我和实习法医一点一点分离了死者脊椎附近的肌肉组织，然后用开颅锯锯开了死者的脊椎骨。

椎管内，居然全是血。

## 4

这个发现太出乎意料了，怎么可能？出血是生活反应，难道死者还真的是跌落桥下的？难道我们之前的分析推断全部错误？

林法医傻在那里，我也傻在那里，就这样傻傻地站了几分钟，我是真的没了主意，于是脱下解剖服，给师父拨通了电话："师父，我遇见问题了。"

"考试还能请教老师吗？"师父在电话那头用调侃的语气说道。

我知道师父只是和我开开玩笑，他一向主张人命大过天，绝对不可能因为这是对我的考试，而置一起命案于不顾。所以我没有理会师父的玩笑，继续问道："简单点儿说，我认为这个案子的死者是被人杀害以后，被抛下3米高的桥下的，仰面着地。但是为什么死者的椎管里会有血？"

师父在那边沉默了一会儿，说："你有充分的依据证明死者是被杀害以后从高处抛尸的吗？"

我的大脑又迅速地转了一圈，接着说："有充分的依据！"

"死者死亡几天了？"师父说。

"到今天，快3天了。"

师父笑道："要懂得坚持自己的观点。抓大放小知道吗？法医是人不是神，不可能把所有的问题都解决。"

"可是，这个问题解决不了，案件性质的判断就有问题，我心里就不得劲儿。"

"解决得了。"师父的话锋一转，"高坠导致脊椎损伤，不是看椎管内有没有血。第一要看脊椎有没有骨折。"

"没有骨折。"

"第二要看脊髓有没有损伤。"师父说。

"嗯，看脊髓吗？"我一边说，一边打着手势，让实习法医把死者椎管内的硬脊膜剪开。

硬脊膜被剪开了，呈现出一条雪白的脊髓，完整、干净、没有出血。

我扑通乱跳的心终于又重新平静下来。

"脊髓没有出血损伤。"我说，"哈哈，师父，这是怎么回事？为什么脊髓没有损伤而椎管内会有血呢？"

"因为尸体腐败，硬脊膜牵拉椎管内的神经根和小血管，导致小血管的破裂，所以才会在椎管内发现出血。简单说，就是腐败造成的。”

这排除了一切可以驳斥我观点的问题。挂了师父的电话，我信心满满，昂首挺胸地和林法医一起坐上车。

“师兄，我们掌握了这么多关键的线索片段，现在要去专案组把这些线索片段串联起来。”我高兴地说。

晚上8点，我顾不上吃饭，和林法医一起走进专案组会议室。会议室里，侦查员和交警同志都在等待我们的到来。

“交警同志赶紧回家吃饭吧。”我进了门就急着说，“是凶杀。”

我肯定的态度引起了专案组的一片嘈杂。

大队长显然已经做足了心理准备，说：“能肯定吗？”

“能肯定。”我坐了下来，喝了口水，说，“我们长话短说，我从尸体检验情况开始说起。”

“死者死于颅脑损伤，死亡时间是26日凌晨1点。”我刚说完，会议室又是一片窃窃私语，看来死亡时间的推断，让侦查员们也开始相信这真的不是一起普通的交通事故。

“依据之一，死者的颈部有软物形成的损伤，摩托车形成不了。”我说，“依据之二，死者的头上四处创口，是两个不同方向作用力形成，摩托车一次形成不了。依据之三，死者的脊椎没有损伤，不符合高坠后后背着地应形成的损伤。依据之四，死者的会阴部没有损伤。”

尸检的时候，我注意到了这个细节，但是没有和林法医说，所以林法医也很诧异：“会阴部？”

“是的，如果死者是骑跨着摩托车跌落翻滚，会阴部应该有挫伤。”我说完，全场都在点头。

“根据以上四点依据。”我接着说，“尸检情况充分表明，死者是先被别人掐颈固定在墙壁上，然后用钝器打击头部致死。”

我停顿了一下，大队长感觉意犹未尽：“这就完了？”

“当然没有完。”我笑着说，“现在我来说现场情况。依据之五，死者的跌落位置是桥北头东侧，死者家住桥北面，而当天晚上死者肯定已经安全到家，如果是死者再次从家里出来是由北往南骑，经过小桥跌落的话，按照驾驶车辆靠右行驶的惯例，死者驾车应该沿桥的西侧行驶，即使跌落也应该是跌落在桥北头西侧。即便是死者逆向行驶，我在现场也说了，由于速度动能，死者不可能紧贴着桥头跌落，应该冲出去一段距离，死者的这个位置应该是从桥头北侧东头位置垂直跌落。”

大家继续点头。

“再说摩托车。”我又喝了口水，“依据之六，摩托车虽然处于在档状态，但是大灯处于关闭状态。既然吴明路是在凌晨1点伸手不见五指的时候死亡的，怎么可能不开车灯骑车到现场？他总不可能是在跌落的瞬间关闭了大灯吧？但如果是凶手驾驶摩托车运尸到现场，为了不引起别人的注意，关灯驾驶就解释得过去。”

“对！而且我们通过衣着检验，判断死者受伤的时候，上身处于直立位，如果是跌落桥下则不可能。这是依据之七。”前面的两个依据我之前没有透露，直接在专案会上通报，说得林法医热血沸腾，忍不住插话说出了我的第七点依据。

我笑着点了点头，继续说：“根据上面的七个依据，我认为死者是在睡眠状态中被人惊醒，然后被人掐压固定上身后打击头部致死。死者死亡后，凶手给死者穿了衣服，运送到发案现场，伪造了一个交通事故的现场。杀人现场应该是在死者家里，既然凶手能和平地进入现场，那么死者的妻子就脱不了干系。不知道我上述的七个依据够不够。当然，还有很多算不上依据的可疑之处，比如胡丽丽当天晚上过于巧合地不在场，比如死者失踪以后他们家的装潢工作仍在进行，比如说死者邻居家三条狗中有两条会叫的狗案发前突然神秘失踪，比如说死者应该是在夜间睡眠时间遇袭，胡丽丽却说第二天早晨回家后见家中的被子是叠好的。”

听我如此简单快捷而且有理有据地判明了案件的性质，大队长显得非常高兴：“这么多依据足够了！不过，我想知道，胡丽丽为什么会去杀她的老公？有什么作案动机呢？”

“我听他们邻居说，吴明路和胡丽丽曾经有过剧烈的争吵，因为胡丽丽可能与装潢工有奸情，吴明路最近在和胡丽丽谈离婚。”我说。

“就因为这个杀人？”大队长摸了摸额头，说，“夫妻吵架而已，用作杀人动机，好像有一些牵强啊。”

“开始我也觉得挺牵强，所以也和邻居私下交流了一下。”我说，“据说，他们那片房子要拆迁，吴明路的祖传宅子也拆，拆迁款是70万元！我们设想一下，如果吴明路和胡丽丽离婚了，因为是婚前财产，这70万元胡丽丽拿不到一分钱，但是如果吴明路死了，根据继承法，胡丽丽理应继承这70万元拆迁款。一个女人有了新欢，又面临这一辈子也挣不到的巨款，所以动了杀机，这还牵强吗？”

大队长对我的分析也表示了认可，说：“有道理！不过，有证据吗？”

“如果可以确定凶案现场是在死者家中，就是指控胡丽丽是同案犯的有力证据。因为死者受伤会出血，胡丽丽不仅无视家中有血的事实，还谎称第二天早晨被子是叠好的。”我说，“不过，有个难点，就是死者家的墙壁在死者失踪后又粉刷了，不确定能不能找到死者确实死在自己家中的证据。”

“你是说，死者家中应该有血，只是现在可能找不到了，对吗？”大队长说。

“凶手杀了人，急于将墙上的血迹粉刷掉，下一步，我们铲去新粉刷的乳胶漆，不知道有没有希望发现浸染到墙壁内的血迹。”我说，“另外，偷狗的事情也应该引起重视，毕竟不会有那么多巧合，邻居家的狗养了这么多年没人偷，死者死前一天被偷，恰巧被偷的是会叫的狗。这确实很可疑。所以下一步，要派一组人搜查装潢工的家，看能不能找到偷狗的工具和药品。”

第二天一早，我和几名侦查员到了胡丽丽家。

心里有了底，我们的眼神也就充满了冷峻。当胡丽丽看到我们气势汹汹地走到她家门口，冷冷地审视她的时候，她居然扑通一声跪了下来。“我都交代，我都交代，不是我杀的吴明路，能不能不判我死刑？”胡丽丽哭喊道。

没有想到案件侦破会进展得这么顺利，在胡丽丽被押上警车的时候，我和林法医也开始了在吴明路卧室寻找血迹的行动。法网恢恢，疏而不漏，血迹真的让我们找到了。

捷报频传，负责搜查装潢工的家的侦查员和技术员们也获得了战果，装潢工的摩托车后备箱中真的放着一根套狗的绳索，上面还依稀黏附着几根狗毛。

获取了这么多间接证据，而且这些证据可以形成一套完整的证据锁链，所以审讯工作进展得也很顺利。在铁证面前，装潢工也没能扛住多久，很快就交代了他受胡丽丽唆使杀人毁迹的犯罪事实。

原来胡丽丽和吴明路的感情一直不错，直到胡丽丽认识了装潢工赵某。为了能有更多欢聚的时间，胡丽丽提出了请赵某来家装潢，以获取更多拆迁款的建议。这个建议很快被吴明路采纳了，但是赵某和胡丽丽的奸情也很快被吴明路察觉。吴明路对妻子的行为感到愤怒，并表示一定要离婚。想到马上到手的70万元拆迁款就要不翼而飞，胡丽丽便心痛不已，于是找赵某密谋杀害吴明路。

25日晚，胡丽丽借故回娘家，走之前将家门钥匙放在门框上面。26日凌晨，赵某潜到吴明路家，用胡丽丽放在门框上面的钥匙开门进屋。本来赵某是想趁吴明路熟睡的机会杀害他，未曾想，他摸黑走路的时候不慎碰倒了放在客厅的酒瓶。吴明路突然惊醒，发现赵某并与其进行一番打斗，身体孱弱的吴明路败下阵来。赵某杀害吴明路后，为吴明路穿上外衣外裤和鞋子，驾驶吴明路的摩托车把尸体运到小桥旁，精心伪造了一个吴明路驾驶摩托车跌落桥下的交通事故现场。

26日早晨，胡丽丽回家后发现家中墙壁有大量血迹，立即慌了神，赶紧喊来赵某共同打扫了现场，为了掩盖墙壁上的血迹，他们在已经刷过乳胶漆的墙壁上又刷了一层。当他们看到交警处理吴明路死亡现场的时候，心里还在暗自庆幸计划成功了，未曾想，仅过了24个小时，他们就戴上手铐脚镣，在铁栏后面等待着法律对他们的严惩。

回到省城，我先去医院看望师父。师父的身体已经好了很多，听力也基本恢复。向师父汇报完案件的基本情况后，我心情沮丧地说："这么多命案，原因无外乎一个情一个财，如果每个人都能压制欲望、控制贪念，踏踏实实地过日子，就没有凶案了，那样的世界，多好啊！"

师父从枕头下面拿出了一个信封，笑着说：“别那么多感慨了，没用的，来点儿实惠的吧。赶紧摆场子，请弟兄们吃饭。”说完把信封扔给了我。

打开一看，一个绿色的小本本，上面有我的照片，还有一行字：授予秦明主检法医师资格。

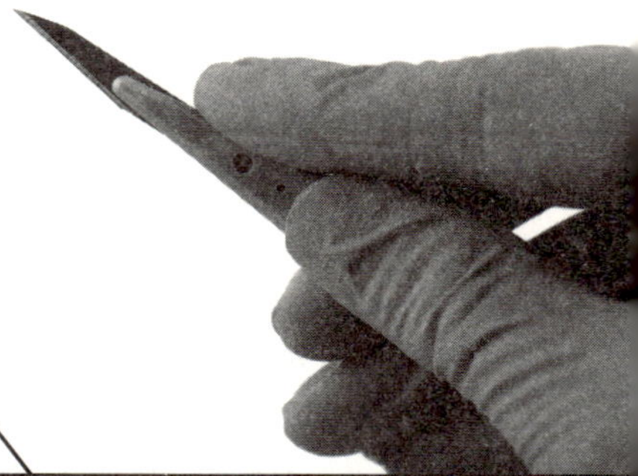

# 第十五案　天外飞尸

## 1

“这不是碎尸案件。”我抬起胳膊，用肘部揉了揉鼻子。

3个小时前，我接到了云泰市公安局的邀请，驱车来到了云泰市，处置一起无头女尸案。

尸体是前一天被发现的，当时清淤工人正在清理下水管道。这无头女尸出现在下水道里，尸体已经全身尸蜡化了，法医工作进行起来难度很大，云泰市公安局便邀请了我们一同参与案件的侦破工作。

比起初次见识尸蜡化的那天，我已经驾轻就熟了很多。尸体穿着的是冬季的衣服，由于衣服的层层包裹，加之下水管道内缺氧、潮湿的环境，尸体的蜡化已经有很长的时间了，看上去也不再滑腻不再潮湿，已经完全压缩、干硬，就像放置很久没有使用的肥皂一样。

我们艰难地脱去了死者的衣物，发现尸体蜡化后保存得还比较完整，虽然皮肤的特征形态已经完全消失，但是可以看得出尸体全身没有明显的损伤。因为人体组织不能辨认，内脏组织器官也都腐败殆尽，我们只有一块一块地把皂化的软组织掰碎，在淤泥和皂化组织中寻找骨头。

“这不是碎尸案件。”我说，“你看，这7根颈椎都很完整地在这里。”

我一边说着一边把从尸体剩余组织中挑出来的骨头一一排列在解剖台上。

黄支队长向上推了一下眼镜，背着手说：“人家是鸡蛋里头挑骨头，你这是尸体里面挑骨头啊。”

“碎尸案件中将死者的头颅割下，通常是在第三、第四颈椎之间。”我指了指颈椎，“第一颈椎直接连接头骨上的枕骨大孔，位置很深，没人能够在这个地方下刀的。”

“有道理，有道理。”黄支队长点了点头。黄支队是我的大师兄，比我高10届，也是法医出身。虽然当了支队长，但是法医的情结依旧根深蒂固，所以他还会经常参加命案侦破中的法医检验工作。

“而且，死者的颈椎完整，没有切割的痕迹。”我说。

“不过，很多碎尸案件中，凶手下刀都走关节和椎间盘，比如外科医生作案。”黄支队长说，“10年前我就碰到过类似的案件，比庖丁解牛更加游刃有余。”

“当然，我还结合了其他因素。”我说，“凶杀案件里有杀完人后给死者穿好衣服的，但没有碎了尸还给尸块穿衣服的。所以，死者死的时候应该是穿着现在的这身衣服对吧？”

死者的衣服破烂不堪，不是因为尸体在下水道待的时间长，而是死者原本就穿着一身破烂不堪的衣服。

“如果是死后割下了死者的头颅，大量的血液会从断裂的大血管断面流出，那么死者的衣着肯定会沾染血迹。”我一边说，一边仔细地检查死者穿着的多件衣物的领口，“可是她的衣服没有血，所以我认为死者全身没有开放性损伤。”

黄支队长也凑过头来看了看死者衣服的领口，接着问道：“死因可好定？”

我摇了摇头，说：“尸体条件太差了，但是应该可以排除机械性损伤和机械性窒息死亡。死者的舌骨完好。”

突然，我从整整一解剖台的尸蜡组织中发现了一颗白白的尖尖的东西。我把这个东西周围黏附的泥土剥离后，高兴地说："看，是一颗牙齿。"

牙齿在无头尸体案件中的作用是非同凡响的，这个案件也是如此。我用酒精仔细地擦蹭着，擦得这颗牙齿锃亮发光。

"牙颈部有红晕，是玫瑰齿现象啊。"我说。

玫瑰齿是法医判断溺死的一种参考依据，虽然现阶段国内很多法医研究机构否认玫瑰齿和溺死之间有必然的因果关系，但是我从多年的法医实践工作中发现，玫瑰齿对于溺死的判断还是有一定的参考意义。

"可能是溺死。"我说，"看牙齿的磨耗，死者应该不到35周岁吧，只有一两个齿质点[①]。"

法医会通过牙齿的磨耗程度来推断死者的年龄，主要是根据齿质点的出现和多少。

"如果不是碎尸，那么死者的头呢？"黄支队长问道，"你的意思是说她的头自己掉了？"

"嗯。"我点了点头，"尸体完全尸蜡化后继续腐败，导致软组织皂化，椎体一节节分离，所以再没有什么东西能把死者的头和她的躯干相连。因为尸体重，头轻，所以她的头可能被下水道中的水冲走了，或者是被其他的清淤工清理走了，只是没有发现而已。"

"今年初我们这儿下大雨发大水，所以冲走的可能性还是很大的。"黄支队说，"估计尸体埋得比较深，正是因为大雨冲走了部分上层淤泥，所以今年的清淤工作才发现了尸体的躯干。现在，我们关心的是，死者是什么时候死的，以便我们查找尸源。"

我从一堆尸骨中找出了一根肋骨，说："师兄你看，肋骨腐败得只剩骨皮质了，其他的骨头骨皮质也都脱落了。这样的现象说明，死者在这种潮湿的状态下应该有3年以上了。"

---

① 齿质点：牙齿的咬合面上，因为磨耗而出现的小黑点，根据齿质点的数量可以大体推断死者的年龄。

“你是说2006年冬天以前的事情？”黄支队问，“2006年以前，这个范围太广了吧？哪一年以后可以判断吗？”

我摇了摇头，说：“这个恐怕还真不好说。”

死者的衣服质量很差，但是看得出来，身上穿的几件毛线衣都是手织的。我说：“这个岁数穿这种衣服，应该不是一般人，很可能就是家里穷得揭不开锅。不过死者应该是有家的，有家就好，就能找得到尸源。”

说罢，我拿起了死者的牛仔裤。死者衣物的口袋已经被几个年轻法医检查过了，说是什么也没有。但是，我找到了一件东西。

我从牛仔裤的前腰口袋里拿出了一枚锈迹斑斑且被淤泥和尸蜡组织紧紧包裹着的硬币。我说：“不是说口袋里没东西吗？”

黄支队长看见我从口袋里找出了东西，皱着眉头训他身边站着的小法医：“怎么检查的？这都没找出来？不就这么几个口袋吗？”

小法医委屈地说：“我也摸到了，但是以为是一个泥块呢，再说了，硬币有什么用？说明她有五毛钱吗？”

我没有理会小法医的辩解，用手术刀慢慢地刮着硬币，直到把硬币上的图案和字都暴露了出来：“你觉得这五毛钱硬币没用吗？它简直就是个关键物件，太关键了！”我压抑不住内心的喜悦。

黄支队长戴上手套，把硬币拿过去仔细地看着，说：“有什么用？”

我用止血钳指了指硬币下的“2005”字样说：“硬币都有发行年份的，这枚硬币是2005年发行的。2005年发行的硬币能装在死者的衣服里，说明死者肯定是2005年以后死亡的，对吧？”

黄支队拍了下脑袋，说：“对，也就是说，死者只可能是2005年冬天或2006年冬天死亡的。这就好查了！”

这段时间，因为频繁地跑现场，我已经疲惫不堪了，加之想知道这个案件的调查结果，于是在云泰市逗留了一天。

从中午吃完饭，我一觉睡到晚上8点，才被急促的手机铃声惊醒。我揉了揉惺忪的双眼，伸了一个懒腰，才懒洋洋地拿起了手机。

“都没敢打扰你，休息得怎么样？还没吃晚饭吧？”是黄支队的声音。

“好久没睡这么爽快了，算是把觉给补足了。”我说，“肚子饿了，要不师兄请我去吃炒面片？”

路边摊上，我和黄支队面对面坐着，我狼吞虎咽地吃着云泰市的特色小吃炒面片，一边吃一边问道：“看师兄这么有空，估计案子查清楚了吧？”

“是啊，你分析得很准。”黄支队说，“已经查清了，死者是一个小村子里的人，一个精神病患者。2006年冬天，现场附近在开发，因为排水不好，所以那段时间窨井盖都是敞开的，以便维修。死者跑到窨井口边上，对着井里说话，家里人去拉她，结果没拉住，死者掉了下去。那时候下水管道水流很急，等民警和消防队赶到的时候，已经看不到人了，派人下去打捞也没打捞出来。当年的报警出警记录都调出来了，没问题。”

“哦，那就放心了，不是碎尸案，你们就不用那么辛苦了。”我嚼着美味的炒面片，说，“身份确认了吧？”

“死者的软组织都腐败没了，现在用骨头在做DNA，时间恐怕要长一些。”黄支队说，“这只是为了确认证据而已，衣着都对上了。”

“那就好，那就好，明早我就回去了。”又顺利解决了一起案件，我的心里无比欣喜。只可惜死者的家人疏于看护，导致悲剧的发生，虽然死者是精神病患者，可那也是一条活生生的生命。我和黄支队开始你一句我一句地感慨起人生。

“话说最近我们云泰真是稳定。”黄支队突然转了话题，“别说碎尸案了，杀人案都很少很少。”

我摇了摇手，说：“师兄千万别这么说。案件这玩意儿邪门儿得很，你说没有，说不准明天就要发案。”黄支队捅了我一下：“乌鸦嘴。”

有些事不相信不行，就是那么邪门儿，第二天早晨我没能如约返回省城。

## ● 2

早晨7点半，因为前一天下午睡多了，晚上熬夜上网的我还没有起床，就被手机铃声吵醒了。还没有去看手机屏幕，我就有了一种强烈的不祥预感，前一天晚上在路边摊儿上和黄支队长说的那番话萦绕在耳边。“不会真邪门儿了吧？”我心里想着，拿起了手机。

“别走了，乌鸦同志。”黄支队急促的语气中不乏调侃，“可能还真让你说中了。”

“命案？”我说，“有头绪吗？”

“还不清楚。”黄支队说，“高度怀疑是碎尸案件。”

“不是吧！昨天那起案件你也说是碎尸。”我不敢相信可疑的碎尸案也会连发，“什么情况？”

“不说了，10分钟后我来楼下接你，辛苦你了，一起去看看，如果排除了是案件，我再放你回去。”黄支队说完挂断了电话。

师父不仅把本事传授给我，同时还把一听见有案件肾上腺素就会迅速分泌这一特征传染给了我。我挂断电话，从床上弹起来，用5分钟就洗漱完毕，然后整理好衣着在宾馆大厅里等候黄支队的到来。

黄支队的时间观念很强，10分钟后，我就看见了闪着警灯的警车从宾馆大门口飞驰进来。

“早晨6点30分，一个老大爷打电话报警称，在我市郊区的一座高速公路大桥下面发现了一个崭新的塑料袋，塑料袋的外面有血，透过塑料袋好像能看见里面有类似人头发之类的黑乎乎的东西。”黄支队简要地介绍情况。

“打开以后呢？里面是什么？”我像是在听故事，看关键时候黄支队停住了，便好奇地问道。

“没打开，我接报以后就要求辖区派出所把现场周围封闭了，没人动那个袋子，等我们过去了再看。”黄支队说，“我是害怕他们会破坏一些关键的物证。”

“切，”我说，“我以为什么呢，原来还不一定是案件啊，说不准是动物组织呢，这么兴师动众的，吓我一跳。”

“有肉有血有头发的，怎么不是案件？”黄支队说，“你见过什么动物长黑头发？不过看来你是福将，看你去了能不能为我招来一点儿福气，不是案件最好了。”

“福将”这个名称我很喜欢很受用，我笑了笑，没有说话，默默接受了。

警车在市区里行驶了半个小时后，开进了狭窄的乡间小道。云泰市是我们省比较发达的城市，交通便利，所以在很多城郊的位置都会有高速公路高架桥通过，我们随后到达的现场也正是在其中一座高速高架的桥下。

本身这个偏僻的地方就没有多少住户，但是因为十几辆警车的开进和长长的警戒带的拉起，现场的周围还是聚集了很多群众。

这是一片开阔地，周围都是农田，零星可见几栋雅致的两层小楼，可见当地的农民生活条件还是很不错的。警戒带围着的现场应该曾经是一片池塘，现在已经干涸了，土壤湿漉漉的，周围长满了杂草。一座宏伟的高速高架桥横跨这片干涸的池塘，桥架得很高，我们在下面只能听见车辆开过的呼呼的声音，却看不到桥上的汽车。

警戒带里，两名民警拿着本子正在询问一位花白头发的老大爷。老大爷边说边用手指了指前方一个白色的塑料袋。

两名痕检人员穿着胶鞋深一脚浅一脚地从池塘的边缘向塑料袋走去，边走边把塑料袋周围的可疑足迹和其他痕迹拍照固定。我在一旁看着着急，也穿上胶鞋向池塘内走去。

经过几个人的反复勘验，并没有发现很新鲜的足迹和轮胎印，也没有发现什么有价值的线索。

我慢慢地接近塑料袋的旁边，戴上橡胶手套，小心地解开塑料袋口的绳结。为了不破坏绳结，我一层层地把打成死结的数层绳结逐一解开。当我打开袋口的时候，一股血腥味伴随着腐败的臭味扑鼻而来。我抬起胳膊揉了揉鼻子，定睛往袋里一看，原来是一头乌黑亮丽的长发，头发被血浸染，糊在一起。

我的心里扑腾一下，知道这下不好了，还真是出碎尸案了。我这个福将的名称很快就要被乌鸦嘴取代了。

我拉开袋口仔细地观察了袋子里的情况，确认没有什么其他可疑、有价值的线索和物证后，伸手进去抓住头发，往上一拎，原来是一颗血淋淋的人头。

站在一旁的一名痕检员是警校刚刚毕业的小女孩，她看我突然从塑料袋里拎出一颗沾满血迹的人头，吓得啊了一声，连退两步，因为我们站的地方是干涸的塘底，有齐踝深的淤泥，小女孩没有站稳，一屁股坐在泥里。另一名痕检员赶紧挪过去扶她。

我仔细地看了眼这颗人头，虽然被鲜血沾糊了颜面，但是白皙的皮肤和红润的嘴唇显示她应该是一名年轻的女性。她的一双杏眼微微地张开，无辜地看着我。看着这颗恐怖的人头，我也突然觉得后背一阵凉风，没再细看，把人头又装回袋里。

“哎呀，不止一个袋子啊。”痕检员一边说一边指着摔倒的女警的旁边地上，“这儿也有个类似的塑料袋。”

我顺着痕检员的指间看去，果真如此，女警摔在地上，一只手刚好按在另一个塑料袋上。女警意识到自己的手按在了另一袋可能是尸块的东西上时，吓得缩回手哇哇大哭起来。

我笑了笑，觉得这个女警可能以后再也不愿意参加现场勘查了。我慢慢走近另一个袋子，打开，果不其然，里面装的是一个女性的骨盆。骨盆的上端从腰椎处被截断，大肠膀胱和子宫拖在外面，滴着鲜血；骨盆的下端从两侧股骨头截断，还隐约可以看到剩余股骨头残渣露在肌肉的外面。

“奇怪了。”痕检员扶起仍在抽泣的女警，说，“这里没有任何足迹，犯罪分子的进出口在哪里呢？如果站在池塘的岸上，扔不了这么远啊。”

我直起腰环视了一周，指着头顶上，说：“那就只可能是‘天外飞尸’了，肯定是从天上掉下来的。”

痕检员抬头看去，看见我们头顶上横跨着一条高速高架，说：“对，也只有可能是从那上面抛下来的了。”

“如果是从高速高架上抛下来的，那么剩余的尸块很有可能仍有不少在附近。”我说，“高速公路上停车很危险，下车抛尸更需要冒着被高速公路上其他车辆里的人发现的危险。所以凶手如果选择在高速公路停车抛尸，通常会在没有车经过的时候，伺机下车把尸块全部抛完。”

“嗯，这里有很多杂草，我们多叫几个人来找找吧。”痕检员向池塘边挥手，示意塘边的民警都下来帮忙寻找。

很快，由10多名民警组成的搜索队伍都下到塘底，开始了地毯式的搜索。不出意料，搜索队一共又发现了7个塑料袋，分别装着双上肢、双大腿、双小腿加脚掌，以及躯干。

看来裹尸袋里的人体组织已经可以拼接成一个完整的尸体了，我宣布搜索结束，将尸块运到了岸上。

我走上池塘的岸边，跺着脚，把鞋底的泥巴蹭掉。黄支队长走过来问："乌鸦，尸体找全了？"

对于黄支队的这个称呼我早已做好了心理准备，说："找全了，年轻女性，抛尸地点应该是高架桥上，现在你恐怕得派痕检员去高架上看看能不能找到什么痕迹。"

"怎么肯定是在高架上？"黄支队看了看很高的高架，又看了看池塘的周围，不放心地问。

"第一，池塘里除了我们现场勘查员留下的足迹，再没发现其他足迹，如果凶手不下池塘，站在岸边根本不可能抛到那么远。"我说，"第二，每个塑料袋的下方都有很深的凹坑，说明塑料袋坠落下来具有一定的动能，如果是站在池塘岸边抛，首先凹坑的方向不应该是垂直的，而且不可能形成那么深的凹坑。如果在桥上扔，就有可能。"

黄支队点了点头，说："乌鸦，其实我不怕碎尸案，碎尸案不难侦破。不过这个案子恐怕就没那么简单了，因为在高速上抛尸，很有可能不是我们本地的，甚至不是我们本省的，尸源不好找了。"

我点了点头，碎尸案的尸源寻找是最重要的，但如果是外省的失踪人口，恐怕就没那么容易找得到了。如何在最短的时间内查找到尸源，就要看法医能不能尽自己所能为侦查提供一些线索、缩小查找的范围了。所以我们没有多说什么，一路呼啸着把9个塑料袋拉去殡仪馆，立即开始尸体检验工作。

## 3

云泰市公安局法医学尸体解剖室的解剖台上，我们已经将9袋尸块拼接成了一具完整的尸体，看上去是个容貌姣好的女性。

我们反复查看每一块尸块的形态，并没有发现开放性损伤。

“看来可以排除机械性损伤死亡。”参与本案尸体检验的高法医一边清洗掉手套上的血迹，一边说，“没有开放性损伤。”

“但是，你没有发现尸体的尸斑很浅淡吗？”我说。

尸斑是在人体死亡后2小时左右，由于血液循环停止，心血管内的血液因重力作用，沿血管网向下坠积，高位血管空虚、低位血管充血，透过皮肤呈现出的暗红色、暗紫红色斑痕，这些斑痕开始是云雾状、条块状，最后逐渐形成片状。一般尸斑浅淡多见于严重失血或者溺死的尸体上。

“看来死者在死后不久就被肢解了。”黄支队插话说。

“是的，既然死者不是死于失血性休克，那么因为死后被肢解而大量失血，尸斑也可以是几乎不可见的。”我补充了一句，“杀完人能够迅速完成尸体肢解的动作，说明凶手肢解尸体的工具应该是随手可以找到的。”

我拿起血腥味浓重的死者的头颅，看着食管、气管的断段和暴露的颈椎骨渣，突然感觉到一丝恶心。我抬起胳膊揉了揉鼻子，仔细看了看尸体头颅和躯体的断裂面。

“颈部肌肉全部被血液浸染了。”我说，“难以从皮肤和肌肉有无出血判断死者的颈部是否被掐压。”

“可是死者的窒息征象是很明显的。”高法医说，“口唇和牙齿完好，可以排除捂压口鼻腔导致的机械性窒息。”

我没有说话，慢慢地沿着死者颈部的断段切开颈部皮肤，暴露出死者的气管。先检查了死者的舌骨和甲状软骨，都没有发现骨折。我摇了摇头，说：“颈部不像是遭受过暴力作用。”人体的舌骨和甲状软骨很脆，如果颈部受压可以致死的话，经常可以发现舌骨或者甲状软骨的骨折。这两处的骨折也会成为法医推断机械性窒息致死的一种依据。

“既然不是掐颈，不是捂嘴，那怎么导致窒息的呢？”我很疑惑，“难道是溺死？”

带着问题，我小心地切开了死者的气管。

虽然有血液倒流进入死者的气管，但是可以清楚地看见死者的气管壁黏附有气泡，而且气管壁严重充血。

“难道真是溺死？”我用止血钳指着气管壁说。溺死的尸体如果不是气管内完全灌满了水，那么因为在水中剧烈地呛咳，经常会在气管内发现气泡。同时，因为呛咳，死者的气管壁会有明显的充血征象。

“怎么会是溺死？既然是溺死，凶手为什么要碎尸？难道打捞上尸体以后在野外碎尸？这个太少见了吧。”黄支队说，“会不会是血液流进气管后，因为尸块的摇晃而产生的气泡？”

“这个也有可能，那就要看……等等！”我看见高法医正在从死者腹腔里拉出胃，大喊道。

“如果是溺死，胃内肯定有溺液。”我接着说。

高法医吓了一跳，随后看了看躯干部的断段和已经截断了的肠，说：“这个恐怕看不出来吧。胃上的食管断了，胃下的十二指肠附近也被截断了，有水也流完了。”

我点点头，觉得高法医说得有道理：“不管怎么样，仔细一点儿吧，用干净的工具打开胃看看，不要挤压。”

当我们小心翼翼地打开死者的胃，惊喜地发现胃真的是充盈的，除了水，什么也没有。

“嚯嚯，当真有水，奇了怪了。”高法医说。

“可能是因为上端食管保存得比较长，尸块的体位也没有太大改变，所以没有反流。溺液刚刚进胃，死者就死了，胃的幽门闭锁，所以即便十二指肠下方被截断，胃内容物也没有过多流失。”我一边说一边用干净的舀勺把胃内的水舀进一个干净的玻璃瓶，“你们看，胃内的水还是显得比较清澈的，虽然有血液灌流进来，但是并没有发现泥沙、水草之类的东西。所以我觉得她呛的水应该是干净的水，不是小湖池塘之类的地方，送去做硅藻实验吧，就能确定了。”

“看来是在室内被溺水的。”黄支队说。我们都注意到了黄支队用的是“被溺水”这个词。黄支队接着说：“把死者的头发剃干净，如果她是头部被人摁在水里溺死的，那么她的损伤当然不在颈部，而应该在脑后。”

听到黄支队的想法，我非常高兴。这确实是很有道理的推断，颈部的肌肉被血液浸染，但是头皮质密，其下的损伤不会被血液破坏掉。如果在脑后发现有皮下出血，那么就更加印证了死者是被人摁入水中呛水身亡的推断了。

不出所料，死者脑后左右各见一处皮下出血，看形态，应该是手掌和拇指在死者脑后形成的痕迹。

在高法医发现死者脑后皮下出血的同时，我用放大镜仔细观察了尸体软组织和骨质的断段。

“死亡过程已经清楚了。”我说，“分尸工具看来也不难分析了。”

高法医和黄支队探过头看了看我手上拿着的放大镜照的地方。黄支队说：“嗯，手法拙劣，看来对人体组织不太熟悉。”

高法医也笑了笑，说：“是啊，专找致密的肌腱处下刀，不会找关节，刀子还不锋利。”

黄支队又仔细看了看断段，说：“软组织是用刀子割开的，但骨头不是，是用电锯锯的。”

我点了点头，对黄支队的分析表示认可：“是啊，骨质断段呈阶梯状，而且阶梯间隙整齐，不是手工锯，是电锯。”

“嗯，有电锯的人还真不多，你们家有电锯吗？”黄支队若有所思地说，抬起头问我们。

我茫然地摇了摇头，说：“刚才说了，凶手应该很容易找到肢解尸体的工具，那么说明凶手家里应该有电锯。”

“其实我不太担心发碎尸案。”站在一旁的黄支队看我们已经确定了死者被杀死的过程、明确了分尸工具，突然充满自信地说，“如果咱们能够再缩小尸源的寻找范围，侦查员就一定有信心破获。”

我知道死因查得再清楚，也难以对侦破案件发挥作用，但是查找尸源在碎尸案件中发挥着重要作用，只可惜眼前的这名死者确实太普通了。所谓的普通，是指我们在尸体上并没有发现任何能证明她身份的特征。

“没有特征，我们也得把基本特征总结出来。”没能发现重要的能够个体识别的特征，我也很沮丧。

这起碎尸案件，因为尸块全部找全了，性别、身高、体重自然不是问题，因为耻骨联合也在，年龄的推断也会很容易。

我拿起手锯锯下了死者的耻骨联合，走到水池旁，慢慢地分离耻骨联合上的软组织。

“奇怪了。”在检查死者腹腔脏器的高法医说，“死者的膀胱内有冰碴儿。”

我连忙走过去看，果真，从切开的膀胱内，高法医用止血钳钳出了几块小冰碴儿。

“最近附近地区虽已入冬，但是普遍温度在5℃左右，膀胱内的尿液怎么会结冰呢？”高法医说。

“难道是尸体在冰箱内保存过？”我说，“既然刚才分析了死者死后2小时之内就被肢解，说明死者被肢解后放进了冰箱冷冻？”

我拿起死者的上臂和下肢，检查着指关节的活动度：“尸僵完全缓解了。死者已经死亡2天以上了。”

“等等，我有点儿乱，得捋一捋。”黄支队揉着脑袋说，“目前看，死者应该是死后2小时被人用电锯和刀肢解，然后被放进冰箱冷冻。48小时以后，凶手从冰箱内拿出了尸块，然后抛尸到这里，是吗？”

我点了点头。

“可是，胃内也全是溺液，为什么就完全化冻了，而膀胱内的尿液却没有化冻完全还剩下冰碴儿呢？”一旁负责照录像的痕检员说。

“这个容易解释。”黄支队揉搓着自己的下巴说，“胃组织不如膀胱组织致密，保温效果也差。而且尸体腹部被截断，胃的一半暴露在空气中，而膀胱隐藏在盆腔内，周围的盆腔脏器和腹壁组织把膀胱包裹，化冻化得慢一些也是正常。”

“这个发现，有价值吗？”高法医问道。

我和黄支队都在思考，没有回话。我慢慢地剥离开死者耻骨联合的软组织，观察耻骨联合的形态。

“根据这个耻骨联合，估计死者24岁左右……”我的话还没有说完，就看见刚从省厅被指派过来的我的好友林涛急匆匆地走进了解剖室。

“抛尸点找到了。”林涛气喘吁吁地说，“从尸块坠落的上方，我们沿着高速公路边缘找到了抛尸点。那里的护栏上发现了滴落的血迹。只可惜这个地方正好没有监控。”

黄支队说：“如果真的是从高速上扔下来的，还真不好查了。这条高速公路是贯穿江南各省的主干道，即便不是高峰期，每天仍有数万辆汽车经过，如何查呢？”

我想了想，说：“如果是这样，那么膀胱内的冰碴儿就有用武之地了。”

## 4

我兴奋地说：“其一，既然死者从家里出发，到高速上抛尸，而尸体内的冰块还没有完全融化，那么至少说明了两个问题。第一，死者的家应该离我们这里不远，不需要数个小时日夜兼程的路程。第二，今天早晨发现的尸体，尸块不可能在现场停留了很久，被抛下的时间应该不长，所以只需要查一查昨天深夜经过前一个高速收费站的车辆就可以了。时间上圈定了，排查对象要少得多了。”

黄支队和高法医都对我的想法表示认可，笑着点头。

黄支队补充道：“高速上车流那么多，凶手决计不敢在白天停车抛尸，多半是深夜时分趁车少视线差去抛尸。”

林涛仔细询问了我们做出推断的依据后，又匆匆地走了。

“我觉得膀胱内发现冰碴儿，还有一个作用。”黄支队笑眯眯地说，“如果我们发现了犯罪嫌疑人，说不准有可能在冰柜中找到死者的血迹，这可是决定性的证据。”

“犯罪分子肯定会打扫碎尸现场的。”我点了点头，说，“但是冷冻尸体的冰柜未必能打扫干净。”

即便尸体已经被锯得支离破碎，但是出于对死者的尊重，我们还是把能缝合的皮肤都缝合了起来，让死者有个全尸。

缝合完毕后，我们脱下解剖服，逐个儿洗手的时候，黄支队接了个电话。挂断电话后，他面色凝重地说："可能我们低估了跨地抛尸的难度。林涛刚才来电话，他们去高速收费站简单查阅了过站数据，昨天晚上天黑后至尸块被发现的时间点，经过收费站的车辆，居然还有2000辆之多。"

"这么多！可见这高速公路是多么赚钱啊。"高法医在一旁说了句风马牛不相及的话。

"确实有点儿多了，这样逐个儿排查，要查到哪一年去？"我皱起了眉头，"可惜，这个冰块的融化时间因为受到车内、环境温度和机体组织暴露在空气程度的影响，侦查实验真的不好做，没法确定从冰箱拿出来几个小时后能融化到这种程度，不然还能再精确一些。"

"不错了，总比要查近几天经过的所有车辆要好。"黄支队在自我安慰。

我们几个人都傻傻地坐在解剖室隔壁的更衣间内，各自想着办法。

突然，我和黄支队的眼前都一亮，异口同声地说："裹尸袋！"

因为本案中装尸块的包装物都是普通的塑料袋，所以我们没有重视，只是检查确定没有有特征的附着物后，就放在了物证袋里。现在缩小侦查范围的工作出现了难题，我和黄支队又同时想到了那些印有花花绿绿字样的塑料袋。

我和黄支队重新戴上了手套，拿出9个塑料袋仔细地查看。

"能不能根据裹尸袋的质地，调查塑料袋的产地和销售范围？"黄支队拿出了其中3个塑料袋，发现塑料袋都没有任何异于其他塑料袋的特征。光秃秃的袋子，连个字都没有。

但是当黄支队拿出剩下的3个塑料袋的时候，我们似乎有了信心。

3个塑料袋上分别印着"三莲""万家乐"和"香"。

"三莲"和"万家乐"没有什么稀奇，我省到处遍布这两家超市，但是这个草体的"香"字十分惹眼。

"这个袋子很有特征啊，能查出来是什么地方的吗？"我指着那个印有"香"字的塑料袋说。

"这个我好像看到过，等等。"身旁的侦查员说着，随即拿起了手机拨着号码。侦查员简短询问几句后，挂断了电话，兴奋地说："香贵人专卖店的塑料袋。"

"香贵人？"我和黄支队、高法医异口同声道，我们似乎都没有听说过这个奇怪的名字。

"我爱人是开茶馆的。"侦查员说，"香贵人是一家茶叶的供货商，我爱人拿过一模一样的袋子回家。"

"好！查一查这个香贵人是什么来历。"黄支队一边脱掉手套，一边说。

整个下午我躺在宾馆的床上，思绪凌乱，理不清头绪，不知道下一步该从何处做起。

晚上的专案会上，对香贵人专卖店的调查已经完成。香贵人是云泰市的一家连锁企业，专做茶叶生意，共有4家门面，3家在云泰，1家在邻市琴陵。因为主要从事零售，且从业规模不大，所以4家门面均没有批量外销的记录。

"看来凶手在本市和琴陵市的可能性最大。"黄支队说，"虽然也不能排除有外地人买了茶叶带回去，但从统计学上看，还是在这两个市的可能性大，无论如何要从这两个市的车辆查起。"

"是的，如果是本市的，根据抛尸点位于高速桥北侧，可以断定他是从东收费站上高速，再从西收费站下高速返程。他完全可以找个市内没人的地方抛尸，或者开车去别的市抛尸，他没有必要上高速了还抛尸在市内。"我说，"所以我觉得在琴陵市的可能性最大。"

黄支队点了点头，说："为了万无一失，下面分两组调查高速各收费站的资料。第一，查原定时间内从本市东收费站上高速又从西收费站下高速的车辆。第二，查原定时间内从琴陵市收费站上高速，经过我市东、西收费站，又于几小时后从琴陵市收费站下高速的车辆。"

第二天一早，好消息就接踵而至。发案的当天晚上没有本市的车辆从东收费站上、从西收费站下；有4辆琴陵市牌照的车辆，于当天晚上从琴陵经过云泰，又于第二天早晨之前返回琴陵。4辆车的车主都已经查清。

"从2000辆缩减到4辆。如果凶手真的在这4个人中，我们的推断就发挥大作用了。"黄支队说，"现在就怕凶手是来本市或者琴陵市买的茶叶带回外地的。”

看到黄支队的担忧，我说：“不管怎么说，这4个人是要好好查查的。”

黄支队点了点头，正准备安排下一步调查，我连忙说：“还有个重点问题要注意。要查琴陵市附近有三莲超市、万家乐超市和香贵人专卖店的住宅小区。”

高法医说：“对，这个我没有想到。同时用了这3个塑料袋，那么凶手应该很容易找到这3个店的袋子，凶手很可能离3家店都很近。”

“那我们心里就有数了。”一名侦查员说，“我是琴陵人，我知道离三家店近的地方，只有几个小区。4辆车中有1辆车的车主蒋某就是住在其中的一个小区内，他是货车司机。因为他开货车搞运输，所以当天晚上来我市，又迅速离开，也很正常，开始我们觉得他嫌疑最小。听你们这样说，他的嫌疑就最大了。”

“他就是跑运输的？”我问，“可有什么兼职？”黄支队也急切地看着侦查员，因为我们想起了凶手家里可能有电锯之类的工具。

“主要是跑木材生意的，他在一个林场伐木，为周边城市运输木料。”侦查员说。

我和黄支队对视一眼，会心一笑。

“赶紧查他的社会关系。”我说，“既然碎尸，肯定是熟人。另外，找个机会去看看他的车，能不能找到血迹什么的。”

“好的，我们有个工作组在琴陵，我马上安排。”黄支队说。

话音刚落，负责外围调查的侦查员就传回了一个重要的信息，有一个轿车驾驶员在发案前晚上2点左右在案发现场附近看见一辆大货车停靠在高速公路路肩。因为大货车停靠的时候关闭了大灯，只开着跳灯，所以引起了驾驶员的注意。

“这样看来这个蒋某作案的可能性很大了。”黄支队说，“去办搜查手续，搜查他的车和他家的冰箱。另外，注意监控蒋某，如果他有想逃跑的意思，立即抓回来。”

5个小时以后，一阵尖锐的电话铃声吵醒了在专案组靠椅上已经睡着的我。电话的声音很响："蒋某家冰箱里发现了血迹，经过琴陵市法医的初步种属实验，是人血，DNA检验正在进行。"

黄支队喜上眉梢，重重地拍了一下桌子："抓人！"

蒋某到案后，并没有交代他的罪行。即便DNA检验已经确定了他家冰箱里的血迹就是死者的，蒋某依旧摆出一副死猪不怕开水烫的样子，一句话也不说。

蒋某坚持对抗了一整天，直到侦查人员查清蒋某有一位相熟的卖淫女，而这名卖淫女确定已经失踪了。

在卖淫女家属赶到云泰市认尸之前，蒋某终于在证据面前低下了他罪恶的头颅。

原来蒋某是这名卖淫女的常客，这一天和卖淫女一起洗澡时，因为卖淫女的几句玩笑话惹怒了蒋某，蒋某便殴打卖淫女，并将她的头按进浴缸呛水。没想到，呛了几下，卖淫女居然不动了。看到卖淫女死了，蒋某一不做二不休，学着电视上那样将卖淫女肢解、抛尸。他觉得没有人会注意到独自在外揽生意的卖淫女失踪，高速上又有那么多车辆，神不知鬼不觉抛弃一个卖淫女的尸体，应该不会被发现，警方肯定永远查不到他。没想到，裹尸袋出卖了他。

案件顺利破获了，但是当我和黄支队看到卖淫女残疾的养母一把鼻涕一把泪地哭喊着，当我们得知卖淫女是一个被收养的孤儿，残疾的养母和智障的弟弟全靠她一人在外挣钱养活的时候，我们怎么也高兴不起来。

黄支队说："生命无贵贱，她虽然是卖淫女，却是一个好姑娘。"

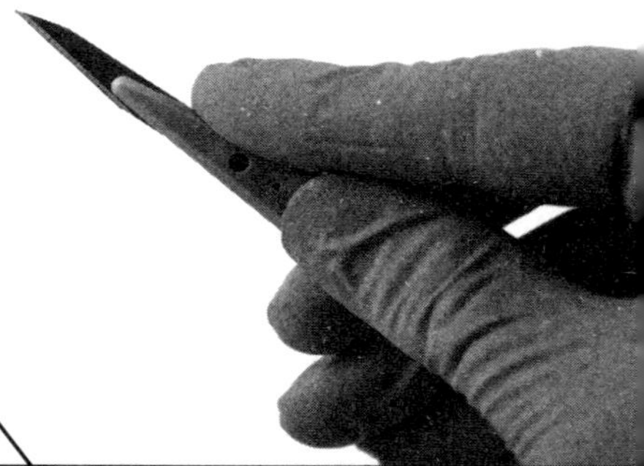

# 第十六案　枕边魔影

## 1

转眼间，炎炎夏日又卷土重来。盛夏的早晨也让人觉得烦躁，太阳对着大地喷吐着热焰，知了在树上不停地聒噪着，路上行人稀少，店铺门可罗雀。

我走出办公室抬头看了看头顶的烈日，摇了摇头。法医都是不喜欢夏天的，即便我这个畏寒的人，对夏天也有着畏惧。我想道理大家都明白，是因为巨人观。

“好在这个案子不是巨人观。”我侧头对并肩行走的永哥说。

永哥是汀棠市公安局主检法医师，目前正在省厅接受为期2年的技术培训。省厅每年都会从各地市抽调骨干力量来省厅工作，一来是给各地法医骨干提供接触更多特大疑难案件侦破工作的机会，二来也是减轻省厅法医工作负担。这种培训方式叫“以师带徒”，是由我的师父来为全省法医带徒弟。“传帮教”的形式在刑事技术工作中是非常重要的，也正因为我省刑事技术专家的作用，我省刑事技术人员得以一代一代茁壮成长，越来越多地在侦查破案中发挥不可或缺的作用。

以上学的时间论，永哥比我高5届，是我的师兄，但是从拜师的先后顺序来看，我是师兄。于是乎，我们都称呼对方为“哥”。

其实这应该是一个美满的假期。因为东奔西跑、每年出差200天以上，总队长为了照顾我们日渐强烈的不满情绪，给我放了一周假。这实在是一个好消息，工作好几年了，从来没有公休过，也没有补过加班假。假期的第一天是周六，早晨6点我早早地起床，收拾好行装准备和铃铛去武汉旅游，就在这时候电话铃响了。

“你的假往后推一推。”师父知道用商量的口气一定会被我义正词严地拒绝，所以他用上了命令的口气，“汀山县一起命案，一死两失踪。”

“可是，我这……我好不容易……”对我来说这是噩耗，我情绪激动，语无伦次。

“人命大过天。”师父打断了我的话，“科里的人全部在出差，你不去怎么办？”

我默默地挂断电话，安慰了铃铛几句，骑着我的小电驴风驰电掣地赶到了厅里。

办公室里，永哥已经在候着我了，见我进门，说：“师父催得紧，赶紧出发吧。让我们9点之前赶到。”

我抬腕看了看表，已经快8点了：“那是要快一点儿，至少得一个小时的路。”我拎起勘查箱，和永哥并肩走出了办公室。

有很多朋友质疑为什么很多警察都是因车祸牺牲，其实道理很简单，侦查破案时间不等人，快一分钟可能就会有不同的结果，当然，快一分钟也可能就会酿成惨剧。我紧紧地抓着扶手，任凭警车呼啸着在9点之前赶到了100多公里外的汀山县。

永哥是汀棠人，汀山县是汀棠市下属县，所以永哥对汀山县轻车熟路。很快，我们到达了现场所在地，汀池镇。

“你这一去学习，我们市这半年命案发了10多起了。”汀棠市公安局刑警支队年支队长打趣地对永哥说，“你走了，压不住势头啊。”

简单的寒暄以后，我和永哥戴上口罩、鞋套、手套和帽子，跨进警戒带。

现场位于这个小村落边缘的一座平房内。平房是三联体结构，从平房正中的大门进入后，首先看到的是客厅，客厅的东西两边各有一个门框。西边的门框没有木门，只有一块花布帘把西房和客厅隔开。东边有一扇木门，此时正虚掩着。

进入大门后，就看见客厅的东边墙角处摆放着一张单人钢丝床。床上垫着一张草席，席子上躺着一具老太太的尸体，一条花色毛巾随意地搭在尸体的腹部。尸体面向墙壁，左手无力地搭在钢丝床边，指甲呈现出暗紫红色，显得阴森可怖。

“西边的这间是杂物间。”刚刚做完地面痕迹勘查的痕检员说，“里面全是杂物，地面条件非常差，没有取证的可能性。”

“有翻动痕迹吗？”当地法医已经经过了尸表检验，初步判断死者是被掐扼颈部、捂压口鼻导致机械性窒息死亡的，所以我更关心案件的性质，一边问，一边撩开帘子小心地沿着勘查踏板走进杂物间。

“初步看，死者生前生活习惯不好，里面很乱，但不像有翻动的痕迹。”痕检员说。

屋内杂乱堆放着各种破旧的家具、废弃的三轮车和一些瓶瓶罐罐。杂物上都积了很厚的灰尘，应该不是被凶手翻乱的。

我走出了西屋，来到东屋。东屋的一张大床上垫着一张旧席子，席子上两床毛巾被向两边掀开着，两个枕头状态正常地放在床头，床的另一头搭着一条黄绿色的裙子。

我绕着现场的三个空间走了一圈，家具、抽屉、柜子都没有被翻动的痕迹。我说：“应该不是侵财。听说是一死两失踪，这个房子还住着哪两个人？”

侦查员听见我发问，走过来说：“具体情况还正在调查中。目前查清的是死者老太太叫孙玲花，她的老伴十几年前就因病死亡了。平常孙老太带着她的孙子曹清清住在东屋。一个月前，孙老太的儿媳妇金萍因为身体状况不好，从打工的地方辞职回家，就和曹清清住在东屋里，孙老太搭了个钢丝床睡在客厅。今天早晨，孙老太的好友李老太按常规来喊孙老太一起去地里摘菜，发现孙老太家的门虚掩着，喊了几句没人应，觉得不太对，推开门发现孙老太躺在床上，她赶紧走过去一摸，都硬了。李老太跑到左右看看东西屋都没人，就报了案。”

我走到尸体的旁边，拿起尸体的胳膊，发现尸体的尸僵已经完全形成，手指关节屈曲不可活动，我说：“死者是昨晚天黑以后死亡的。”

“要测肛温吗？”汀山县乔法医问。

“意义不大。”我说，“天太热了，屋里更热，尸体温度推断的死亡时间也不会准确。”

“大门锁是好的吗？”永哥抬起胳膊擦了一下额头上的汗珠。

“好的，没有任何撬压痕迹，门锁完好无损。”痕检员说。

“我看了下，房子的几个窗户都加装了防盗窗，虽然劣质，但是没有损坏的痕迹。大门又是完好无损的，只能说是能和平进入现场的人作的案。”永哥说。

我点了点头表示同意，接着说：“能查到什么因果关系吗？”

侦查员说：“目前我们怀疑是金萍作的案，至于其他的因果关系正在调查当中。”

“金萍作案有依据吗？”永哥问。

“金萍和孙老太关系很不好。金萍刚回来的时候还好，半个月前开始两人之间有很多矛盾，吵吵闹闹是经常的事情。”侦查员抹了一把脸，汗珠还是不住地往下淌，“初步调查情况来看，昨天下午金萍带孩子在几公里外的汀河里捞虾，直到晚上7点多才回到家。孙老太在家里等他们两人吃饭等得心急，跑到离家100米左右的路边去看了好几次，等到金萍带着孩子回到家后，两人吵架了。”

“吵架了？”我问，“邻居听得真切吗？”

“邻居说应该是吵架了，不过好像只听见吵了几句。”侦查员说，“后来就没有听见其他的声音了。”

“嗯，那就是了。”永哥说，“看来这个金萍具有重大犯罪嫌疑，即便不是她干的，她也应该是知情者。”

我沉默着。

“是的，我们也认为是金萍杀人以后带着孩子跑了。”侦查员说，“目前我们正在积极设卡追捕，估计她跑不远。”

“孩子几岁了？”我问。

“今年5周岁。”侦查员说。

“你们怀疑金萍有充足的依据。”我说，“但是，我总觉得事情没有那么简单。”

“你有不同意见？”永哥问道。

我皱起眉头说：“也不是不同意见，就是觉得有一些疑点，隐隐约约地缠绕在脑子里，我自己也捋不清楚。”

“我觉得没有问题。”乔法医说，“熟人作案，两人又神秘失踪。她逃脱不了干系。”

我点了点头，说：“我知道你们有理由，但是，孩子那么小，奶奶和妈妈打架，他不哭？”

侦查员说：“确实没有人说听见小孩哭。”

“另外，”我接着说，“东屋房间的毛巾被是掀开状的，这像是睡眠状态下起身掀开的。而且，床边的裙子应该是金萍的裙子，她不可能穿个裤衩就跑吧？”

“这个不好说。”永哥说，“说不准是她晚上睡下了以后又气不过，起身掐死老太，然后穿了别的裙裤，带着孩子走了呢？”

“嗯。这就可以解释掀被子、裙子没有穿、小孩没有哭等诸多疑点了。”侦查员说。

永哥解释得确实很完善，我也找不出辩驳的理由：“不管怎么样，把尸体拉去殡仪馆再看吧。”

## 2

我们开始动手用白色的尸袋装尸体，正在七手八脚忙活的时候，一个侦查员跑过来报告说："孙老太家的一个邻居发现自己放在屋外的三轮车丢失了。今早他起床就听说这边出事，跑过来看热闹。刚才回到家里的时候，突然想起自己的三轮车昨晚是停在自家门口的，没有上锁，就这样莫名其妙地失踪了。"

"难道是金萍偷三轮车带着自己的孩子跑的？"永哥说。

"当然也有可能和本案无关。"侦查员说。

没有什么其他的重要线索，我和永哥坐上了去殡仪馆的车。

汀山县殡仪馆正准备搬迁，所以汀山县公安局没有急着建设标准化法医学尸体解剖室，准备在新殡仪馆落成以后，再进行尸体解剖室的建设工作。我走进这个县的殡仪馆，左右看了一看，说："这个殡仪馆就一个小院子，一个火化间，一个告别厅，面积非常狭小。你们平时在哪里解剖呢？"

"就在告别厅和火化间之间的过道中进行。"乔法医不好意思地说，"不过快了，新殡仪馆建成后，我们就可以建解剖室了。"

我走到告别厅和火化间之间的过道，发现这里的光线非常暗，也没有窗户，透气效果很差，说："这种条件你们怎么工作？如果碰见了巨人观，还不得给熏死？"

乔法医说："我们这里水少，案件也少，尸体不多，也别说巨人观了，很少见。"

永哥听我这么说，用肘部捅了捅我说："这种事，不能说。"

"少见也见得着啊。"我忘了我的乌鸦嘴，接着说，"碰见巨人观你们怎么办？"

乔法医说："一般不是命案的，也不怕围观，就在前院做。如果涉密的，就得在这里忍着熏，基层法医不好干啊！"

我一边叹了口气，一边慢慢拉开尸袋的拉链。因为没有解剖床，停尸床下面又有轮子不好固定，所以我们只有选择蹲在地上进行尸体解剖。这对于胖子来说，是件非常痛苦的事情，有很多基层法医因为蹲的时间长了，痔疮都长出来了。

孙老太穿着一件短袖的汗衫，一条平角内裤，扭曲着身体躺在那里，看来死亡之前是经过了挣扎的。

“尸僵强硬，尸斑位于尸体底下未受压处，全身未见开放性损伤。”我一边用力破坏尸体的尸僵，一边说，“面颊青紫，睑球结合膜可见出血点，指趾甲青紫。”

“机械性窒息是没有问题的了。”永哥说着，用酒精棉球仔细擦拭死者的颈部，“看看她的颈部损伤，挺有特征的。”

听永哥这么一说，我凑过头去仔细看着死者颈部的损伤。损伤是以表皮剥脱为主，偶尔还夹杂着几个月牙形的挫伤。我又用酒精棉球仔细擦拭了死者口鼻附近的皮肤，也可以看到几个月牙形的挫伤：“口唇黏膜有挫伤出血，看来凶手是扼压颈部和捂压口鼻同时进行的。”

“是啊。”永哥说，“肯定是害怕死者喊叫。”

“不过，我有疑问。”我说，“皮肤上的表皮剥脱一般是怎么形成的？”

“皮肤和较粗糙的物体摩擦形成的。”乔法医随口答道。

“我知道秦法医的意思。”永哥说，“你是说手掌皮肤和颈部皮肤是不可能形成表皮剥脱的，只有戴了手套才会形成，因为手套粗糙，和颈部皮肤摩擦形成表皮剥脱。”

我点了点头，又用止血钳指了指月牙形的挫伤，说：“这个月牙形的损伤，我说是指甲印，你们没有意见吧？”

“没有。”乔法医摇了摇头。

“但是。”永哥接着说，“戴了手套，又怎么能在死者的皮肤上留下指甲印呢？”

看来永哥明白了我的意思。我接着说：“如果凶手是金萍，她为什么要戴手套？有表皮剥脱，有指甲印，是不是能提示凶手是戴了一只手套？”

“是不是金萍约了人来杀人，杀人凶手戴了手套，金萍没有戴手套，两人合力杀死老太呢？”永哥说。

“如果是有备而来，戴着手套来用掐、扼的方式杀人，老太这么瘦小，需要两个人一起杀？两个人一起扼压颈部、捂压口鼻也太不方便了吧，现场那么狭小的地方，床边站两个人都难。”我说。

“那你的意思是？”永哥问。

“我觉得要是金萍激情杀人的话，不可能还找个手套戴着。我总觉得凶手另有其人。如果是凶手应金萍之约来杀人，既然戴了手套一定会戴一双。”我说，“有没有可能凶手是到现场顺手牵羊偷东西，顺手在附近捡了个手套戴上？不过我的设想也不能解释为什么凶手能够和平进入现场，为什么金萍会失踪。所以我脑子里现在也是一团糨糊。”

“那下一步怎么办？”站在一边的痕检员说。

“追查金萍的工作不能停。”我说，“另外，恐怕要加大对外围的搜索工作，看有没有可能找到一些相关的证据。”

尸体解剖工作继续进行。

通过对尸体的尸表检验，我们已经基本确定了孙老太的死亡原因，接下来的解剖工作主要解决的问题就是确定孙老太的死因，并且通过胃内容物进一步推断死亡时间。

取出了孙老太的舌骨，发现舌骨大角有骨折，颈部的深层、浅层肌肉都有明显的出血征象，看来扼压颈部、口鼻导致死者机械性窒息死亡的死因鉴定可以下达了。

打开孙老太的胃，发现胃内容物很多、很干燥，里面是一些玉米粒和咸菜叶，还没有消化成食糜状。我顺着胃幽门剪开了十二指肠和小肠，发现胃内容物已经开始向小肠内排了。

“死者晚上吃的是玉米和咸菜。”我说，“看消化状态，应该在末次进餐后3小时之内死亡的。”

负责照录像的痕检员说：“当天调查，金萍和孩子是晚上7点半才回的家，之前孙老太都在等他们回家吃饭。这样算，孙老太应该是10点多钟死亡的了。”

“是的。”我说，“农村睡觉早，这个时间点孙老太应该已经睡觉了。结合东屋里掀开的毛巾被，案发的时候，家里的3个人应该都已经睡了。到底是有别的凶手等他们睡觉后作案，还是金萍睡下后又起床杀人，不好说。”

尸体解剖结束后，我和永哥在殡仪馆一旁脏兮兮的厕所门口洗手。永哥说：“接下来我们怎么办？”

“反正不能回去，师父交代了，不破案不回城。”我沮丧地说，“而且这个案子疑点重重，没有进一步的发现，我实在没法回去，回去了也睡不好。”

“那正好。”乔法医收拾好尸体，从停尸间走到我们身后说，“我这里有几个伤情鉴定，疑难得很，下午正好帮我们看看。”

伤情鉴定极易引发信访事件，因为无论法医做出什么伤情鉴定结论，总会有一方当事人觉得自己吃亏了，有的时候双方都会觉得自己吃了亏。所以基层在进行伤情鉴定的时候都会格外谨慎，如遇疑难伤情鉴定，都会想方设法找上级公安机关法医部门进行会诊，统一意见、保证鉴定结论准确无误后才敢出具鉴定书。

一下午都在研究伤情鉴定，研究得我头昏脑涨，晚上回到宾馆倒头便睡，夜里却被噩梦惊醒数次，总觉得床下有一具巨人观尸体。

因为睡眠质量差，第二天上午，我睡到9点半，才被一阵电话铃声惊醒。

“秦法医，有新发现。”是乔法医的声音，“非常有价值。”

“别着急，慢慢说，怎么了？人抓到了吗？”我推醒另一张床上仍在酣睡的永哥。永哥昨晚看尸体和现场照片到深夜3点多。

“不是，按你们说的，昨天我们就组织技术人员在现场周边开始外围搜索，搜索范围不断扩大，果然今天早上在现场3公里外的汀河边，发现了一只血手套。”

“血手套？”我问，“和本案有关吗？”

“肯定有关。”乔法医说，“根据邻居和昨天从外地赶回来的死者儿子说，这手套是孙老太前几年自己织的。后来丢了一只，剩下一只也不知扔在家里什么地方了。”

因为我把电话开了免提，永哥也能清楚地听见乔法医介绍的情况，永哥说：“金萍真的戴一只手套作的案？”

“另外，我们在发现血手套的岸边往下看，发现了孙老太邻居家丢失的三轮车，被扔在水里。”乔法医接着说道。

“重大进展啊！”我拍了下桌子，“等着，我们马上到！”

## 3

很快，我们驱车赶往发现血手套的现场。

车子在开到离现场500米的地方就开不进去了，我们只能下车徒步向现场走去。永哥一边走，一边观察方位，说：“不对劲儿啊，这边我也挺熟，这边的方向不是去公路的方向啊。金萍为什么要在这里抛弃三轮车和手套呢？有点儿不合情理。按理说，她骑去公路边抛在什么地方，不是逃跑也方便吗？”

“可能是她觉得抛在水里安全吧。”乔法医已经迎了过来，听见永哥的疑问，分析道。

走到汀河的岸边，我说：“不太可能，她要是杀人偷车逃跑，完全没有必要走这么崎岖的路来这里抛弃三轮车，反正也是偷来的，她为了什么呢？不管怎么说，继续打捞看看能不能有什么新的发现。”

“是的。”乔法医说，“我们正在组织人打捞，好在这条汀河是小河，有什么都能打捞起来。”

我蹲在发现血手套的小河边，仔细地观察着汀河。小河是活水，落差不大，水流缓慢。河水没有严重的污染，却不显清澈。河岸旁边放着打捞出来的三轮车，一辆破旧的三轮车，锈迹斑斑，被河水浸泡得湿漉漉的。三轮车里放着一个透明的塑料物证袋，袋子里装着的应该就是那只孙老太自己织的手套，手套上沾有灰尘。我拿起物证袋，仔细地观察着手套，这应该是右手的手套，材料很粗糙，织得也很粗糙，手套虎口的部位黏附了一片血迹。

“别放在这里。”我把手套递给身边的侦查员，“赶紧送市局DNA检验吧。还有，这车子也送去物证室，让技术人员看看有没有什么价值。”

话音刚落，突然听见了一阵骚动。我抬眼望去，原来在小河边围观的群众开始纷纷向下游跑，我也急忙沿着河岸往下游走。走了200米，拐了个小弯，发现下游1里地左右的水里，下水的民警在往岸上拖东西，一边拖，一边喊着什么。

“这肯定不是什么宝贝。”永哥说，“估计是尸体。”

我歪头看了眼永哥，说：“不是吧，这个天，肯定巨人观了。”

我和永哥快步走过去，还没有看清那一团黑乎乎的是什么东西，一股刺鼻的恶臭扑面而来。

而就在这时，听见另一组下水的民警在喊：“快快快，这还有一个，小孩的，天哪，臭死了。”

20分钟后，我简单地穿上了隔离服，站在两具高度腐败呈巨人观模样的尸体旁边。

“不出意外的话，”我看了看面前的中年妇女和五六岁幼童的尸体，说，“这就是金萍和她的儿子。”猜测的同时，我也竖起了双耳，听侦查员在逐个儿问围观群众问题。围观的人们早已退出200米外。这种巨人观估计他们是没有见过的，不仅臭气熏天，更重要的是面目可憎，让他们不敢多看一眼。

“你们认识这是谁吗？”

“金萍，天哪，是金萍。”

“你们怎么看得出来她是金萍？”

“脖子上的痣！”

“是啊，那痣！”

听见群众这么一说，我、永哥和乔法医不约而同地朝女尸的颈部看去，果不其然，虽然尸体已经高度腐败，但是那颗黄豆大的红痣依旧清晰地印在女尸的颈部。

“看来没有猜错，金萍和她的儿子真的死了。”我揉了揉鼻子说。

“这就能合理解释金萍为什么带着她的儿子远离公路，来到这偏僻的小河边了。”永哥说。

我有点儿讶异，看着永哥问：“怎么解释？”

“因为他们根本就不是逃跑。”永哥说，“他们是来畏罪自杀的。别忘了，案发当天金萍就是带着她儿子来这里逮龙虾的。金萍杀了人，于是想到了刚才逮龙虾的地方，所以带了她的儿子来这里畏罪自杀的。”

我点了点头，说：“你说是自产自销，听起来还是很有道理的。不过，我总觉得，就算她可以自杀了之，可是哪个母亲犯了错，还要带着自己的孩子一起死的？”

“是这个理。”永哥说，“但是能因为几句话就杀死自己婆婆的人，思维肯定与常人不一样，或许是她害怕一个人上路，就找自己的孩子陪着吧。”

我皱起了眉头，不敢相信这个世界上有这么狠心的女人。

“这里人太多了。”我说，“把尸体拉去殡仪馆检验吧。”

现场围观群众很多，如果在现场检验尸体，势必会导致泄密。即便法医不说检验结果，即便此案是自产自销，也一样会让围观群众误解、猜测，还会一定程度地侵犯死者的权益，所以我们还是决定去殡仪馆那个灯光昏暗、不透气的走廊上解剖这两具高度腐败的尸体。

到了殡仪馆，我从勘查箱里找出了防毒面具，希望这个小玩意儿能挡去一些损害身体健康的尸臭。

金萍和小孩的尸体并排摆放在过道的地面上，大批的苍蝇在尸体周围盘旋。本来在这个僻静的殡仪馆中很难看到苍蝇，但这腐败尸体一到，就像下达了召集令，整个殡仪馆周围的苍蝇全部按时赶到。我看了看漫天飞舞的苍蝇，无奈地摇了摇头：“你看看，没有解剖室，怎么工作。”

巨人观的尸体是非常可怖的，面前的这个女人上身穿着颜色已辨别不清的T恤，下身穿着深色的三角裤衩。因为腐败气体充斥尸体内，导致尸体像吹了气球一样膨胀了许多，皮肤呈现出黑绿色。眼球已经凸出了眼眶，舌头伸在口腔外，连子宫、直肠都已经被腐败气体压迫得从生殖道和肛门溢出，拖在三角裤衩外。小孩只穿了个小兜肚，兜肚上沾满了黑色的河底淤泥，尸体表面也是如此，黑绿色油光发亮，看了都觉得恶心，简直是阴森恐怖。

防毒面具似乎确实有一些效果，戴上以后略微减少了一些臭气，但是那种恶臭仍透过防毒面具不断地挑衅我的忍耐极限，我时刻都有干呕的欲望。

“金萍逃离的时候，也不找条裤子或裙子？穿条三角裤就跑了出来？这不合情理啊。”我的声音透过防毒面具传了出来，发出嗡嗡的共鸣。

永哥点了点头：“是的，但是既然她已经铁了心自杀，穿什么可能也就不在意了。”

“自杀的人，多见的是自杀前穿着整齐。”我说，“尤其是女性。”

“可能是她想不了那么多了，毕竟杀了人心情不一样吧。”乔法医说。

我沉默了一下，晃了下脑袋，说：“不行，不行。我们不能这样先入为主，先查明了死因再说。这个案子里，死因是关键，如果他们是溺死，那么应该就是自产自销的案件。但是如果他们有别的死因，就不好说了。”

“对，那抓紧时间干活儿吧。”永哥说，“要不，先易后难，先看小孩的？”

我点了点头，和永哥一左一右蹲在小孩尸体的两侧，开始检查小孩的尸表。苍蝇不断地撞击我们的头面部，既然条件如此，我们也只有忍耐。

尸体条件非常差，而且沾满了淤泥，我们只有用纱布轻轻清理尸体表面。但是因为尸体已经高度腐败，表皮层和真皮层之间都有气泡，表皮也非常容易脱落，所以我们每擦一下，都会不小心蹭掉尸体的表皮。经过仔细检查，并没有在小孩的身体表面发现任何损伤，除了口唇黏膜有一处颜色改变。

“这是不是出血？”我用止血钳指了指口唇黏膜颜色改变的部位。

“像是，但是条件太差，已经没有办法确定了。”永哥皱起了眉头。

我用酒精不断地擦拭着这一小片区域，觉得这确实已经失去了确定结论的条件，只有作罢。我拿起手术刀，慢慢地划开了小孩的胸腹腔。刀子经过腹部的时候，只听“扑哧”一声闷响，尸体就像是个被扎破了的气球，膨胀的腹部迅速瘪了下去，随之而来的是一阵无法忍受的恶臭。幸亏戴了防毒面具，我干呕了一下，眼泪都出来了，还好没有被旁人发现。

解剖没有发现什么有价值的线索，气管已经高度腐败成深红色，无法判断是否有明显的充血迹象，肺已经腐败得充满了气泡，也失去了鉴定是否是溺死的价值。但是当我们打开尸体的胃时，却发现胃内容物居然十分干燥。

“不是溺死。”我说，“没有溺液。”

“说不准是干性溺死呢？”永哥说。所谓的干性溺死是指人跳入冷水时，冷水刺激喉头，导致痉挛，继而窒息，这样溺死，水是无法进入消化道的。

“干性溺死很少见。”我说，“而且一般在冬季出现，夏天水温也不冷，难以干性溺死。”

我想了一想，道：“结合他口唇黏膜的色泽改变，我们应该可以确定这个小孩是被捂压口鼻腔导致机械性窒息死亡的！”

## ● 4

我这种无可辩驳的依据和语气，让现场所有的人都沉默了。几分钟后，永哥率先打破沉默：“我们想错了。其实小孩的死，不影响案件的定性。大家想一想，如果金萍带着小孩来到河边，她可以选择把小孩扔进水里，但同样也可以选择捂死小孩后再扔进水里。”

我低头想了想，说：“对，永哥说得对，关键还是要看金萍的死因。”

被我这么一说，我们一起转头看着放在一旁、上面落满苍蝇的金萍的尸体。鉴定死因是法医最基本的工作，但通常都是基础工作，像这个案子，一个人的死因能牵扯到整个案件性质和侦破方向的，十分少见。我们顿时对这具外形可怖的尸体的死因充满了兴趣，怀着无比的神圣感，开始了对金萍尸体的检验。

金萍的腐败程度更加严重。口唇更是被小河内的生物啃去了部分软组织，上下两排牙列部分暴露在外面，白森森的，就像是金萍正瞪着眼、龇着牙看着我们，凶神恶煞一般。我们用同样的办法检验了尸表，基本确定死者全身没有明显的外界暴力作用痕迹，排除了机械性损伤死亡。因为金萍的窒息征象非常明显，颈部又没有暴力痕迹，我们之前的推断一步一步地被验证，难道她真的是投河自尽的？

金萍的内脏腐败程度更为严重，难以通过内脏的形态学改变判断她是否系溺死。但是当我们切开她的胃壁时，大家都惊呆了。

金萍的胃里和小孩的胃一样，非常干燥。

“胃内居然没有溺液！”我说，“金萍也是被人死后抛尸的！”

“你之所以说小孩不是干性溺死，是从统计学意义上说，很少见。”永哥说，“但是金萍的死因可不能说可能性大什么的，必须有个肯定性的结论，能不能完全排除，她肯定不是干性溺死？她肯定是别人杀的？”

我有一些底气不足，说：“如果两个人同时出现干性溺死，这也太巧合了吧？”

我默默地用剪刀沿着死者胃幽门剪开十二指肠，又重新仔细检查了小孩的十二指肠，信心满满地说：“虽然没有直接依据，但是我有间接依据证明这娘俩死于他人之手。”

大家一起疑惑地看着我。

我接着说：“大家看，这两名死者胃内容物也是玉米和咸菜，和孙老太的一样。消化程度也是刚刚进十二指肠。那么，我想问，一个人杀了人，然后找三轮车，再骑车骑出3公里，然后再杀害小孩，再自己投河，最少需要多长时间？”

身边的侦查员说：“这种农村的土路，光骑车也要40多分钟。如果再加上偷车、杀小孩、投河，怎么说也要1个小时吧。”

永哥已经明白了我的意思，他的眼睛一亮，说：“我知道了，我现在支持你的观点。”

侦查员说：“支持？支持什么？他们是被别人杀害的？为什么？”

我说：“从胃内容物消化程度来看，金萍和小孩的消化程度和孙老太的一致。也就是说，他们3人的死亡时间一致。既然死亡时间一致，那么就不可能是金萍杀了孙老太以后又跑这么远来自杀，她又没长飞毛腿！”

侦查员哦了一声，说：“那会不会是个体差异影响消化程度呢？”

我说：“即便是个体差异，也应该是年轻人消化得快，如果年轻人和老人消化程度一致，那么应该是年轻人先死的。而且，这么短的时间，个体差异不会影响多少，更不可能会有1个多小时的误差。”

说完，我仿佛突然想到了点儿什么，拿了止血钳轻轻地夹住金萍的每一颗牙齿，轻轻地晃动。别的牙齿没有反应，唯独夹到右侧下侧切牙和尖牙的时候，牙齿很容易就被拔了下来。我说：“你看！死者的这两颗牙齿严重松动！

这是口鼻腔被侵犯的迹象。现在证明金萍死于他人之手的直接依据也有了！”

永哥哈哈一笑，说：“厉害啊！这都能想到！”

我说：“其实很简单。现场的手套肯定与他们3人的死有关，手套上沾了不少血迹，但3人的尸体上没有开放性损伤，只有孙老太的脖子上有擦伤，这样的擦伤不会在手套上留下任何可见的血迹，所以手套上的血，要么是鼻血，要么是牙齿受伤后的牙龈出血！”

“好了，既然金萍母子被确定为被捂压口鼻致死，那么我们就要宣布这不是一起自产自销的案件了，凶手另有其人！”永哥做了总结性发言。

侦查员流露出无奈的表情，因为我们这样的结论导致他们需要继续没日没夜地工作了。

“可会是什么人作案呢？”侦查员说，“我们调查了，他们没有什么恩怨情仇，更没有什么债务纠纷，杀了3个人，是为了什么呢？”

“杀人动机有疑点。”痕检员说，“我们也有疑点。之前我们判断得很清楚，凶手应该就在现场室内或者能够和平进入现场室内，那么什么人能敲开他们家的门，然后逐个儿杀死呢？关键还是用捂压口鼻的方式，一个人只有一双手啊！”

“是的。”我对痕检员的看法很感兴趣，“凶手应该是在3个人都在睡觉的时候，逐个儿捂死的。”

“对啊，那凶手是怎么进入现场的？从调查情况看，她们睡觉的时候很谨慎，门都是从里面用插销锁住的。”侦查员说。

解剖已经完事了，我一边脱下解剖服，一边苦思冥想，确实有一些事情让我百思不得其解。

现场的情形在我的脑子里不断地翻滚，突然，我灵光一闪，跳了起来：“我知道了！”

我的突然发话，把大家吓了一跳，所有人都迫不及待地看着我。

我说：“这只手套，是因为孙老太丢了另一只，所以扔在家里的某个地方了。那请问，最有可能的，是扔在什么地方？”

大家都觉得我有些思维跳跃，这正说着凶手的动机和进入现场的方法呢，我却想到了凶手作案时戴着的手套。

我看大家没有重视我的想法，接着说："我再提示一下。死者家本来就很小，还有一个杂物间，那么，这个旧手套很有可能是扔在杂物间里。另外，我们再结合前期调查看一看，当天晚上天黑以后，老太因为在等金萍母子，心急的时候多次跑到100米外的公路边守望，不过就是去100米的地方，而且去看一眼就回，这个空当，老太不会还锁门吧！"

"你是说凶手是溜门入室的？"还是侦查员对这方面最为敏感。

"是的，为什么不能是凶手趁老太出门的时候进的屋子，没想到老太很快又回来了，于是他只有……"我说。

"躲进杂物间！"永哥插话道。

"是的，如果他这么狼狈地被堵在杂物间，只说明了一点，他是没有准备而来的，是想顺手牵羊。"我说，"既然是顺手牵羊，就不会带什么工具，所以我们没有发现死者身上有工具损伤。如果是专门来杀人或者是来偷东西的，至少螺丝刀、匕首要带一个吧。"

"有道理。"永哥说，"我知道你刚才说手套是什么意思了。你是说小偷在杂物间里潜伏的时候发现了这只手套，就顺手戴上了，对吗？"

"是的！"我兴奋地说，"这就是为什么凶手戴了一只手套，形成老太太脖子上那种特征性损伤的原因！"

"如此这般，"乔法医对我刮目相看，说，"就可以解释所有的疑点了。那么接下来我们怎么办？"

"第一，凶手在杂物间潜伏几个小时，杂物间的东西上有很厚的灰尘，他很有可能在杂物间的物件上留下痕迹物证。之前我们找得不仔细，现在带勘查灯去，再仔细找找。"我慢慢说道，"第二，凶手发现孙老太突然回家，躲进了杂物间而没有躲在东卧室，说明他了解房屋的结构和摆设，也了解孙老太一家一般不会去杂物间，加之他是为了顺手牵羊，那么，这个凶手应该是熟人，而且离孙老太家不远。下一步就查一下这个村子里头有没有手脚不干净、有前科劣迹的人。"

"能确定有前科劣迹吗？"侦查员问道，这个线索对侦查员非常有用。

“我觉得可能性会比较大。”我说，“他有反侦查意识，不然他为什么要把金萍母子的尸体运走，而不一起运走孙老太的尸体呢？”

“对，想转移我们的视线。”永哥插话道，“他一定想不到我们这么快就从中发现了问题。”

侦查员走到解剖过道的外面，招手喊陪同我们一起到殡仪馆的辖区派出所民警过来。辖区派出所民警显然被尸体熏得已经吐了一会儿，这会儿看侦查员在招手喊自己，只有无奈地皱着眉头走了过来。

我笑着走了出来，问：“这个村，有没有因为盗窃被打击处理过的？”

“有啊，贺老二。”派出所民警对自己辖区的情况了如指掌。

“侧面了解一下这个人在发案当天的情况，有没有作案时间以及发案后他的行为举止，如若可疑，就留置盘问，别让他察觉到风声，跑了就麻烦了。”侦查员说。

隔行如隔山，侦查员的这个部署让我连连赞许地点头。

案件侦破就是这样，一旦有了突破口，便如洪水决堤，一发不可收拾。对金萍母子的尸检，成为了本案的突破口，当我和永哥下午在宾馆房间喝茶聊天之际，案件侦破工作捷报频传。

下午4点30分，痕检员打电话过来，兴奋的声音在电话听筒中跳跃：“真的有痕迹，一枚鞋印，一枚指纹。这小子想找铁质工具的，找了个铁棒槌，拿了一下没拿动，留下了鞋印和指纹。”

因为之前我们去杂物间看过，里面很杂乱，各种脚印交叉在一起，所以我不放心地问：“能确定与本案有关吗？”

“确定，都是非常新鲜的，不过位置很隐蔽，若不是仔细查找，还真找不到。”

兴高采烈地挂了痕检员的电话还不到半个小时，侦查员又打来电话：“经查，贺老二很可疑，于是密采了指纹，和现场的对比，认定同一。”

当我和永哥高兴地击掌庆贺之时，另一组负责监控贺老二的侦查员也打了电话来，说：“根据局领导指示，人我们已经抓了，马上开展审讯，你们来不来旁听？”

事实果然和我们的分析惊人的一致。当天，贺老二途经孙老太家，见家门大开，孙老太不在，于是溜门入室准备偷些东西，没想到刚准备偷拿挂在堂屋的咸鸭子时，孙老太回来了，他匆忙躲进杂物间。因为手上沾满了咸鸭子的油腻，贺老二就在杂物间顺手拿起一个布状物擦手，擦完手发现居然是个手套，于是顺手戴在自己的手上。金萍回来后，他听到孙老太和金萍争吵，老太说金萍不厚道，身上有1000元钱走哪儿带到哪儿，防她像防贼，自己又不会偷她的。贺老二顿时来了兴趣，等晚上3人都睡下了，贺老二就出来找那1000元钱，没想到惊醒了孙老太，于是只有下手掐死了老太。掐死老太后，贺老二十分惊恐，准备逃离现场时，金萍已被惊醒，打开了房间的大灯。没等到金萍叫出声，贺老二就冲过去压住金萍，捂住她的嘴导致金萍也窒息而死。贺老二看已经杀死了两个，决定一不做二不休，下手杀死仍在熟睡中的孩子，然后把金萍母子的尸体运走抛尸，伪造金萍和孙老太发生纠纷、杀死孙老太逃离现场的假象。

这都是后来听侦查员们说的，我和永哥没有去旁听审讯，因为我们胸有成竹。

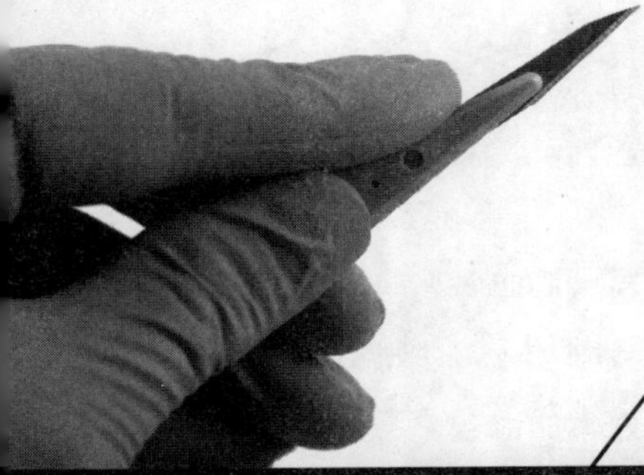

# 第十七案 腐臭古井

## 1

“我觉得不能这么轮流出差。”大宝说，“我运气差，这两个月来跑的全是信访案件。”

大宝是个瘦瘦的、戴眼镜的30岁男人，是青乡市公安局青乡分局刑警大队技术中队的副中队长。青乡是个人口密集的城市，虽然命案发案数不低，但是命案侦破数量在全省领跑。师父看中了青乡区的法医工作成绩，决定再为青乡培养出一名可以肩扛重任的骨干力量，于是师父把大宝从青乡调来省厅，和永哥一起开始为期一年的以师带徒培训。

法医之所以能够在又苦又累的工作岗位上乐此不疲，多半是因为法医们沉浸在参与命案侦破的挑战性和成就感中。大宝也不例外，他来厅里两个月，原本和永哥商量好轮流出差，结果每次轮到永哥出差的时候就是命案，而轮到大宝出差，就是处置信访案件。两个月一过，大宝开始不耐烦了。

“其实我觉得处置信访案件更加磨炼意志、锻炼能力。”我说，“我刚参加工作的时候，全科的信访案件都是我一个人包圆儿了。”

“那也不行。”大宝说，“你见过只吃过青菜的灰太狼吗？”

“灰太狼本来不就只能吃得到青菜吗？”我知道我刚和永哥去破获的那一起发生在汀山县的命案，极大程度上勾起了大宝参与大案的欲望。眼看着这次又轮到大宝出差，大宝开始担心也是情有可原的。

“我们省治安情况很稳定的，这刚发了一起杀死3个的，不太可能又连发大案。”我说。杀死两人以上的恶性案件在我们省本来就比较少见，按照平时的情况，一年顶多碰见个一两起，即便是发生了一两起，多半也都很快通过侦查工作破获了，需要省厅法医参与的疑难重大案件着实少见。

“不要大案子，疑难的也行啊，这信访案件没挑战性，没意思啊。”大宝意识到自己的说法欠妥，又低下头无奈地说，“不过挺矛盾的，发了案就等于又死了人，还是于心不忍，人间太平比什么都好。”

我点了点头，说：“是啊，我们失业了才好。”

正说着，师父的电话就打到了办公室里，师父此时已经是刑事技术处的副处长了，搬出了原来的法医科办公室：“你把科里人都叫来我的办公室开会。”

省厅业务处室人少事多的矛盾非常突出，法医科其实只有3个人，加上永哥和大宝才勉强能组建两个出勘小组。命案出勘工作加之日常的伤情鉴定、骨龄鉴定、信访案件、会诊、技术审核、行政管理等诸多繁杂事务，导致科里每名同志每年出差200天以上的现象也就不奇怪了。

“今天星期一，日子不好，早上就接了两个事情。”师父说，“云泰一起伤情鉴定引发了信访事项需要去复查，青乡一起疑似命案，两名村民失踪。”

“我去青乡。”大宝已经憋不住了，刚开始听见信访案件差点儿昏厥过去，还好跟着有一起疑似命案，即便是疑似，也比复查信访事项要强一些。看着大宝着急的表情，我们几个都忍不住笑了出来。

“我还没说完，你急什么？”师父看一直唯唯诺诺的大宝今天居然这么大声地打断他的话，明白他的心思，板着脸说，“我们省厅法医去办案一定要拿主导性意见，你就是青乡人，你去青乡办案，去了见到的都是你的领导，判断不会受到影响吗？不好不好。”

大宝脸上红一阵白一阵，结巴了半天才挤出两个字：“不……不会……”

“哈哈！你看你的表情！”师父突然收起了假装严肃的表情，笑得前仰后合，“我逗你呢！秦明、林涛和大宝去青乡，我已经让痕迹检验科派了一名同志和你们一起去了。”

大宝低了头笑，这会儿他的脸可算是全红了。

“不错，”师父接着说，“愿意去挑战疑难案件的法医才是好法医，遇事就躲，有畏难情绪，不会有什么出息。”

我没有心思去听师父调侃大宝，迫不及待地打断了师父的话：“什么案子？”

师父拿起桌子上的文件夹扔给我。我翻开一看，是一封通过加密特急传真接收的“邀请函”，函上写着：

省厅刑事技术处：

我市青乡区岬青村某村民家今晨被人发现有大量血迹，两名住户下落不明，我局正组织专人寻找失踪村民。鉴于此案可能为命案，特邀请贵处法医专家来青乡市指导侦破。

青乡市公安局

大宝见我合起文件夹，立即抢了过去翻看，脸上写满了兴奋。

“岬青村是个很偏远的小村。”作为青乡人的大宝轻车熟路，“这个村不到100人，位于我们区的最西边，是三县一区的交界处，治安情况不好，盗窃案件时有发生，但是因为这个地方人口少，命案倒是很少见。”

听大宝这么一说，我开始担心起来，害怕是流窜作案，给案件侦破带来难度。于是我接着问：“今早几点的事情？”

“早上7点30分我接到的电话。”师父说，“早上7点有群众报的案，具体情况我也不是很清楚，你们去了再问。”

我抬腕看了表，此时刚刚8点，说：“大宝，去秘书科派车，我们马上出发。”

“路上慢一点儿。”师父关心地说，“还没有确定是不是命案，去早了也是白搭，最近高速上有雾，安全第一，不要超速。”

我点了点头，回办公室拿了笔记本电脑和勘查箱，匆匆地和大宝、林涛坐上了赶往青乡市的警车。

青乡是距离省城最远的一座城市，需要3个小时的路途。因为对案情一无所知，所以也没有事先思考准备的必要，在摇摇晃晃的车厢里听着催眠曲一样的发动机轰鸣，我很快就进入了梦乡。梦里，我还能依稀听见大宝不停地拨打电话。

下高速的时候，我被收费站前的减速带颠醒了。我揉了揉眼睛转头对驾驶员说："睡得好香，到了？"

驾驶员点了点头。我看见大宝正把脑袋靠在车窗上发着呆，于是问道："大宝咋啦？"

“死了两个。”大宝说，“没案子觉得空虚，有案子了又觉得死者可怜。”

“确定是命案了吗？”

大宝点了点头，说："在住户院内屋后的古井里发现两具尸体，高度腐败。"

“防毒面具带了吧？”

“带了，在勘查箱里。”大宝说，“听说经过现场简单勘查后，没有头绪，但基本确定是盗窃转化抢劫的杀人案件。”

我低下头默默思考着。

“这个地方盗窃案件很多。”大宝说，“我曾一直担心会出现盗窃转化的杀人案件，没想到真的发生了。如果是流窜作案就麻烦了，估计难度不小。”

“抓紧去现场吧。”我镇定地说，“想那么多也没用。”

我们在大宝的指引下，绕过了交通堵塞的市区，从绕城公路直达位于青乡市青乡区边缘的岬青村。

这里一马平川，放眼望去看不到边际，在初秋的金色阳光下，绿油油的庄稼整整齐齐，在成片的庄稼地中央，依稀有几栋红砖黑瓦的民房。数公里外，就能看到民房的窗户上反射着警灯闪烁的光芒。

很快，我们便到达了现场。这是一座宽敞的院落，但屋子看上去很破旧。警戒带内穿着现场勘查服的警察忙碌地进进出出。青乡县公安局刑警支队分管刑事技术的副支队长刘三厦一眼就看到了拎着勘查箱的我们，一边说着："省厅同志到了。"一边快步向我们走来，伸出了他宽厚的手掌。

## 2

"两名死者是这座院落的住户，是一对70岁左右的老夫妇。"简单的寒暄后，刘支队介绍道，"有一对儿女，儿子50岁，一辈子没有结婚，在福建沿海做点儿小生意，据说入不敷出，和家里来往也很少，通常两年才回来一次；女儿44岁，和女婿两人都在江苏打工；死者的外孙20岁，在省城念大学。"

我在院子里环视了一圈："还是两层小楼呢，看起来是大户人家啊，院子不小。"

"据说这家祖上很富裕。"刘支队说，"不过到死者这一辈就渐渐败落了，据了解家里条件不是很好。死者70岁了还在种地，儿子每半年会从福建寄一笔钱过来，不多，也就几千块。"

"寄钱？"听到这个词，我立马敏感了起来，"那今年下半年的钱是什么时候寄到的？"

"我们正在设法和死者的儿子联络。"刘支队说，"不过通过简单的初步勘查，现场没有发现任何现金和贵重物品。"

"家里没有亲属，那死者的失踪是怎么被发现的？"我问。

"这家老头姓甄，甄家的邻居最后一次看到这对老夫妇是3天前的下午，当时夫妇俩刚从镇上买东西回来，后来就再没人见到他们了。因为他家的这座院落位于村子的边缘，所以如果没有人来找他们办事，是不会有人经过他家门口的。今天早晨7点，一个村民来甄老头家里借板车，发现院门虚掩，喊了几声没有人应答，就走了进去。"说到这里，刘支队猛烈地咳嗽了几声，像是感冒了。

“刘支队带病办案啊，真值得我们学习。”我肃然起敬，“您别急，慢慢说。”

刘支队笑着摇了摇手，说：“没事。这个村民走到院子里后，发现屋里静悄悄的，喊了几声还是没人应。他看见屋门大开，就走了进去，发现堂屋的电视机还开着，对面的太师椅上有大量的血迹，于是报了案。我们的民警赶到以后，搜索完屋子，发现没有人，但是一楼堂屋的躺椅上有血泊，怀疑是命案，他们一方面通知刑警队，一方面上报了市局，市局领导研究以后就请你们过来了。”

我和刘支队一起走进院子。院子很大，大概有200平方米的样子，院子收拾得干净整齐，一看就知道这是一家讲究的住户。院子的正北有一座两层小楼，角落的一些红砖已经残破不堪，看起来是座年久失修的老房子。我没有急于走进小楼，问道：“尸体是在哪里发现的？”

刘支队说：“跟我来。”

我和刘支队绕过了两层小楼，发现小楼的背后也是别有洞天。小楼的后面和院落北墙之间有个3米宽的过道，种了几棵碗口粗的小树，树的周围长满了齐腰深的杂草，看来这里已经很久都处于疏于打理的状态了。

刚绕到屋后，就闻见了一股刺鼻的恶臭，我揉了揉鼻子，抬眼望去，地面停放着两具湿漉漉的尸体，因为腐败，已经略显膨胀，辨不清容貌。站在一旁的青乡市公安局孙法医正用戴着手套的手卷起他那潮湿的裤脚。孙法医看见我们来了，笑着打了声招呼后说：“痕检员在这里的草上发现了滴落的血迹，才发现深草里面居然有一口古井。古井看起来很久没用了，漂着杂物，但是因为是活水，所以也没臭。痕检员探头看下去感觉有东西，于是用长竹竿捅了一下，感觉到里面可能有尸体。刚才我吊了绳子下井，给尸体上捆了绳子才拉上来，费了半天劲儿。”孙法医说完苦笑一声，又低头整理他弄湿了的裤脚。

我敬佩地看了孙法医一眼，说：“师兄辛苦了。”

“不如，先开始现场勘查吧？”刘支队说。

我点了点头，脑子里想着孙法医冒着危险下井打捞尸体的景象，由衷地被这些默默无闻、恪尽职守、不怕脏不怕累的基层法医所感动。我带上现场勘查的物件，率先走进了中心现场。现场内有几名痕检员正在用小毛刷刷着一些可疑的物品，期待能找出一两枚可能和案件有关的指纹证据。

现场一楼站着不少现场勘查员，我和大宝只能先上二楼看看。二楼正对着楼梯口是一个小门厅，门厅东西两侧是两个卧室。东侧的卧室里摆放着一张小床，床铺上整齐地叠着一床干净的被子。西侧的卧室里则摆着几个大衣橱和一个五斗橱，衣橱的旁边有一张大床，床头两旁各有一个床头柜。五斗橱和床头柜都被翻得一塌糊涂，里面的物品全都散落在床周，连床上的被子也被掀了开来。

“看来真的是盗窃啊。”我指着被翻乱的房间说。

大宝推了推窗户，说：“据说一楼二楼的窗户都是关着的，那小偷是怎么进来的？难道是门没有关好？不对，应该是熟人作案。”

“有依据吗？”其实此刻我的心里也是这么想的，我只是想知道大宝的依据和我的是不是一致。

“屋后抛尸的古井，要不是熟人，肯定找不到。”大宝说。

“对。”我点点头说，“看楼下的血迹是在躺椅上，说明有一名死者是在躺椅上遇害的，这里的被子又是掀开的，说明两名死者很可能是在睡眠状态中被害的。”

我仔细看了看床头的枕头，接着说：“不过究竟是熟人趁夜里溜进门来盗窃，还是熟人本来就在这个屋子里等被害人睡着后盗窃，这才是破案的关键。”

“是啊。”大宝说，“不过后者实在有些不太合情理。难道是老两口晚上没有把门关好，小偷趁夜色从门口溜进来的？”

“门没关好是一种可能性，但是可能性不大。”我说，“后者是不合情理，但是不能排除。如果真的就是有一个关系不错的熟人，晚上准备在这里留宿呢？”

因为没有更多的依据，我们没有继续讨论，开始仔细勘查屋内的家具。

经过对床头柜的勘查，我们发现一侧床头柜的抽屉里有一个暗格，如果不是暗格的小门被打开了，还真发现不了这个暗格。我高兴地对大宝说：“你看，这就更加能够印证凶手是熟人了，不然怎么会知道这个床头柜里有暗格？而且暗格里空空如也，估计是小偷得手了。”

“是啊！而且是曾经看到过老人使用这个暗格的熟人。”大宝也显得十分兴奋，毕竟心里有底了，“走，去一楼看看。”

现场一楼是客厅、厨房和卫生间，客厅的中央是一张饭桌和一把躺椅。躺椅的上面垫着一床毛毯，毛毯靠近躺椅头部的位置黏附着大片血迹。血迹以头部中央为中心，向两侧喷溅，血迹形态提示出的方向非常明显。躺椅的旁边放着另两把靠椅，对面是一台彩电，电视机还处于开启的状态。

我从勘查箱中拿出放大镜，仔细地观察着躺椅头部的血迹形态，突然，我发现了毛毯上一处可疑的痕迹：“林涛，来看看这是什么痕迹。”

林涛正在询问青乡市局痕检员现场勘查的前期情况，听我这么一说，走了过来，对着我的放大镜仔细一看，说：“这是一个直角的压痕，能在软物上留下直角形的压痕，应该是有棱边的金属物体形成的。”

“空心的还是实心的？”通过现场勘查的痕迹，再结合死者的损伤，可以更准确地推断出致伤工具，所以我急切地问林涛。

林涛仔细地观察了压痕几分钟，抬起头对我说：“目前看，应该是实心的。”

我点了点头：“楼上的枕头上也有类似的痕迹，不过看不清楚，结合这两处痕迹看，这应该是凶器打击死者打偏了留下的痕迹，那么就可以断定两名死者都是在睡眠状态下被袭击的。怎么样？可有什么其他发现？”

林涛摇了摇头，说：“他们说可疑的物件都看过了，没有发现可能与本案有关的证据。”

我轻轻推开厨房的门，和林涛先后走进去巡视了一周。厨房如同院子里一样，很整洁，锅碗瓢盆都分类摆放着。厨房里没有发现剩菜剩饭，但是冰箱里放着不少新鲜的蔬菜和肉。

“不是说家庭条件不好嘛？”我说，“吃得不错啊。”

“看来他们是定期去镇里买菜，伙食看起来是不错，但是这么多菜他老两口得吃上很久吧。”林涛说。

“对，村民最后一次见他俩就是他们从镇上买菜回来。”我想起了刘支队说的话。

正准备离开厨房，林涛说：“你看，这里有血。”

我顺着林涛的指尖看去，原来厨房窗户下的灶台上有滴落的血迹。看到滴落的血迹后，我们又趴在地上仔细观察地面。虽然厨房是土质的地面，但是我们还是在土的表面发现了几滴滴落状的血迹。

我推开厨房的窗户，说：“林涛，看来死者的尸体是被凶手从这里的窗户扔出去的，然后凶手再绕到屋后把尸体扔进井里的。”

林涛说：“对，应该是这样，不过，这能说明什么呢？凶手这样是节省运尸抛尸的路程。”

我神秘地一笑，说：“很有用。”

## 3

“你想想，”我接着说，“凶手直接把尸体从这里扔出屋外，那么就说明他早就知道窗户的后面有一口古井。”

“你是说他对地形非常熟悉。”林涛说。

我笑着点点头，走出了屋子，到位于院子东侧的一间小房里看了看。

小房和两层小楼是相连的，房子很狭小，房子的北侧沿墙壁砌了一座池子，池子有1米多高。我指着池子问身边的大宝：“这个是做什么用的？”

大宝说：“这个池子是农村储存粮食用的，池底和四周都用塑料布铺好，粮食储存在里面，上面再盖上塑料布，可以防潮。”

“可是，”我指着池子里面说，“这里面怎么会有麦秆？”

正在此时，刘支队走了进来，急匆匆地说：“联系上死者的儿子了，他儿子说前不久刚邮寄了5000元钱回来，估计也就是上个月底能到这边。”

“现场没有钱，床头柜暗格被打开了。”我说，“看来凶手是得手了。”

“不过，”大宝说，“这个凶手时间卡得还真准啊，这边钱刚到账，他就来作案，难道真有这么巧合的事情？”

我没有应答，继续指着池子里的麦秆问：“刘支队，你看看这里的麦秆，是做什么用的？”

刘支队探头看了看池子里面，说：“不知道，这里不应该有麦秆，这里应该全是粮食。把麦秆放在里面，以后取粮食的时候不会很麻烦吗？”

我指了指房子南侧的麦秆堆说：“麦秆是从那里拿过来的，为什么要把麦秆放在这里？”

“这里的麦秆不多，”刘支队说，“应该是家里留下来生火用的。”

“有没有可能是凶手搬来这里，准备把尸体放在池子里焚烧呢？”我大胆地推测了一下。

“完全有可能。”大宝支持我的看法。

“凶手开始准备焚尸，但没有拿过来多少麦秆，想法就发生了转变，这是为什么？”我说，“从焚尸变为藏尸，说明凶手意识到如果着火会很快发案，他要拖延发案的时间。”

“之前我们确定了凶手肯定是熟人，而且凶手杀人后需要逃离的时间，所以才会藏尸拖延发案时间。”大宝补充道。

“我知道你们的意思了。”刘支队说，“我马上就安排人去查一下死者的熟人，尤其是案发后离开家的熟人。”

我点了点头，说：“先去殡仪馆检验尸体吧。现场勘查完以后，封存现场，以备复勘。”

坐在赶往殡仪馆的警车上，我和大宝都低头思考。

“熟人作案是没有问题的。”大宝说，“了解井的位置，了解厨房的窗户后面是古井，杀人后藏尸拖延案发时间，趁被害人熟睡中下手，知道床头柜有暗格，甚至知道死者在前不久拿到了一笔钱，这不是熟人作案是什么。”

我摸了摸胡楂，说：“这个没问题。刚才我又想到一个问题。”

大宝说：“什么？”

我说：“你有没有注意到，现场的电视机是处于开启状态的？”

大宝点了点头。

我说："显然不可能是凶手杀完人后开电视机。结合死者是在电视机对面的躺椅上遭袭的情况，应该说明死者生前正在看电视。"

大宝补充道："凶手能拿着凶器靠近死者，说明死者已经睡熟了。"

我说："对，这是关键。如果是死者没有关好门，凶手敢在屋里开着电视机的情况下进门行凶？那胆子也太大了吧？如果是熟人作案，那么凶手就更不应该冒这个险，如果拿着凶器进门被死者发现，跑都跑不掉。"

大宝点了点头，说："这个有道理，我明白你的意思，你是想说，凶手应该是发案当天准备留宿在死者家里的熟人。"

我扬了扬眉毛，说："对，这样的话，侦查范围应该就缩小了许多，能留宿在死者家里的人不多。"

"有一定的道理。"大宝说，"先这样通报吧，希望能对侦查有所帮助。"

很快，我们就驱车来到了青乡市殡仪馆。青乡市殡仪馆是一座新建的殡仪馆，所以里面的法医学尸体解剖室可以说是非常气派的。一座两层小楼，老远就能看见门口闪亮的"青乡市公安局法医学尸体解剖室"的门牌。解剖室里的标准化器械一应俱全，具有上压风、下抽风的全新风系统，是一个规范化的标准尸体解剖室，在这样的解剖室里工作，可以大大地减轻尸毒对法医身体健康的损害。

在标准化尸体解剖室里进行尸体检验，再加之有防毒面具的第二重保护，虽然本案中的两具尸体都已经高度腐败，但我们也不会被恶臭影响了工作的细致程度。而且解剖室里有两张不锈钢解剖台，我们可以同时进行尸体解剖，节约了很多时间。

我和大宝一组，青乡市的孙法医和他的徒弟一组，同时开始对两具尸体进行尸体检验。

"不用等血迹检验了。"我说，"现在我们可以断定甄老头死在躺椅上，而甄老太死在楼上的床上。"

大宝点点头，说："是啊，老头的头上有开放性损伤，大量出血。但是老太的头上没有开放性损伤，只是颅骨貌似变形了。"

我按照从头到脚的顺序仔细检查了尸体的尸表，对孙法医说："老头这边全身没有软组织损伤，除了头上满脸血污，应该有开放性创口。你们那边呢？”

孙法医说：“一样，颅骨轻度变形，其余未见明显外伤。”

“这就更能验证死者是在熟睡中遭遇袭击的。”我说，“没有任何抵抗伤和约束伤，甚至连眼睛都没能睁开。唉，也算是去世的时候没有痛苦吧。”

我一边为这对老夫妻活到70岁却不能善终而叹息，一边用手术刀慢慢地剃去尸体的头发。

法医都是好的剃头匠，对于法医来说，必须用最精湛的刀功把死者的头发剔除得非常干净，既不能伤到头皮，也不能留下剩余发桩。只有干干净净地剔除死者的头发，才能完全暴露死者的头皮，从而更清楚地观察死者头部有无损伤。这种损伤可能是致命性的，但是也有可能只是轻微的皮下出血，即使是轻微的损伤，也能提示出死者死之前的活动状况。

甄老头的头皮上有5处创口，创口都明显带有棱角。我们切开死者的头皮，发现头皮下有大片的出血，5处创口中的3处下方有凹陷性骨折。但骨折的程度不是很重，3处凹陷性骨折都是孤立的，没有能够连成片。因为甄老头的颅骨比较厚，我们费了半天劲儿才锯开了颅盖骨，发现整个脑组织都存在蛛网膜下腔出血，还伴有几处脑挫伤。

甄老太的损伤和老头的损伤如出一辙，唯一不同的是，头皮上没有挫裂创，取而代之的是有明显特征性的皮下出血。

“这几处皮下出血基本可以告诉我们凶手使用的是什么致伤工具了。”孙法医指着甄老太头皮上的皮下出血说。

我探过头去看了一眼，说：“呵呵，方形皮下出血，金属类方头钝器。”

大宝补充得更具体：“方头锤子啊。现场没有发现方头锤子，看来凶手是把凶器带走了。下一步要侦查去搜了。”

“不过，”我突然发现了疑点，“你们不觉得这样的损伤轻了一些吗？”

“嗯，”孙法医说，“确实是的。这样的损伤，木质的工具不可能形成，铁质的，又显得太轻。连颅骨骨折都很轻，如果是用金属锤子打击头部的话，损伤肯定不会这么轻微，估计脑组织都会挫碎的。”

“有一种情况可以解释。”大宝说，“凶手的力气小。未成年人作案，或者是女性作案。”

大宝的这种解释听起来很有道理，我们都在沉思，看看这个推断能不能使用。沉默了许久，我说：“不可能，凶手是身强力壮的青年男性。”

大宝和孙法医似乎理解了我的意思。我接着说：“如果是老弱病残妇，怎么可能把一具这么重的尸体从那么高的厨房窗户扔出去？而且看地上也没有拖擦的痕迹，尸体应该是被背进厨房或者抱进厨房的。那么这个凶手一定是个身强力壮的人。”

在场的人都在默默点头，我接着说：“那么为什么他决意要杀人，却没有使上全身的力气敲打死者头颅呢？”

因为高度腐败尸体的软组织会有变色，很多腐败造成的皮肤颜色改变都疑似损伤。为了不漏检一处损伤，我们仔细地把每处颜色改变都切开了观察。两具尸体的检验虽然是同时进行的，但是尸检工作还是持续了近4个小时。

我们没有被臭气熏着，衣服却沾满了臭气。当我们坐进车里的时候，驾驶员皱了皱眉头说：“先去宾馆洗澡换衣服吧。”

洗漱完毕已经到了晚饭时间，我们来不及吃晚饭，火急火燎地跑到了专案组，想获取更多的信息。

刘支队刚看见我们走进专案组的大门，就皱着眉摇了摇头，说：“让你们失望了。”

“怎么？”我说。

“对甄老头甄老太生前的熟人和亲戚进行了仔细的调查，”刘支队沮丧地说，“全部排除作案可能。”

## 4

这个消息虽然不好，但是并没有打击我破案的信心。我说：“要不要再重新整理一下，看有没有什么疏漏的地方？或许是有人作伪证，包庇凶手呢？”

“你开始说了，凶手之所以没有选择焚尸，而是选择了藏尸，最大的可能是凶手作案后准备逃跑。”刘支队说，“但是我们查了所有可疑的人，都没有跑。那么，凶手为什么要拖延发案时间呢？”

“我们也是推断。”我也开始心里打鼓了，“这个不能作为排查标准，毕竟推测不是依据。”

回到宾馆，我思绪万千，却怎么也整理不清楚。于是我闭上眼睛、关上思维，决定明儿一早就求助于师父。

第二天，我起了个大早，带着全套现场、尸检的照片电子版，到市局找了台能上互联网的机器，把照片传上了省厅的FTP（文件传输协议）服务器。

“师父，”我打通了师父的电话，“帮忙看看照片呗，遇见困难了。我们认为是在死者家留宿的熟人，但是经过一轮的排查，都排除掉了。现场又没有什么痕迹物证可以甄别犯罪嫌疑人，一时不知道怎么下手了。”

“这就是传说中的网上会诊？”师父在电话那头说，“我先看看吧，1个小时后再联系。”

我知道师父虽然是法医界的专家，但在电脑操作方面确实是个新手，可能他通过照片半个小时就能找到案件的突破口，但要让他下载照片再在电脑上打开，估计也得要半个小时。

在焦急的状态中，时间过得特别慢。

师父总是那么准时，1个小时以后，电话准时响起。

“天天吵着要成为专家，”师父说，“这么显而易见的问题都发现不了？”

师父的开场白让我十分诧异，一时不知道该怎么回答。

“现场有一张躺椅对不对？”师父没有理睬我的沉默，接着说道，“躺椅上有血对不对？说明死者是在躺椅上遇袭的对不对？”

“这个我知道，我们都发现了，但是说明不了什么问题啊？”我说。

“首先，我要肯定你们的推断，应该是准备留宿在死者家里的人作的案。”师父说，“显而易见，老太上楼睡觉了，凶手坐在放在躺椅旁边的靠椅上和老头一起看电视，等老头睡着以后下的手。”

“这个我们也推断到了。”

“关键是那个躺椅，是可以前后摇晃的对不对？”师父接着问道。

“对啊，”我说，“就是太师椅啊。下面是弧形的底座，是可以前后晃的。”

“那么，既然是头部可以上下移动的椅子，凶手怎样才能击打死者致死呢？”师父接着问道。

我仿佛慢慢地找到了思路。对啊，椅子可以上下晃动，如果凶手直接打击的话，死者头部会随着椅子往下晃动，这是一个缓冲的力，不可能导致颅骨骨折这么重的伤。我突然想起了两名死者头上的伤比想象中要轻，于是问道：“会不会是因为椅子晃动的缓冲，才导致死者头部的损伤比想象中要轻？我们认为凶手身强力壮，但是死者头部的损伤没有那么重。”

师父说：“你理解错了重点。如果椅子可以缓冲，根本就不可能打成颅骨骨折。头部损伤比想象中轻，另有原因。”

“那您看出的这个椅子缓冲作用，对案件侦破有什么用呢？”

“你想一想，凶手不是傻帽儿，他当然知道这样直接打击死者头部，死者头部会随着椅子的摇晃而缓冲，不会致命，那么他会怎么办？”师父说，“要是你，你会怎么办？”

我觉得师父说的非常有道理，换位思考了一下，便答道：“要是我，我会用一只手扶住躺椅的头部，另一只手拿凶器打击。”

“对呀！”师父说，“如果凶手没有戴手套，躺椅的头部下方必然会留有指纹。”

我恍然大悟，接着问：“明白了，痕检员初步勘查现场的主要目标是现场的一些日常物件，不可能注意到躺椅头部的下方。我马上请林涛过去再看一看。”

师父接着说：“另外，你们推断是熟人作案，所有的熟人都已经被排除掉了？”

我说：“是的，除了家里人，都排除掉了。”

“为什么不能是家里人？”师父问道，“你觉得这个世界上绝对不会有杀亲案吗？”

我拍了一下脑袋，说："是啊，我们都因为死者家人不在本地、凶手下手凶残不留活口，而忽略了死者家人的作案可能性。"

"相信自己。"师父看见我找到了头绪，鼓励我说，"自己再好好想一想。"

挂断了电话，我一方面请林涛去现场复勘，一方面自己躺在宾馆的床上，任凭脑中的碎片一片一片地拼接出案件原始的状况。了解院内有隐藏很深的古井，了解床头柜里有暗格，了解死者儿子给死者寄钱的时间规律，这其实通常只有家里人才能掌握。之前就是因为看到惨不忍睹的现场而不敢联想是死者亲人所为，现在反过来看，死者在发案前特意去镇上买了那么多菜，甚至一餐吃不完还要储藏在冰箱里，不恰恰说明了他们最为心爱的亲人要回来吃饭吗？凶手开始想焚尸，继而又改变主意，不恰恰说明了凶手不舍得毁掉以后可能属于自己的财产吗？凶手要刻意地拖延发案时间，争取逃离的时间，不恰恰说明了凶手原本并不应该在本地吗？凶手身强力壮，打击死者的时候却手下留情，不恰恰说明凶手不忍下狠手吗？

这么多线索慢慢地串联到了一起，我猛地从床上跳了起来，驾驶着警车开往市公安局。

"去查他的亲人，儿子、女儿、女婿和外孙。"我踏进专案组门后的第一句话就开门见山，"尤其是外孙。"

刘支队愣了一下，说："他们都不在本地，村民也没有反映他们近期曾回来过啊？"

"甄家在村口，如果凶手晚上回来，晚上作案，晚上再逃离的话，村民确实不可能发现他回来过。"我说，"我现在有充分的依据推断凶手很有可能是死者的直系亲人。"

"有发现了！"我的话还没有说完，林涛就闯进了专案组说，"不出所料，躺椅下发现一枚新鲜的灰尘指纹。"

"好！"刘支队对林涛的发现更感兴趣，发现了可能与案件有关的直接证据，就是给专案组打了一针强心剂。有了得力的现场证据，有了明确的新鲜的侦查方向，整个专案组仿佛又活跃起来。很快，10名侦查员分为3个组分赴死者亲属所在的三地开展工作，而我们每日就泡在现场里，以求可以发现更多的线索和证据。

我们并没有滞留几天，工作组出发后的第二天，就传回了喜讯。

甄家老夫妇的外孙陶梁，在省城一所大学读大二。原本学习成绩优秀的陶梁自从谈恋爱以后，仿佛就变了一个人。可能是因为家境贫寒，他利用上课的时间外出打工，来支付和女朋友租住校外的房租。因为总是翘课，他的学习成绩也一落千丈，这让年级辅导员很是担忧。案发前两周，陶梁和自己的好友一起喝酒时曾称他女朋友要钻戒，一枚钻戒至少几千块，他因为弄不到那么多钱，担心女友会因此提出分手而显得十分沮丧。

案件关键的突破是，通过外围侦查，侦查员发现陶梁的女朋友目前戴上了一枚闪亮的钻戒。

“抓人吧。”刘支队低声说道，“第一时间取指纹。”

第二天一早，我在市局审讯室里看到了满脸泪痕的陶梁。在民警给他戴上手铐的一刹那，陶梁的精神就崩溃了，据说他又哭又喊地闹了整整一个晚上，被带回审讯室以后才慢慢地恢复了神志。据陶梁交代，他当天电话告知自己的外公外婆晚上回家小住，晚上回家吃完饭后，趁外公外婆睡着之际，先后杀死了他们，然后抛尸入古井，并于第二天清早乘车返回省城。杀人的原因，就是为了床头柜暗格里的5000元钱。

大宝原以为自己来省厅参与侦破第一起案件后会非常有成就感，但是在我们返回省城的路上，他一直缄默不语。我和他一样，心情异常地沉重。陶梁杀害了一把屎一把尿把他拉扯大的外婆，杀害了把他当成心头肉的外公，只是为了区区5000元钱，为了一枚钻戒，为了那所谓的“爱情”。

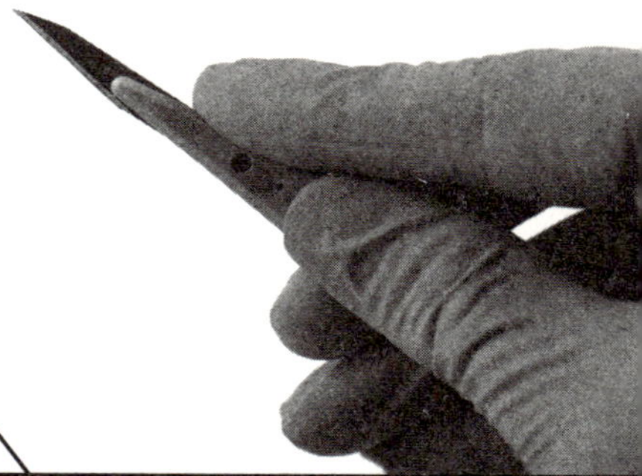

# 第十八案　狂乱之刃

## 1

“从CT片来看，对冲伤明显。颅骨骨折线连贯为线形，贯穿枕部，这样的损伤必须是和有一定接触面积的钝物接触才能形成，而且应该是经过了减速作用。”我说，“显而易见，是伤者说了假话，他的伤不是被打的，而是摔出来的。”

说完，会议桌周围的几名法医都点头认可。

“既然这样，那就不宜参照人体轻重伤鉴定标准进行伤情鉴定。”胡科长说。

其实这并不是在尸检，而是在进行伤情鉴定会诊。

伤情鉴定是法医的另一项重要工作，这项工作的难度一点儿也不亚于命案侦破。一方面伤情鉴定牵涉纠纷当事人双方的利益之争，所以无论做出什么结论，总会有一方不服，会认为对自己不公，然后猜测说法医有徇私舞弊的嫌疑。另一方面，因为很多损伤伤及内脏、骨骼，法医不能像检验尸体那样得到直观的认识，而是要通过医学知识、医学影像学资料对活体的伤情进行诊断，并对照伤情鉴定标准进行鉴定。

省城的法医实力很强，但是对于伤情鉴定也丝毫不敢怠慢，为了尽可能地保证鉴定结论的科学、客观和公正，省城公安局法医部门会利用地理优势，定期邀请省公安厅、市检察院的法医共同对一些疑难的伤情鉴定进行会诊，尤其是接近伤情鉴定标准线的伤情，通过集思广益更能体现鉴定的透明和公正。同时，各部门的法医也通过这种类型的会诊工作，提升自己的业务素质、统一对伤情鉴定标准的理解度。

这一段时间，省城的伤情鉴定数量突然减少，疑难案件数也大大降低，所以这一次的会诊工作只有这么一起案件。

案件很简单，是两个人发生纠纷，没有其他的目击证人。伤者报案的时候称是行为人用砖头砸伤了他的后脑勺，而行为人称是伤者追逐他进行殴打的时候自己滑倒摔了个四仰八叉。于是办案单位向市公安局提供了伤者的病历材料，要求法医解决致伤方式的问题。法医简单的一纸鉴定，却可以分辨出这个案件中谁才是真正的“恶人”。听上去很神奇，但是法医的肩上担负着千斤重担。“不能放过一个坏人，也不能冤枉一个好人。”这是师父对伤情鉴定的解读。

会诊结束后，我和胡科长在办公室里拉家常。胡科长是我工作前实习的带教老师，如今一晃数年，他的鬓角也染上了白霜。

“最近案件好少啊，都有点儿闲得发慌了。”胡科长笑着说。

“我翻了你们的登记表，这一个月来，你们收了60起伤情鉴定，还闲得发慌？”我说。

“我们每年受理伤情鉴定都是1000多起，这个月才收60起，你算算是不是闲了很多？”胡科长掰起了指头，“不过，咱省城有个规律，一旦伤情鉴定少了，就是要有难度大的命案了。不过最近好像还算平静。”

不是我迷信，但是干法医的确实忌讳这样的话，虽然我也被称为“乌鸦嘴”，但是乌鸦嘴的法医绝对不止我一个。听完胡科长的话后，我突然后背冒了一身冷汗，冷汗还没消去，胡科长办公室的电话就应景地响了起来。

胡科长接着电话，脸上红一阵白一阵的，从惊讶到凝重。挂了电话，他说："真邪门儿，我这破嘴。"

"有命案？"虽然祈愿天下太平，但是听说有命案，还是有一股冲劲儿涌上心头。

"西郊城际铁路高架下面的小楼，死了一对年轻夫妇，据说惨不忍睹。"胡科长皱起了眉头。

我拿出手机看了下日历："明天周末，不如我向师父汇报一下，我和你们一起出勘现场、侦办此案吧？"

"那是最好不过了。"胡科长高兴地说，"走，出发。"

省城不大，我们却也开了40分钟车才到达现场。一路上经过了繁华的市区，经过了寂静的农田，又经过了一片破旧的村落，最后我们才抵达了现场。和命案带来的压抑气氛截然不同，这里看上去像一片世外桃源，初春时节花香四溢，旺盛的植物簇拥着绿化带中央的3栋联排别墅，我们刚刚靠近，就被大自然的芬芳笼罩了。

我绕着别墅的围墙走了一截，问："怎么会有人在这里盖这么好的房子？难道有内幕知道这里会被开发？离市区不近啊。"

"这块地是一个小老板的，之前作为苗圃，后来这里盖了高铁高架，征了他的地，他也算赚了一大笔改行了。"辖区派出所民警说。

"他住这里？"我站在旁边的一个小土坡上，看了看周围的环境。别墅的周围有近10亩地种着各种植物。苗圃的边缘连接着刚才经过的那片破旧的村落，和小村的矮墙砖房形成了鲜明的对比。

"小老板转了行，这片苗圃就给了他妹妹打理，并且在这里投资了3栋联排别墅，说是以后能开发起来的话就赚钱，开发不起来，也正好是自己家老人颐养天年的好地方。目前小老板自己倒不住在这里，他的妹妹和妹夫住在这里打理苗圃。"

"也就是说，这3栋别墅有2栋是空着的？"我问。

民警指着最西边的别墅说："是的。完全是空的，都没装修。只有这一栋简单装修了一下，小老板的妹妹柏长青两口子住这里，也是隔三岔五地住，周末肯定是回市里的。”

我点了点头：“柏长青是死者？”

民警说：“技术部门同志正在技术开锁，您可以看看一楼卧室的窗户。”

我戴上了现场勘查装备，顺着民警手指的方向走到了一扇装着严实的防盗窗的窗户边，探头向屋内望去。

窗户上挂着窗帘，遮挡了一部分视线，但从窗帘的一角，隐约能窥见一只戴着银白色手链的雪白的胳膊无力地瘫在地上，手背上沾满了血迹。从手臂上明显的尸斑和屋内发出的腐败的臭味看，我们确实没有必要强行破门抢救了。

我看了看正在开锁的民警，又退了回来，问派出所民警：“什么情况？”

“3天前，25号下午，在外地做生意的柏老板给他的妹夫周方打了电话，问了一些苗圃的情况。周方称自己摔了一跤，脚踝骨折脱位，已经卧床一周了，他说等到26号上午再让柏长青给她哥哥打电话说说苗圃的事儿。”

“26号，她没有打电话是吧？”胡科长插话道。

“是的。”民警说，“柏老板打电话过去的时候，电话无法接通。柏老板说柏长青从来不会关手机，更不应该无法接通，就叫他在省城公司的秘书开车过来看了一眼。秘书发现门是从外面锁好的，恰巧26号是周六，小夫妇应该回城了，所以也没在意。秘书回到城里他们的住处，发现也没有人开门，就向柏老板反馈了消息。柏老板一直忐忑不安，打了3天的电话，一直是无法接通的状态，今天又差了秘书过来看。秘书来了发现门依旧和3天前一样是锁着的，就从一楼的窗帘缝里往里看，发现了一只死人的手。”

“锁打开了，这锁真是难开，好锁啊。”刚刚听完案件前期情况，开锁的民警的声音就响了起来。

胡科长和我一起走到了别墅的大门口，看见两名民警拿着一只造型别致的挂锁，正在擦着头上的汗：“这种防盗门真是安全，有暗锁，还有挂锁。这种挂锁是和这类防盗门配套的，出门时可以挂在外面加一层锁，晚上在家可以挂在门里面锁上。”

“你是说，这个锁肯定是死者家里的了？”胡科长说。

“是的，完全可以确定。”

“那就请你们用勘查踏板先进去看看吧。”胡科长转头和站在一旁的痕检员说。

省城市公安局尽是训练有素的现场勘查员。痕检员麻利地挎上勘查踏板，一步一放板，很快就进入了现场的卧室。不一会儿，痕检员沿着摆好的勘查踏板走出了现场，一脸沮丧地说：“已确认，两名死者。”

## 2

胡科长脸上的肌肉抖动了一下，为自己刚才在办公室的话而感到后悔：“早上不该说不该说的话。”

“我说吧，这种事儿不信邪不行的。”我一边说，一边换掉已经脏了的鞋套，站起身来挺挺胸，怀着一种神圣的感觉，走进了现场。

一走进别墅大门，一股血腥味夹杂着腐败的气息扑鼻而来。“这个天气，不应该腐败得这么快啊？”我揉了揉鼻子。这个初春的季节，3天时间应该不至于高度腐败。

这是一个标准结构的小别墅。一楼是一个大客厅以及厨房和卫生间，还有一间卧室，二楼是两个房间。一楼还被简单装潢过，通往二楼的楼梯再往上就都是毛坯房了。看痕检员们都在中心现场——卧室里仔细地检查着地面上的痕迹，我和胡科长先用踏板登到了二楼。

二楼很平静，因为是毛坯房，地面条件很差，几乎什么也发现不了。我和胡科长仔细检查了二楼的窗户，无一例外都是锁闭的。

“一楼有防盗窗，二楼的窗户都是锁闭的，难道凶手是从门进来的？”我觉得十分奇怪，“一楼的防盗门是双重保险的，在家的时候，都会从里面锁上挂锁。即便是神偷，也进不来啊。”

胡科长听我这么一说，看着我说：“你这么快就能看出是盗窃案件？”

话还没有说完，楼下的痕检员在楼梯口喊我们：“胡科长，张局长到了，让我们尽快勘查，然后汇报基本情况，以便进一步走访调查。”

“楼下看了是什么情况？”胡科长也对着楼梯口喊道。

“两名死者，初步断定是柏长青和她的丈夫周方。”痕检员说，“现场毫无翻乱，不像是盗窃案件。”

胡科长一听，对我说，“哈哈，你判断错了。”我耸耸肩膀，说：“你自己理解的，我可没说我认为是盗窃案件。我只是想表达一下那个锁的质量很好。”

胡科长龇牙一笑，算是鄙视我的狡辩，继而又探头对楼下说，“楼上的窗户都是密闭的，犯罪分子的出入口还是要研究的。”

“出口没问题。”我说，“肯定是犯罪分子杀人后从大门离开，离开的时候锁了门。”

胡科长想了想，点了点头：“嗯，只有这种可能了。但是挂锁需要钥匙才能打开、锁闭，凶手怎么会有挂锁的钥匙呢？你下去，把痕检科的吴科长换上来，我和吴科长再排除一下从二楼进入的可能性。”

我沿着踏板走下楼，喊了吴科长上楼，自己留在客厅里仔细地看着。

客厅里有个撕页式的挂历，挂历显示是26日。挂历下放着一只烟灰缸，烟灰缸里没有烟头，只有一团揉成团的纸。我小心地展开纸团，原来是一张刚刚被撕下的日历，日历上写着“25日”。我把纸团和挂历做了拼接，确实是从挂历上撕扯下来的无疑。

大门口的墙上钉着一枚水泥钉，在雪白的墙壁上格外显眼，我走过去仔细看了看水泥钉和它的位置，对楼上喊道：“胡科长，出口没问题了，挂锁的钥匙应该是挂在门口一枚水泥钉上的，所以凶手才可以顺利地出门，并从门外将挂锁锁上。”

胡科长没有应声，看来对这个信息并不感兴趣。

我简单地看了卫生间和厨房，没什么有价值的发现。这时候一名年轻的痕检员走出卧室，我说：“对了，你看看大门挂锁和内侧的暗锁把手上有没有什么可用的痕迹。”

看着痕检员一脸茫然的样子，我笑着说：“目前看，凶手是从大门出去的，他必须要拉门把手才能走啊。”

说完，我走进了中心现场，眼前突然一个黑影闪过，我定睛一看，原来是苍蝇，再仔细看看尸体，着实吓了一跳。

一具男性尸体躺在床上，被子被掀开，露出他身上整齐的睡衣睡裤，他的右脚踝处包裹着白色的纱布，纱布的间隙里露出一只蜡黄的脚。我突然想起民警介绍的案情，周方在一周前扭伤了右脚踝，看来这名死者就应该是周方了。床另一边的地面上躺着一具女性尸体，同样也穿着睡衣睡裤，只是睡衣的纽扣全部解开，露出沾染了血迹的乳房和肚皮，依稀可见到伤口。

“看来他们是25号晚上睡觉了以后遇害的。”我说。

“啊？是怎么看出来的？”痕检员问道，“是通过腐败程度吗？”

我摇了摇头，说：“不是。客厅有本日历，可以看出是25号晚上撕下了25日的那一页，结合死者的衣着，就得出结论喽。”

痕检员笑了笑说：“哦，我说呢，这尸体腐败得很奇怪，应该是看不出时间的。”

我走近尸体，仔细看了下尸体的头颅，眼前的两具尸体简直已经是面目全非，黑乎乎的面孔上完全看不清五官，两具尸体的头颅下方都是大片血迹。原来两具尸体的头面部都被乱刀砍烂，眼珠都鼓出了眼眶，碎裂的牙齿黏附在下巴上，鼻子也歪在一旁，已经无法分辨面容了。尸体的颈部都被完全割开，露出白森森的气管。尸体头面部和颈部的诸多创口连接在一起形成的偌大的创口敞开着，创口里偶尔可见白色的蛆虫在蠕动。

“腐败程度奇怪是有原因的。”我知道痕检员的意思，他们见过整尸腐败的，却没有见过类似眼前这两具尸体头面部高度腐败，而身体却丝毫没有腐败的。我从勘查箱里拿出了酒精棉球，擦拭了女死者胸口的血迹，露出雪白的皮肤。

“看，其余的组织并没有腐败得很厉害。”我说，“只是头面部高度腐败，头面部的腐败程度和其余位置大相径庭，你说的奇怪就是指这个吧？”

年轻的痕检员点了点头。

我说：“我们可以注意到，头面部的软组织被完全砍开了，大量失血。而尸体所在的位置头部下方都有大量的血泊。浸泡在血泊里、暴露在空气中的皮下组织自然会腐败得比其他部位要快。”

我看身旁的王法医点头赞同了我的意见，拿出了勘查箱里的镊子，捏起创口里的一只白色的蛆，放到一个装了酒精的试管里。不一会儿，蛆就不再挣扎了。我又用镊子取出已死的蛆虫，用比例尺仔细地量了量，说：“夏天蛆虫每天生长0.8毫米，这个季节要慢一些。这个蛆虫只有不到2毫米，用昆虫学计算死亡时间，也应该是3天左右。”

痕检员看到我把一只尸体里的蛆弄来弄去，不禁感到一阵恶心，干呕了一下。

我笑着说：“案件性质可有什么初步判断？”

“整个卧室没有被翻乱，东西摆放都挺有序的，看起来实在不像是盗窃案件。”痕检员平复了一下心情，说，“开始我们看到女死者的睡衣被解开了，怀疑是强奸，但目前看她的睡裤没有被脱下，又不像是强奸。看来仇杀的可能性比较大了。”

“嗯，男死者处于睡眠状态直接被砍击头面部死亡，看血迹都没有一点儿移动的迹象，说明凶手是进卧室后直接下的手，我也觉得像寻仇报复杀人。”王法医说，“这个情况已经反馈给专案组了，侦查员也认为是寻仇的可能性比较大，并且现在张局长已经安排5组侦查员开始外围调查了。我看哪，做生意的，结仇家的可能性还是比较大。”

“是啊。”痕检员看王法医支持了自己的观点，说，“而且死者的头面部、颈部都被砍烂了，不是有深仇大恨，怎么下得去这样的狠手啊。”

“那女死者的睡衣被解开，怎么解释呢？”我问。

“我分析是凶手看见死者漂亮，想猥亵一下吧。”王法医说，“现场没有搏斗痕迹，根据血迹形态分析，女死者应该是被惊醒了，因为她睡在屋内侧，无法夺门逃跑，被砍击头部后倒地的，倒地后就没有再挣扎和翻动。面部的几十条砍创也肯定是现在的原始位置砍击的。”

我蹲在地上，看着喷溅状的血迹以女死者的头部为中心向周围发散，点头认可了王法医的判断。

“所以，凶手并没有想强奸。”王法医接着说，“只是杀人以后猥亵。”

我没说话，盯着电视机下方说：“你们看那是什么？”

## 3

大家一起朝电视柜的中间层望去，那里空空如也，除了几根裸露的电线头。

痕检员走到电视柜旁边，小心地拿起电线头，说：“这是被剪断的新鲜痕迹。”

我在电视柜附近看了一圈，说：“他们家没有安装有线电视，如果想看电视，就只有接DVD了，可是这底下的DVD显然是被人剪断了电线拿走了。这是什么情况？”

王法医皱起眉头，说：“是啊。如果是DVD坏了送去修理，也不至于要剪断连接线。这个动作，是什么意思？和犯罪有关吗？”

我摇了摇头，表示也不清楚。大家都在沉默着，突然客厅传来一个兴奋的声音，引得大家都往客厅走去。

客厅里，年轻的痕检员说：“刚才我仔细看了大门内把手，仿佛有一些痕迹，就用试剂显现了一下，发现一枚残缺的血指纹。”

“好事啊！”我高兴地说。看来对凶手离开犯罪现场的出口的准确判断获得了重要的战果。

“看来这个案子有很好的破案条件。”刚才在勘查卧室的痕检员说，“卧室地面，发现多枚血足迹，只要找到犯罪嫌疑人的鞋子，也有比对价值。”

“有指纹就够了。”我说，“关键是看卧室内的血足迹，有几个人的？”

“一个人的，可以断定。”痕检员说，“还有，门把手的这枚血指纹，只有排除的价值，没有认定的价值。它是残缺的。”

胡科长这时从楼上走了下来，说：“二楼一扇窗户上发现一枚灰尘指纹，不知道与本案有无直接因果关系。”

“怎么说？”我问。

“这枚指纹非常新鲜，看上去像是最近的。”吴科长说，“但是二楼的窗户离地面很高，附近没有可以借助攀爬的物体，除非是凶手带了梯子，爬梯子进来，而且进来后还关上了窗户。”

“那就说明凶手是有备而来，而且有反侦查意识。”胡科长补充道，“这种可能性还是很大的。如果凶手从窗户进来，可以说明一个问题。”

我看了看胡科长说：“二楼的窗户是推拉式的，比普通窗户要小，且只能开半扇，所以胡老师的意思是，凶手身材矮小。”

胡科长看我读懂了他的心思，微笑着点了点头。

“可惜和大门把手上的指纹不是同一个手指的，不能进一步确定。”年轻的痕检员趁我们说话的时候，对比了两枚指纹，说，“但至少可以说明，凶手没有戴手套。”

“作为一个有反侦查能力的人。”我说，“作案不戴手套，还留下那么多痕迹，这有点儿矛盾。”

“两名死者的手机都没有发现。”另一名痕检员擦了擦额头上的汗，说，“应该是被凶手带走了。”

我低头想了想，理不出头绪，于是说：“偷手机，不翻找钱，而且女死者手腕上的铂金手链都没拿，不合常理啊。不行，胡老师咱们先去检验尸体再说吧。”

“等等。”一个洪亮的声音响起，我抬头一看，原来是师父到了。

师父说：“尸体先拉走，我们去外围走走。”

我和师父低头朝着破旧的小村落走去，师父就像有目的一样一路直行。

“师父是怀疑这个村落的人作案吗？”我看出了师父的想法。

“刚才听了你们介绍，”师父说，“既然有可能是带梯子来爬窗入室，那么这个人肯定住得不远。谁会住得很远还带着梯子来杀人？”

我点了点头，没再说话，默默地跟随着师父向前走去。

没走多久，我们就走到了一个破旧的小村落的村口。一堆灰烬吸引了师父，他慢慢走到灰烬旁，戴上手套，拿起一根树枝，轻轻地拨动灰烬，说：

"你看，这里有衣服的碎片。"

"灰烬很新鲜。"我说，"您是怀疑，有人在这里焚烧血衣？"

师父点了点头，说："两名死者身上有大量伤口，凶手身上肯定有大量血迹。凶手焚烧血衣一般都是在自己家附近，这是一般规律。所以我认为，凶手很有可能就住在这个村子里。"

"这个村子不小呢，全算上有好几百号人。"侦查员说，"全部取指纹吗？"

"不行。"师父说，"一来动静太大，打草惊蛇。二来现场的血指纹没有认定的价值，灰尘指纹又不能肯定与本案有关，所以靠对比指纹来破案，难度很大。先看看尸体吧。"

解剖室里，躺着两个年轻的死者，已不能辨明容貌。

男性尸体的损伤很明确，头面部的大量砍击创导致面颅骨完全塌陷。可怜的是，男性死者在遭到这样猛烈的打击后，并没有马上死亡，因为他颈部的切割创还有明显的生活反应，颈动脉完全断离，尸体的血基本都流完了。尸体没有抵抗伤，显然是在睡眠状态中突然遭受打击死亡的。

女性尸体的损伤则显得非常复杂。致命伤同样是头面部的大量砍击伤和颈部的切割创，但是她的双手都被砍开了，两只手的无名指和小指只靠着一丝皮肤和手掌相连，这是明显的抵抗伤。除了这些损伤，女死者的胸腹部有20多处1厘米长的小创口，小创口分散在死者的乳房和肚脐周围，有的有轻微的生活反应，有的则完全没有生活反应。

"这些小创口，有的是濒死期的损伤，有的是死后的损伤。"我说，"看来凶手刺击的时间段很长。难道他解开女死者睡衣的纽扣就是为了刺上这20多个创口？这是什么意思呢？"

"这个问题你好好想想吧。"师父说，"我现在更想知道的是你们对本案致伤工具的判断。"

"有一定刃口长度的，锋利的，便于挥动的，具有一定重量的砍击器……"我说，"应该是菜刀和砍刀之类的吧。"

师父点了点头，用止血钳指着女性死者胸腹部的创口，说："这种小创口是什么形成呢？”

“菜刀的刀角？”我问。

师父未置可否，用手捏起其中一处创口，指着创角说：“菜刀刀角形成的创口，会是一角钝一角锐，对吧？但是你看，这个创口两角都是钝的。”

“钝器？”我一头雾水。

师父摇了摇头，掀起皮肤，指着死者的腹腔说：“创口有的只到皮下，但有的已经进入了腹腔，最深的居然伤到了脊柱腹侧面。”

“您是说这个工具很长？”我量了量这个创口的深度，居然有15厘米长。

“再看这一处伤到了骨质。”师父说，“骨头形成印痕，不是菜刀角形成的三角形，而是一条线形。”

“说明工具的头端是平的。”我说。

“平头的，头两端钝，长15厘米……”

“起子（螺丝刀）！”我打断了师父的问题。

“对，是起子。”师父说，“既然现场出现了起子损伤，而凶手在现场没有翻动行为，现场也没有工具箱，所以凶手不可能是在现场找到的起子。那么说明了什么问题呢？”

“凶手自带的呗！”我说，“凶手有菜刀又有起子，难道有两个凶手吗？”

师父摇了摇头：“现场那么多血，如果两名凶手都对死者加害，鞋子上应该都带有血迹，不可能只在现场发现一个人的鞋印。所以通过痕迹分析，可以肯定是一名凶手作案。”

“那能说明什么？”胡科长在一旁也诧异道。

## ● 4

我低头思考了片刻，说：“说明犯罪分子的作案目的是盗窃。”

师父看我答对他出的题目，非常高兴，说：“非常好，我就是这个意思。这个案件应该是盗窃案件。”

胡科长在一旁也会意地点了点头，说："是的，开始我们还认为是报复杀人，现在要赶紧通知专案组转变侦查方向了。"

"不重要了。"师父说，"这个案子已经手到擒来，没有什么挑战性了。下面就该由我们去专案组和侦查单位交流一下，难题自然会迎刃而解。"

负责照相的技术人员被我们说得一头雾水，问道："等等，为什么你们能确定这是一起盗窃案件？"

"靠的是经验，"胡科长说，"既然我们推断出凶手肯定携带了起子，那么就能肯定凶手的目的是盗窃。你想想，哪有寻仇杀人的还带个起子？盗窃犯惯用的工具是起子，而菜刀反而是辅助防身的工具了。"

我没有仔细听胡科长的解释，倒是埋头苦苦思考师父说"手到擒来"的意思。我觉得这个案子还是一头雾水，哪里有什么"手到擒来"的迹象呢？于是我忍不住问道："通过我们之前的分析，犯罪分子很有可能是在现场附近的村落居住。但是您说了指纹比对难度很大，那么哪里来的手到擒来呢？"

"等会儿揭晓答案吧。"师父说，"目前我也不敢完全肯定自己的推断，要和侦查组碰头后才可决断。"

我没有继续打破砂锅问到底，默默地和师父一起，穿过夜色，走进省城市公安局专案组的大会议室。

"之前我们说了要彻查现场附近那个村口有灰烬的村子。"师父开门见山，"现在调查的情况怎么样？"

"只有一下午的时间，太紧张了。"主办侦查员说，"这个村子里的人员名单梳理出来了，现在正在核查案发时间段附近仍在村里居住的人，等这一轮核查结束后，才能逐一摸排可能具有作案时间的人。这个村子位于城乡结合部，人口流动也非常频繁，人太多太杂，不太容易查清楚。"

"目前对死者的矛盾关系排查也陷入僵局。"另一组主办侦查员说，"这两个人专心经营苗圃，接触的都是生意上的人，目前正在逐个儿调查。通过下午的调查情况，反映这夫妇俩为人忠厚，不与人发生矛盾。"

师父低头想了想，慢慢地说道："村里是不是有户人家有个精神病儿子？"

会场一片寂静，突然，辖区派出所的所长说道："没有精神病，但是有一家的儿子是间歇性精神障碍。父亲叫汪会。"

师父点了点头，说："那么，这个汪会的儿子是不是身材矮小？"

派出所所长说："是的。"

师父继续问道："这一家是不是很穷？"

主办侦查员插话道："今天我去了，家里穷困潦倒，除了破床破桌子破电视什么的，什么都没有，连冰箱、空调这样的电器都没有。家里有个儿子，10岁时得了脑膜炎，没有及时医治，现在处于时而智障、时而狂躁的状态。"

师父看着主办侦查员说："汪会是不是说案发那天他孩子一直在家？"

"那倒没有。"侦查员说，"不过他倒是一直强调他的儿子从来不出门，都是憋在家里吃了睡睡了吃。不过，这些情况，您是怎么知道的？"

"是尸体告诉我的。"师父笑着说了一句阴森恐怖的话，"现在我来分析给你们听。"

师父喝了一口水，慢慢地说道："先说主要的，我们要从尸体身上奇怪的刀伤说起。第一，两名死者的头面部和颈部都被砍了几十刀。这样的情况见于两类案件，一是深仇大恨、泄愤毁容，二是精神病杀人。第二，女死者的衣服被解开，乳房和肚脐周围有多处起子形成的刺创，但是经尸检确认死者并没有遭受性侵害，这样的情况也见于两种案件，一是性变态杀人，二是精神病杀人。第三，现场发现了DVD机被剪断的线头，又确定本案是盗窃案件，什么人盗窃就是为了偷DVD和手机而不翻动现场、不拿女死者的金手链？只有一种解释，凶手没见过DVD机，连拔线头都不知道，要用刀割断线头，而且凶手没见过手机或者认为手机很值钱。这样的人，只能是智障或者精神病。结合三方面问题，只有精神病患者才能做出这样的现场。"

我赞许地点了点头，说："间歇性精神障碍，这样的话，就可以解释为什么整个作案现场有时让人感觉凶手有反侦查意识，有时又像没有反侦查意识，甚至作案时带个梯子这样不能让人理解的行为都可以做得出来。这是因为他的行为没有清晰的思维去维系，时而清晰时而糊涂，所以整个案发现场都让人费解。"

师父接着说："我之所以分析这个人家里很贫穷，是因为即便凶手有精神障碍，如若生活条件一般也都应该能认识什么是DVD机，这个时代，连DVD机都不知道是什么的，他的家里可想而知有多穷。"

我又插话道："是啊，分析身材矮小是因为现场二楼的窗户狭小，能钻进去的人，自然身材矮小。"

胡科长在一旁补充道："嗯，听你这样一说，所有的疑点几乎都可以解释了。之前我一直在考虑一个问题，男性死者没有经过任何挣扎就被打死在床上，甚至连抵抗的动作都没有，这非常奇怪。因为盗窃杀人，通常都是进屋翻动东西惊醒受害人后，不得已而杀人。而本案中，凶手几乎是进了卧室就杀人，这非常不好理解。"

师父接话道："很简单，我觉得这个凶手应该了解柏长青一家的习惯。受害者通常是周五回家，周一才回来，而恰巧案发当天是25号，周五。很有可能是凶手以为柏长青回了城，于是晚上来盗窃。哪知周方脚踝受伤，恰巧这天晚上他们没有回城。凶手进入卧室后，对于卧室内有人大为惊讶，但是因为受害人此时并没有醒来，如若是正常人可能会逃离或者继续悄悄盗窃。但如果凶手是精神障碍患者，这种程度的受惊，会严重刺激他的精神状况，很有可能就诱发了狂躁症。所以，这样的思维其实都是不正常的。"

大家都在似信非信地点头。

师父接着说："进一步考虑，凶手是精神障碍，杀人后引发了他的狂躁症，虽然可能在作案后用挂锁锁闭现场大门，但不太可能想到焚烧血衣、销毁证据。那么，如果他们村口的焚烧灰烬确定是血衣的话，很有可能是他的家人帮忙销毁证据，既然证据都销毁了，他自然会极力隐瞒他儿子是有作案时间的。"

就在这时，DNA检验室的技术人员走进会议室，低声和张局长耳语了几句。

张局长说："灰烬里发现的衣服碎片，检出死者血迹。"

"那就抓人吧。"师父和张局长说道。

张局长显得有些迷糊，说："我们还没有直接指向他的证据，嫌疑人又是精神障碍，贸然抓人，可靠吗？”

“相信我，尸体不会说谎。”师父说，“尸体上奇怪的刀伤，已经说明了一切。”

张局长想了想，一声令下，3辆警车驶出了公安局大门。

师父、胡科长和我在专案组会议室里静静地等待着回音。

1个小时以后，张局长的手机突然响起，电话的声音很响：“张局长，是他干的，他家的床底下发现了割断电线的DVD机和两部手机！另外还有一把钥匙，怀疑是死者家大门挂锁的钥匙。”

“好吧，把嫌疑人和汪会一起抓回来。”张局长说，“这个汪会涉嫌包庇。”

夜还未深，专案组就得到了好消息。汪会在证据面前很快低下了头。原来26日早晨，汪会发现自己家的梯子横着放在院子里，顿时有了不祥之兆。待他跑到儿子的房间时，发现儿子满身是血地躺在自己的床上呼呼大睡。汪会也不知道儿子干了什么事，只觉得不好，于是把儿子身上的血衣和床单、被褥悄悄地拿到村口焚烧。可是他不知道自己儿子盗窃来的DVD机、手机和钥匙放在床下，留下了致命的证据。

对汪会之子的审讯难度很大，他赘述了很多不相干的问题，但是提到男死者的时候，他咬着牙，眼露凶光地说：“杀！杀！”而提到女死者的时候，他却只会流着口水说：“奶子，奶子。”

“从这个嫌疑人的陈述碎片中，已经明确反映出了他的作案过程。”师父说，“既然汪会承认血衣是他儿子身上穿的，血衣上又有死者的血迹，那么这就是直接证据。”

“不仅如此。”胡科长说，“刚从痕检部门得到消息，汪会承认烧毁了犯罪嫌疑人的鞋子，我们已经从他交代的地方买到了一双一模一样的鞋子，鞋底花纹和现场一致。现场提取的两枚指纹，也都和嫌疑人对上了。这是铁案。”

“铁案又能如何？”我郁郁寡欢，“精神病杀人，不负刑事责任。可怜了这一对苦命的夫妇，那么年轻就枉死了。”

“是啊。”师父也受到了我情绪的影响，“住在偏远地区，本身就有风险，夜间关紧门窗太重要了，如果他们二楼的窗户也扣紧，就不会有这样的悲剧发生。仅仅是百密一疏，疏忽了一扇窗户，却酿成惨案，真是可惜了。”

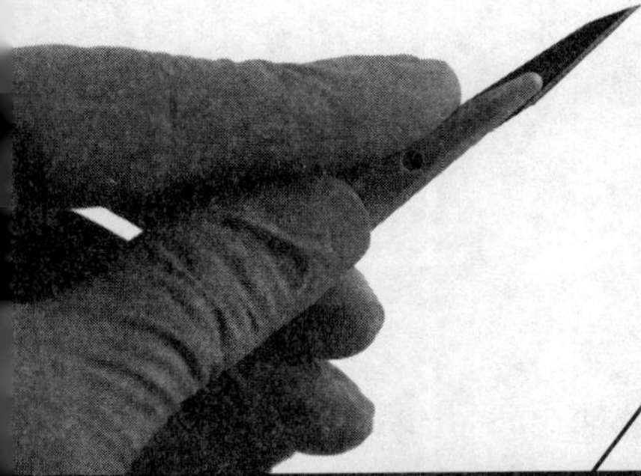

# 第十九案　校园禁地

## 1

“在吗？”

清早我刚到办公室，一打开QQ，就有头像在抖动。

省城的那起精神病杀人案结束后，省内消停了一段时间。每天我上班处理处理伤情鉴定，发发通知通报，甚至还有空协助师父举办了一次全省公安机关法医技术培训班。日子就这样一天一天地过去，闲得很，自然也很惬意。

转眼就到了每年最热的时期。恰巧因为办公大楼扩建，我们办公室的窗户被封了起来，空调也被拆了，每天在这么个密闭的空间，全靠一台200多元钱买的空调扇消暑，上班成了煎熬。

看到一个朋友的QQ留言，我无力地擦了擦汗，调整了一下空调扇的风口，在QQ上给他回话。

“在，咋了？”

“云泰大学发生命案了，你知道吗？”

“不知道啊？”

“铺天盖地都是新闻了，你咋能不知道？”

听朋友这么一说，我惊出一身汗，赶紧点开了几个省内的新闻网站，果不其然，清一色的头条——“云泰大学小树林今晨惊现女尸”。

看来是发生了影响极其恶劣的命案，这就是我们省厅的管辖范围了，我一把抓起电话，拨通了师父的办公室电话。

“看来你知道了，那就不多说了，出发去云泰吧。”师父下达了命令。

一路上我都在感叹媒体效率之高，看时间，应该是早晨7点左右有大学生报案，8点整省内各大网站都已经发布了消息。好在辖区民警到得比记者早，早早拉起了警戒带，不然案件的关键照片一旦泄露，可能会有更恶劣的社会影响，也不利于下一步的侦查工作。

车开得惊心动魄，很快便到达位于高速出口边的云泰大学。

云泰大学在省内是名列前茅的高等院校，学校占地2000余亩，在校学生有两万余人。我们的警车一驶入学校的大门，便引来无数学生侧目。不需要问路，随着人流的方向，我们很快找到了案发现场。

云泰大学风景如画，小桥流水，杨柳依依，美丽的风景背后却暗藏杀机。因为校园面积大，很多地方成为了治安死角，好在是在大学里，不然肯定会滋生出更多的犯罪事件。

案发现场就位于图书馆和女生寝室之间大道旁边的树林里。这条大道是学生往返图书馆和女生寝室的必经之路，平时熙熙攘攘，倒也看不出有危险隐患。但是一旦过了人流的高峰期，这条悠长的大道是非常僻静的。大道两旁是两排笔直的松树，长得十分茂密，不越过松树到松林后面看看，根本无法知道后面是什么样子，而警戒带就拉在松树上。

我整理了一下胸前的现场勘查证，开门下了车，拿出后备厢中的现场勘查箱。其实人群被警戒带阻挡在松树外面，根本看不到松林里面是什么情况，但是仍有大量学生模样的人在四周围观，还有背着包拿着摄像机的记者在人群中不停询问，期望能问出一些线索。我笑了笑，对人群说："啥也看不到，回去吧。"然后掀起警戒带，走进中心现场。

一眼就看见师兄黄支队，他正蹲在松树的后侧呆呆地出神，我走过去拍了一下他的肩膀："我来了。"

黄支队梦中惊醒一般，站起来抖了抖裤腿上的泥巴，说："我正诧异呢，这学校弄个这样的地方出来，岂不是给犯罪分子制造温室吗？"

我抬眼望去，确实有些出乎意料。这排整齐的松林形成一道天然屏障，把一片空旷的灌木丛和大道隔开。这片灌木丛的四周摆放了假山，假山之侧种植了成片的竹子，包围着灌木丛。灌木丛大约有四五亩的样子，不知道学校要将这里留作何用，要是犯罪分子躲在灌木丛里，周围的人根本无法发现，进入灌木丛后，若不是大声呼喊，周围的人也难以发觉。

"大概是什么情况？"我看痕检员们正趴在地上努力地寻找痕迹物证，便没有继续往现场中心地带走，站在原地问黄支队道。

"面积太大，不能确定犯罪分子是否挟持死者进入这里的通道，所以具体情况还不清楚。"

"是学生报的案吗？"

"不是。"黄支队说，"这片灌木的主要水分来源是雨水，但是如果持续一周都是晴天，学校就有专门的园丁进来浇水。"

"是园丁发现的？"我问，"是进来就发现的，还是……"

"不是，他是按从外到里的顺序浇水，浇到灌木丛中央的时候，发现了尸体，于是报的案。"

"也就是说，周边进入灌木丛中央的通道，都被破坏了？"我急着问道。

黄支队无奈地点了点头。

"学生们知道这个地儿吗？"我环视了一下四周的环境，觉得这个寂静的地方实在是非常隐蔽。

"应该有人知道，但是谁会来呢？外面没有通进来的小路，里面也没有可以休息的地方。关键是夏天这里的蚊子多啊。"黄支队一边说，一边挠着自己的胳膊。我看了他一眼，果然他的胳膊给蚊虫叮咬了几处。

“死的是大学生吗？”我问。

“目前尸体还没有检验，身份还有待确认。听报案人说，是个年轻女性，又在校园，所以我们认为是大学生的可能性极大。”

就在此时，忽然一阵呼天抢地的声音，引起了我们的注意。我看痕检员们还在忙忙碌碌地勘查周围现场和巡视外围现场，估计一时半会儿我也进不了中心现场，于是便从松林中穿了出来。一眼就看见警戒带外一名中年妇女坐在地上号啕大哭，我听不真切她哭喊的内容，只能断章取义地理解为她是在自责。

那名哭得几近崩溃的中年妇女身边，还有一个20多岁的小伙子，眼睛红肿着，一直搀扶着身边的女人。我走过去出示了警官证，问：“你好，请问你们是？”

“这是我母亲，里面的死者可能是我妹妹，胡悦悦。”小伙子抽泣着说道。

“您先别急，慢慢和我说，怎么回事，您怎么知道死者是您的女儿？”我蹲下来，看着已经哭得快昏死过去的中年妇女。

中年妇女没有回话，整个人哭得回不过神来。小伙子替她接话道：“是这样的。一个多月前，我妹妹放假在家，因为一些琐事和妈妈吵了起来，然后就跑走了，从那天起，我们一直没有找到她。”

“是这样的，是这样的。”我转过头，发现一个戴着眼镜的中年男子一边擦着头上的汗，一边气喘吁吁地说，“我是胡悦悦的年级主任，我们已经向派出所报了失踪，最近一直都在打听她的下落。这个，会不会是她？”

“失踪一个多月？”我问。

年级主任和小伙子一齐点了点头。

“那可能不是她。”我说，“我们发现的这个受害者是最近被害的。”

听我这么一说，中年妇女眼中放出了希望的光芒。这时，从松林里慌慌张张地跑出来一个民警，冲我说道：“快去看看吧，又发现一具尸体，白骨化了。”中年妇女一听，马上昏死过去。

## 2

我大为讶异，原本盼望能通过外围现场的搜索发现一些关键的痕迹物证，没想到，却发现了另一具尸体。

当我跨进灌木丛时，发现技术人员都围到了灌木丛尽头的围墙根，慌乱地拍照、寻找痕迹。黄支队看我又重新走进来，说：“真是倒霉，要么不发命案，一发就是两具。”

我镇定了一下情绪，说：“现场通道打开了吗？”

“附近泥土上没有发现有用的痕迹物证，你可以去看看尸体状况了。”黄支队说。

我点了点头，穿上现场勘查装备，深一脚浅一脚地向第一具女尸走去。灌木丛的蚊子确实很多。

痕检员都在100米外的墙根处勘查白骨化女尸，我和黄支队走到第一具女尸旁边。尸体显然死亡不久，尸僵还很强硬，但是尸体裸露的皮肤外爬满了黑色的小虫。死者是一名年轻的女性，仰面躺在灌木丛中，蜷曲着双腿。死者的上衣被撩到乳房上，内衣也被解开了，牛仔裤的扣子拉链被打开，露出白色的内裤边。

“看来是性侵害啊。”我说。

黄支队点点头说：“夏天，这样的事情多。”

我慢慢蹲在死者旁边，观察着尸体。死者是20多岁的年轻女性，主要的损伤位于颈部。死者的头部向右侧歪着，双眼紧闭，左侧的颈部血肉模糊，看不真切颈部皮肤的损伤情况。我掀起死者的眼睑，是苍白的。死者的皮肤本身就很白皙，在失血的情况下，显得更加惨白。

“看来是有强奸的过程吧？”黄支队指着死者双脚下方的泥土痕迹说。

我看了看，死者双脚下方的泥土果真有明显的蹬擦痕迹，于是把尸体轻轻抬起一些，露出身体下方的泥土。

“不太像。”我说，“如果有在泥土地上被压住、强奸的过程，臀部下方的泥土应该表现出一些被压缩、擦蹭的痕迹，这个没有。”

我又拉开死者的裤腰，简单看了内裤的状况，说："白色的内裤没有黏泥土，臀部皮肤也没有，凶手应该没有脱下她的裤子，可能并没有实质性的性侵害行为。"

黄支队点点头，说："嗯，有道理。但是这个凶手杀人，就是为了掀起上衣，拉开裤子拉链看看？"

"我前不久办过一个案件。"我说，"也是以强奸为目的。但是并没有强奸成，原因可能就是被害人在生理期，或者凶手发现被害人已经死亡。"

"我知道你说的那个案件，是个高中女生。"黄支队经常参加省内的疑难案件侦破技术研讨会，对省内发生的一些疑难重大案件了如指掌，"那个案件是凶手用力过大，不小心把被害人掐死了，所以没有强奸。这个案子，你看。"

黄支队轻轻捏了一下死者的颈部皮肤，皮肤上的创口立即呈现出来。黄支队说："你看，颈部这么多创口，凶手就是要置她于死地。"

"这个问题不要紧。"我说，"尸体不会说谎，尸检可以还原真相。"

我环绕尸体一周，发现死者的双手紧攥着。我重新蹲下身，想掰开死者的双手，但因为尸僵形成得很强硬，我怎么也掰不开。透过指缝，看见死者的双手手心攥了一把枯枝，隐隐约约还有殷红的血迹，我抬头对黄支队说："看来她死之前承受了极大的痛苦。"

黄支队依旧在查看死者颈部的伤口，说："颈部神经末梢丰富，她的颈部遭受了多处刺创，应该会比较痛苦。"

"嗯，我的意思是，她受伤到死亡应该经历了一个过程。"我说，"死者的身份，有头绪吗？"

黄支队摇了摇头，拿出对讲机检验了一下是否状态正常，说："奇了怪了，就这么多学生，撒下去这么大的网，居然还没有消息。"

"没有失踪女学生吗？"我问。

"是的。"黄支队说，"除了外面的胡悦悦家长反映胡悦悦一个多月前失踪以外，目前还没有发现其他失踪女生。"

"恐怕不能把视线固定在本校女学生身上。"我开始检查死者的裤子口袋。

“死者没有随身物品，没有手机没有包，如果她不是本校女生的话，很有可能是被犯罪分子拿去了。”黄支队分析道。

“你看这是什么。”我检查完死者牛仔裤前面的口袋，没有发现物品，在检查后面口袋的时候，发现一张小纸片，“火车票！”

火车票显示的是从龙港市到云泰市的火车，发车时间是前一天晚上8点。按旅途时间计算，如果这张火车票是死者的，死者应该在昨天晚上10点30分左右到达云泰市火车站，即便是打车来云泰大学，再走到这个地点也至少11点30分了。

“死者是干什么的？她来云泰大学做什么？”我说，“不管怎么说，很有可能她是和云泰大学的某个学生有着某种关系。比如，男女朋友？闺密？看来，黄支队，你要吩咐下去，扩大排查范围了，不仅要找本校失踪的女生，同时也要找怀疑自己的朋友失踪的人。另外，黄支队安排把尸体拉走吧，要用尸袋裹好，别让外面的记者和学生看见了，不然影响就太恶劣了。”

黄支队拿出对讲机，走到竹林旁边开始布置任务。我向100米以外的另一具尸体走去。

另一具尸体位于云泰大学的围墙墙根，是这片灌木林的最幽深处。墙根处的泥土低于灌木丛的地平面，形成一条天然的小旱渠，尸体就位于这条小旱渠里。乍看，只能看出是一副白森森的人体骨架，却不能看清死者到底处于什么体位。

我走近尸骨，仔细观察，才发现死者是俯卧在地面，头侧向右侧，左脸着地，头颅已经完全白骨化了，但可以看到口中塞了一团卫生纸。卫生纸呈现出暗黄色，因为时间长久，已经开始风干破碎。死者的双手被反绑在背后，绑手的物件是一条女式牛仔裤。

尸体的身侧有一条黏附了泥土的黑色女式三角内裤，尸骨的下身没有任何衣物。尸骨上身穿着白色短袖T恤和黑色的内衣，都被掀翻到腋下，暴露出空洞洞的胸腔。尸体一头黑色的长发披散在后背，仍在随风轻摆。

“除了腿部少数肌肉仍在，还有一些内脏风干皱缩以外，其他的软组织腐败殆尽了。”正在检验尸骨的高法医看到我走过来，点了点头，说，“这恐怕时间不短了。”

“书上说，尸体暴露在空气中，完全白骨化是两到三个月。”一旁的实习法医插话道。

“不会那么长时间。”我摇了摇头，说，“现在是每年最为炎热的季节，而且南方城市潮湿，再加之这个密不透风的像天井一样封闭的环境和满地的昆虫，尸体白骨化会加速的。”说完，我从地上捡起一截干枯的竹枝，拨动了一下尸骨下的树叶和泥土，果然有几只黑色的昆虫迅速地爬出来。

“看死者穿的是短袖T恤，应该没有太长时间。”高法医用教导的语气对实习法医说，“我估计，也就一个月左右就可以形成这样程度的白骨化。”

“我看现场外围一个家长正在哭得死去活来，估计她是有充分的理由确定这个死者就是她的女儿。”我说，“据她说，她女儿就是失踪了一个多月。”

我蹲在尸体旁边，仔细观察着尸体。尸体没有了软组织，只有一副瘆人的骨架，我一时不知道该如何开始检验。

尸骨身下的地面被一些树叶和枯竹枝覆盖，突然，尸骨下身的几根干枯竹枝吸引了我。我慢慢挪过身子，轻轻拿起那几根竹枝，晃动了一下，一股冷汗从后背冒了出来，接踵而来的是愤怒的热血涌上心头。

“狗日的，真变态。”我咬着牙说。

看到高法医和身边几名技术员惊讶的表情，我解释道：“你们看，这些枯竹枝覆盖在地面，却隐藏了这三根竹枝。”我一边说，一边把三根竹枝拿起悬空。

只见这三根竹枝前端其实是位于尸骨的骨盆内的，也就是说，这三根竹枝是被凶手从死者的会阴部刺入盆腔的。发现了这个问题后，技术员们纷纷咬牙切齿。

我小心地测量了三根竹枝进入盆腔的长度后，说：“刺入这么深，应该是刺破子宫进入腹腔了。”

拍照固定后，我把竹枝从死者的盆腔中抽了出来，看了看，说：“你们看，竹枝的前端比后端的颜色深，那是血。”

高法医没有走过来看竹枝，他用止血钳拨弄尸骨下身位置的泥土，说："死者下身位置的泥土表层颜色加深，也是血，她应该是失血死亡的。"

现场勘查已经结束，我和身边的技术员合力把尸骨装进尸袋。

尸骨的软组织完全腐败消失，骨骼之间没有了连接，所以说，与其说是把尸骨抬进尸袋，不如说把尸骨一块一块地捡进尸袋。

"奇怪了，这尸体不臭吗？"实习法医一边搬尸体，一边问道。

"尸体高度腐败后，也就一周多的时间最臭。学校是一个月前才开学的，也就是说尸体腐败的时候，学校还在放暑假。这是其一。"高法医说，"其二，这里的环境就像一个天然天井，距离有人经过的路边还有不少距离，即便有人经过，也未必能闻到。"

我点了点头，表示同意，然后又重新弯下腰把尸骨一块一块放入尸袋。

在我们合力想把尸骨的躯干部分一次性搬进尸袋的时候，突然从尸体中掉落了一个亮闪闪的东西，我的眼睛一亮，说："等等，这是什么？"

## ● 3

我从勘查箱中拿出止血钳，小心地把这个东西钳了起来。原来是一枚亮晶晶、银白色的纽扣。纽扣的中央有四个用于固定在衣物上的小孔，孔中还可以看得见已经发黄的线头。为了防止线头脱落，我赶紧把纽扣装进了透明的物证袋中。然后拿起物证袋仔细观察，纽扣上没有其他的特征，只有似隐似现的几个凸起的字母，用拼音拼出来是"飞鹰"。

"黄支队，你怎么看？"我看黄支队走了过来，问道。

"死者穿的T恤没有扣子，内衣也不可能有这么大个儿的扣子，除非是牛仔裤？"黄支队的眼光射向尸袋中仍捆在死者双手上的牛仔裤。

我走到尸袋旁，把牛仔裤轻轻地从尸骨双手上褪了下来。这是一条夏天穿的薄牛仔裤，膝盖处附近故意开了几个破口，显得十分时髦，臀部位置有针绣的牡丹花，是一条比较有特征的牛仔裤。

我翻来覆去仔细看了牛仔裤，说："排除了，这条牛仔裤上没有类似的扣子，也没有哪里有扣子脱落的痕迹。"

"那就有价值了。"黄支队说，"这个没人来的地方，怎么会有个这么新的纽扣？多半是犯罪嫌疑人留下的。"

"是的，我也觉得这枚纽扣非常可疑。"我说，"开始我们并没有发现它，但当我们搬动尸体的时候，它就掉了出来，我很怀疑是不是被害人在遭受侵害的时候从犯罪分子身上揪下来握在手中的。"

"如果真的是那样，"高法医插话说，"这个小女孩在被侵害的时候，就想到了结局。她是为了我们能破案，能为她申冤，才死死攥着这颗纽扣的。"

听了高法医的一席话，大家都沉默了，暗自咬牙发誓要将凶手绳之以法。

"去殡仪馆吧，看看尸体再说。"我一边说着，一边把牛仔裤和死者的三角内裤分别装进两个透明物证袋，拿在手上率先走出了现场。

现场外，胡悦悦的母亲和哥哥被派出所民警扶进警车内坐着。我走到车窗边敲了敲窗户，向胡悦悦的哥哥招了招手，胡悦悦的母亲也听见了，警觉地看着我。

胡悦悦的哥哥开了车门走下警车，我拿出透明物证袋给胡悦悦的哥哥，问道："认识这条牛仔裤吗？"

话还没有说完，我就发现胡悦悦的哥哥双眼顿时充满了泪水。我明白过来，看来这条牛仔裤真的是胡悦悦的，死者很有可能就是胡悦悦。

我拍了拍胡悦悦哥哥的肩膀，说："要确定是不是你妹妹，还要看DNA检验结果。"我觉得这句安慰实在苍白无力，于是接着说："兄弟，节哀顺变吧。我觉得你现在更应该做的是安慰你母亲，丧子之痛刻骨铭心，你要稳住她的情绪，别出什么事。"

毕竟是男人，胡悦悦的哥哥还是克制住了自己的悲痛，默默地点了点头。我见他情绪有所恢复，紧接着问："在看到这条牛仔裤之前，你们是怎么确定胡悦悦惨遭不幸呢？失踪不等于遇害啊，但是我开始看见你母亲的反应，似乎内心早已经确定她遇害了。"

"一个多月前，"胡悦悦的哥哥开口了，"悦悦放暑假在家，因为家里的一些琐事和老妈发生了争吵，吵完了就说要回学校。”

“你家住在哪儿？”我问。

“我家就在云泰，不过我们住北边，学校在南边，从我们家到学校，打车要将近半个小时，如果坐公交车至少也要一个小时。”他说，“当时吵架的时候，已经10点了。她转头出了家门，老妈也没管她。”

“放假的时候，学校的宿舍也可以住吗？你知道这个学校宿舍一般几点熄灯关门吗？”

“可以住的，很多勤工俭学的学生放假都住里面，悦悦有一年暑假也没有回家，就住在宿舍里。她们寝室是11点30分熄灯，12点关宿舍楼大门。”他说，“老妈开始认为时间足够，她可以回到宿舍。但是过了一会儿，想到现在仍是假期，终究不放心，就打她的手机，当时是11点30分。悦悦也接了电话，语气很不好地说了几句，突然就没了声音，电话也没挂，电话那头也没声音。老妈以为是她还在生气，但听她说到了学校，就挂了电话，也没在意。可是第二天我知道此事后再给她打电话时，电话已经不通了。去学校找，学生都说前一天回家了没再回来，我就觉得不对，就和学校老师说了。老师也去报了警，警察也在周边贴了寻人启事并找了几圈，没有发现。”

我想了想现场的状况，即便警察走到灌木丛中，若不走到墙根处也发现不了旱渠中的尸体。

他接着说：“开始以为悦悦离家出走了，但是时间一长，我们就有不祥的预感。后来老妈说她回想了一下当天晚上的电话，说总觉得电话突然没声音有些蹊跷，而且背景中仿佛有那种想喊喊不出来的呀呀声，越想越怕，直到今天早上听说学校发现了死人，我们心底就基本确定是悦悦遇害了。”说完他又忍不住抽泣起来。

我安慰了他几句，转头和黄支队并肩往车的方向走。我说：“听他这么一说，死者在打电话的时候被突然袭击的可能性非常大。”

黄支队点了点头。

刚坐上警车，装着尸骨的尸袋就被抬出了警戒带。我突然看见胡悦悦的妈妈下了车，我也赶紧下了车，向她跑去，一把拦住了她。

“你干什么？”胡悦悦的妈妈哭喊道，“我再看我的女儿一眼也不行吗？”

“阿姨，你冷静些。”我说，“您还是别看了，真的，相信我，别看了，我们会为她报仇的，好吗？”

我知道，如果她看见了自己漂亮的女儿变成了一堆白骨，她一定会疯的。

胡悦悦的妈妈被两名女警搀扶着重新坐回了警车，我看着尸袋装进殡仪馆的运尸车，也默默地坐回警车。我的胸口如同被大锤锤过一样。

解剖室内，我们先开始检验白骨化的女尸。

我拿起死者的头颅，因为椎间组织已经腐败消失，头颅和颈部已经无法相连。头颅一拿起来，黏附着黑发的头皮哗的一声脱落了，露出了光秃秃的颅骨顶部。我正在观察颅部口腔内的卫生纸的时候，突然从口腔里快速爬出一只黑色的多角昆虫，爬进了颅骨的眼窝，着实吓了我一跳。

“没有软组织了。”高法医说，“实在没法发现更多的线索。”

“不。”亲自上解剖台的黄支队拿起舌骨，轻轻地按压着，“死者的舌骨虽然没有骨折，但是舌骨大角的活动度明显增加，说明死者颈部遭受过暴力，不过应该不是致死的原因，倒是有可能致昏。”

我点了点头认可黄支队的判断：“这就好解释了，现场有大量出血的痕迹，说明凶手是在死者活着的时候将三根竹枝插入死者会阴的，但死者身下的地面没有挣扎的痕迹，除非是昏迷的状态才有可能。”我说完，随即拿起死者的髋骨，说：“死者的髂缘和坐骨的骨骺还没有完全愈合，应该不到22周岁。”

“很符合胡悦悦的条件。”高法医说，“她今年上大四，应该是这个年龄范围。”

没法发现更多的线索，我们只好开始检验另外一具尸体。尸体刚被我们抬上解剖台，黄支队的手机响了。

黄支队一边脱下手套，一边说：“你们继续，我接个电话。”于是拿出手机，走出了解剖室。

我们刚检验完尸体的衣着，没有明显的线索，当我们开始去除尸体的衣物的时候，黄支队走进了解剖室，说：“有进展了。”

我承认我最喜欢办案人员说这四个字，每次说出来，都有种振奋人心的感觉。

“这名死者基本确定了。”黄支队说，“不出意外，这女孩是龙港师范大学的陆苗，她和云泰大学的一名女生是高中同学，关系很好。据那名女生反映，昨天晚上陆苗和她在QQ聊天，陆苗语无伦次，表达出失恋的意思。这名女生一直在安慰陆苗，陆苗却坚持要来云泰大学找她。这名女生说从龙港到云泰要两个半小时，太晚了，让她天亮了再来。陆苗也同意了，然后就下线了。晚上11点30分，这名女生已经睡着了，突然接到了陆苗的电话，但是当她接的时候，对方已经挂断，再打过去，电话却提示不在服务区。她也没多想，直到今早我们提供了那张从龙港到云泰的火车票，她才意识到死者可能是陆苗。”

“死者照片辨认了吗？”我问。

黄支队点了点头，说：“另一个好消息，我们找到证据了。”

## 4

“证据？”我很诧异，因为通过现场勘查，我们并没有发现可以证明犯罪的证据。

“是的。”黄支队微微一笑，说，“我们发现的那枚纽扣，表面非常光滑，是指纹附着的良好载体，所以，痕检部门对纽扣进行了处理，在上面成功发现了一枚残缺的指纹，因为残缺的指纹上有很多特征点，能对甄别犯罪嫌疑人的工作发挥重大作用。”

这个好消息让我们仿佛看见了曙光，不过这只能对甄别犯罪嫌疑人有用，怎么去把犯罪嫌疑人摸出来，才是当务之急。所以，我又转身开始继续对陆苗的尸体进行检验。

陆苗的致命伤在左侧颈部，血肉模糊。我们照相固定以后，用潮湿的纱布仔细清洗了她左侧颈部的皮肤，数处创口随即浮现出来。我们仔细观察了死者的颈部皮肤，发现创口的周围还有很多细小平行的划痕，成双成对。

“这应该是什么工具形成的呢？”高法医说，“创口呈椭圆形，而且不容易发现创角，实在难以推断致伤工具。”

我点点头，说：“打开看看吧。”

通过对陆苗颈部的解剖检验，我们发现她的右侧颈部有皮下出血。黄支队说：“这个也有扼颈的动作。”

我继续用刀尖划开她左侧的肌肉组织，发现她的左侧颈总动脉有一个破口。有一处刺创深达气管，刺伤了声门附近的软组织，这样的损伤，足以让死者失语。为了仔细观察破口的形态，我拿来了放大镜，对准破口仔细观察。破口倒是没有发现什么异常，但是，破口旁边的肌肉组织中有一些痕迹引起了我的注意。用强光灯照射，仿佛能看见肌肉组织中插着一个细细的黑影。

我用止血钳小心地把这个黑影夹了出来，用放大镜仔细观察后，又仔细看了看死者颈部皮肤的细小划痕，说：“我知道了，致伤工具是竹枝。”

“竹枝？”高法医说，“竹枝能刺入颈部？”

我点了点头，说：“你看，创口的截面是类圆形的，直径也就和现场地面的那么多干枯竹枝差不多。创口的两角都有平行细小的划痕，符合竹枝一头的两个凸起点划伤，这应该是竹枝多次刺击颈部、有的刺击动作刺偏了形成的划伤。最重要的，你们看，她的颈部深层肌肉内居然插有竹枝上的细小竹签，应该是竹枝刺入颈部后，因为颈部肌肉的反射性收缩，收缩的肌肉夹紧了竹枝前端的毛刺，并折断了其中一根竹签。”

听我这么一说，大家又重新查看了尸体颈部的创口，纷纷同意了我的意见。

经过对尸体的系统检验后，我们没有在其他部位发现明显的损伤，除了死者的会阴部发现了多处挫伤。

“有强奸？”高法医说。

我摇了摇头，说：“不。刚才我们已经检查了尸体的后背，后背皮肤和皮下组织没有挤压形成的出血，所以我基本可以断定，死者生前并没有受压。死者的阴道擦拭物和子宫刚才也检验过，并没有可疑的东西。我不赞成有被强奸的过程。”

“这个挫伤，你认为是猥亵，对吗？”黄支队说。

“挫伤呈小片状，不连贯。”我说，“这符合手指形成的特征。结合现场的情况，死者的牛仔裤扣子和拉链被打开，却没有泥土黏附内裤和皮肤，说明凶手并没有脱掉过死者的裤子，只是伸手进去进行猥亵的。”

“这些挫伤大部分有明显的生活反应，但也有几处黏膜剥脱没有生活反应。”黄支队说，“猥亵的过程应该是在死者受伤无抵抗能力以后，整个过程从她濒死持续到死亡。”

“这，太变态了。”高法医皱眉道。

看检验完毕，再没有能发现线索的可能以后，我们决定去专案组听一听前期调查情况。

到达专案组以后，云泰市公安局李副局长说：“目前我们最犹豫的事情是，这两起命案能不能串并，串并问题都搞不清楚，就难以进行下一步工作。”

大家都在沉默，因为没有拿到能将两起案件串并的直接证据，大家都在构思如何能通过案情将两起案件进行串并。

我举了手，说：“我觉得这两起案件可以串并。”

黄支队也点了点头，说：“我也觉得是一个人干的。”

李局长问：“能不能说一下你们的依据？”

我说：“第一，作案地点相同。能发现并选择现场这样看似隐蔽又不隐蔽，说不隐蔽又很隐蔽的地点作案，应该是对现场和现场旁边大道非常熟悉的人。凶手知道这里没有人会进去，不大声叫喊外面也不可能听见声音，他还知道外面大道上什么时候人比较少。”

我喝了口水，接着说：“第二，作案时间相同，如果能确定两名死者分别是胡悦悦和陆苗的话。”

李局长打断我说：“都已经确认了。”

我点了点头，接着说：“那么她们遇害的时间应该都是晚上11点以后。第三，选择目标、作案动机相同。选择的都是独自行走在大道上的单身年轻女性，受害女性的特征部位都遭受了侵犯，说明凶手的目的都是性侵害。最关键的是，胡悦悦遇害的时候，应该是她母亲给她打电话的时候；陆苗遇害的时候应该正在给她的好朋友打电话。也就是说，犯罪分子选择侵害的目标都是正在打电话的女性，因为他认为这个时候的她们注意力分散，警惕性不高，能有效抵抗的概率非常小。”

黄支队说：“嗯，说得非常好，我要补充一下，使用的手段、作案工具相同，两具尸体都有被扼颈的过程，而且凶手拿竹枝刺穿了陆苗的颈部，用竹枝刺击了胡悦悦的会阴部。在现场取材，取的都是竹枝，这应该可以说明是一个人所为。”

李局长点了点头，说：“那你们有什么建议呢？排查从哪里开始？”

我说：“我觉得凶手肯定是潜伏在校园中，可以自由进出校园，而且对校园整体构造，尤其是那片灌木丛非常熟悉的人。”

高法医说：“嗯，同意，我觉得应该从学校的工作人员开始，摸排范围逐渐扩大到男性学生，尤其是要从暑假期间还滞留在学校的人入手。因为第一名死者被害的时候，学校还是放假状态。”

我补充道：“尽快查。现场的大道很长，如果凶手尾随或路遇，在那么晚的时候，死者不可能不对他进行防备，不可能一点儿没有抵抗就被拖进灌木丛。所以我认为最大的可能是凶手潜伏在灌木丛中等待单身女性出现。那么，这个季节，这个地点，凶手一定会被毒蚊子叮得很惨。”

黄支队摸了摸下巴，说：“有道理。说到对灌木丛熟悉的人，最熟悉的恐怕就要数学校维护绿化的工作人员了吧。”

“既然说到这儿，那我就忍不住说两句了。”主办侦查员开口了，“学校绿化维护交给物业管理的园丁，我们也有接触，但是觉得不太可能。你说如果是园丁干的，他为什么要在今早浇水的时候自发报案？拖延一些时日不好吗？”

大家都觉得侦查员说的有道理，沉默不语。

主办侦查员接着说：“当然，他们有两个园丁。另一个园丁我们也找到了，确实也像你们刚才说的那样，身上被蚊子咬了不少包，一直在抓。但是我个人觉得他就更不可能了。”

“为什么不可能？”我和黄支队异口同声。

侦查员羞涩地笑了一下，说：“外围调查，他性功能障碍，去医院看过几次。”

“啪！”黄支队猛地拍了一下桌子，吓了周围的人一跳，他说：“性功能障碍是不行，不行可不代表不想！你们不知道吧，两名死者都没有被强奸，而是被用手指和竹枝猥亵！我开始就怀疑这个只猥亵不强奸的人性功能不正常，导致了心理变态。”

李局长略加思考，说：“盘查一下他，去办好手续，搜查他家。”

刚刚走进这名园丁的家，我们的猜想就得到了证实。园丁家的墙壁上，都是自绘的一些不堪入目、极为变态的淫秽图片，还贴着一些女人的裸照。打开园丁家的一个大衣柜，我们居然发现了很多新新旧旧的女性用品，有内衣内裤，有女式手机，有女式挎包。

简单地清理了大衣柜里的物品，我们就宣布破案了，因为我们在一个女式挎包中找到了陆苗的身份证。

审讯园丁的侦查员向园丁宣布指纹比对的鉴定结果后，园丁就对自己的犯罪行为供认不讳了。原来他之前一直热衷于盗窃各种女性用品，企图恢复他已经丧失了的性功能，可是一直未果。一个月前的一天，他喝了点儿酒去学校值班，在校园里闲逛的时候，突然来了便意，就去现场的灌木丛中方便。方便完以后，发现胡悦悦打着电话沿着大道走了过来，他顿时酒壮怂人胆，色胆包天，从灌木丛中突然跳出，掐住胡悦悦的脖子将她挟持进了灌木丛。在将胡悦悦完全控制住并用卫生纸堵塞住口腔后，他发现自己仿佛有些勃起的征兆了。他正要实施强奸，却遭到了胡悦悦的反抗，胡悦悦挣扎中抓坏了他的衣服。于是他一怒之下将胡悦悦掐昏，并用三根竹枝插入了她的下体。

案发后几周，直至开学，都没有人发现胡悦悦的死亡，于是园丁的胆子就更大了，加之上次尝到的甜头，他决定再伏击一名女子。陆苗就成了园丁的猎物，可是这一次园丁并没有再次恢复功能，加之陆苗伺机逃跑，园丁追上她后刺伤了她的颈部，猥亵后发现陆苗的身体逐渐变凉，于是悻悻离去。

“现在女大学生的防范意识不强。”黄支队说，“本来一个人走夜路就非常危险，还要边走边打电话，看似在壮胆，其实分散了注意力，容易被犯罪分子抓住机会袭击得逞。”

我点了点头，自言自语道：“是啊，看来我是该写一部小说警示一下世人了。”

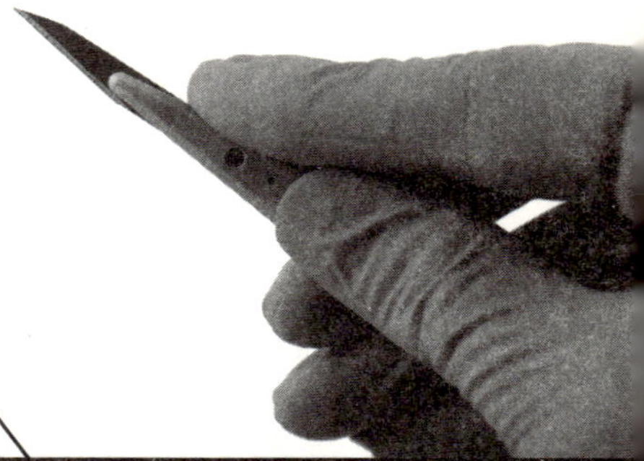

# 第二十案　午夜凶铃

## 1

“是110吗？”一个稚嫩的声音悄悄地问。

“是的，请问有什么可以帮助您？”110接线员的声音。

“我们家闯进来一个蒙面的歹徒，快来救命。”稚嫩的声音中夹杂着粗重的喘息。

“请问您的具体地址是？”

“超凡婚纱摄影主店。”

“是在城郊滨江大道东头的超凡婚纱摄影吗？”

“是的，快来救命！”稚嫩的声音突然提高了音调。

“喂……喂……你还在听吗？你认识那个人吗？”110接线员的声音急促，电话那头却沉默不语。

“谁在喊救命？”突然出现了一个粗重的声音，随后便是激烈的打斗声和呼救声，很快，呼救声变成了“哎哟哎哟”的呻吟声。寂静了一会儿，便是“砰砰”的踹门声，紧接着，稚嫩的声音发出了一声惨叫，然后电话变成了忙音。

我默默地拿下耳塞，关上电脑，深深地吐了口气。按照专案组的要求，所有专案组成员今晚都要仔细听这段报警录音，希望可以从录音中发现一丝线索。

这是一个月黑风高的夜晚，我一个人在宾馆房间中把这段录音听了十几遍。关闭电脑后，我四仰八叉地躺在床上，关了灯。这一天太累了，我感到全身酸痛，仿佛无力重新站立起来。灯一关，顿时耳边又有声音萦绕，时而是小孩的声音，那凄惨的呼救声经久不息，时而又变成那无助的呻吟，“哎哟哎哟”声吵得我无法入眠。我顿时感到毛骨悚然，重新坐起靠在床上，打开宾馆的顶灯。

这是悲伤的一天，当我在殡仪馆看到那么多尸体惨不忍睹地排放着的时候，不禁感觉头晕目眩。对死者的同情、对犯罪分子的憎恶不断在我胸口涌动，我没有在意路途劳顿，和大宝一起对命案现场进行了重新勘查，随即又会同雷影市公安局法医，对6具尸体进行了系统解剖，连续工作了整整15个小时。工作结束，我们饥肠辘辘地跑到路边摊儿扒了碗牛肉面后，回到宾馆，按照专案组的要求，默默地听着那令人毛骨悚然的报警录音。

不知道此时隔壁的大宝睡着了没有，我此刻是睡意全无，现场和尸体的惨状在脑海中轮番滚动，刺激着我最敏感的神经。专案组知道刑事技术工作量非常大，所以并没有要求我们参加晚上的专案会，而是要求我们细致工作以后，参与明晚的专案会。

案件的过程要从今天凌晨说起。

今天凌晨1点左右，雷影市公安局110指挥中心突然接到了一个报警电话，报警电话的内容就是这段报警录音。接警后，110接线员立即通知了离现场最近的派出所。民警风驰电掣般向现场驶去，因为是深夜，所以路上车辆不多，民警5分钟后便赶到了位于新城开发区边缘的案发现场，发现3间门面的卷闸门紧锁，二楼的一间房间开着灯。民警呼喊无应后，紧急用撬棍撬开了卷闸门进入现场。在巡视一楼发现空空如也后，他们上了楼，在楼梯口发现了一名男性倒伏在地上，二楼走廊布满血迹。民警一边迅速拨打120，一边查验二楼开着门的两间卧室，发现这两间卧室内各躺着一个人。虽然这3人的体温仍在，但在120赶来之前，民警确证这3人都已气绝。

鉴于死者死前报警电话中的打斗声，专案组认为犯罪分子不可能跑远，于是立即布下了天罗地网，组织百余名值班民警和武警立即赶赴现场，对周边进行搜索，设置关卡对过往车辆进行查验，盼望可以发现身上黏附大量血迹的犯罪嫌疑人。可惜经过一夜的盘查，并未发现任何嫌疑人。

另一方面，刑事技术部门全员出动，对现场进行了勘验。因为现场到处都是血迹和打斗痕迹，现场勘查工作进行得十分艰难。但是当现场勘查员逐一撬开二楼从外面锁住的其他各个房间后，发现在最东头的房间内，居然还有3具尸体。

我接到指令，是在今晨4点。师父打来电话，简要地介绍了案情，强调了案情的重大程度、恶劣程度，要求我马上到厅里集结。于是我叫上了大宝，随同由梁处长率队的由刑事技术处、刑警总队10余名民警组成的省厅支援组共赴雷影市。

雷影市是距离省城最远的地级市，全程走高速公路，就算超速行驶也至少需要4个多小时。我和大宝在这4个多小时里，都靠在车里呼呼大睡，为接下来的辛苦工作积攒力气，直到上午9点整，我们被驾驶员喊醒，才发现已经到达了案发现场。

案发现场位于很偏远的雷影市城郊，居民不多，围观群众也不太多。现场被警戒带封锁，警戒带周围停了30余辆警车，负责外围警戒、搜索的警察也有百余人之多。这样的阵势我还是第一次碰见，顿时开始心里打鼓，对自己没了信心。我工作时间刚满6年，就派我主持如此重大案件的法医工作，实在让我忐忑。后来才知道，其实这是师父赶鸭子上架，逼我成为一名可以独当一面的法医技术工作者。

专案组在现场旁边搭建了一个简易棚，为专案指挥部遮挡初秋时节依旧酷热的阳光。

我们10多个人到达专案指挥部后，立即各就各位，随同对口部门的联系人开始初步了解案情。

雷影市的法医负责人汪海杨是我的大师兄，这是一个沉着稳健的40岁男人，他10多年来刻苦钻研，与雷影市刑警部门紧密配合，成就了雷影市连续4年命案侦破率100%的成绩。

汪法医和我简单寒暄之后，开始介绍现场情况。

“这是老房子了，很多年前就建成了。”汪法医说，“房子是死者张一年家的祖宅，张一年从8年前开始率全家做婚纱摄影的生意，其实也不是专业的婚纱摄影，但是他们价格低廉，还是吸引了很多工薪阶层和城郊农民的青睐。”

“这个地方还真是偏得很。”我插话道。

“看起来偏僻其实也不偏僻。”汪法医说，“这里因为城乡一体化，逐渐开发起来。但是这座住宅的周围建筑还正在规划中，离这座住宅最近的村落其实就在西边500米外。”

我顺着汪法医的手指望去，果真看见大约1里外有袅袅炊烟。

“但这块地是正在开发中的地盘，所以这个孤零零的建筑成了危险之地。晚上这边确实黑灯瞎火，容易被犯罪分子看中。”汪法医说，“这些年，张家一点一点做大，在城里开了两家分店。但这边还是作为他们的主店，是他们投入精力最多的地方，晚上他们也都会住在这里。”

“这个店有不少员工吧？”我问。

“除了聘请的摄影师和技术工作人员，”汪法医说，“还有很多调配运输婚纱、摄影器械和其他物品的临时工，算是养活了不少人。”

“死了6个？”我讶异地问。

“嗯，死了6个。”汪法医说，“经过亲属的辨认，死者是张一年夫妇及他们的一双儿女，还有张一年的父母。”

“什么？是一家人？张氏一家被灭门了？”我惊得跳了起来。

汪法医默默地点了点头。我一股热血涌上心头，发誓一定要把那个凶手揪出来枪毙，这个杂种，居然连小孩子都不放过。

“我们先看看犯罪分子的出入口吧。”汪法医看出了我的心思，把我从愤怒的情绪中拉了回来。

“房子位于新建通车的滨江大道北侧，一楼门面通往路边。”汪法医说，“房子是两层结构。一楼南侧是3个大卷闸门，内侧是摄影棚和办公室，北侧没有门，只有窗户。一楼办公室旁，有一楼梯通往二楼，二楼有一条东西走向的走廊，走廊连通了6个房间的房门。”

我一边听着汪法医的介绍，一边随汪法医绕到房后。房子的背侧果真只有6扇窗户，窗户上全部装上了防盗窗。显而易见的是，一扇防盗窗的栅栏被人用锯子锯掉了两根，里面的推拉式窗户也是开着的，窗帘被风吹得飘起来。

“这个是新鲜的锯痕吗？”我指着那两根被锯断的栅栏。

汪法医点了点头，说：“现在痕迹检验部门已经确定凶手是从这里出入的，但是没有发现可以认定犯罪分子的痕迹物证，凶手应该戴手套了，是有备而来。”

我又跟着汪法医绕着房子走了两圈，没有发现什么新的线索，于是我说：“不如，我们抓紧时间，进中心现场看看吧。”

## 2

我和汪法医穿好现场勘查装备，小心翼翼地走进中心现场。现场的一扇卷闸门已经被民警撬开了，我们从被掀起的卷闸门走进现场一楼，发现现场一楼是个大厅，大厅里摆放了各种婚纱和各种用于婚纱摄影的器械与背景。大厅的东头用钢化玻璃隔开一间小屋，玻璃门上挂着一个“财务室”的牌子。

我走到财务室的门口，拉了一下玻璃门。玻璃门没有锁闭，我和汪法医一起走进去。

“财务室里有情况吗？”我问。

“经过勘查，犯罪分子并没有进入财务室。”汪法医说。

“这个保险柜也没有被侵入的痕迹？”我注意到财务室的墙角有一个保险

柜，于是指着说，“如果是抢劫杀人，犯罪分子又是从一楼进入的，那么他应该先在这个没有人住的财务室里找一找财物，对吧？”

汪法医点了点头，说：“不仅如此，经过对二楼的勘查，发现主卧室的柜子、死者的衣服里共有现金7万元，而且都放在比较容易发现的地方，只要凶手简单翻找，就能发现。”

“所以，现在认为是寻仇杀人，对吗？”我问。

“是的。”汪法医说，“如果是抢劫，没必要杀这么多人，连襁褓中的婴儿都不放过。现在专案组的全部力量都在寻找死者生前的矛盾关系。”

我点了点头，简单看了一下整洁的财务室，拍了拍手，说：“走，师兄，上楼看看。”

其实走在楼道中，我就闻到了一股浓重的血腥味。从楼梯上转过一个弯，上到二楼，发现眼前的景象惨不忍睹。

上到楼梯的尽头，就看见一具30多岁的男尸只穿着三角裤衩侧卧在走廊上，身下一片血泊。这具男尸经确认是这家婚纱摄影店的主人张一年。尸体的后面房门大开，走廊上的血迹非常凌乱，一直延伸到屋内。

“你看，搏斗痕迹非常明显。”汪法医指着地面上凌乱的拖擦型血迹说。

我蹲下身来，简单看了看男死者的尸体。尸体皮肤上基本都沾染了血迹，死者完全成了一个血人，到底身上有多少处创口看不清楚。但是，尸体身上的血迹形态引起了我的注意。死者的大腿外侧有十余条流注状的血迹，血迹的流注方向是从大腿的前侧面流向后侧面，流注的血迹已经干涸，在皮肤上形成了血痂。虽然还有其他擦蹭、接触状的血迹在这十几条流注状血迹的上面覆盖，但是流注状血迹的方向还是清晰可见。死者大腿后侧和小腿后侧皮肤完全被血迹覆盖，淡淡的血迹盖满了大部分皮肤，呈现出一种浅血的状态。

总觉得这样的血迹形态有些不正常，但是我又理不清思路。我没有继续思考下去，挑没有血迹的地面一步一跨地“蹦”进了主卧室。主卧室非常大，衣柜、大床、茶几、沙发、电视机和组合柜一应俱全，还显得非常宽敞。主卧室的地面也有很多搏斗形成的凌乱血迹，胡乱地涂在地面。主卧室的床边靠着一具年轻的半裸女尸，女死者经确认是男主人张一年的妻子郑倩。郑倩同样也只穿了一条三角裤衩，双手紧抓着一条毛巾被，盖在自己的胸前。毛巾被已经被血迹完全浸染了，同样也无法看清创口的位置。郑倩的头仰在床上，微张着嘴巴，瞪着圆溜溜的双眼。

“不会有性侵害吧？”我皱起了眉头，工作这么久，我最怕看见的就是强奸案件，总会有一股怒火憋在心里。

“应该没有。”汪法医说，“现场发现了一枚避孕套，而且死者的衣物都整齐地放在枕头下面，我们分析是这小夫妻俩刚过完夫妻生活，所以没有穿上衣。避孕套已经拿去检验了，以备进一步确认。”

我环视了主卧室一圈，突然，一片血迹引起我的注意。这是一大片滴落状血迹，就在郑倩死亡的床边。滴落状血迹散布的范围直径大概有1米左右，是垂直滴落的血迹形态，每一滴都很浓，我粗略数了数，大概有50多滴。

“师兄你看这个血迹，是什么情况？”满心的疑惑，让我忍不住发问。总觉得这样的寻仇现场有些蹊跷，但是又说不出个所以然，于是想问汪法医是否有同感。

汪法医点了点头，说：“开始我也看到了，但是我也说不出这么多滴落状的血迹究竟是怎么形成的，等DNA结果出来了再说吧。”

“现场的血迹都提取了吗？”

“是的，你们在路上的这四五个小时，我们提取了200多份现场血样。省厅统一协调过了，周边几个市公安局DNA实验室全力配合，帮助检验。估计明天一早就能全部有结果。”

我点了点头，说：“看看其他现场吧。”

我跟随汪法医又重新回到了充满血腥味的走廊，站在张一年尸体的旁边。汪法医指着周围的几个房间说：“我们刚才看见的主卧室西侧还有两间卧室，门都是从外面锁上的，进去看了，都是堆放杂物的，没有异常。主卧室的东侧有3间卧室，紧靠主卧室的是一个小房间，平时是张一年的儿子张朋住的地方，张朋死在这间房内。张朋的房间再往东是一间小房间，里面只有马桶和淋浴，看来是简易的卫生间，经过勘查没有发现异常。最东头的那间也是个卧室，平时是张一年的父母张解放、戴林住的，里面有3具尸体，分别是老夫妇两人和一个1岁多的女孩。这个小女孩是张一年的女儿，还没有取名字，看来是老夫妇带着小女孩睡觉的时候被害的。张朋房间的门是开着的，东卧室的门却是从外面锁闭的。”

“犯罪分子杀了老夫妇和小女孩以后，出门的时候锁了门，对吧。”我问。

汪法医点点头。

“这个行为很反常。”我低头思索了一会儿，找不到头绪，于是跨进了张朋的房间。

房间没有多余的痕迹，一个十一二岁的小男孩仰卧在地上，尸体下有一摊血。地上有一个摔碎了的手机。我走过去蹲在地上，拿起电池被摔掉的手机说：“这个手机是报警用的手机吗？”汪法医点点头。

走进东侧卧室，现场因为长时间密闭，血腥味更为浓重，扑面而来，让人忍不住干呕。

现场的床铺基本都被血迹浸染，睡在床上靠门一侧的老妇人和小女孩在床上安静地躺着，衣着沾满了血迹。床的内侧空着，张解放俯卧在床内侧的地面上，后背的衣物也被血迹完全浸透了。

我走到尸体的身侧，简单地看了一下尸体的表面。老妇人戴林胸前的衣物有个破口，我轻轻地摁压了她的胸部，血液从破口中噗噗地涌了出来。

“老妇人是胸口中刀了。”我一边说，一边查探小女孩的尸体。

小女孩的颈部周围墙壁上、床背上都有喷溅状血迹，我翻转检验了小女孩的颈部，发现了一处刺、切形成的大破口，翻转她颈部的时候，血液还从破口中慢慢往外流。

“真他妈的是禽兽！”一直跟在我后面一言不发的大宝此时咬牙切齿地说，“才1岁多的小孩，都忍心下手！”

我也心怀愤怒，没再说话，默默走到张解放的身侧，看了看张解放的损伤。

“他的背部有不少创口，这里看不真切，准备准备拉去殡仪馆做进一步检验吧，师兄。”我直起身子，征求汪法医的意见。

汪法医点了点头，脱下手套，拿出口袋里的对讲机："准备准备，让殡仪馆的同志上来拖尸体吧。"

看完这惨不忍睹的现场，我走出现场房屋，深深吐了一口气，平复一下悲愤的心情。抬腕看表，已经接近11点了，我转头对汪法医说："走，去殡仪馆吧。"

"你不去吃个午饭再干活儿？"

"不了，吃不下，我性子急，准备出发吧。"我摇了摇头。

这时，我看见林涛也是一脸悲愤的表情，他从现场走了出来，走到警戒带外，拿出一根烟，蹲在地上自个儿默默地吸。我看殡仪馆的同志还在忙活，就走到林涛身旁，也拿出一根烟，点燃了说："怎么样，痕迹有什么发现？"

"经过对死者、110民警、120急救人员鞋印的排除，现场还发现了一个血足迹，初步判断是犯罪分子所留。"林涛说，"3个有尸体的现场，都发现了这种血足迹。走廊上也有大量成趟的这种血足迹。不过，大体的方向是从东侧卧室往主卧室走，然后从主卧室再往小孩的卧室走，基本呈现出犯罪分子的活动轨迹。"

"有没有什么特殊的痕迹？比如指纹？"我问。

"没有，手套印发现了不少，可以肯定是戴手套作案的。"林涛说，"还有，老年男死者的后背上发现了这种足迹。"

"嗯。"我点了点头，"老年死者的后背创口很密集，应该是固定体位下形成的，你这么一说，就可以肯定凶手是一只脚踩住张解放，在其后背处乱捅的。"

"太惨无人道了。"林涛说，"简直就是没有人性。"

我点了点头，说："你在这边继续加油吧，我去殡仪馆了。"

## 3

雷影市殡仪馆是家全新的殡仪馆，公安局也于殡仪馆改建的时候，在殡仪馆内征了一块地皮，并且建设了省内数一数二的法医学尸体解剖室。这里有两个常规尸体解剖室，一个高度腐败尸体解剖室，还有一个烈性传染病尸体解剖室。四间解剖室组成一个矩阵，各解剖室大门位于矩阵的四角，四间解剖室都有专用的通道连通。

进入殡仪馆大门，朝东望去，就能看见这个貌似五角大楼的雷影市公安局法医学尸体检验中心。

走到常规解剖室的门口，发现由四间解剖室组成的矩阵中央广场停放着六张停尸床，床上放着白花花的尸袋。白色的尸袋内侧黄色的尸体皮肤和殷红的血迹印染在尸袋上，让人觉得阴森恐怖。我简单地分了组，大宝带着两名雷影市公安局的年轻法医一组，汪法医带着其余两名雷影市公安局的年轻法医一组，在两个常规尸体解剖室中同时进行尸体解剖检验，这样就提高了工作效率，可以在第一时间拿到关键线索和证据。而我则穿着解剖服在两个解剖室之间穿梭，成为两组法医的联系桥梁，共通解剖时得到的信息。

尸体解剖工作按照“从易到难”的顺序进行。第一批尸体检验，两个解剖室同时对两名小孩的尸体进行解剖检验。

两名小孩的损伤都非常简单，张朋的胸口和上臂各有一处刺创，胸口的刺创直达心脏，贯穿了整个心脏，刀尖的末端还刺破了肺脏和后胸膜，在胸腔后壁上形成了一个小裂口。张朋的上臂创口也是贯穿创，应该是一个抵抗伤，即张朋抵抗凶手下刀的时候，被刺穿了上臂，因为剧烈疼痛，他放弃了抵抗，才会被凶手一刀扎穿了心脏。

小女孩双眼紧闭，稚嫩的颈部有一处巨大的刺切创，上衣和下巴沾满了喷溅状的血迹。所谓刺切创是指刀子刺入人体后，没有垂直拔刀，而是斜向拔刀，所以划开了创口周围的皮肤，显得创口十分巨大。小女孩的颈总动脉和静脉全部被齐刷刷地割断，尸斑浅淡是因为她的血基本流干了。

小孩子被残忍杀害，令人格外悲愤。法医们检验完尸体后，仔细地缝合了解剖创口，一言不发地合力把尸体放进了冰库。

第二批检验的是两名女性死者。两名女死者的损伤同两名小孩子类似，非常简单。老妇人戴林的胸口有三处创口，其中两处刀尖都刺入了胸骨，但因为有胸骨的保护，刀子并没有刺入胸腔，所以虽然在她的胸口形成两处刺切创，但是并不致命。另外一处损伤和张朋胸前的损伤如出一辙，刀子从肋骨间隙刺入胸腔，刺破心脏、肺和后胸膜，贯穿了整个左胸。这一刀导致心脏破裂，是可以导致死者立即死亡的。

郑倩的全身只有一处刀伤，也是胸部中刀，刀尖从肋骨间隙刺入胸腔，但是刀刺入的位置是从斜上方刺向斜下方，导致肺脏和主动脉弓破裂。郑倩紧紧抓住的用于遮挡胸部的毛巾被上也发现了刀创，看来郑倩是拿着毛巾被遮住胸部的时候，被凶手一刀贯穿毛巾被和胸壁刺死。结合损伤的方向，和郑倩靠着床边坐在地上的体位分析，凶手应该是站立位置下斜向下刺死的郑倩。郑倩主动脉弓的破口不大，不会立即死亡，但在她逐渐死亡的过程中，她仍死死地抓住毛巾被，护住了胸部。

老头张解放的损伤却位于前臂和后背部。他的前臂有三处贯通创，看来他在被制服之前，有过短暂的抵抗。张解放在现场是处于俯卧位的，后背又发现有血足迹，所以，我们对张解放的后背进行了仔细的检验。经过检验，发现张解放的后背中了四刀，其中三刀刺入了脊柱，没能致命，但是另外一刀从后侧胸壁刺入胸腔，同样刺破了心脏，可以导致他立即死亡。

男主人张一年的身上则是伤痕累累，有贯穿前臂的抵抗伤，有搏斗中形成的擦划、磕碰伤，有多处刀伤刺入胸腹腔，但是这些伤并没有伤及内脏，不能致命。但是他的上腹部和胸口各有一刀刺得比较深，腹部的一刀刺中了肝脏，导致肝脏破裂大出血，胸口的一刀刺破了肺静脉，同样导致胸腔内大量积血。最醒目的还是张一年胸口处，有八处平行的、细小的表皮剥脱，整齐地排列着。我仔细看了看这几处表皮剥脱，不知道是什么东西在什么状态下形成的，正在考虑着，汪法医打断了我的思路。

“看来只有张一年是经过搏斗后，因为失血过多后体力不支倒地死亡的，其他死者都是人为刀俎我为鱼肉地被凶手一刀致命。”汪法医说。

“嗯，六个人身上所有的损伤都是刺器形成，通过创口宽度和深度综合分析，应该是一把刀就可以形成了。”我说。

“一个人，一把刀，这个基本是可以确定的。因为张朋打通110的那个报警电话就声称有一名蒙面歹徒闯进他家里。”汪法医介绍接警的情况。

“这个人下手真是非常狠毒。”大宝在一旁咬牙说道。大宝是个疾恶如仇的人，从到达现场开始，我就听见他一直咯咯地咬着牙。

“我关心的不是这个。”此时尸体解剖工作已经进行了十多个小时，我们已经从中午工作到了夜里，我脱下解剖服，揉了揉饿得咕咕叫的肚子，说，“我总觉得死者的胃肠内容物的消化程度有些问题。”

“有什么问题？”汪法医一直对师父带着我研究的关于死亡时间推断的课题十分感兴趣。

“两名老年人的胃是排空的，看肠内的消化程度是末次进餐后六个小时。”我说，“但是两名年轻夫妇的肠内消化程度判断是末次进餐后六个半小时。四个人的胃肠内容物是一样的成分，按道理说应该是一起吃饭的。”

“不矛盾。”汪法医说，“从痕迹的角度看，走廊上只有从老人房间往主卧室走的血足迹，基本可以断定是先杀老人，后杀年轻人。”

我突然想起林涛的介绍，点了点头说：“但是，前后居然有半个小时，总觉得有些太长了。”

“吃饭去吧，我快低血糖了。”一旁的年轻法医打断了我们的对话。

我看一时也不能得出什么结论，就点了点头说：“走吧，我也饿了，我想吃牛肉面。”

我躺在宾馆的床上，看了看表，已经快凌晨一点了。解剖完尸体后，我就又躲在房间里把所有的现场与尸检的照片看了一遍，又按照专案组的要求听了十几遍报警录音。没想到这段令人毛骨悚然的报警录音把我的瞌睡虫全部赶走，我反倒忘记了疲倦，精神抖擞了。

我重新躺在床上，瞪着天花板，心想一定要强迫自己睡着，明天还有繁重的现场复勘工作，我需要休息。在即将睡着的蒙眬中，我的脑海中的片段逐一组合起来，仿佛整个作案过程逐渐清晰了，慢慢地，我进入了梦乡。

第二天一早，我就被噩梦惊醒，爬起来洗漱完毕后，敲开了大宝和林涛的房门。大宝和林涛也刚洗漱完毕，我们不约而同地一起下楼，开车赶往雷影市公安局刑事科学技术研究所。在研究所里，我和大宝、林涛一起，坐在会诊桌前，仔细研究昨天的现场和尸检照片。

这时，汪法医走了进来，说："DNA结果全部出来了。我慢慢说，你们记一下。主卧室的避孕套和郑倩的阴道擦拭物中检出的精斑，是张一年的。主卧室的地面擦拭状的搏斗血迹检出是张一年的血。主卧室的多枚血足迹的血检出是张解放、张一年的混合血。主卧室滴落状血迹是张一年的血。走廊上从东侧卧室到主卧室的成趟血足迹检出是张解放的血。从主卧室到张朋卧室的血足迹是张解放、张一年、郑倩的混合血。下楼的血足迹是多名死者的混合血。"

"那么凶手的整个犯罪过程就可以重建出来了。"大宝说，"凶手应该是先到东侧卧室杀死老两口和小女孩，过程中他下手干净利索，所以鞋子上没有黏附老妇人和小女孩的血，但是他踩住了张解放，所以鞋子上黏附了张解放的血。凶手杀完人后，从外面锁上房门，然后走到主卧室，杀死了张一年和郑倩，最后因为听见小孩报警，走到小孩卧室杀害了小孩后离开。"

"我总觉得这不是寻仇杀人。"我开了口，"根据现场这一片滴落状血迹看，血迹是张一年的，那么张一年在受伤后应该在这片地方停留了一段时间。如果是寻仇杀人，为什么要让他受伤后还在这里停留？直接杀完人走人不就得了？"

我认为我的想法很新奇，可以语出惊人，没有想到在场的所有人都没有露出惊讶的表情，反而纷纷点头。

大宝说："我同意你的意见，我们可以看到，张一年大腿上有干了的流注血迹，流注方向是从腿的前侧往后侧流，这应该是蹲着才能形成的流注血迹。如果是站着的话，血迹应该从上往下流！"

林涛说："我同意！你们看张一年大腿后侧和小腿后侧的浅血痕迹了吗？那应该是有血迹黏附在腿的后侧，然后蹲下来，大腿后侧和小腿后侧把之间的血迹挤压，形成的浅血痕迹，这个痕迹应该可以证实张一年受伤以后蹲过很长时间。"

"这个时间可能接近半个小时！"我看我曾注意到的问题，大家都注意到了，很是高兴，说，"根据死亡时间，老人的死亡时间比年轻人早半个小时。"

“你们分析得非常有道理。”汪法医说，“如果有控制被害人的过程的话，而且控制了半个小时之久，那么最大的可能就是威逼死者要钱，那这就是个抢劫杀人案件了！”

## ● 4

“这可是会转变整个侦查思路，会完全调整侦查部署的判断！”汪法医强调道，“我们必须有充分的依据才能向专案组汇报。”

我低头想了想，说：“也是。我现在把照片传输给我师父看看。”

通过网上会诊系统，我把案件的尸检、现场照片都传给了师父，并且向他汇报了我们刑事技术部门开始怀疑“因仇杀人”案件性质的想法，请求他的帮助。一个小时以后，师父如约回过来电话。

“你们那么多人集思广益，为什么还不自信呢？”师父笑着说。

“因为会转变整个侦查思路，所以我们还想有更多的依据。”我说。

“你们的依据还不充分吗？”师父说，“哪个因仇杀人会控制被害人那么久？能有什么目的？尤其是这种一个人要去杀六个人的案件，犯罪分子的心理只会是越快杀越好，怎么会节外生枝？而且，凶手杀完老人和小女孩后，从外面锁门，说明什么？”

师父问的这个问题其实我也思考了很久，但是一直没有头绪，被师父一问，我的脑子突然清晰了，我说：“因为犯罪分子不想让两名老人出来支援，那么说明凶手并不确定他是否导致了两名老人死亡。也就是说，凶手的目的是让老人失去抵抗能力、让小孩不会哭泣，而不是铁了心就要杀死他们。犯罪分子的目的在主卧室，更能说明他就是想抢钱，而不是想杀人！”

师父说：“很好啊！这不就能说明问题了吗？”

“能确定死者有被控制的过程吗？”我依旧不太放心。

“为什么不能？你们说的血迹形态已经很能说明问题了。”师父说，“而且男主人的身上有威逼伤，你没有看到吗？”

所谓的威逼伤就是指凶手威逼死者的时候在死者的身上留下的损伤。被师父一说，我突然想起张一年的身上有八处平行细小的表皮剥脱，我说："对啊！那八处表皮剥脱应该是刀尖形成的！所以说，凶手有用刀尖抵、顶住张一年胸部的过程，这个过程就是在威逼！就是在索要钱财所在位置或者索要保险柜密码的过程！"

挂断了电话，有了师父的支持，我胆大了很多："汪法医，请专案组把专案会的时间提前。"

午饭时间，大家都还没有吃饭。专案组提前召开专案会，就是为了听取刑事技术部门的勘查意见。

"经过这么久的现场勘查和尸体检验，我们已经确定这是一起抢劫杀人。"我斗胆说了开场白。

"什么？"专案组组长、雷影市市委常委、政法委书记、公安局长强峰很惊讶，说道，"有依据吗？"

"有，我们发现死者在死之前有被控制的过程，控制过程长达半个小时之久，且男主人身上发现多处威逼伤。所以我们认为凶手的目的是找钱。"我说。

专案组立即议论纷纷，大家交头接耳，有同意我们意见的，有反对我们意见的。

"而且，"我补充道，"凶手杀完老人以后有锁门的动作，说明他不确定老人是否真的死亡了，他的目的不是杀人。"

"如果是抢劫，现场一楼的保险柜为什么不去撬？"有侦查员问道。

"因为这个人根本就不掌握开锁、撬柜的技术，小偷也是技术活儿。所以凶手去杀人、控制人，去威逼、拷问，要的可能就是保险柜的密码。"我答道。

"现场有数万元现金，凶手并没有拿走，为什么呢？"又有侦查员问。

"因为促使凶手杀害张一年夫妇的，是凶手听见了张朋在隔壁打报警电话，这一点，我们大家可以从录音中听出来。"我说，"既然他知道张朋报了警，他还有时间翻找钱财吗？他肯定是立即杀完人就落荒而逃了，没有时间翻找钱财。不然，我们的民警到得那么快，肯定把他现场抓了。”

“我同意这种说法。”有一名侦查员站出来支持我们的看法，“经过调查，我们发现张一年为人吝啬，是要钱不要命的主儿。”

“是的。”汪法医插话道，“凶手杀完老人和小女孩，锁了门才去主卧室，这时候主卧室的人可能并没有发觉东侧卧室的人已经被杀，所以张一年存了侥幸的心理，虽然他已经被凶手刺伤，但伤情不重，他想拖延时间。”

“我同意他们的看法。”省厅刑事技术处的梁处长说，“大家可能注意到了报警录音的一个细节。小孩称：来他家的是一个蒙面歹徒。小孩一定是从房间出来，偷偷看见了主卧室里歹徒在控制他的父母，于是报警的。关键是，既然是蒙面歹徒，多半就是为了侵财了。”

“是啊！”又有侦查员站出来支持我们的看法，“如果寻仇，铁了心要灭门灭口，那么就没有必要蒙面吧。”

几个依据阐述完毕，专案组出现了意见一边倒，大家开始纷纷支持这是一起抢劫杀人案件。

“那就立即调整侦查部署。”强书记说，“一二三四侦查组立即转向侵财杀人调查，第五组继续死者家因果关系调查，要完全排除因仇杀人的可能，不能麻痹大意。”

“侵财案件，难度就大了。”雷影市公安局刑警支队长说。

“难度不大。”我说，“虽然是侵财，但肯定是熟人作案。”

大家纷纷安静下来，听我阐述是熟人作案的依据。

“第一，如果不是熟人，他不需要蒙面。”我说，“第二，凶手并没有在财务室内翻找，说明他知道钱不会放在外面，只会放在那个他打不开的保险柜里。第三，他知道走廊东头还住着成年人，会对他造成威胁，所以他先去东头房间让可能是后患的两名老年人丧失支援张一年的能力，为了出其不意，他杀了小女孩，防止小女孩哭喊。第四，他知道小男孩报警后，杀完大人又去灭小男孩的口，而不是杀完大人就逃跑，是因为他怕小男孩认出他的身形。第五，案发后，很快咱们就组织了大规模排查路人和设置关卡的行动，但是没有发现身上有血的人，凶手身上肯定有大量的血迹，他之所以没有被发现，是因为他在附近应该有藏身之处。”

五点依据一说，大家都纷纷点头，表示认可。

“不仅如此。”汪法医接着说，“我觉得凶手很有可能就住在附近，而且很有可能是在张家打过工的人，才这么了解张家的内部构造。”

“那就抓紧时间开展排查吧！”梁处长说，“以现场为中心，周边10公里，挨家挨户的人口都必须排查。”

侦查员们纷纷工作去了，我心里也踏实了许多。短暂的午休后，我又有了新的想法，我叫来了汪法医和大宝，把尸体的创口照片一张一张地翻动。

“你们看，”我翻到张解放后背创口的照片，说，“尸体身上的创口创道都是狭长的。这样的刀子不是制式匕首，通常是没有护手的。”

“护手？”大宝问道。

“是的，制式的匕首都有护手。所谓的护手，就是隔离刀柄和刀刃之间的金属片。但是这种狭长的刀子通常都是有特别的用处，通常没有护手。”其实我自己是个刀具迷，大学的时候还私藏过管制刀具，后来被父亲发现怒斥了以后，才主动缴了公。

“没有护手能说明什么呢？”大宝问道。

我翻到几张照片，说：“戴林的胸骨被刺到几刀，张解放的脊柱被刺到几刀。这几刀，尤其是张解放后背的刀伤，方向都是垂直的，而且结合痕迹发现的脚印，凶手应该是踩住张解放的后背，从上往下捅的刀子。”我一边说，一边做着示范。

“既然是狭长的、没有护手、锋利的刀具，又从上往下直捅，且捅在了骨质上，那么，因为刀尖受阻，拿着刀的手会沿着刀的长轴方向往下滑，最终……”

大宝跳了起来，插话道：“明白了！你是说凶手握刀的手很有可能滑到刀刃上。那么这么锋利的刀刃碰到握紧刀的手，凶手的手可能会受伤！”

我点了点头。

“可是，这又能说明什么问题呢？”大宝接着问道。

我拎起勘查箱，说：“叫上林涛，去现场看看就知道了。”

其实我是在找凶手有可能接触到的地方，如果凶手的手真的受了伤，那么他的手接触的地方就有可能留下他的血迹。虽然现场已经提取了200多份血迹点，但是对于满是血迹的现场，只是冰山一角，而且事实证明，这200多份血迹中，并没有发现凶手的DNA。

我们在现场仔细搜索了3个多小时，突然，主卧室墙壁上的一处血迹引起了我的注意，是一个类似五指印的血迹。

“林涛快来看看。”我说，“这是什么痕迹？”

林涛走了过来，用放大镜仔细观察了5分钟，得出结论：“这确实是一个五指印，是戴着手套的五指印。”

“你看。”我指着五指印中食指的末端位置说，“这有往外喷溅的血迹。如果是黏附在手套上的血迹，因为迅速流动均匀，不可能因为挤压而形成喷溅血迹。”

“你是说，有可能这喷溅状血迹是从手套里面被挤压出来而形成的对吗？”林涛说。

“是的。”我赞赏林涛的聪明，“这种血迹形态一看就是血液在手套内受挤压，才从手套破口处挤喷出来的。”

“手套内的血，肯定是犯罪分子的血！”林涛高兴得跳了起来。

“我马上把这块血迹送去DNA检验，是不是，要让检验结果来说话。”我说。

送完DNA样本，我重新回到宾馆，此时林涛已经回来了，说：“又仔细看了很多处血迹，没有再发现类似的了。”

我点了点头，说：“等结果吧，别小看这一处血迹，说不准案子可能就会有重大突破了。”

怀揣着希望，我睡了一个无比踏实的好觉。第二天一早，果然梦想成真了。

汪法医敲开我的房门，摆了个很酷很幽默的姿势站在门口，说：“恭喜你，凶手的DNA真的给你找到了。”

## 5

汪法医敲门的时候，我还睡得正香，迷迷糊糊地听到汪法医这么一说，我立即清醒了。

“真的？”我高兴地大声喊道。

“新鲜出炉的消息，比专案组组长还快一步。”汪法医笑道。

“有了这样的证据，就可以认定凶手，为诉讼服务，最关键的是，我们有了物证，比较容易甄别犯罪嫌疑人了。”大宝从汪法医的背后冒了出来，看来他也得知了这振奋人心的好消息。

我们纷纷洗漱完毕，乘车赶往专案组，期望能听到更好的消息。

专案组坐满了人，侦查员们已经两天三夜没有睡过像样的觉了，一个个眼圈发黑坐在自己的位置上拼命地吸烟。有的侦查员则趴在桌子上打盹儿。

“很好，”梁处长说，“我们刑事技术部门发现了凶手的DNA，这是给专案组的强心剂，这个案子不怕破不了了。”

“下一步是请各组侦查员汇报这几天的摸排情况，有无可疑的人员。”支队长在主持会议。

几个组的主办侦查员交头接耳交换意见以后，雷影市公安局重案大队大队长说：“经过几组侦查员夜以继日的摸排，目前满足熟人、在死者家打过工、住在现场附近的人员这3个条件的，有3个人。目前正在逐一排查，但是最可疑的是一名叫乔虎的21岁男子。”

主办侦查员一边把3个犯罪嫌疑人的照片递给我们传阅，一边说：“这个乔虎是住在现场500米外的乔江林的儿子，从小游手好闲，偷鸡摸狗，一年前在张家打工，负责在张一年各个店面之间调配运输婚纱和其他设备。后来因为盗窃店里的摄影器材未遂，被张一年开除，现在在省外的一家屠宰场打工。经乔江林反映，乔虎最近并没有回乡，但是经我们与乔虎打工的屠宰场联系，乔虎因为受不了粗活儿重活儿，已经辞职一周了。”

“乔江林的话不可信。”梁处长说，“如果真的是乔虎所为，案后乔虎必然会发现市局组织了大规模的巡逻搜查，他最好的躲避场所就是自己家。所以，不能排除乔江林有包庇的嫌疑。”

“其余两名犯罪嫌疑人赵亮亮、林家翼的工作仍在继续，这两个人目前都还在雷影市，表现也比较正常。”主办侦查员说，“两名犯罪嫌疑人的血和乔江林夫妇的血都已经采集，开始进行检验，希望能比对成功。”

我看已经摸排出了非常可疑的犯罪嫌疑人，DNA比对正在进行中，顿时放心了许多。专案会结束后，我和林涛、大宝回到房间，继续研究现场和尸体情况，期望能有新的发现。

我拿出了纸笔，逐个儿记录了每具尸体上的每处创口的长度、深度，慢慢地，整理出了一套完整的数据：长0.1厘米，深0.2厘米；长1厘米，深1.3厘米；长2厘米，深3.2厘米……

“你这是做什么？”大宝问道。

“你看看。”我说，“创口的长度就提示了刀刃的宽度，创口的深度就提示了刀刃的长度。在特定的刃宽下有特定的刃长，我们就可以推算出一把刀的模样。”

经过仔细的核对、绘图，我们用了一个下午的时间，描绘出了一把刀的模样。

这是一把尖刀，刀刃的总长有15到16厘米，刀尖非常尖锐和锋利，刀身狭长。整个刀刃纵截面呈一个三角形。

“这种形式的刀，还真不多见。”我说，“估计是有特种用途的。”

就在这时，一阵急匆匆的敲门声把我们从对刀子的思考中拽回了现实。

汪法医站在门口：“不好的消息，经过检验，排除赵亮亮、林家翼的作案可能，经过对乔江林夫妇的血比对，也排除了他们的儿子乔虎的作案可能。”

这仿佛是晴天霹雳，好不容易摸排出来的3名犯罪嫌疑人却一股脑儿全部被排除了，大家显得比较沮丧。此时已经很晚了，大家顿时感觉无计可施，垂着头各自回房间睡觉，希望睡着了可以排解这郁闷的情绪。

“别急，我相信侦查员还能继续排查出新的犯罪嫌疑人，我们一定可以破案的。”汪法医看大家的情绪都很低落，安慰道。

我看大家都回自己的房间，百无聊赖，于是拨通了师父的电话，把前期的情况和师父做了汇报。师父说："你总结出刀的模型这个很好，但是你并没有把这么好的想法用到实际用处。下一步，我觉得你应该去寻找这样的刀。"

"寻找？"我说，"天哪，那去哪里找啊？"

"很多事情可能没有你想象得那么复杂。"师父笑道，"首先卖刀的地方比较集中，你跑几个点就可以以点概面发现个大致情况了。如果仍无法找到，你可以去一些可能用到刀具的厂子里找，厂子的刀具可能都是特制的，与众不同。"

我拿出纸笔，按照师父说的几种厂子，逐一做了记录，做好明天去一个一个厂子里找的准备。

迷迷糊糊睡了一夜，第二天早晨，我和大宝就开始走遍全城有可能售卖刀具或者可能有特种刀具的地方进行查探，希望能在路边摊儿、工厂矿发现相似的刀具，说不准就能确定凶手的职业，或者能发现他买刀的地方。跑了整整一天，皇天不负有心人，终于让我们找到了这样一把狭长、锋利、尖刃而且纵截面是三角形的尖刀。找到和我们推断一致的刀具后，我们出具了证明，借了这把刀，立即风驰电掣赶往专案组，参加专案会议，希望能听见新的好消息。

"你们可以确定是熟人吗？可以确定是侵财杀人吗？"在专案组门外就听见了强书记洪亮的声音，看来强书记在质疑我们刑事技术部门前期的推测了。

"目前侦查部门已经全力以赴，再也没有发现符合初始设定条件的犯罪嫌疑人。"强书记接着说，"目前看来，问题就出在初始设定条件的问题上，是否真的是侵财杀人，是否真的是熟人作案，这是本案能否出现新的突破口的关键！"

我悄悄走进专案组，找了一张列席位置坐下，默默地思考我们的前期判断到底有哪些是站不住脚的。

"还有一种可能。"梁处长突然幽幽地开口了，"目前排除了赵亮亮和林家翼的作案可能，排除了凶手是乔江林夫妇所生的儿子，但是并没有排除乔虎。"

这一句话让侦查员们听得莫名其妙，但是我一下子就明白了梁处长的意思。

"对！"一语惊醒梦中人，这一句点拨，让我排解了心中所有的矛盾，我忍不住叫了出来，“梁处长说得对，说不准乔虎不是乔江林的儿子呢？说不准是抱养或者过继的呢？”

侦查员们都“哦”的一声明白过来。梁处长接着说：“之前我们说了，乔江林很有可能会包庇藏匿他的儿子，那么如果乔虎真的不是他亲生的，他也肯定不会告诉专案组这个事情。毕竟一把屎一把尿拉扯这么大，作为一个没有多少文化的父亲来说，很有可能会犯这个错误。”

强书记说：“但这都是推测，毕竟这样的事情也太少见了吧。如果没有依据，我们不可能让整个专案组的精力都从摸排转化成抓捕。”

“不知道我这点依据行不行。”我站了起来，拿出了我画的刀的模型和刚才借到的尖刀，说，“我觉得这个乔虎是非常可疑的。大家看这是我根据6具尸体上的创口形态推测描绘出的凶器的模型，而这个是我刚刚走遍雷影市，借到的一把尖刀。大家看看，是不是如出一辙？”

我看见大家都在默默点头。

我接着说：“这把尖刀，我走遍全市，也没有找到一把。但是当我走进市肉联厂的时候，发现到处都是这样的尖刀。这种尖刀是杀猪用的。大家别忘了，乔虎辞职前，就在屠宰场工作。”

我一说完，全场都发出“哦”的赞同声，随后是议论纷纷。

梁处长清了清喉咙，等会场安静了一点儿后，说：“凶手杀人，刀刀致命，开始我就觉得可能是和屠宰场之类有关的工作人员干的。”

强书记低头想了想，说：“调查乔江林的情况了吗？是不是本地人？”

“乔江林的父亲是本地人，但是乔江林不是在本地出生的，在他30岁左右的时候，乔江林的父亲去世，他是举家带口集体迁徙到本地继承祖宅定居的。”主办侦查员说。

“就是说，乔虎不是在本地出生的？”强书记拍了桌子，说，“这个情况怎么不早说？下一步迅速去乔虎出生地，查清乔虎到底是乔江林亲生的，还是领养的。”

看见强书记转变了侦查部署，我稍微放了点儿心。

刑事技术的工作基本完成了，我只能枯燥地躺在床上，反复思考这个案子的全部推断，有没有漏洞，有没有矛盾点。

好在刑侦部门行动迅速，如同天兵天将一般。在我枯燥等待的3天里，他们不仅查清了乔虎确实不是乔江林亲生的，而且迅速在1000公里外的甘肃省抓获了潜逃中的乔虎。DNA检验正在做，侦查员们也不急于审讯，因为当侦查员们抓获乔虎的时候，发现他的右手包扎着一团纱布，纱布上还透出殷红的血迹。

案件侦破后的一个月，我都无法从这起命案中走出来。血腥的现场、一家六口的惨死让我无比心痛，梦中都会不断浮现出死者惨死的面孔，让我夜不能寐。

这一天，师父把我叫到办公室，说："怎么，看你最近情绪不对头啊？"

"哦。"我低着头抠着指甲，说，"灭门案太惨了，看到一家人惨死，我好像有心理阴影了。"

"你现在已经是一名可以独当一面的法医工作者了，但你现在还缺一样本事，就是学会自我心理调节，这是每一个法医必须掌握的本领。"师父说，"社会上的人形形色色，犯罪不可避免，我们的职责就是预防、打击犯罪。相信法制越来越健全，技术手段越来越高超，犯罪分子逐渐就都会无处遁形的。我们的铁拳硬了，犯罪自然就少了，握紧拳头，努力工作吧。"

我点了点头，说："没事，大的交通事故都经历过，也有过心理阴影，不过我都调节好了。第一次碰见这么大的命案，我确实有点儿不适应，也确实有些郁闷。不过请师父相信，我没问题的。我们的目标是人间太平，对吧？"

师父微笑着点了点头，说："憎恶犯罪分子，同情受害者，这是法医们都有的情结。我们干的是一般人干不了的职业，老祖宗也自嘲我们这个职业是鬼手佛心。你的鬼手技术3年前已经通过了考验，今天我又看见了你的佛心，我很欣慰。"

师父拉开抽屉，拿出一个精致的小方盒扔给我，说："这是厅政治部让我转交给你的礼物。"

我满怀疑惑，慢慢打开小方盒，呈现在眼前的，是一枚亮闪闪的功勋章。

图书在版编目（CIP）数据

尸语者：公安厅从未公开的法医禁忌档案 / 法医秦明著 .
—长沙：湖南文艺出版社，2012.10
ISBN 978-7-5404-5759-4

Ⅰ. ①尸…　Ⅱ. ①法…　Ⅲ. ①推理小说－中国－当代
Ⅳ. ① I247.5

中国版本图书馆 CIP 数据核字（2012）第 212816 号



上架建议：长篇小说 · 悬疑惊悚

尸语者：公安厅从未公开的法医禁忌档案

作　　者：法医秦明
出 版 人：刘清华
责任编辑：丁丽丹　刘诗哲
整体监制：一　草
策划编辑：包陈斌
封面设计：熊琼工作室
版式设计：姜利锐
出版发行：湖南文艺出版社
（长沙市雨花区东二环一段 508 号　邮编：410014）
网　　址：www.hnwy.net
印　　刷：北京鹏润伟业印刷有限公司
经　　销：新华书店
开　　本：700mm × 1000mm　1/16
字　　数：320 千字
印　　张：21
版　　次：2012 年 10 月第 1 版
印　　次：2016 年 12 月第 3 次印刷
书　　号：ISBN 978-7-5404-5759-4
定　　价：29.80 元
（若有质量问题，请致电质量监督电话：010-84409925）